금병매

金瓶梅評說

평설

진기환 지음

明文堂

水淨砂明
물이 맑으니 모래가 곱다.

　이 세상에는 좋은 시와 글이 많다. 또 가슴에 새길 구절이나 머릿속을 떠나지 않는 이야기가 있다. 그리고 거듭 듣는 명곡이나 보고 또 보는 영화도 우리에게 진한 감동을 선사한다. 마찬가지로 읽으면 읽을수록 재미와 함께 더 많은 것을 생각하게 만드는 명작도 있다.

　많은 사람들이 『삼국연의』에 푹 빠지고 『수호전』을 읽으며 밤을 새웠고 필자 역시 그러했다. 중국인들은 그런 책을 기서奇書라고 부른다. 『금병매』는 중국인에게 『사대기서』로 널리 읽히지만 중국 사람들조차 피상적인 재미만 느끼고 음서淫書라는 한 단어로 평가했었다. 지금의 독자들이 『금병매』를 500년 전 어떤 천재적인 작가의 글로만 생각하며 읽는다면 결국 그의 생각만을 뒤따라가는 것이다.

　이 소설을 읽으면서 세상살이의 한 모습이나 인간의 본성에 대한 작가의 깊은 성찰이라고 생각되는 부분을 나름대로 정리한다면 작가의 본뜻과 다를 수도 있을 것이다. 그리고 작가의 의도를 깊이 생각하며 진실 되게 새겨 읽는다면 소설 속의 인물들에 대한 독자의 이해도 깊어질 것이다. 아마도 이런 점이 나름대로의 평설評說이 필요한 이유일 것이다.

『금병매』는 인간의 탐욕이 무엇이고 어느 정도인가를 서술하면서 그런 탐욕의 결과를 묘사하였다. 인정人情과 세태를 사실대로 그려내는 솜씨는 거의 신필에 가깝다는 느낌이 온다. 그렇지만 이러한 『금병매』의 참모습은 오랫동안 드러날 수가 없었다.

사람이 사는 세상이기에 사람들의 이야기는 얼마나 재미있는가! 사실 남녀의 애정과 색욕에 대한 이야기가 가장 재미있지만 이야기와 묘사가 품격을 잃으면 더러움과 음란으로 치부된다. 그러나 옥에 티가 있다 하여 옥의 광채와 아름다움을 다 덮을 수는 없다.

『금병매』가 중국에서 본격적으로 출판되고 연구된 것은 1930년대 이후의 일이다. 일반적으로 『금병매』를 모태로 태어난 명작이 『홍루몽』이라고 말한다. 이 『홍루몽』을 연구하는 홍학紅學이 한창 융성할 때 『금병매』를 연구하는 금학金學은 겨우 발걸음을 떼었다. 유명한 후스(胡適) 조차도 중국의 옛 소설을 깊이 연구하면서 『금병매』에 대한 언급이 없었다.

『사대기서』의 하나인 『금병매』가 우리나라에서 번역은 되었지만 대부분의 경우 음서로만 알려져 있는 실정이다. 이에 필자는 『금병매』의 진면목을 공개하면서 가치를 평설하고 등장인물의 개성과 행위를 분석하여 『금병매』에 대한 바른 이해와 인간의 본성이나 욕구에 관한 성찰에 도움을 주고 싶었다.

흐린 물속에서는 깨끗한 모래도 보이지 않는다. 그러나 물이 맑고 잔잔하면 모래는 더 없이 밝고도 곱게 보인다. 이처럼 『금병매』에 대한 진정한 연구와 바른 이해가 있을 때 『금병매』 본연의 진가는 확실하게 드러날 것이다.

아직은 여러 면에서 부족하지만 그래도 필자의 이 글이 많은 사람들에게 특히 중국문학에 관심을 갖고 공부하는 젊은 동학同學들에게 작은 도움이 되기를 바란다.

2012년 3월
저자 진기환

동오東吳 농주객弄珠客의 글

(원작자의 서문을 대신함)

『금병매』는 지저분한 글이다. 원굉도袁宏道(호, 石公)가 이 글을 자주 이야기했지만 스스로 그런 평론을 만들었을 뿐 『금병매』에서 무엇인가 얻는 것은 없었다. 그러나 저자에게도 본래의 뜻이 있었을 것이니 그것은 아마 세상에 가르침을 주기 위한 것이지 사람들에게 권장할 뜻은 아니었다. (金瓶梅 穢書也. 袁石公亟稱之 亦自寄其牢騷耳 非有取於金瓶梅也. 然作者亦自有意 蓋爲世戒 非爲世勸也.)

(소설 속에) 많은 여인들이 있지만 오로지 반금련(金), 이병아(瓶), 춘매(梅)로 이름을 지은 것도 초楚의 역사책인 '도올檮杌'의 의미라 할 수 있다.* 대개 반금련은 간통으로, 이병아는 죗값으로, 춘매는 음탕해서 죽었다고 말하는데 다른 여인들에 비해 훨씬 비참했다. (如諸婦多矣 而獨以潘金蓮李瓶兒春梅命名者 亦楚 '檮杌' 之意也. 蓋金蓮以姦死 瓶兒以孽死 春梅以淫死 較諸婦爲更慘耳.)

(이 소설은) 서문경을 통해 세상살이의 큰 깨우침을 그리려 했고 응백작을 통해 인간들의 추한 모습을, 여러 음탕한 부녀자를 통해 추악하거나 정결한 여인의 모습을 그려내어 이를 읽는 이로 하여금 (두려움으로) 땀을 흘리게 하니, 아마도 사람들을 훈계하려는 뜻이지 이를 권장한

---

* 도올(檮杌 등걸 도, 나무그루터기 올. táowù) : 楚國 史書. 도올은 본래 上古 시대의 4흉(四凶)의 하나. 사람 머리, 호랑이 다리, 멧돼지의 어금니와 긴 꼬리를 가진 악한 짐승이지만 미래를 알 수 있는 능력이 있다고 했다. 그리하여 지나간 일을 통해 미래를 알 수 있다는 의미로 초나라 역사책의 이름이 되었다. 따라서 도올이 갖는 의미는 지난 일을 통해 앞으로의 악행을 응징한다는 의미가 있다.

것은 아니었다. (藉西門慶以描畫世之大淨 應伯爵以描畫世之小醜 諸淫婦以
描畫世之醜婆淨婆 令人讀之汗下, 蓋爲世戒 非爲世勸也.)

　　나는 전에 "금병매를 읽고 연민의 마음이 생기는 사람이라면 보살
이고, 두려운 마음을 갖는 사람은 군자, 기쁘고 즐거워하는 마음을 갖는
사람은 소인이며, 그대로 배워 모방하려는 사람은 짐승"이라고 말했었
다. (余嘗日 讀金瓶梅而生憐憫心者 菩薩也, 生畏懼心者 君子也, 生歡喜心者
小人也, 生傚法心者 乃禽獸耳.)

　　나의 벗인 저효수가 한 젊은이와 함께 가무 잔치에 참석하여 「패왕
야연」을 보는데 젊은이가 부러워하며 "사나이라면 왜 이러하지 못할까"
라고 말했다. 이에 저효수는 "오강烏江(項羽가 최후를 맞이한 강)을 위해 이 대
목을 넣었다."고 말하니, 같이 보는 사람들이 듣고서는 '맞는 말이다' 라
며 감탄했다고 한다. (余友人褚孝秀偕一少年同赴歌舞之筵 衍至「霸王夜
宴」少年垂涎日, '男兒何可不如此!' 褚孝秀日, '也只爲這烏江設此一著耳.'
同座聞之 歎爲有道之言.)

　　이와 같은 뜻을 아는 사람이라면 『금병매』를 읽어도 될 것이다. 그
렇지 않다면 원굉도가 말한 대로 음란이나 음욕을 일러주는 허물만이
있으리라! 세인들에게 서문경의 전철을 따르지 말라는 뜻이 맞을 것이
다. (若有人識得此意 方許他讀金瓶梅也. 不然 石公幾爲導淫宣慾之尤矣! 奉
勸世人 勿爲西門慶之後車 可也.)

동오의 농주객이 쓰다.

(題 東吳 弄珠客)

차례

제2부

서문경의 영광과 몰락

제1부

『금병매』의 분석적 탐구

1. 중국문학과 소설

소설의 뜻

중국에서 소설이란 '작가에 의하여 창작되는 문학작품' 이란 현대적 의미는 없고 '하찮은 말' 혹은 '풍문' 이란 의미를 가지고 있었다. 중국 문헌에 '소설小說' 이란 말이 최초로 등장하는 책은 『장자莊子』이다.

『장자 외물外物』편에는 '임공자(任나라의 公子)는 거세한 황소 50마리를 굵은 낚싯줄에 미끼로 꿰어 가지고 회계산 꼭대기에 걸터앉아 동해에서 엄청나게 큰 고기를 잡았는데, 그 고기를 포로 떠서 수많은 사람이 실컷 먹었다' 는 이야기가 있다.

이어 '작은 낚싯대에 가는 낚싯줄로 작은 도랑에서는 큰 고기를 잡을 수 없다'면서 '작은 이야기를 꾸며내어 높은(縣) 명성(令)을 얻으려는 사람은 아마 크게 영달하기는 어려울 것이다(飾小說以干縣令 其於大達亦遠矣).'라고 하였다. 여기에서 장자가 말한 소설은 '큰 경륜에 미치지 못하며, 대도大道를 논할만한 심오한 학문이 없는 주장이나 이야기'라는 뜻이다.

또 전국시대의 순자荀子는 『순자 정명正名』편에서 '그러므로 지혜있는 사람은 도道를 논할 뿐이니, 소가진설小家珍說이 바라는 바는 모두 없어지게 된다(故智者論道而已矣, 小家珍說之所願皆衰矣).'고 하였다. 이 '소가진설'의 준말이 바로 '소설小說'이다.

소설의 등장

순자의 소가진설 이후 소설이란 '짤막한 이야기, 간단하고 자잘한 일화逸話' 또는 '연애, 귀신, 괴기한 일 등 세상에 떠돌아다니는 이야기를 재정리한 글'이란 뜻으로 널리 사용되었다.

그러다가 반고班固(32~92년)의 『한서 예문지漢書 藝文志』에는 제자 십가諸子 十家 중 '소설가小說家'가 당당히 한 학파로 등장한다.[1]

『한서 예문지』에는 '소설가란 유파는 대개 패관稗官; 小官에서 나왔으니 가담항어街談巷語나 길에서 주워듣고 말하는 것들(道聽塗說)로 만든 것이다.'라고 기록했다.

---

1) 십가(十家) : 유가(儒家), 도가(道家), 음양가(陰陽家), 법가(法家), 명가(名家), 묵가(墨家), 종횡가(縱橫家), 잡가(雜家), 농가(農家), 소설가(小說家).

『한서 예문지』에는 소설가로 분류하는 저술들을 간략하게 소개하고 있는데 대개가 작가에 의하여 짜임새 있게 구성된 작품이 아니고 철학적 의미를 가진 짤막한 주장이나 정사에 수록되지 않은 야사野史, 또는 방사方士들에 관한 이야기이다. 이런 소설들은 길이가 짧고 재미있으며 수신修身에 도움이 되거나, 변설이나 언행에 도움이 된다는 공통점이 있다.

중국문학사에서 소설과 비슷한 뜻으로 사용되는 말로는 설화說話, 패관稗官(하급 관리들이 수집한 세상 사람들의 이야기), 평화評話 등이 있다.

소설은 당대唐代에 변문變文, 송宋과 원元 시대에는 설화說話의 형태로 발전하게 된다. 송대 설화인說話人의 특징은 우선 그들이 전문화된 직업적인 이야기꾼이었고 상당한 예술적 성취를 이루었으며, 청중을 염두에 두고 곧 대중성을 바탕으로 활동했다는 점을 들 수 있다.

또 평화(平話 또는 評話)라는 말도 송대부터 널리 사용되었는데 평화는 역사적 서사뿐만 아니라 일반적 서사를 구연口演하는 것인데 이런 구연을 위하여 백화白話로 쓰인 화본話本이 나왔고 이러한 화본에서 발전한 연의소설演義小說은 뒷날 중국 소설의 대표작으로 자리하게 된다.

이어 원대元代에 이르러 장회章回소설의 기초가 잡히고 문언문의 소설에서 백화문의 소설로 발전한다. 그리하여 이제는 '자질구레한 이야기'에서 본격적인 '백화 장편소설'로 『수호전』이나 『금병매』같은 대작이 나올 수 있었다.

이는 '상상에 의한 인물과 짜인 사건에 의해 충분히 길게 써진 이야기' 곧 서양문학의 한 장르인 'novel'에 조금도 손색이 없는 명작이라 할 수 있다.

☙ 소설에 대한 인식

중국에서 문학의 정통은 시詩이며 시인은 어느 시대이건 존경의 대상이었다. 시인 다음으로는 문장가가 존숭되었다. 일반적으로 이야기 글(소설)을 쓴다는 것은 정통 문인이나 학자가 할 일이 아니었다. 다르게 말하면, 소설은 고상한 문학이 아니었으며 결코 '고상한 자리─대아지당大雅之堂2)─에 오를 수 없는' 글이었다.

누구든 독서를 하는 사람이라면 경전經典이나 시문詩文과 사서史書는 바로 앉아서 읽어야 하지만 소설은 누워서 읽는 심심풀이 책이었으며 가끔은 화장실에서도 읽었을 것이다.

종래의 통념으로 희곡이나 소설은 비속한 문학으로 여겨 문인들이 희곡이나 소설을 심심풀이로 읽기는 했어도 비평의 대상으로 삼지도 않았고 직접 창작하는 것을 수치로 여겼다.

그러나 도시 상공업자의 경제적 역량의 증대와 함께 희곡이나 소설에 대한 애호도가 크게 늘면서 문인들이 희곡과 소설을 끝까지 관심 밖에 둘 수는 없었다. 소설과 희곡은 송, 원대를 거치면서 꾸준히 형식과 내용면에서 발전을 거듭하였기에 명나라 때에 와서는 문인들

---

2) 大雅: 『詩經』 300여 편의 詩를 분류하는 방법으로 '四始六義' 가 있다. '四始' 는 風, 大雅, 小雅, 頌의 대분류이다. '六義' 는 '風, 雅, 頌, 賦, 比, 興' 의 구분인데 이 중 '風, 雅, 頌' 은 음악적 분류이고 '賦, 比, 興' 은 詩의 표현 수법에 대한 분류라 할 수 있다. 雅는 周 왕실 직할지의 음악으로 雅에는 正의 뜻이 있으니, 곧 음악으로서 '正聲' 이라는 뜻이며 '누구나 다 이해할 수 있는 典雅한 음악' 이라는 뜻으로 해석하기도 한다. 雅는 다시 〈大雅〉 31편과 〈小雅〉 74편으로 구분한다. 〈小雅〉는 빈객을 초청해 잔치하는 음악이며, 〈大雅〉는 國君이 신하의 朝拜를 받을 때의 음악으로 公卿大夫의 작품이 많아 귀족의 시가라 할 수 있다.

이 관심도 가지고 창작을 하기에 이르렀다.

　소설에 대한 이러한 인식은 명나라 말기부터 변하기 시작하여 문인들이 소설의 주요 작가이면서 소비자가 되었으며 독자들도 계층적으로 다양해졌다. 특히 인쇄와 출판업의 발달은 소설을 통속문학의 최고봉에 오르게 하였다.

　청대에는 비평가들에 의해 그 가치를 인정받기 시작했으나 여전히 하대 받는 문학 영역이었다. 가령 『유림외사』의 작가 오경재는 몰락한 가문의 후예였고, 『요재지이』의 작가 포송령은 과거에 급제하지 못해 불우한 생을 마친 인물이었다. 그러니 그들의 소설이나 능력이 당시에 인정받지 못한 것은 당연한 일이었다. 『전등여화剪燈餘話』의 작가 이정李禎(1376~1452)은 소설을 썼다는 이유 하나로 고향의 향현사鄕賢祠에서 제외되었다고 한다.

☙ 중국소설의 일반적 특징

　앞서 말한 대로 소설은 문학으로서 대아지당에 오르지 못했다. 사대부들의 작품이라 할 수 있는 문언文言소설은 주로 기문奇聞이나 문인들의 여러 가지 잘 알려지지 않은 이야기, 곧 일사逸事를 적은 것인데 그런 것을 유희적인 심심풀이 정도로 인식했고 또 그렇게 읽혔다.

　그리고 일상 언어인 백화白話로 쓰인 백화소설에 대해서는 사대부들이 더욱 경시하였고 더 나아가 해로운 것이라 하여 적극적으로 배척했다. 이런 배경에는 중국 소설이 중국인들의 정통 문학의 개념과 다른 몇 가지 특징을 갖고 있기 때문이었다.

첫째, 소설은 본래 허구적인 것이지만 중국의 소설은 너무 비현실적이라는 점이다. 따라서 비현실적인 글을 짓거나 읽는 것은 실질實質이라는 측면에서 볼 때 분명 낭비이며 쓸데없는 짓이었다.

중국인들에게 힘들여 배워야 하고 일부 상류층에서나 짓는 글은 으레 사실적인 일을 기록하거나(이를 기사紀事라고 한다.) 세상을 바르게 이끌만한 내용이나 뜻을 가진 글(立言)이어야 했다. 이 기사와 입언은 중국 산문散文이 지녀야 할 중요한 개념이었다.

그런데 중국의 소설은 재미를 위주로 하였고, 현실에 안주할 수 없는 고통을 받는 대중 사이에서 유행하였는데, 그 내용은 기괴하고 초인적인 요소 또는 우연하게 벌어진 일들이 대부분이었다. 이처럼 소설에 들어있는 비현실적 내용은 기사나 입언의 글이 아니기에 대아지당에 오를 수 없었다.

둘째, 중국인들은 소설이 갖는 오락적인 측면은 중국인들이 생각하는 성실과 근신謹愼과 거리가 있다. 때문에 소설의 재미에 빠지면 독서인의 본업인 과거 시험 준비에 장애가 된다고 생각하였다.

소설의 '설說' 자는 '말하다' 라는 본뜻 외에도 '기쁘다(悅)' 라는 뜻을[3] 가지고 있어 '작은 기쁨' 이라고 해석할 수도 있다. 이는 소설이 갖는 오락적 기능이라 할 수 있다. 현실적으로 경험할 수 없는 귀신의 이야기나 사나이의 의협심과 활약, 재자가인才子佳人의 파란만장한 사랑이야기는 소설의 단골 소재였다.

사실 『사대기서』 역시 따지고 보면 비현실적인 이야기에 시간과 장소, 등장인물의 신상정보나 가문의 내역 등을 마치 사실처럼 언급

---

3) 『論語』의 첫 구절인 '學而時習之 不亦說乎' 의 說은 悅. 독음은 열.

하여 오락적 내용을 더욱 현실처럼 강화한 것이라고 볼 수 있다. 그리고 그 구성이 너무 완벽하기에 보통 독자는 그 내용이 사실인지 허구인지를 구분하기가 어려웠다. 소설이 갖는 이러한 오락성은 중국인들 특히 지식인들이나 상류 지배층이 갖고 있는 사상 곧 성실과 근신을 바탕으로 지속적인 노력을 해야 성공할 수 있다는 정통 관념에 배치되는 것이었다.

셋째, 명·청대에 등장하는 여러 백화소설은 그 내용의 고상高尙 여부를 떠나 그 문장에는 천하고 속된 말이 줄줄이 나올 수밖에 없었다. 그러하다 보니 백화로 글을 짓는 것은 사대부들이 할 일이 아니었으며 그러한 백화소설은 배척되고 천시되었다.

중국인들이 생각하는 훌륭한 문장은 일상 언어와 다른 수사修辭에 내용의 조화와 함께 간결하면서도 아름답게 다듬어진 미문美文이었다. 이러한 글을 잘 지을 수 있다면 그 사람은 성현들의 경전을 공부했다는 증거이며 이들의 식견으로 정치가 이끌어졌고 이들은 서민을 지도하는 지배층이 되었다. 이러한 상황에서 백화소설이 문학이나 학문의 정통이 될 수는 없었다.

넷째, 중국인들이 갖는 정통적인 예법과 윤리도덕의 측면에서도 백화소설은 인정을 받을 수가 없었다. 예를 들어 『수호전』을 읽은 서민들은 통쾌하다고 환호했지만 사대부들로서는 입에 올리기도 싫은 범법자들이나 무식한 패거리들의 패륜행위였을 것이다. 또 『금병매』에서 음탕한 남녀들이 저지르는 성애性愛의 상세한 묘사에 대해 사대부들은 예교禮敎를 무너트리는 아주 나쁜 내용이라고 생각할 수밖에 없었다.

사회적 지위가 높거나 명문가의 후예인 중국인들은 언제나 정통 윤리와 사상을 고집했다. 하층민이 큰돈을 벌었다면 주택이나 의상에서 상류층을 따라가기도 하지만 정통 윤리와 도덕을 실천하는 것을 자신의 신분과 자존심을 높이는 행위라고 생각하였으며 동시에 그런 것을 명예로 생각했었다. 이처럼 윤리적인 측면을 보더라도 소설은 중국에서 올바른 문학으로 대접을 받을 수 없었다. 그러나 이런 소설은 서민들의 환호 속에서 서민 경제의 향상에 힘입어 굳건한 뿌리를 내릴 수 있었다.

✎ 사대기서의 출현

중국에서는 각 시대를 대표하는 문학형태로 '한문漢文, 당시唐詩, 송사宋詞, 원곡元曲'이란 말이 있는데 명明과 청淸 시대에는 특히 소설이 발달하였다.

시와 문장은 명나라 시대에서도 여전히 문학의 중심으로 인식되었다. 시문詩文은 재능을 가진 엘리트 문인이 각고의 노력으로 창작하고 또 그만한 학식과 노력이 있어야 제대로 감상할 수 있는 고급문학이었다. 그러니 문인이라면 당연히 시문에 박통해야 한다고 누구나 인정하고 있었다.

그러나 명대에는 문학의 정통으로 여겨졌던 시詩, 사詞, 고문古文 등이 부진하였으니 당唐의 이백李白, 두보杜甫 같은 시인이나 한유韓愈와 같은 문장가, 송宋의 구양수歐陽脩나 소식蘇軾 같은 대가가 나오지를 않았다.

그 대신 명대에는 희곡과 소설 같은 통속문학이 매우 높은 수준으로 발달하였다. 명대의 문인들은 문학의 전 영역에 걸쳐 관심을 갖고 활동하였다. 문인이 희곡 작가로 명성을 남기기도 했으며 통속소설에 대하여 긍정적 안목과 인식을 갖고 있었다.

특히 소설은 장편의 장회소설章回小說이 창작되고 성행하였으니 『사대기서四大奇書』는 이러한 장편 장회소설의 대표작이다.

풍몽룡馮夢龍(1574~1646)4)은 소설이 교화하는 공용성이 여러 경전보다 더 낫다고 생각하면서 『삼국연의三國演義』, 『수호전水滸傳』, 『서유기西遊記』와 『금병매金瓶梅』를 '4대기서'5)로 꼽았다.

그리고 이지李贄(1560년 전후)와 원굉도袁宏道는 문학의 시대성과 함께 소설이 가치를 높이 평가하며 소설의 사회적 영향을 중시했다. 원굉도는 『금병매』를 『수호전』과 함께 '뛰어난 작품'이란 뜻으로 일전逸典이라 높이 평가하면서 『금병매』에서 생동감 있게 묘사한 주색재기酒·色·財·氣야 말로 '인생 최대의 비애'라고 했다. 또 모종강毛宗崗과 장죽파張竹坡6) 같은 문인들의 소설에 대한 평점評點(소설 비평과 우열을

---

4) 풍몽룡 : 『유세명언(喩世明言)』(세인을 가르치는 명철케 하는 이야기), 『경세통언(警世通言)』(세인을 경계케 하고 통달케 하는 이야기), 『성세항언(醒世恒言)』(세인들을 각성케 하는 오래 남을 이야기)의 삼언소설(三言小說)이라는 단편 소설집과 장편소설 『삼수평요전(三遂平妖傳)』의 작자이다.

5) 명말청초의 작가 이어(李漁 1610~1680)도 풍몽룡의 지정에 동의하였다. 이와 달리 明의 왕세정(王世貞, 字 엄주弇州 1526~1590)은 사마천의 『사기(史記)』와 『장자(莊子 ; 南華經)』, 시내암의 『수호전』과 원(元) 왕실보(王實甫)의 잡극 『서상기(西廂記)』를 '우내(宇內)의 사대기서'라고 지칭했다. 뒷날 조설근(曹雪芹)의 『홍루몽(紅樓夢)』이 크게 읽히고 성행하자 『金瓶梅』 대신 홍루몽을 넣어 '4대명저(四大名著)'라 부르기도 한다.

6) 장죽파 : 名 道深, 號 竹坡. 淸初의 저명한 문예 이론가. 과거에 연속 낙방. 26세에 『金瓶梅』 評點. 1695년에 『고학당비평제일기서금병매(皐鶴堂批評第一奇書金瓶梅)』를 간행, 29세에 요절.

평가함)이 나와 소설의 성행과 보급에 크게 기여하였다.

✆ 명대 소설 발달의 원인

　이처럼 명대에 소설이 발달한 원인으로는 첫째, 도시와 서민경제의 발달을 꼽아야 한다.

　명대에는 산업의 각 분야가 모두 크게 발달하였다. 명대의 사대부나 관료들은 기본적으로 도시의 상공업자의 경제력에 의지하지 않을 수 없었으며 도시 서민층이 소설의 수요자로 등장하였다. 실제 『삼국연의』같은 장편 소설은 그 인쇄와 제본에서 시문집에 비교할 수 없을 정도로 고가였으나 이런 소설을 구매하고 읽을 만한 도시의 서민층이 있었기에 유행할 수 있었다.

　중국인들은 종이가 발명되기 전에 고가의 비단이나 금속, 돌 또는 저가의 죽간이나 목판에 많은 노력을 기울여 글을 기록했다. 또 종이가 발명되었어도 대량 인쇄기술이 발달하지 못했기에 글을 짓거나 유포시키는 일을 매우 어려운 일이었다. 때문에 적은 글자로 심오한 뜻을 표현할 수 있는 시가詩歌가 먼저 발달할 수밖에 없었다.

　그러나 명대에 들어와 활자와 인쇄술의 보급은 60여 만 자의 『삼국연의』나, 80만 자가 넘는 『수호전』의 출판을 가능케 했다.[7]

　당시 소설 독자는 사농공상의 각 계층은 물론이거니와 지역적으

■
　7) 참고 : 목간에 쓰여진 사마천의 『史記』는 52만 여 자.

로는 도시에서 농촌에 이르기까지 광범위하였으며 명나라 신종(神宗 萬曆帝)도 『수호전』을 즐겨 읽었다고 한다.

소설발달의 두 번째 원인으로는 백화문白話文의 성숙과 표현기교의 발달을 들어야 한다.

당唐대에 유행하던 변문變文이 백화를 채용하기 시작한 이래 송대의 화본에 유려한 백화문이 등장하였고 원元대 잡극의 대부분은 구어체 백화문이 사용되었다. 이러한 발전은 명대에 이르러 한층 성숙하였고 소설에 그대로 반영되었다.

셋째, 소설에 대한 관념의 변화를 들어야 한다.

소설이 지배계층의 억압과 천대를 받았지만 민간에 유행하였기에 소설이 미치는 영향력을 무시할 수 없었다. 곧 공용적功用的인 측면에서 소설은 시나 산문보다 효용이 있다는 각성이 나타나기 시작했다.

2. 『사대기서』의 비교

　『사대기서』는 명^明(1368~1644)나라 때인 15세기에 출현하였는데 비슷한 시기에 등장하여 중국 소설사에 뚜렷한 획을 그은 삭품이며, 이 소설들은 현실적인 문제에 소설적 리얼리티를 크게 늘려나갔다는 공통점을 가지고 있다.

✿ 장회소설의 성립과정

　『사대기서』에서 『삼국연의』, 『서유기』, 『금병매』는 100회, 『수호전』은 120회로 모두가 대작이다. 여기서 장회소설의 성립과정을 한번 생각해 볼 필요가 있다

　어떤 사람에 의하여 재미있는 소재가 발굴이 되었다면 그 소재를 바탕으로 여러 사람에 의해 이야기가 다듬어지고 보다 재미있게 다시 짜여지는 것은 극히 자연스러운 일이었다.

　중국의 문인들은 어떤 유명인의 잘 알려진 시구^{詩句}를 답습하는 것은 상당히 꺼렸으나 남의 이야기에 자신의 상상력을 가감하여 더 재미있게 만드는 것은 비난받을 일이 아니었다. 어찌 보면 이는 효율

적이면서도 더 많은 사람들을 소설 창작에 참여시키는 방법이었다.

이러다 보니 중국문학사에서 송·원대를 거치면서 소설의 장편화가 이루어지고 마침내 『사대기서』의 위대한 탄생이 이루어진다. 말하자면 『사대기서』는 여러 사람에 의하여 오랜 세월에 걸쳐 진행된 집단창작의 결과물이라 보아 틀림이 없다.

이는 일차작가一次作家가 아닌 이차작가에 의해 새롭게 완성이 되어나가는 적층積層 문학이라 볼 수 있다. 적층문학은 오랜 기간에 걸쳐 작품이 계속 보태지면서 내용이 변하기 때문에 유동문학流動文學이라고도 하는데 우리나라의 경우 『춘향전』이 바로 그러한 예라 할 수 있다.

『삼국연의』는 곧 어떤 개인(일반적으로 알려진 나관중羅貫中)의 독창적이거나 천재적인 능력에 의한 것은 아니다. 특히 『삼국연의』나 『수호전』은 원나라 말기에 이미 소설의 윤곽이 이루어졌다는 것이 학자들의 일반적인 견해이다.

다시 말해 『금병매』를 제외한 다른 소설들의 작자들은 '작자'라기 보다는 필사의 마지막 단계를 완성한 '사정자寫定者'라는 말이 더 정확할 것이다.

이러한 『사대기서』의 완성에 관여했을 수많은 작가들이나 연기자, 필기하거나 판각을 새기던 사람들, 이차 작가에서 이런저런 내용을 보태어 좀 재미있게 고쳐달라고 부탁을 했을 법한 서적상인들, 그들이 서로 간에 어떤 협의나 약속은 없었지만 '이야기의 틀이 어떻게 짜여졌는가?' 라는 관점에서 본다면 공통성과 함께 쉽게 비교가 된다.

🌀 장회소설의 짜임새

나관중의 『삼국연의』는 원元나라 때의 『전상삼국지평화全相三國志
平話』를 바탕으로 이루어졌다. 우리가 연의演義 또는 통속연의通俗演義
라 불리는 장회소설은 사실史實을 '자세히 풀어서 이야기하다'라는
뜻이 있는데, 이야기를 하다보면 재미가 있도록 상황 묘사에 가감을
하게 되고 여기에 허구적 내용을 보태거나 짜임새를 바꾸는 것은 당
연한 일이었다.

장편 연의소설 각 회回의 내용은 단편과 같으면서도 이들이 하나
의 맥락으로 이어져 장편을 이루었는데, 그 작품의 성숙도나 구성의
치밀함과 묘사의 박진성迫眞性 등은 지금 사람들이 읽거나 분석하더
라도 찬탄을 금할 수가 없다.

장회소설에는 이야기의 내용에 따라 회를 나누고 운문으로 된 적
당한 제목을 붙인다. 『삼국연의』나 『수호전』의 경우 한 회를 보통 두
개의 이야기로 나눌 수 있다.

그리고 제목 다음에는 보통 칠언의 절구나 율시 한두 수로 시작
하는데 이 시를 개장시開場詩라고 한다. 보통 개장시는 그 회의 내용
을 유추할 수 있는 내용이거나 역사적인 성격을 요약하기도 한다.

개장시에 이어 본 이야기로 들어가는데 이를 정화正話 또는 정전
正傳이라고 한다. 이 정화를 시작할 때는 보통 '화설話說' 또는 '각설
却說', '차설且說'이란 말로 시작한다.

정화 중간 중간에 중요한 부분은 시詩나 사詞, 대구對句 등을 넣
기도 하는데 보통 '정시正是', '단견但見', '유시위증有詩爲證하니',
'후인유시後人有詩하니', 또는 '상언도常言道하나니', '고인운古人云하

되' 등으로 시작한다.

그리하여 한 내용의 이야기가 최고조에 도달했을 때 그 회를 끝 맺게 된다. 그러기 위해서 먼저 그 사건을 요약하는 시를 읊는데 이를 보통 '산장시散場詩' 또는 '수장시收場詩'라고 한다.

이어 듣는 사람이나 독자의 궁금증을 유발하기 위하여 다음의 이 야기의 주제를 말해 주는데, 예를 들어 『삼국연의』 제1회의 끝은 '필 경 동탁의 생명은 어찌 되겠는가? 다음 글의 설명을 들어 보시오(畢 竟董卓性命如何? 且聽下文分解).'라고 끝을 맺는다.

ꙩꙩ 『사대기서』의 개괄적인 비교

중국문학사에서 명·청대 소설은 매우 다양한 주제를 다루고 있 으며 여러 스타일을 골고루 갖추고 있다(衆體齊備)고 한다. 곧 『삼국 연의』와 같은 역사물, 『서유기』와 같은 신마神魔 소설이 있고, 『수호 전』은 일종의 영웅소설이며 『금병매』는 인정(人情 또는 世情)소설이라 할 수 있다.

그리고 서술 언어로 볼 때 『사대기서』 모두에 백화와 문언문文言 文이 뒤섞여 있지만 『삼국연의』에서는 문언문이 우세하고, 『수호전』 과 『금병매』에는 백화가 훨씬 많다. 이는 『수호전』이 하층민의 생활 을, 『금병매』는 여인들의 일상생활이 주 소재이기 때문일 것이다.

그리고 『삼국연의』와 『금병매』는 이야기가 넓게 펼쳐진 상태에 서 전개되다가 차츰 좁혀가는 원뿔 모양의 구조라면, 『수호전』과 『서 유기』는 구슬을 실로 꿴 것처럼 직선구도로 전개된다는 특성을 보이고 있다.

　　그리고 섬세한 예술적 표현을 생각해 본다면『삼국연의』는 사나이들의 이야기 그대로 좀 터프한 소설이라면,『수호전』을 거쳐『서유기』와『금병매』로 이어지면서 섬세한 묘사와 예술성이 더 돋보인다.

　　① 『삼국연의』

　　우선『삼국연의』는 상세한 역사기록을 바탕으로 이루어졌다. 『삼국연의』는 진수陳壽의『삼국지三國志』를 바탕으로 풀어쓴 이야기이지만 소설의 소재로서 아주 적합한 특성을 가지고 있다.

　　중국사에서 진秦의 건국, 성장과 시황제始皇帝의 통일은 유향劉向의『전국책戰國策』에 상세한 기록이 있고 흥미로운 테마이지만, 우선 전국시대戰國時代 8)가 시간적으로 너무 오랜 기간이고 7국의 흥망을 모두 다 언급하려면 너무 복잡다단하여 소설가나 독자에게 너무 큰 부담이 된다.

　　진시황제의 죽음(기원전 210년) 9) 이후, 항우項羽와 유방劉邦의 쟁패와 한漢 건국(기원전 202년)과 통일은 정말 극적인 대 사건이지만 기간이 짧고 항우 대 유방이라는 단순한 대결 구도로 전개가 되었다.

---

　8) 전국시대(戰國時代)[기원전 476년(一說 前 403년)~전 221년], 東周 歷史의 일부분(秦의 통일 이전). 이 기간에 중국에 철기가 완전히 보급되면서 생산의 증가와 함께 각국의 혼전이 그치지 않았다.
　9) 秦 始皇帝(기원전 259~210년) 13세 王位에 올라 39세에 六國을 통일, 황제라 칭함. 50세에 지방 순행 중 병사.

이에 비하여 후한 말 황건적의 난 이후 후한의 붕괴와 위, 촉, 오 삼국의 정립과 멸망은 약 100년간에 걸쳐 진행되는데 전국시대처럼 복잡다단하지도 않고 초한楚漢의 대결처럼 단순하지도 않아 소설의 소재가 되기에 아주 적합했다고 볼 수 있다.

『삼국연의』가 인기를 얻고 광범위하게 유포된 배경에는 삼국의 정립鼎立이라는 특별한 소재를 채택하였기 때문이다. 삼국정립의 무대에는 강자와 약자, 선인과 악인이 고정되어 있지 않다. 또한 정립의 과정에서 끝없이 이어지는 전략과 여러 전투에는 승자와 패자가 계속 뒤바뀌게 된다. 그리고 움직일 수 없는 역사적 사실, 예를 들면 적벽대전의 과정을 설명하는 데에는 역사적 사실의 바탕 위에 가미되는 작가의 창의적 창조능력이 돋보일 수밖에 없었다.

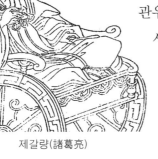

청淸의 장학성章學誠은 『삼국연의』가 '역사적 진실에 배치되는 허구의 옛 이야기'로 '내용의 70%만 사실이며 30%는 허구(惟三國七分事實 三分虛構)로 읽는 사람을 자주 현혹한다.'고 말했다.

실제로 『삼국연의』속의 조조, 제갈량, 유비, 관우, 장비 등은 모두 실존 인물로 역사상의 행적도 거의 일치한다. 때문에 소설에 묘사된 형상이 실제 모습으로 잘못 인식되는 경우가 많다.

이를 바꾸어 말하면 『삼국연

제갈량(諸葛亮)

의』의 70%는 이미 기록이 있고 이는 기본 틀이므로 약 30% 정도만 작가의 영역으로 남겨졌다는 뜻이다. 『삼국연의』는 그 시작과 끝이 분명하다. 또 등장인물이나 그들의 개성이나 성격도 행적도 이미 고정된 것이 있기에 『삼국연의』 작가가 소설적 능력을 발휘할 공간은 그만큼 좁았다.

사실 역사소설에서 정말로 중요한 것은 70%의 역사적 사실이 아닌 30%의 허구라고 말할 수 있다. 그 30%는 역사가가 기록하거나 생각하지 못한 그 인물의 영혼이기에 만약 그 30%를 부정한다면, 아무도 『삼국연의』를 읽지 않을 것이다.

유비와 가까운 관우와 장비에 대하여 여러 가지 신비한 윤색이 되고 개성이 뚜렷한 인물로 창조한 소설 그 자체를 부정한다면, 처음부터 역사책만 읽고 공부하면 된다. '역사적 사실과 틀린다.'고 하면서 역사소설의 가치를 폄하할 것이라면 역사소설을 필요가 없을 것이다.

소설은 소설로 재미가 있고, 신화처럼 각색된 이야기는 그 신화로 가치가 있다. 신화를 종교로 강요받지 않는 이상 신화 자체를 부정할 필요는 없다고 생각한다.

적벽대전은 역사적 사건이지만 그 과정에서 제갈량諸葛亮의 지략이나 주유周瑜의 의도와 충성심, 조조曹操의 남하를 막아내면서 내부 결속을 강화해야 하는 오나라의 국내 상황 등을 고려한다면 적벽대전은 일어나지 않을 수 없는 필연으로 인식되게 된다. 그런 인식을 바탕에 깔아놓고 거기에 작가의 상상력과 추임새가 보태어졌기에 『삼국연의』가 인기를 끌었다고 볼 수 있다.

역사적 사실에 작가의 새로운 시각이 첨부된다면 마치 정면 사진만 보아온 사람에게 측면 사진을 보여주었을 때 느끼는 효과가 있다. 그간 본 적이 없는 측면 사진은 구체적이고 입체적인 영상으로 독자에게 다가오고 그 언행은 특별한 호소력을 갖고 독자에게 다가갈 것이며 특별한 대리만족의 효과를 줄 것이다.

우리나라에서 『삼국연의』의 인기도를 보더라도 『삼국연의』는 중국 역사소설의 최고봉이며 그 어느 역사소설도 『삼국연의』의 경지를 넘어서지 못했다. 『삼국연의』의 웅장한 스케일과 등장인물들에 맞춰진 특별한 캐릭터,[10] 풍부한 상상력에 의한 여러 사건과 이야기들, 과장이나 정밀 묘사에 의한 표현기법 등은 앞으로도 이만한 대작은 없을 것이라는 생각이 든다.

② 『수호전』

『수호전』에는 '충의수호전忠義水滸傳 일백 권. 전당 시내암의 본錢塘施耐庵的本) 나관중 편차羅貫中 編次'라는 기록이 있지만,[11] 남송대부터 이미 송강의 반란에 대한 이야기는 설화인說話人의 좋은 소재가 되었었다.

또 수호희水滸戲가 전해 오고 있었으며, 여기에 등장하는 인물이 36명에서 72인, 다시 108인으로 늘어나는 과정을 거치는데 이는 곧

---

10) 소설에 등장하는 인물이나 작품내용에 의하여 독특한 개성과 이미지가 부여된 존재. 예를 들면 제갈공명의 지혜, 관우의 의리, 조조의 간지(奸智)는 모종강(毛宗崗)이 '三國의 三絶'이라고 지칭할 정도로 특별한 캐릭터이다.

11) 明代 高儒 찬 『百川書志』 20권. 『百川書志』는 高儒 개인의 장서목록으로 經, 史, 子, 集으로 분류하고 책의 내용을 간략하게 소개하고 있다. 錢塘은 지명임.

호랑이를 때려잡는 무송(武松)

『수호전』이 여러 사람에 의해 점차적으로 창작된 작품이라고 할 수 있다.12)

　　『수호전』 주인공인 송강松江은 역사적 실존 인물이다. 곧 송강의 반란과 횡행, 송강의 무리를 진압하지 못하는 관군, 그리고 그들의 투항과 죽음에 이르는 결말은 역사에 기록되어 있다.

■
　12)『중국소설사』; 서울대학교 출판부. 서경호. 2006. p. 375

그러나 그 기록은 분량이 매우 적다. 『삼국연의』의 역사적 내용과 비교할 수 없을 만큼 적은 양이지만 기본 틀과 주인공은 정해져 있었다. 송강에 관련된 사서史書의 기록은 요즈음으로 말하면 신문에 수록된 기사 한 꼭지에 불과하다.

이를 다시 정리하면 『삼국연의』가 정사正史의 많은 내용을 바탕으로 이루어졌지만 『수호전』은 정사가 아닌 민간에 전승되어 내려오는 이야기를 바탕으로 이루어졌다는 점이다.

이미 남송 말기에서 원元나라 초기에 설화인들 사이에 '화화상花和尙(노지심)', '무행자武行者(무송)', '청면수靑面獸(양지)' 등의 독립적인 이야기들이 유행했었다.

여기에 송강에 관한 이야기가 광범위하게 퍼졌고 많은 사람들에 의해 이야기가 더욱 윤색되어 공연으로 발전하게 된다. 이런 과정에서 송강은 실존인물과 다르게 여러 가지 능력을 가졌으며 충의를 바탕으로 하는 대인군자의 모습으로 변모되면서 『수호전』의 기본 틀이 만들어진다.

소설이라는 문학적인 측면만을 고려한다면 『수호전』은 『삼국연의』와 비교가 안 될 만큼 우수한 창작과정을 거쳤다. 『수호전』에서 가장 정채가 나는 이야기 곧 오용의 생신강生辰綱 탈취, 노지심이 진관서를 죽이고, 무송이 호랑이를 때려잡으며, 임충이 초료장을 불태운 뒤 양산박을 찾아가는 이야기, 그리고 송강이 염파석을 죽이는 이야기가 모두가 창작된 픽션이다.

그리고 『수호전』의 주요 등장인물들이 모두 이름도 없는 서민—당시 사회의 밑바닥 인생이라는 점을 주목해야 한다. 송강은 겨우 지방관아의 아전衙前이었고, 조개晁蓋는 마을 촌장이며, 오용吳用은 서당의 훈장이었다. 왕륜은 과거 시험에 떨어졌기에 양산박에서 수채를 열었고, 흑선풍 이규는 그야말로 일자무식이었다. 무송의 형 무대武大는 오늘날까지도 못난이의 대명사로 중국 속담에 살아 있고, 반금련은 팔려 다니면서 문자를 터득했고, 왕파나 운가는 최하층민이지만 소설 속에서 훌륭하게 자기 역할을 하는 것은 모두 작가에 의한 창작능력의 산물이다.

그러하기에 『수호전』을 만들어 낸 작가가 대단한 사람들이며 『수호전』이 재자서才子書[13]라는 영광된 명예를 누리고 있는 것이다.

『수호전』은 '관리의 핍박에 대한 백성들의 반항官逼民反' 이라는 주제를 다루고 있다. 전제군주 체제에서 국가나 사회, 백성에 관한 모든 일은 관官과 분리해 생각할 수 없다. 백성 위에 군림하는 관리, 그 관리들의 부패와 횡포에 백성들의 목숨과 생활이 달려 있었다.

몰락한 백성들이 도적(寇)이 되고, 그들 중 우세한 자는 크거나 작은 산 하나를 차지하고 무리를 지어 또 다른 백성들을 괴롭히게 된다. 국정이 문란하고 치안이 제대로 유지되지 않으면 어느 시대에나 산적이나 초적草賊들은 다 있었다. 그러나 『수호전』의 그 무리들은 양산박梁山泊을 차지하고 하늘을 대신하여 바른 도를 펴겠다며 '체천행도替天行道' 라는 정치적 구호를 내세웠고, 이를 실천하려 했던 집단이었다.

보통 산적들은 일반 백성들의 생활에 폐해를 끼치는 존재이다.

---

13) 明末淸初의 김성탄은 『장자』, 「이소(離騷)」, 「사기」, 두보(杜甫)의 〈율시(律詩)〉, 『수호전』, 『서상기』를 6재자서(六才子書)라고 칭했다.

그러나 양산박을 점유한 도둑(盜)은 '체천행도'의 구호 아래 관군에 항거하며 포악한 관리들을 제거하여 백성들이 편안히 살도록 도와주었다. 뿐만 아니라 고약한 부자의 재산을 빼앗아 가난한 사람들을 구제하였기에 그 도둑들은 일반인들의 환영을 받았다.

나라의 관리나 관군은 양산박을 점유한 그 패거리를 도적떼로 생각하고 토벌하려 했지만, 일반 백성들과 양산의 사나이들은 관리나 관군을 도적으로 생각했다. 그렇다면 과연 누가 도적이란 말인가?

대명부大名府의 양중서는 해마다 백성들을 수탈했고, 그렇게 모은 십만 관의 생일 선물을 수도 개봉부開封府의 장인 채태사蔡太師에게 보낸다. 그 생일선물을 중간에서 가로챈 도둑들이 진짜 도둑인가? 아니면 양중서가 도적인가?『수호전』은 '자신의 것이 아닌 것을 취하는 관리는 도盜이고, 다른 쪽에 넘치는 재물을 훔치는 도적은 공公'이라는 기준을 제시하고 있다.

『수호전』에 등장하는 웬만한 산에는 산적이 우글거렸고 조정에는 조정의 대신들이, 지방 관청의 관리들도 또 그들 나름으로 모두 도둑질을 했다. 그런 상황에서 선량한 사람들은 어떻게 되겠는가? 임충林冲과 노지심魯智深과 무송武松이 갈 길은 양산박 밖에 없었다.

『수호전』은 사회 혼란기를 배경으로 하는 보통의 소설과는 달리 '관핍민반'의 주제를 다룬 특별한 소설이지만 여기에 등장하는 108 호한들의 행적이나 개성 그 이야기를 엮어내는 작가의 소설적 플롯(plot)은『삼국연의』와 비교가 안될 만큼 스케일이 광대했다.

여기서 또 한 가지 주의해야 할 점은『수호전』의 문체文體이다. 당대의 변문變文이나 송대의 강사講史는 문언문이 강세였지만, 원대를 거치면서 일상 언어인 백화白話가 소설 속에 자리를 잡기 시작하였다. 이는 소설의 독자들이 최고의 지식인이 아닌 평범한 백성들이 었다는 증거가 될 수 있다.

『삼국연의』보다는 『수호전』에 일상적인 백화의 양이 크게 증가 한 것은 『삼국연의』보다는 『수호전』의 주인공들이 사회적 지위가 전 반적으로 낮았기 때문이 아니라 그만큼 소설의 진보가 이루어졌다고 볼 수 있으며 서민 독자층이 두터워졌다는 의미일 것이다.[14]

③ 『서유기』

『서유기』속의 손오공孫悟空과 저팔계豬八戒를 역사인물로 생각하 는 사람은 없다. 그러나 소설 속의 당삼장唐三藏은 당唐나라의 실존 인물로 627년부터 643년에 걸쳐 당시의 천축국(인도)을 여행하고 구해 온 불경을 번역한 현장玄奘(602~664)을 모델로 하고 있다.

현장의 천축국 여행은 그의 구술을 바탕으로 이루어진 『대당서 역기大唐西域記』에 상세히 기록되어 있다. 실존인물 현장은 굳은 의지 로 17년간 온갖 역경을 극복해낸 고승으로 소설 속의 삼장법사처럼 무능하고 칠칠치 못한 인물은 아니었다.

『서유기』에도 주제와 짜임새는 제한적인 것이 있다. 삼장법사라 는 인물과 구법求法을 위한 여행 그리고 당나라에 귀환한다는 내용이 기본이라 할 수 있다. 그러나 『서유기』에는 다른 『사대기서』에서 결 코 추종할 수 없는 영역이 있다. 곧 인간이 해낼 수 있는 온갖 공상을 사실처럼 삽입했다는 점이다.

---

14) 상세한 내용은 陳起煥 著 『水滸傳 評說』을 참고하기 바람.

가령 손오공의 탄생이나 여의봉, 변신, 저팔계와 사오정, 각종 마귀와 여래의 등장과 도움 등등 『서유기』 속의 입체적 공간과 시간을 넘나드는 무대는 『삼국연의』의 제갈량이나 『수호전』의 송강의 신통력과는 비교할 수가 없다.

그리고 손오공이나 저팔계는 인간의 속성과 동물성 그리고 신성神性을 혼합하여 그 독특한 캐릭터가 창조되었다는 점을 알아야 한다. 예를

손행자(孫行者 · 孫悟空)

들어 손오공은 얼굴에 털이 있고 꼬리를 달고 있으며, 복숭아 같은 과일을 좋아하는 원숭이의 동물성을 갖고 있으면서도, 다른 사람의 칭찬을 좋아하고 악인을 미워하는 정의감이나 총명하고 농담을 좋아하는 인간적인 속성을 갖고 있다. 그러면서 구름을 타고 여의봉을 휘두르며 순식간에 수만 리를 날아갈 수 있는 초능력의 신성을 갖고 있다. 저팔계 또한 그 능력 면에서는 손오공만 못하더라도 인간적 속성과 동물성, 신성을 다 갖추고 있다.

『서유기』에 주어진 역사적 사실이나 현실적 제약은 『삼국연의』나 『수호전』에 비해 극소량이라는 것은 작가에게 주어진 창작의 공간이 그만큼 넓었다는 것을 의미한다. 곧 『서유기』는 역사적 사실에서 출발했지만 그 끝은 완전한 허구의 이야기였다.

작가 오승은吳承恩.15)은 생동적인 일상 언어와 풍부한 유머와 익살, 그리고 뛰어난 상상력으로 기이하고 환상적인 세계를 그려내었고 『서유기』는 중국 고대 신마神魔소설의 최고봉이라는 영광을 누리고 있다.

④ 『금병매』

『금병매』는 처음부터 역사적 기록과는 관련이 하나도 없다. 본 소설 속에 등장하는 송나라 때의 인물은 『금병매』 이야기를 재미있게 만드는 하나의 조미료로 존재하는 것뿐이지, 그런 인물들이 서문경西門慶이라는 가공의 인물과 관련이 있는 것은 아니다.

곧 『금병매』는 처음부터 가공架空이었다. 곧 사실일 수도 있는, 지나가는 나그네가 들려줄 수 있는 이야기로 시작해서 작가의 의도대로 사실처럼 끝을 만들어 내었다.

다시 말해 『금병매』는 처음부터 작가에게 주어진 100% 허구였으며 『삼국연의』나 『수호전』과는 비교가 되지 않는 창작의 이정표가 있었다. 또한 다른 기서와 달리 철저하게 일상생활을 바탕으로 이루어진 픽션이라는 점에서 『금병매』는 중국소설사에서 독특한 한 자리를 차지하면서 『사대기서』에 당당히 그 이름을 올리고 있다.

이에 『금병매』의 문학적 성취와 의미를 다시 강조한다면,

---

15) 오승은(吳承恩, 1504~1582) ; 호 射陽山人, 지금의 강소성(江蘇省) 회안시(淮安市) 출생. 관운은 없었고 일생을 곤궁하게 살았다고 한다. 후스(胡適)와 루신(魯迅)은 오승은이 『서유기』의 최후 작자라는 사실을 증명했고, 일반적으로 인정받고 있다.

첫째, 보통 사람들이 소설의 주인공이라는 점이다.

다른 기서들에서는 제왕이나 왕후장상, 영웅호걸, 신마요괴가 주인공으로 활약한다. 『금병매』의 주인공들은 수만의 병사를 거느린 장군도 아니었으며 군사들을 거느리고 성을 공격하지도 않았다. 백성들을 도탄에서 구하겠다는 원대한 뜻도 없었고 정의실현을 목표로 투쟁하지도 않았으며 하늘을 날며 요괴와 싸우지도 않았다. 그들은 그저 먹고 마시며 껴안고 입 맞추며 즐거워했던 아주 평범한 보통 사람들이었다. 작가는 그런 사람들의 일상을 충실하게 묘사하였다.

둘째, 다른 기서의 소재나 묘사와 구성이 모두 고대의 이야기 스타일을 벗어나지 못했지만 『금병매』에서는 현대소설에 조금도 손색없는 세밀한 서술과 치밀한 심리묘사를 보여주었다.

셋째, 『금병매』는 작가 일인에 의한 순수한 창작품이다. 다른 기서들은 모두 바탕이 될 만한 역사적 사실이나 자료, 또는 구전되는 전설 등 축적된 결과물이 있었다. 그런 축적된 자료 없이 순수한 창작이란 점에서 『금병매』의 가치는 인정되어야 한다.

물론 이야기의 시작을 『수호전』에서 빌려왔지만 『수호전』보다 더 재미있게 구성했음을 알 수 있다. 무송의 단 한 방에 서문경이, 단 한칼에 반금련이 죽는 것 보다는 그들을 살려 두어 나중에 전혀 다른 스타일로 죽게 하는 것은 정말 뛰어난 발상이며 성취라고 할 수 있다.

그리고 『금병매』 속에 인용한 수많은 시詩와 기녀나 가수들이 부르는 노래들을 작자가 인용했다는 점을 지적할 수 있지만 그것도 아름다운 무늬를 놓기 위한 하나의 수단이라고 생각해야 한다. 이는 마치 진흙으로 빚은 매병梅瓶의 표면에 백토白土로 상감象嵌하여 무늬를 놓는 것이며, 청동으로 만든 주전자에 은입사銀入絲로 상감한 걸작과도 같다. 그런 명품에 대하여 다른 사람이 만든 은이니까 순수한 창작품이 아니라고 비하할 수는 없는 것이다.

이제 『사대기서』에 대한 비교를 다시 정리해 보면,

『삼국연의』에는 70% 정도 철근 콘크리트 구조물이 들어갔으니 움직일 수 없는 사실을 가지고 이야기를 만들은 셈이다. 『삼국연의』의 작가는 내부구조를 약간씩 바꾸면서 등장인물의 분장과 대사를 조금씩 바꿀 수 있었다. 주어진 하드웨어보다는 약간의 소프트웨어의 재배치 곧 역사적인 사실에서 보이지 않던 부분의 재배치와 각색이 돋보인 작품이었다.

『수호전』에도 시점과 종점終點이라는 기본 골격에 역시 철근 구조물이 있었지만 『삼국연의』보다는 훨씬 적은 양이었다. 『수호전』의 작가는 왕자王者. 제후, 영웅이나 명사 등 유명 배우가 아닌 무명의 연기자들을 주역으로 등장시키면서 서로를 튼튼한 끈으로 묶어 양산박이라는 거대한 공간을 창조했으며 멋진 연기를 지도하며 연출한 감독과도 같았다.

『서유기』는 주춧돌만 있는 상태에서 그 주춧돌조차 필요가 없는 공중누각을 지어냈고 다른 소설작가가 생각도 못하는 외계인(신령이나 마귀)들을 등장시켰다. 그리하여 인간세계를 벗어나 무한한 세계에 많은 사람들이 빠져들게 만들었다. 이런 점에서 본다면 『서유기』의 작가는 진정한 자유를 꿈꾸던 사람이었다.

『금병매』의 작가는 처음부터 끝까지 아무런 제약이 없는 곳에서 작가가 홀로 가장 멋진 집을 지었다. 이 작가는 자기가 말하고 싶은 이야기만을 독자에게 들려주었다. 다시 말해 이미 다른 역사책이나 경전에서 읽어 알고 있는 것 같은 이야기는 하지 않았다.

　　많은 사람들이『금병매』의 내용이 불건전하다고 하면서도 그 이야기에 빨려 들어갔다. 이는 15, 16세기 중국 사회에서 충분히 가능한 극히 자연스러운 이야기였지만 그때는 많은 사람들이 그런 이야기를 불건전하다고 생각했었다. 인간의 본질을 가장 잘 묘사한『금병매』가 금서禁書로 묶였던 것은 그 시대적 상황에 대한 이해가 필요한 부분이다.

　　어찌 보면『금병매』야말로『사대기서』의 최고봉이면서 중국 소설 진화의 완성품인 동시에 그런 진화의 과정을 보여준 교과서이다.『금병매』의 작가가 다른 작가들과 세미나를 열거나 네트워크를 형성

홍루몽(紅樓夢)

하고 있지는 않았지만 지금 우리가 볼 때『금병매』는 명대 소설 흐름의 끝에 홀로 우뚝 서 있는 명작이다.

　　그렇다 하여『금병매』가 결코 망망대해의 외로운 섬은 아니었다. 특히『금병매』가 청나라 조설근曹雪芹의『홍루몽紅樓夢』이 출현할 수 있는 기본토양이 되었다는 점을 주목해야 한다.

　　중국의 장편 장회소설은 그 엄청난 분량 때문에 대충 읽는 경향이

있다. 그러나 소설도 꼼꼼하게 읽어가며 그 행간에 무슨 뜻이 있는가를 살펴야 한다.

청나라의 문학비평가인 장죽파張竹坡는 "『금병매』를 읽기 전에 자신의 문장이 이런 정도였는데, 읽고 나서도 마찬가지라면 자신의 필묵을 불사르고 밭이나 경작하여야 한다. 그런 사람은 즐겁게 살기 위하여 다시는 글을 짓는다고 사서 고생을 할 필요가 없다."고 하였다.[16]

이 말은 소설을 정독하면서 세부묘사나 의미전달에 주의해야 한다는 뜻이다. 또 독자들도 소설을 읽으며 작자의 의도를 꿰뚫어 보며 나름대로 새로운 창작(비평)을 할 수 있어야 한다는 뜻이며, 대작을 대충 읽고 '이러이러하다' 라고 단언하는 것은 그만큼 위험하다는 뜻도 있을 것이다.

[16] 장죽파 『金瓶梅 評點』 중 〈금병매 독법〉 74조.

3. 『금병매』의 탄생

☙ 『금병매』의 시대적 배경

1368년, 홍건적 출신 주원장朱元璋(1328~1398)은 몽고족을 축출하고 남경에 한족漢族의 명明나라를 건국하였다. 태조 주원장은 강력한 중앙집권제를 바탕으로 농촌을 재건하면서 몽고족의 풍습과 언어를 금지하고 민족문화 회복에 힘썼다.

명나라는 학교를 세우고 과거제를 시행하며 유학을 정교政敎의 기본이념으로 채택하면서 대규모의 편찬사업을 하는 등 유교적 문화정책을 폈다. 그러면서도 문자옥文字獄을 자주 일으켜 문인들에 대한 억압과 감시를 풀지 않았으며, 팔고문八股文으로 시행되는 과거시험은 지식인들의 자유로운 사상과 학문발달을 저해하였다.

명대의 정치적 안정은 농업발전과 함께 수공업과 상업의 발전을 가져왔으며 이런 산업 발전을 바탕으로 도시경제가 크게 발달하였다. 제철, 요업, 직물, 인쇄기술의 발달과 함께 공장형 수공업이 등장하고 자본주의의 싹이 텄다. 그리고 성조 영락제는 환관 정화鄭和로 하여금 대 함대를 거느리고 남해를 원정케 하여 해외무역과 문화교류의 전기를 마련하였다.

상공업 발달은 도시의 발달을 가져왔으니 명초 남경은 100만이 넘었고 연경(북경)도 60만 명의 인구를 가진 대도시였으며 인구가 조밀한 큰 상업도시가 전국에 30여 개소가 있었다고 한다. 이러한 도시의 번창은 서민들의 경제역량의 증대와 함께 문화나 예술의 발전을 촉진하였다. 소설 『금병매』는 도시와 경제를 배경으로 지방부호의 생활모습을 그린 본격적인 창작소설이다.

소설 속의 시대적 배경은 북송의 휘종徽宗 재위기간(1112~1127)이다. 소설 속에서 서문경의 여섯 째 여인 이병아가 서문경의 아들을 낳은 것이 선화 4년(1122년 戊申) 6월 20일이다. 소설은 100회에 금나라의 침입으로 북송의 아버지 휘종徽宗과 아들 흠종欽宗이 붙잡혀 가는 정강靖康의 변(1127)년으로 끝이 난다.

그렇지만 이 소설은 16, 17세기 명대明代의 사회모습을 사실대로 묘사하고 있다. 『금병매』 30회에는 다음과 같이 정치적 문란과 백성에 대한 가렴주구의 실상을 묘사하였다.

그 당시에 조정의 정치는 크게 문란하여 간신들이 주요 직위를 차지하고 아부와 아첨만을 일삼는 신하들이 조정에 가득하였다. 고구高俅, 양전楊戩, 동관童貫, 채경蔡京 등 4명의 간당姦黨이 조정에서 매관하고 옥사에도 간여하니 공공연히 뇌물이 횡행하고 바치는 뇌물에 따라 관직이 올라가고 가격에 따라 보직이 결정되었다. 인연을 따라 아첨을 하는 자는 벼락출세하며 좋은 보직을 받았고 현량하고 능력이 있으며 청렴한 자는 몇 년이 지나도록 벼슬을 얻지 못했다.

이 때문에 풍속이 퇴폐하고, 뇌물을 받는 탐관오리들이 천하에

널려 있었다. 백성들의 부역賦役이 많아지고 세금도 크게 늘어나니 백성들은 곤궁해졌고 각처에서 도적들이 일어나 천하가 시끄러웠다. 간신들이 재상의 자리나 주요한 보직들을 차지하지 않았다면 어찌 이처럼 백성들이 피로 물들었겠는가?

실존인물 채태사

『수호전』과 『금병매』에서 채태사蔡太師[17]는 북송시대의 실존 인물 채경蔡京(1047~1126)이다. 『수호전』에서는 생신강生辰綱 탈취의 단서를 제공한 북경 대명부北京 大名府의 행정책임자인 양중서의 장인이지만, 『금병매』에서는 서문경의 후원자이며 서문경을 양아들로 기꺼이 받아들인 사람이다.

실제 사서史書에서도 채경은 대신大臣 중에서 북송 멸망에 가장 큰 책임을 져야 할 사람으로 꼽힌다. 채경은 중앙에서 한림학사로 근무하다가 휘종이 즉위한 이후 구법당舊法黨 계열로 밀려 지방관으로 내려갔다.

환관 동관童貫은 휘종의 명으로 항주杭州로 서화와 골동품을 구하러 갔다가, 글씨를 잘 쓰고 학식이 풍부하면서 서화 감식에 뛰어난 안목을 가진 채경을 거기서 만나게 된다. 채경과 동관은 곧 콤비를 이루었는데 그 당시 동관은 47세, 채경은 54세였다.

---

17) 太師는 황제를 보좌하는 최고직위인 三公(太師·太傅·太保)의 제1인자.

채경과 동관은 휘종의 절대적인 신임을 받았다. 채경은 1102년에 수석 대신의 반열로 급상승하고, 이후 20여 년간 북송의 정치를 거의 주무르다시피 했다. 채경은 최고의 문신으로 동관 같은 환관이 정치에 관여하는 것을 싫어했지만 동관에 대한 황제 신임이 절대적이었기에 어찌할 수 없었다.

채경은 사마광司馬光 계열 구법당 인사들의 후손까지 정계에서 밀어낸 뒤, 국정의 전권을 장악했지만 2번이나 파면을 당하였다가 다시 등용되기도 했다. 이런 부침 속에서 채경은 파면되어 물러날 때에도 자신을 변명하지 않고 오히려 자신의 잘못을 사죄하며 용서를 빌었다. 이는 황제에게 연민의 정을 남겨 놓는 효과가 있었고, 때문에 상황이 바뀌면 다시 복귀할 수 있었다고 한다.

사실 송대의 강력한 황제권 아래에서 재상 반열의 대신들은 경륜이나 포부를 펴기보다는 황제의 뜻에 영합하며 자리만을 보전하려 했다.

휘종은 제왕 화가이면서 그의 글씨는 수금체라고 부르는데 예술적으로도 뛰어났다. 채경도 휘종의 뛰어난 예술적 감각과 취향에 견줄 정도의 자질도 겸비하고 있었다.

채경은 23세에 과거에 합격한 수재였으며 글씨에도 뛰어났다. 『수호전』 39회에는 당시 소동파蘇東坡(蘇軾), 황노직黃魯直(黃庭堅), 미원장米元章(미불米芾), 채경蔡京 등 4인의 글씨체를 '송조 4절宋朝四絶'이라 부른다는 군사 오용軍師 吳用의 설명이 나온다.

채경은 휘종의 사치와 방탕에 한 몫을 하였다. 우선 화석강花石綱을 책임지는 주면朱勔을 추천한 장본인이었고 주면은 최고로 악랄하게 착취를 감행했다. 화석강이 문제가 되었을 때, 채경은 황제의 취미는 참으로 순수하고 천진한 도락이며 아무 쓸모도 없는 돌을 가져다가 감상하며 즐기니 백성들에게 아무 폐해도 주지 않는다는 논리를 펴서 황제를 안심시켰다. 그러나 실제로는 이 화석강의 착취가 강남의 민심을 이반케 하고 실제로 방랍方臘 반란(1120)의 직접적 원인이 되었다.

채경의 전횡에 따라 정치적 병폐도 겹겹이 쌓였고 채경 또한 고령으로 늙어갔다. 휘종의 사치와 방종도 늘어 국가 재정은 거덜이 났고, 채경도 자신의 녹봉만으로는 사치생활을 충족할 수 없었다. 결국 아주 자연스럽게 아래 사람으로부터 각종 예물을 받아 충당했는데, 『수호전』에 묘사된 것처럼 지방관이 보내는 생신강 10만관이 바로 그런 증거였다.

1126년, 여진족 금金나라의 위협에 떨던 휘종은 아들 흠종欽宗에게 제위를 물려주고 강남으로 피신한다. 흠종은 금나라의 요구를 들어 굴욕적인 화평을 맺은 뒤 상황 휘종을 수도로 다시 돌아오게 한 뒤, 휘종의 주변에 있던 대신들을 하나씩 제거한다. 채경과 그의 아들은 호북湖北으로 유배를 갔다가 나중에 담주潭州에서 병으로 죽었는데, 적어도 사형을 당하지 않았다는 자체만으로도 대단한 행운이라 할 수 있다.

소설의 지리적 배경

소설에서 지리적 배경은 상당히 중요하다. 『금병매』의 시대적 배경은 북송 말년으로 소설의 내용은 마치 편년체 역사서술과도 같다.

이 때문에 소설에 묘사되는 지리적 배경도 사실일 것이라고 생각하고 읽게 된다.

예를 들어 남경을 배경으로 하는 소설에서 항주의 서호를 남경 교외에 있는 것처럼 묘사한다든지, 태산을 황하 북쪽에 있는 것처럼 설정한다면 독자들이 모두 웃어댈 것이다. 때문에 역사적 내용일지라도 작가는 지리적인 위치 등에 대해서는 정확하게 묘사를 하여야 한다.

『수호전』에서는 청하현 사람 무대武大와 반금련이 양곡현으로 이사를 했고, 무송은 양곡현의 도두都頭였으며, 서문경은 양곡현 사람으로 양곡현에서 이야기가 벌어진다.

그러나 『금병매』에서는 서문경은 청하현 출신이고 청하현이 배경이 된다. 소설 속에서는 '이야기를 하자면, 대송 휘종황제 정화 연간에 산동성 동평부 청하현에 풍류자제 한 사람이 있었는데~(話說大宋徽宗皇帝政和年間 山東省東平府淸河縣中 有一個風流子弟~)'로 시작이 된다. 이처럼 가공의 인물에 대한 고향을 바꾸는 것은 전혀 문제가 되지는 않는다.

그러나 소설 속의 여러 지명을 통하여 청하현의 위치가 어디일 것이라고 추정해보지만, 여러 고증에 의하면 지리적 배경 설정이 상당히 잘못되었다고 한다. 예를 들면 청하현과 양곡현은 이웃하고 있지 않으며 소설 속에 가끔 보이는 동창부東昌府는 송나라 때는 존재하지 않았고 명나라 때에 설치되었다. 무송은 서문경을 죽이는데 실패하여 청하현에서 2천 리 떨어진 맹주孟州로 유배를 가는데 송, 원, 명대의 맹주는 지금의 하남성 맹현孟縣으로 청하현에서 2천 리나 되는 먼 곳이 아니다.

또 소설에 '산동창주山東滄州'라고 나오지만 창주는 송나라 때 하북동로河北東路에 속했던 고을이라 사실과 어긋난다. 무송이 산동의 창주에서 청하현으로 올 때 경양강을 넘으며 호랑이를 때려잡는 것으로 되어 있다. 곧 양곡현의 경양강을 작가가 청하현으로 바꾸었다.

명나라 때 『청하현지』에는 '청하현은 지역이 평탄하여 큰 산이나 큰 강은 없지만 위하衛河가 흘러 전운轉運이 편리하고 왕래가 많다.'는 기록이 있다고 한다. 그러나 소설에는 위하라는 강 이름이 나오지 않는다.

곧 청하현은 산동성에 있으며 동평부에 속한 고을로 인구가 많고 상업 활동이 매우 활발하며 근처에 운하가 지나는 것으로 되어 있지만, 명나라 가정嘉靖 연간(1521년~1567년)에 현의 총인구가 15,000명 정도 되는 아주 작은 고을이었다고 한다.

또 소설에는 자석가紫石街, 현서가縣西街, 사자가獅子街, 호접가胡蝶街 등 많은 가로와 방坊 이름이 나오는데, 이들 명칭은 『청하현지』에 전혀 실려 있지 않다고 한다. 이러한 작은 거리 이름이야 작가에 의해 만들어질 수 있지만 일반적으로 알려진 큰 고을의 지리적인 위치는 사실과 일치해야만 독자들이 쉽게 이해할 수 있을 것이라 생각한다.

이처럼 이상의 여러 가지 정황으로 볼 때, 작가는 청하현에 살거나 왕래한 적이 없이 상상으로 소설을 썼다고 볼 수 있다. 물론 지리적 위치나 지명의 동서남북이 서로 일치하지 않는다 하여 이 소설의 가치나 명성이 달라지지는 않을 것이다.

그리고 이 소설의 테마가 일상적 생활에서 발현되는 인간의 원초적인 욕망을 다룬 인정소설이란 점을 고려한다면 지리적 설정이 실제와 다르다 하여 크게 문제 삼을 수는 없을 것이라 생각한다.

◎﹏ 『금병매』의 작자

작자는 자신의 이름을 밝히지 않고 다만 명대의 난릉^{蘭陵} 소소생^{笑笑生}이라고만 밝혔다. 난릉은 산동성의 역현^{嶧縣}(현재 조장시^{棗莊市} zǎozhuāng)의 옛 이름이다.

소소생은 하나의 필명일 뿐인데, 이런 필명은 소설에 대한 세간의 비난을 피하기 위한 방법이었을 것이다. 여하튼 작가는 인간 본연의 모습을 달관한 뛰어난 능력의 소유자였음은 틀림이 없다. 그런데 '난릉 소소생'을 저자라고 주장한 사람 역시 흔흔자^{欣欣子}(기뻐할 흔)라는 가명을 쓰고 있다.

저자와 관련하여 집단 창작이라는 주장도 있지만 한 개인에 의한 창작이라는 주장이 대체적으로 받아들여지고 있다. 저자에 관한 주장이 20여 가지가 넘는다고 하는데, 작자가 밝혀지지 않았기에 그 창작 시기에 대해서도 역시 의견이 분분하다.

어떤 이는 왕세정^{王世貞}이 지었다고 하고 또 다른 책에는 왕세정의 제자가, 이외에도 산동사람으로 가정연간에 진사가 된 이개선^{李開先}이라는 저자라는 주장도 많이 유포되었다. 그 밖에 풍몽룡^{馮夢龍}도 작가일 것이라고 거론되며, 또 David Roy라는 미국 시카고 대학교수는 탕현조^{湯顯祖}의 작품이라고 주장했다.

일반적으로 추측할 수 있는 것으로는

1) 작자는 명 가정^{嘉靖}(1521~1567) 시대에 상당한 지식을 갖춘 문인

일 것이다. 왜냐하면 작품 중에 문인의 말투가 많이 사용되고
있다.

2) 소설의 내용 중에 산동山東 지방의 구어口語가 상당히 많이 사
용되고 있기에 작자는 산동인이거나 아니면 산동 지방의 환경
에 대하여 잘 아는 사람일 것으로만 추정하고 있다.

3) 심덕부沈德符는 『금병매』를 왕엄주王弇州(엄주는 왕세정의 호)가 직접
썼다(世傳 金甁梅一書 爲弇州先生手筆)고 주장했고, 또 청淸의 고
공섭顧公燮이란 사람도 『금병매』의 작자를 왕세정으로 기록하
고 있다.[18]

왕세정(1526~1590)은 지금의 강소성江蘇省 사람으로 호는 봉주鳳洲
또는 엄주산인弇州山人이고 관직은 남경형부상서南京刑部尙書를 지냈
다. 그는 '문文은 진秦과 한漢, 시는 성당盛唐을 본받아야 한다.'는 복
고운동復古運動을 전개했었다. 그러나 이 주장은 왕세정이 가정 연간
의 명사가 아니고 산동 방언에 익숙하지 못하기에 인정을 받지 못하
고 있다. 다만 왕세정과 관련하여 장죽파張竹坡의 『금병매 평점』 중에
〈고효설苦孝說〉이라는 글이 관심을 끌었다.

〈고효설〉은 아버지를 죽게 한 원수를 해치기 위해 이 소설을 지
었고, 책에 독을 발라 원수를 죽여 효도를 했다는 내용이다.

일설에 의하면 왕세정의 아버지 왕예가 집에 좋은 옛 그림을 소
장하고 있었는데 엄세번嚴世蕃이 강제로 달라고 하였다. 엄세번은 그
의 부친 엄순과 함께 명의 국정을 농단하다가 죽음을 당한 사람이다.

---

18) 루신 저, 조관희 역주. 『중국소설사략』 420~421p.

왕예는 그림을 주기가 아까워 모사품을 만들어 바쳤는데 엄세번이 이를 알고 해악을 가했다.

　결국 아버지가 죽자 왕예의 아들 봉주鳳洲(왕세정)는 아버지에 대한 복수를 하려 해도 방법이 없었다. 그러다가 나중에 엄세번이 책을 읽을 때 침을 묻혀 책장을 넘긴다는 말을 듣고 『금병매』를 짓고 책장에 독약을 발라 바치었다. 결국 책을 다 읽고 나니 혀가 굳고 검게 변해 죽게 되었다고 한다.[19]

　이 〈고효설〉은 어떤 부당한 행위에 의하여 부친을 잃은 불우한 지식인에 대한 소설 비평가의 애정이 녹아 있는 주장이라고 볼 수도 있다.

　원굉도袁宏道의 『상정觴政』이란 책은 만력萬曆 34년(1606년) 이전에 이루어진 책이다. 심덕부沈德符는 『만력야획편萬曆野獲編』에서 '원굉도는 『상정』에서 『금병매』를 『수호전』과 함께 외전外典이라 하였는데, 나는 안타깝게도 보지 못했다'라고 기록했다. 이를 본다면 『금병매』가 이루어진 시기는 가정 말년에서 만력 중기 이전이라 추정할 수 있다.

◎◈ 『금병매』의 판본

　『금병매』의 판본은 원래 두 가지 뿐이다. 이는 1인에 의한 창작이며 다른 2차 작가의 개입이 거의 없을 정도로 작품이 완전했다는

---

19) 위 『중국소설사략』 458 p.

의미로 해석할 수 있다.

ㄱ) 사화본詞話本 : 『금병매사화金瓶梅詞話』는 만력(萬曆 明 神宗의 연호)
45년(1617년)에 간행된 판본으로 동오東吳(양자강 하류 지역에 대한 통
칭) 농주객弄珠客의 서문이 붙은 100회 본인데 현재 전하는 판
본 중 가장 오래되었고 원작에 가까운 모습을 지닌 것이라고
받아들여지고 있다. 이는 만력본萬曆本이라고도 불리며 제1
회 '경양강무송타호景陽岡武松打虎 반금련혐부매풍월潘金蓮嫌夫賣
風月'로 시작한다.

이 사화본은 중일전쟁 말년에 북경 고궁故宮의 진귀한 문물과
함께 미국으로 건너갔는데, 1965년에 미국에서 타이완의 국
민정부로 이관해 주어 지금은 타이베이(臺北)의 고궁박물관에
보관중이다.

ㄴ) 숭정본崇禎本 : 원 제목은 『신각수상비평금병매新刻繡像批評金瓶
梅』이다. 책 제목의 수상繡像은 '섬세하게 그린 인물화'란 뜻
이고 비평批評은 소설 '내용의 옳고 그름을 가렸다'는 의미이
다. 숭정본은 제1회가 '서문경열결십제형西門慶熱結十弟兄 무이
랑냉우친가수武二郎冷遇親哥嫂'로 시작하는데 사화본에 많은 교
정을 하고 제목을 바꾸어 숭정崇禎(명나라 최후의 연호 1628~1644)년
간에 출간된 것으로 알려졌다.

이처럼 사화본과 숭정본은 소설의 처음 시작이 서로 다른데, 사
화본은 각 회 제목의 글자 수가 다르고 대우對偶가 되어 있지 않고 산
동지방의 방언과 시정市井의 진솔한 대화가 많다. 숭정본은 방언과
토속어, 문사文辭 등을 대폭 수정하여 순박한 고풍이 없다는 평을 받

고 있다.

위 2가지 판본 외에 제일기서본第一奇書本이 있는데 이는 장죽파張竹坡(1670~1708)가 비평을 첨가하여 청淸 강희 34년(1695)에 간행된『고학당비평제일기서금병매皐鶴堂批評第一奇書金甁梅』를 말한다.

이 책은 숭정본 계열에 속하기에 숭정본으로 분류하기도 하는데, 장죽파는 풍몽룡의『사대기서』주장에 동조하면서 그 중에서도『금병매』가 '제일기서第一奇書'라고 주장했다.

장죽파는 숭정본을 바탕으로『금병매 평점金甁梅 評點』을 저술하였다. 여기에는 〈금병매 우의설寓意說〉, 〈비음서론非淫書論〉, 〈금병매 독법讀法〉 등이 들어있어『금병매』의 문학적 가치를 크게 드높였다. 이 때문에 장죽파는 중국소설의 이론적 발전에 크게 기여한 인물이란 평가를 받고 있다.『금병매 평점』의 성과로는 다음과 같은 점을 열거할 수 있다.

- •『금병매』는 음서가 아니라는 합리적 주장으로『금병매』의 광범위한 유통과 보급에 기여하였으며,
- • 재물과 미색의 추구와 서문경의 악행을 통하여 사회적 문제를 폭로한 소설의 주제와 사상성을 강조하였으며,
- • 시정의 생활을 묘사했고, 평범한 인물의 사고와 문화를 소재로 이룩한 소설로서의 성공을 높이 평가했으며,
- • 문장의 뛰어난 묘사와 서술의 기법이 이룩한 예술적 성취를 높이 평가하였다.

장죽파의『금병매 평점』중 〈금병매 독법金甁梅 讀法〉은 이 소설의

특징, 주제, 구조, 묘사와 서술, 등장인물의 성격과 평가, 소설을 읽으며 주의 깊게 보아야 할 요점 등 총 102가지 조항을 열거하였다. 이글을 읽어보면 장죽파가 이 소설을 왜 '제일기서'라고 평가했는지 알 수 있으며, 『금병매』를 평가하고 평론할 때는 꼭 참고해야 할 글이다.

4. 『금병매』의 분석

❦ 『금병매』란 이름

소설 제목은 중요 인물인 세 여인의 이름에서 나왔다. 반금련潘金蓮, 이병아李瓶兒, 방춘매龐春梅에서 각각 한 글자씩을 취해 소설 제목으로 삼았다는 것 자체가 매우 특이하다.[20)]

『금병매』를 하나의 단어로 보아 '쇠(金)로 만든 병瓶에 꽂은 매화(梅)'라고 해석하기도 한다. 그러나 일반적으로 서문경과 관계가 깊었던 세 여인의 이름을 따서 지었다는 견해가 받아들여지지만 다만 그 뜻을 달리 해석하고 있다. 여기서 금金은 경제력 곧 재물이고, 병瓶은 술(酒), 그리고 매梅는 매화와 같은 미녀를 의미한다고 해석할 수 있다.

사나이가 갖고자 하는 가장 원초적인 욕구는 돈과 술과 미인이다. 물론 권력도 남자에게 중요한 것이지만 권력은 경제력이 있으면

---

20) 소설 『금병매』와 같은 방식으로 이름을 붙인 소설로는 淸나라 장균(張勻)의 『옥교리(玉嬌梨)』가 유명하다. 옥교리는 백홍옥(白紅玉), 오무교(吳无嬌), 노몽리(盧夢梨) 3인의 이름을 따서 지었다.

얻을 수 있다고 생각되며, 반대로 권력을 가졌다면 돈과 여자와 술은 저절로 따라오는 속성이 있다.

⌒⌒ 『금병매』의 줄거리

『금병매』는 『수호전』의 무송武松이 형을 죽인 원수 서문경과 형수 반금련을 죽인 이야기에서 시작한 대작이다. 이는 마치 작은 가지를 꺾꽂이를 하여 원 나무보다 더 크고 특별한 거목으로 키운 것과 같다.

『금병매』는 『수호전』에 나오는 송나라의 황제와 대신, 또 몇몇의 인물이 그대로 등장한다. 그래서 송나라 시대의 인물을 이야기한 것처럼 보이나 명나라의 황제나 대신들을 빗대었고 소설 속의 여러 제도나 관직, 상업 활동 등이 모두 명나라의 제도이며 실상이기에 명대의 인물과 세태를 사실대로 묘사했다고 인정하고 있다. 그리고 소설은 산동 지방의 동평부東平府 청하현을 배경으로 전개되지만 지리적 내용은 큰 비중을 차지하지 않는다.

『수호전』에서 무송은 경양강에서 맨 주먹으로 호랑이를 때려잡고, 청하현에서 친형 무대武大와 형수 반금련潘金蓮을 만난다. 청하현의 생약포 주인 서문경은 금련과 밀통하고 무대를 독살한다. 그리고 동경으로 출장 갔던 무송武松이 돌아온다. 이에 사실을 알게 된 무송은 반금련과 서문경을 죽여 복수를 한다.

그러나 『금병매』에서는 무송이 서문경이 아닌 이외전李外傳라는

무송을 유혹하는 반금련

청하현의 아전을 죽이고 귀양을 가는 식으로 『수호전』에서 단서를 얻어 줄거리가 시작된다.

『수호전』은 중국 전체를 지리적 배경으로 하여 108영웅들의 피가 뚝뚝 떨어지는 활약이 주 내용이지만, 이 소설에서는 영웅호걸이 아닌 시정 상인―더 정확히 표현하자면 벼슬을 겸하면서 관부와 결탁한 관상官商의 가정생활 이야기이며 남녀의 욕망과 그를 둘러싼 세상살이가 노골적으로 묘사되며, 사회 밑바닥을 사는 사람들의 신변잡담과 한 가정에서 있을 수 있는 지극히 평범하며 자질구레한 이야기들이 그 내용의 대부분을 차지한다.

주인공 서문경은 뇌물의 힘으로 무송의 복수를 피하고 금련을 다섯째 부인으로 맞아들이며, 또한 이웃 친구의 불행을 이용하여 그의 아내인 이병아李瓶兒도 여섯째 부인으로 삼는다. 그리고 왕성한 색욕色慾을 충족시키기 위해서 모함, 권력을 이용한 압력 등 갖은 수단을 다 행사한다. 서문경은 생약 장수 이외에 비단 등 옷감 장사에도 손을 뻗치고, 소금을 판매하며, 엽관獵官으로 관직을 얻고 출세를 거듭한다. 위세를 떨치는 서문경은 매일 술과 좋은 음식을 먹으며 6인의 처첩 이외 많은 여인들과 방탕한 생활을 즐긴다.

소설 20회까지는 서문경의 6명 처첩이 모여드는 과정을 서술했고 21회에서 49회까지는 서문경의 치부와 활동이 주제가 되고 49회 도사가 한 사람 등장하여 서문경과 여러 처첩의 사주와 관상을 보면서 앞날을 예언한다. 이후 서문경에게 파멸의 씨앗이 뿌려지고 59회에서 이병아가 낳은 아들 관가가 죽고, 그에 상심한 이병아는 62회에 죽고 79회에는 서문경이 죽는다.

서문경이 죽으면서 맨 먼저 이교아가 재물을 훔쳐 기원(妓院, 妓房)

으로 돌아가고 집안의 주인이 된 오월랑은 사위 진경제와 놀아난 춘매를 먼저 팔아버리고, 이어 반금련을 팔아버리라고 하는데 반금련은 87회에 무송에게 죽음을 한다.

반금련의 시녀 춘매는 무관의 첩으로 들어갔다가 아들을 낳고 여자로서 영화를 누리지만 서문경의 사위 진경제와의 사악한 성애性愛는 결국 진경제의 죽음을 불러온다. 진경제가 죽은 뒤 춘매는 종의 아들과도 밀애를 즐기다가 29세에 비참한 죽음을 맞이한다. 다만 불교적 신심이 깊었던 본처 오월낭은 수절하지만 하나 뿐인 외아들을 출가出家 시킨다는 줄거리이다.

❧ 소설 속의 인물

『금병매』는 영웅이나 호걸, 걸출한 인물이 주인공으로 등장하지 않고 지방의 한 고을에서 흔히 볼 수 있는 평범한 사람들의 세상을 살아가는 이야기이다. 이 소설의 생동감 있고 사실적이며 인간의 욕구를 구체적으로 다루었다는 점에서 중국 최초의 현실주의적 인정(人情 또는 世情) 소설로 꼽힌다. 이 소설은 100회에 80여만 자에 이르는 대작으로 모두 650여 명의 인물이 등장한다.

서문경은 태생이 상인으로 독서나 학문 또는 사람이 걸어야 할 바른 길에 대한 관심보다는 주색잡기에 관심과 재능을 가진 27세의 미남이었다. 청하현에서 제일 큰 생약포를 운영하면서 이런 경제력을 바탕으로 불량한 패거리 10명이 의형제를 맺는다.

서문경은 활동적이고 세속적 능력을 가진 사람이었다. 현대의 패기만만한 벤처 사업가의 속성도 갖고 있는 서문경은 우선 관리들과 연결하며 활동 범위를 넓혀간다. 나중에 벼슬에 발을 들여 놓으면서 관상官商으로 성공한다. 그 과정에서 서문경은 악덕상惡德商이며 폭력배와 탐관오리의 전형으로 등장한다. 이러한 서문경의 모습은 상인의 관료화, 관료의 폭력화, 폭력배의 치부致富와 영달이라는 당시의 시대 상황을 보여주고 있다.

서문경은 술과 여색을 탐하는 소인배이면서 힘없는 백성을 착취하여 재산을 늘려 가는데, 사실 이러한 탐관오리나 협잡배, 악덕 상인은 어느 시대든 늘 있었다. 그러면서 서문경 일가는 파멸로 한 걸음씩 나아간다. 모든 것이 인과응보 아닌 것이 없다는 생각을 갖게 하기에 이 소설을 '불가佛家의 인과론을 강조한 소설'이라고 보는 사람도 있다.

그리고 79회에 서문경이 죽은 이후, 서문경 가정의 몰락과 해체를 통해 인생의 내리막길, 곧 하장下場(末路)에서 숙명宿命이나 인과因果를 생각하지 않을 수 없다. 소설에 등장하는 비구니들의 행실도 별로 바람직하지 못하고, 소설 속의 호승胡僧은 참선이나 불가의 수양과는 거리가 먼 사람으로 서문경에게 춘약春藥을 공급해줄 뿐이었다.

『금병매』에서 등장인물들은 서로 의미 있는 관계를 갖게 된다. 주요 인물에 대하여 그와 비슷한 모습의 인물이 존재한다. 가령 서문경에게 아첨하는 응백작應伯爵이 있고 응백작만은 못하지만 비슷한 캐릭터로서 상시절常時節이 나와 활동한다.

이처럼 대역 또는 대리자 역할을 하는 제2의 인물을 통하여 주인공의 특징을 직접 다루지 않더라도 더 다양한 모습으로 주인공을 묘사할 수 있는 장점이 있다. 또한 조연급에 속하는 등장인물을 소설 속에 더 의미 있는 모습으로 활동하게 만드는 효과도 생각할 수 있다.

서문경이 죽은 뒤 약 20회에 걸쳐 서문경의 사위인 진경제의 활동이 전개되는데 진경제가 색욕을 밝히는 모습은 서문경과 유사하여 독자들은 진경제에게 좋은 결말은 없을 것이라는 예상을 하면서 또 서문경의 전력을 생각하면서 관심을 갖고 읽게 된다.

노비인 대안玳安은 서문경이 살아 있는 동안 서문경의 대리인으로 노비들 위에 군림하지만 대안의 심성이나 행동도 서문경과 비슷하다는 생각을 갖게 한다. 아내가 남편의 권세대로 힘을 쓰고, 개는 주인의 힘을 믿고 짖는 것처럼 대안도 꼭 그러했었다.

서문경이 죽은 뒤, 집안이 쇠락하고 아들마저 출가시킨 오월랑은 대안을 서문안西門安으로 이름을 바꿔 양자로 삼으면서 집안의 대를 잇게 한다. 그러나 사실 엄정한 의미로 본다면 서문경의 대는 끊긴 것이다.

그리고 반금련의 몸종인 춘매는 자신이 섬기는 반금련에게 끝까지, 죽은 뒤에까지 충성을 다한다. 반금련이 서문경을 섬기니까 또 반금련이 춘매에게 요구하기도 했지만 춘매는 아무런 가책이나 망설임도 없이 서문경의 육체적 놀이의 대상이 되었다.

또 반금련이 서문경의 사위 진경제와 놀아나는 것을 도와준 춘매이기에 반금련이 죽은 뒤에도 춘매는 우월한 위치에서 백방으로 진경제를 돕고 남편 주수비를 속이면서 진경제와 불륜을 계속한다. 이를 본다면 비슷한 캐릭터의 인물을 계속 창조하고 활약케 한다는 점에서 『금병매』는 특이하다고 할 수 있다.

이 외에도 서문경의 첩 이교아와 이교아의 조카 이계저 또한 비슷한 생각과 행동으로 자신들의 잇속을 챙긴다. 한도국의 아내 왕륙아는 서문경과의 섹스에서 중요한 역할을 하면서 서문경으로부터 얻어낼 것은 다 얻어낸다. 또 이병아의 유모 여의아如意兒는 이병아가 죽은 뒤 자신의 생존을 위해 서문경에게 몸을 던져 붙어살면서 잇속을 챙기는 모습은 또 다른 왕륙아라고도 볼 수 있다.

소설의 작가는 등장인물의 이름을 짓는데 그냥 짓지 않았다. 이름을 잘 살펴보면 그 인물의 성격이 어느 정도 보이는 경우가 있다. 가령 서문경의 가장 가까운 친구 응백작應白爵은 '응당 공짜로 먹는다(白嚼 ; 씹을 작)'라는 말과 발음이 같다.

같은 패거리의 백래창白來創(chuàng, chuāng)은 '공짜로 와서 먹는다(박래당 ; 白來噇 chuáng 먹을 당)'라는 뜻으로 생각할 수 있다. 또 오전은吳典恩은 서문경 십 형제의 한 사람으로 서문경의 뇌물을 채태사에게 바치는 심부름을 하고 덕분에 역승驛丞이 되지만, 나중에 순검이 되어 서문경이 죽은 뒤 아내 오월랑을 괴롭힌다. 오전은은 '조그만 은혜도 없다(無点恩 wú diǎn ēn)'는 뜻으로 해석할 수도 있다.

끝으로 이 소설에는 존경할 만한 인물, 또는 긍정적인 인물이 눈에 띄질 않는다. 중국인들은 품행이나 태도가 올바르고 성실한 사람을 표현할 때 '정경正經'이란 말을 쓴다. 또 긍정적이고 성실한 사람을 지칭하는 정면인물正面人物이라는[21] 말이 있다.

---

21) 장죽파 〈금병매 독법〉 89항.

『금병매』 인물 중에는 옛 정리를 생각해서 역경에 처한 진경제를 3번씩이나 도와주는 왕행암王杏庵과 같은 사람, 황통판黃通判과 같은 익우益友, 증어사曾御使 같은 충신, 이안李安과 같은 효자, 의리의 사나이 무송武松이 나오지만 이들의 행적은 소설에서 비중이 거의 없다고 보아야 한다.

『금병매』의 주인공 서문경은 아주 고약한 악인이었고 그의 아내 오월랑은 음험한 호인이었다. 이교아는 너무나 타산적인 여인이었고, 맹옥루는 약삭빠른 첩이었으며, 손설아는 바보 멍청이였다.

반금련은 사람도 아니었고, 이병아는 우매한 여인, 춘매는 색에 미친 여인이었다. 그밖에 자살한 송혜련, 서문경에게 달라붙어 돈만 뜯어내었던 왕륙아, 서문경을 갖고 놀아난 명문가의 과부 임씨 부인도 서문경의 중요한 상대였다.

이계저, 정애월 같은 기녀들한테 무엇을 바랄 수 있겠으며 응백작이나 사희대 같은 서문경의 친구한테서는 양심이란 것을 찾아볼 수도 없었다. 나라의 재상이었던 채태사나 채장원, 송어사 같은 관리들도 하나같이 나쁜 사람들뿐이었다.

대부분의 등장인물이 숙명적으로 세상의 탁한 소용돌이에 그냥 휩쓸렸고 숙명적인 결말로 나가게 된다. 고뇌하는 지식인 바른 양심의 소유자가 없이 오직 욕망대로만 살아가는 '인간의 본능을 다룬 극히 자연주의적 관점의 작품' 이라고 볼 수도 있다. 그렇다면 『금병매』가 단순한 색정소설이며 음서라고 매도할 수는 없을 것이다.

❧ 읽지 않을 수 없는 책

『금병매』는 누가 읽어도 재미있는 소설이다.

상류에 속하는 벼슬아치들의 행태도 읽을거리가 되고, 전족을 한 반금련의 입에서 나오는 절묘한 말도 감탄할만하다. 소설에 등장하는 여인들의 머리치장이나 옷차림, 음식, 놀이, 독백과도 같은 가창, 침상에서 벌어지는 사랑놀이, 아부하며 붙어 살아가는 건달, 기녀, 노비, 하층민들의 애환 등 인간세상의 온갖 모습을 너무 생생하게 묘사하고 있다.

그러나 사람마다 그 타고난 팔자가 다르듯 『금병매』 또한 다른 『사대기서』에 비해 운이 좋지 않았다. 『금병매』는 공개적으로 출간되지도 않았기에 널리 유포될 수 없었고, 젊은이에게 읽어 보라고 권장하기도 쉽지 않았다.

왜냐면 그동안 '사람들의 마음을 무너트리는(壞人心術)' 아니면 '음란과 도둑질을 가르치는(誨淫誨盜)' 내용이기에 '반드시 불태워야 할(決當焚之)' 책이라는 평가를 받았기 때문이다.

그러다가 1911년 10월 10일 무창기의武昌起義가 폭발하고 1912년 쑨원(孫文)이 중화민국 임시 대총통으로 취임하는 일련의 신해혁명辛亥革命 과정에서 1912년 청 제국이 붕괴되자 중국에서 자유로운 학문 연구의 바람이 불었고, 1930년대에 들어서야 『금병매』가 출간되고 자유롭게 널리 읽혀졌다.

『수호전』의 열렬한 독자였던 모택동毛澤東(1893~1976)은 중화인민공화국의 주석으로 1956년에는 '국무원 각 부문 관원 담화'에서, 1961년에는 '중앙정치국 상임위원 및 대구大區 제일서기 담화'에서 소설

『금병매』를 '읽지 않을 수 없다(不可不看)'고 읽기를 권장했다.

이는 모택동이 『금병매』의 문학적 성과나 가치를 인정한 것이 아니라 '당시의 경제 상황을 반영하고 있기에', 또 '당시의 진정한 사회사社會史이고 봉건통치의 실상과 통치자와 피압박자의 모순을 상세히 알 수 있도록 폭로하기' 때문이었다.

당시 중국에서 모택동 주석의 이러한 권장은 소설의 유포에 큰 도움이 될 수 있었지만 실제로는 그러하지 못했다. 그 이유는 연정戀情에 대한 세밀한 묘사가 '혁명의 투지를 소모시킬 수 있기 때문에(消磨革命鬪志)' 또 '독초毒草와도 같은', '봉건사회의 독소'와 '퇴폐적인 묘사(黃色描寫)를 민중 속에 풀어 넣을 수가 없다' 하여 모택동의 지시는 그만 비밀에 부쳐졌다고 한다. 그렇지만 1960년대에 상당한 대우를 받던 간부들은 이 소설을 열심히 읽었다고 한다.

사실 모택동 주석의 문학적 소양은 상당히 높았다.[22] 모택동은 『금병매』를 단순한 음서로 인식하지 않았으며, 고대 문학작품에 대한 정확한 안목으로 문학의 사회적 기능을 중시하였음을 알 수 있다.

모택동의 추천이 아니더라도 견문과 지식을 넓히고 세상을 살아가는 인간에 대한 깊은 통찰을 위해서라도 『금병매』를 읽지 않을 수 없다.

■
22) 1911년 봄, 18세 毛澤東은 호남 長沙省 湘鄕의 중학에 진학했고, 1912년에는 호남 全省公立高等中學校(지금 장사시 第一中學)에 수석으로 입학했다. 1913년에는 湖南省立第四師範學校(후에 호남성립제일사범)에 진학했다. 1918年 湖南第一師範學校를 졸업하고 북경의 北京大學 도서관에서 사서로 근무했다. 모택동은 한때 湖南 長沙에서 '文化書店'을 개업하기도 했으며 『新靑年』을 간행하던 당시의 석학 천뚜수(陳獨秀)와도 긴밀한 교제가 있었다.

사실 모택동 이전에도 루신魯迅23)은 『중국소설사략中國小說史略』에서 '동 시대의 어느 소설보다 뛰어난 작품(同時說部 無以上之)'이라고 극찬했으며, 정진탁鄭振鐸(1898~1958)은 『중국문학사中國文學史(揷圖本)』에서 '금병매를 제외한다면 형형색색의 중국 사회를 진실하게 표현한 소설은 없다'고 말했다.

이러한 평가를 고려해 본다면 소설 『금병매』는 우선 세속의 가장 평범한 인물을 장편소설의 주인공으로 등장시켰으며 다음으로 소설의 짜임새나 이야기 전개, 인물 묘사에서 과거의 틀을 뛰어넘어 매우 수준 높은 예술적 성취를 이루었다 평가할 수 있다.

이런 주인공들이나 등장인물들의 일상생활을 묘사하면서 위로는 조정의 대신에서부터 하층의 노비에 이르기까지, 사림士林에서부터 시정잡배까지, 남녀는 물론 가정의 안과 밖에서 인간의 여러 추악한 모습을 하나도 숨기지 않고 사실 그대로 드러냈으니 이는 분명 작가에 의한 '사실의 폭로暴露'라고 생각할 수도 있다.

---

23) 루신(魯迅) : 주수인(周樹人 1881~1936)의 필명. 1918년 잡지 『新靑年』에 『광인일기(狂人日記)』 발표(중국 현대 백화소설의 開山之作) 단편소설집 『吶喊』, 『彷徨』. 代表作 『阿Q正傳』, 『祝福』, 『孔乙己』, 『故鄕』 等.

5. 『금병매』의 특성

❧ 인정소설

　『금병매』는 10회를 단위로 하여 이야기 주제가 바뀐다. 매 7회에 주요 사건의 전환이 일어나 매 9회에 최고조에 달하는데, 이를 본다면 상당히 의도된 구도를 가지고 창작된 소설이라고 할 수 있다.

　실제로 이 소설을 읽으면 음주나 성애에 관한 묘사보다는 당시의 관료부패, 국가 통치체제의 붕괴, 관료중심 자본주의의 성장, 상류층의 무절제한 향락과 윤리적 타락을 공감하게 된다.

　또 여기에 등장하는 남녀 주요 인물들의 색정을 탐하는 심리적 배경으로 그러한 시대 풍조를 생각 않을 수가 없다. 이 소설은 명대 경제력의 발전과 함께 도시의 대상인은 물론 소시민들의 생활 모습을 아주 사실적으로 서술했음을 알 수 있다.

　루신魯迅은 『금병매』를 사회실상을 보여주는 '사회소설'이며 당시 사람들의 생활을 반영하는 '인정소설'로 인식하였다.

　인정人情소설 또는 세정世情소설이란 재자가인의 이야기뿐만 아니라 보통 사람들이 살아가는 이야기를 묘사한 소설이다. 인간이 태어나고 죽는 것 이외에 얼마나 많은 일들을 겪는가!

그리운 사람과의 만남과 헤어짐, 성패에 따라 기쁨과 슬픔, 출세와 쇠락에 따르는 미어지는 감정이나 인과응보에는 신이神異하거나 괴변怪變을 이야기 하지 않는다. 오직 인생살이의 영고성쇠榮枯盛衰를 써내려 간 소설이 인정소설이다.

　　실제생활에서 겪는 다양한 삶, 그 단면은 나와 남의 것을 쉽게 비교할 수 있으며 누구에게나 관심이 가는 소재가 될 수 있다. 그렇다고 이러한 이야기가 명대의 『사대기서』에 처음 소재로 등장한 것은 아니었다. 『사대기서』 이전에도 인간들의 살아가는 이야기가 어찌 소설의 소재가 되지 않을 수 있었겠는가?

　　다만 이전시대의 작가나 소설에 비하여 소설 속 이야기의 테마가 보다 더 상세해지고 세밀한 심리적 묘사가 이루어졌다는 점을 주목해야 한다. 즉 세밀한 심리묘사는 현실세계를 보는 눈의 깊이가 달라졌다는 뜻이다.

　　일상생활의 세밀한 묘사 이전에 정말로 중요한 것은 어떤 내용이 얽혀지느냐 하는 구조의 문제이다. 곧 『금병매』에는 서문경의 일생을 어떻게 짜느냐가 더 중요한 핵심 포인트이다.

　　『수호전』에서는 무송에 의해 반금련과 서문경이 모두 죽는 것으로 끝난다. 그러나 『금병매』에서는 반금련과 왕파의 간지奸智가 통하고 무송은 엉뚱한 사람만 죽인 뒤 귀양을 간다.

　　이후 서문경의 활동과 엽색은 날로 더 번창한다. 그 상황은 정점에 이르도록 서문경이 몰락할 것 같은 예감은 어디에서도 느낄 수 없다. 이는 모든 남녀 독자에게 대단한 호기심을 유발하는 구조이다. 그런 구조를 근간으로 하고서 거기에 세밀한 성애의 묘사와 심리적 갈등이나 사건의 복잡화가 진행된다.

마치 나무가 크게 자라면서 엄청나게 많은 가지와 잎이 늘어나는 것과 같다. 그런 잔가지와 나뭇잎이 3할 쯤 떨어져 나간다 하여 나무가 죽지 않듯이 『금병매』의 내용 30%를 삭제한다 하여 소설로서의 재미가 없어지지는 않는다.

다만 큰 줄기와 잔가지와 나뭇잎이 모두 합쳐져서 보기 좋은 나무가 되는 것이다. 『금병매』의 상세한 상황묘사는 나름대로 충분한 이유와 의미가 있다고 보아야 한다.

문학적 가치와 예술성

『금병매』는 『수호전』보다는 늦게 창작되었지만 청대淸代 오경재吳敬梓 의 『유림외사儒林外史』24)나 조설근曹雪芹 의 『홍루몽紅樓夢』보다는 시기적으로 앞서기에 그 중간적 성격을 갖고 있다.

『금병매』는 매우 객관적, 사실적이며 풍자와 함께 인정의 구석구석을 살피는 묘사가 뛰어난 작품이다. 사실, 『금병매』의 이야기 구성과 표현이 외설적인 것은 틀림이 없다. 서문경과 반금련의 거시기를 표현하는 그렇게 멋진 장문의 시가 있고, 남녀가 함께 엉키어 즐기는 모습을 어찌 이리 완벽하게 서술할 수 있을까 하는 생각이 든다.

때문에 『금병매』는 확실한 외설서猥藝書이며 음서淫書이고 입에

---

24) 『유림외사(儒林外史)』: 56回, 약 40만 자 장회소설, 소설에서는 약 200여 명의 인물을 다루고 있는데 시대적 배경은 명나라이지만 실제로는 청나라 강희, 건륭 시기의 과거제도하에서 독서인의 공명과 생활을 소재로 다룬 중국문학사상 걸출한 현실주의적 장편 풍자소설이다. 1991년에 필자의 완역본이 출간되었음.

올리기도 어려운 예서滅書(더러울 예)라고 생각된다. 그러하다면 '이런 음서로서의 명성을 얻으려고 작가는 그토록 공을 들여 소설을 썼을까?' 하는 점을 따져 보아야 한다.

『논어 위정論語 爲政』편에 '『시경』의 시 300편의 뜻은 한마디로 그 생각에 사특함이 없다(子曰, 詩三百 一言以蔽之 曰 思無邪)' 라는 말이 있다.

이는 선악의 시가 있지만 선의의 시는 우리에게 착한 마음을 더욱 계발하게 하고 악한 의미의 시는 사람들의 악한 의지를 꾸짖어 그런 마음을 갖지 않게 하려는 뜻이다. 이처럼 이 소설은 음란한 것을 말해 음란한 마음을 갖지 못하게 하려는 곧 이음지음以淫止淫 의 한 방법일 뿐이라고 생각할 수 있다.[25]

사실 음란한 마음을 갖고 이 소설을 읽으면 음란한 그 부분만이 눈에 들어오고 기억에 남는다. 이 소설을 사마천의 『사기』와 같은 뜻으로 생각하고 읽는다면 소설 속에 묘사된 그 시대의 역사를 읽는 것과 같은 것이다.[26] 현대의 독자들은 작자의 이런 참뜻을 분명히 이해하여야 한다.

『금병매』의 문학적 가치와 예술성은 다음과 같이 몇 가지로 요약할 수 있다.

첫째, 이 소설은 중국 소설사에서 리얼리즘(realism)의 시작이라 할 수 있다. 『금병매』는 가장 세속적인 인간의 원형과 진상을 가장

---

25) 장죽파 〈제일기서 비음서론〉 참고.
26) 장죽파 〈금병매 독법〉 53항.

적나라하게 사실적으로 우리에게 보여 주고 있으니 중국 고전문학 중 가장 우수한 예술성을 성취하였다.

둘째, 『금병매』는 아주 방대한 스토리와 장면을 가장 질서 있게 구성한 소설이다. 그 많은 사건과 등장인물을 십여 년의 세월 속에 잘 안배하였고 서문경의 등장에서부터 왕성한 활동과 사업 확장, 복잡한 여성편력, 욕망의 성취와 파멸의 과정까지 모든 것을 다 묘사하였으니 질서 있는 구조물 안에서 예술적 구성에도 성공한 소설이라 할 수 있다.

이 소설은 1회가 보통 2~3가지 이야기로 구성되는데 처음부터 끝까지 작가에 의하여 치밀하게 구성되고 일관성 있게 창작된 작품이다.

세 번째로 『금병매』는 등장인물의 개성 묘사가 뛰어난 소설이다. 서문경이 세력을 얻고 펴나가는 과정은 그의 욕망이 확산되는 과정이었다. 그 과정에서 서문경은 단순한 향락과 탐욕의 화신이 아니라 그 시대의 사내들이 갖는 모든 보편적 욕구와 개인적 성취를 시도하는 완벽한 개성을 보여주고 있다.

서문경의 여인들을 예로 들어보면 모두 그 나름대로의 개성이 뚜렷하다. 반금련은 마치 세포 자체가 음욕이고 모든 뇌세포에 색정의 DNA가 들어있고 그리고 질투만으로도 음행淫行의 동력을 얻는 여인이었다.

본처로서의 부덕婦德을 지켜나가며 최후까지 한 가정의 주부로 자리를 지켜나가는 오월랑이나, 착하다고 하지만 그 자신이 그저 욕망의 여인이었던 이병아, 세리世체를 쫓는 일이라면 무슨 음행이든 무슨 짓이든 할 수 있는 100% 음욕의 화신이 춘매였다.

또 조역이지만 개성이 강한 여인으로서 음욕과 재물욕이 흘러넘치는 왕륙아王六兒, 생존을 위하여 음행에 적극적으로 받아들이면서 살아가야만 하는 유모 여의아, 노래하는 기녀들, 오쟁이를 진 남자 한도국, 거지 근성에 못된 건달의 전형인 응백작 등 주연급이나 조역을 담당하는 모두가 활력이 있고 생동감 있는 개성을 보여주고 있다. 이런 점에서 『금병매』는 큰 성취를 이룬 명작이다.

마지막으로 『금병매』는 문학적 측면에서의 성취를 들어야 한다.

멋진 소설로서의 완벽한 구성은 당연한 것이지만, 살아 숨 쉬는 언어는 주인공의 체취와 입 냄새까지 풍겨 나오는 듯 생생하다. 외설적인 음담, 욕설, 속담의 인용, 고사성어와 은어隱語가 생동하면서 시詩, 사詞, 곡曲의 운문이 살아 있다. 뿐만 아니라 제사의식과 세시 풍속의 서술은 물론 각종 음식과 복색이나 장신구에 대한 서술까지 작가의 박식을 다 보여주고 있다.

이러한 문학적 성취가 있기에 『금병매』는 『수호전』의 뒤를 이어 『유림외사』와 『홍루몽』으로 배턴 터치(baton touch)에 성공한 소설이라 할 수 있다.

인물 묘사의 성공

『수호전』은 하층민 영웅들의 이야기이면서 당시 사회를 아주 사실적으로 그린 곧 현실 묘사에 탁월한 성취를 거둔 작품이다. 영웅의 활약을 묘사한 부분에서 그들의 칼과 창은 날카롭게 번득였으며, 버드나무를 뽑아버리고 호랑이를 때려잡았으며 때로는 무자비하게 도

끼를 휘둘렀다. 순전히 정의감에서 약자를 도우며 악인을 징벌했고, 큰 돈을 아끼지 않고 나누었으며 의기투합하여 큰 잔에 술을 부어 고기를 큼직큼직하게 썰어 먹었다.

그리고 영웅들의 이야기의 무대는 넓은 중국 전체이며 산과 강에서 또는 몇백 리 떨어진 대도시에서 발생하기도 하며 때로는 노상에서 아니면 연무장이나 법당에서도 일어난다. 그런 영웅들은 한 가정에 얽매어 있지 않으며 처자식을 따뜻하게 보살피지 않는다. 관군의 장수를 내 편으로 만들기 위해 아무런 죄도 없는 그 장수의 아내를 죽게 만들고, 내 편으로 만든 뒤에는 곧 바로 새 장가를 들여 주는 것이 그들의 세계였다.

그리고 소설 속에서 영웅들의 행적을 조금씩 과장하다보니 물속에 들어가 한 시간쯤 잠수하는 것은 기본이 되었고 나중에는 그야말로 요술을 부리는 상황까지 발전하게 된다.

소설 속의 이런 일들은 우리의 실제 생활에서 좀처럼 보기 드문 일이며, 현실적인 고통을 겪는 사람들에게 그런 이야기는 매우 낭만적인 공상을 하게 만들었으니 바로 이점이 영웅이야기의 한계라 할 수 있다. 즉 영웅 이야기의 한계는 '있는 그대로의 그림' 이 아니며 '현실성의 결여' 라는 벽에 부딪치게 된다.

그러나 이런 영웅들의 이야기 중에서도 특히 현실성이 뛰어난 부분들이 있으니 그것은 가정을 무대로 했을 경우이다. 무대의 집, 왕파의 찻집이나 염파석의 방에서 무대와 반금련, 반금련과 서문경, 송강과 염파석의 일은 조금도 과장이 없는 묘사로 일관하고 있다. 가정과 일상생활을 중심으로 이야기가 전개될 때에는 영웅이 아닌 여느 사람들의 묘사로 매우 사실적이다.

운가는 서문경에게 과일이나 팔아 겨우 끼니를 해결하지만 왕파한테 욕을 먹고서도 무대를 사주하여 서문경과 대결하게 만들며 무대를 돕는다. 검시관 하구는 서문경의 입장에 서면서도 뒷날 자기 생존을 걱정하여 무대의 뼈 한 조각을 숨겨둔다.

특히나 『수호전』 속의 여인들은 108두령 중 3명의 여자 두령 말고는 대개가 불쌍한 결말을 맺는다. 이 여인들은 『삼국연의』에 나오는 대교大喬와 소교小喬도, 손孫부인도 아니었으며 『홍루몽』 속의 임대옥林黛玉이나 설보차薛寶釵 같은 귀한 신분이 아니었다.

반금련은 이집 저집에 팔려 다닌 비녀婢女였고 염파석은 가기歌妓이었으며 반교운潘巧雲은 재가한 여인이었으니 당시에 흔하게 볼 수 있는 그런 여인이었다. 그런 여인들은 별다른 재산도 재능도 없기에 세파에 시달리면서 물정을 알고 얼굴이나 치장하여 남자한테 좀 예뻐 보여야 했고 입에 미소를 띠며 혀나 놀려 살아가야만 했다.

『금병매』에서는 『수호전』에서 반금련만을 스카우트하여 서문경과 짝이 되어 서문경의 큰 집에서 살아가는 이야기를 그렸다. 이야기 속에서 반금련, 이병아, 춘매는 청하현을 떠난 적이 없다. 소설 속에서 그녀들은 먹고 마시고 얼굴을 화장하며 머리치장과 입을 옷을 이야기하면서 오직 서문경과 육체관계가 가장 중요한 관심사였다. 이것이 그녀들의 일상생활이니 영웅 본색과는 전혀 관련이 없다. 이런 사람들의 일상에서 일어나는 그 자질구레한 이야깃거리가 『수호전』 속의 영웅들만큼 재미가 있고 관심을 끄는 것은 무엇 때문인가?

『금병매』의 작가가 서문경과 반금련을 살려 이야기를 엮어 나간 것은 처음부터 매우 현실적인 설정이다. 사실상 『수호전』의 정의로는 현장에서 무송에게 죽음을 당하는 것이 맞는 이야기이다. 그러나 세상은 언제나 정의가 승리하는 것은 아니다.

서문경은 살아남았고 반금련과 함께 서로의 육체를 탐하면서 잘 먹고 잘 입고 큰소리치며 살아간다. 뿐만 아니라 한 고을에서 권력도 쥐고 큰돈을 벌며 주변의 여인들과 닥치는 대로 관계를 맺는다. 서문 경의 그런 짓거리는 영웅이 취할 행동이 아니며 정의는 처음부터 존 재하지 않았고 윤리 도덕적으로 비난받아야 할 짓이다. 그러나 서문 경의 그런 존재는 우리 주변에서 흔히 볼 수 있고 그런 작태는 지금 도 이 세상 어디에선가 여전히 일어나고 있다.

소설 속의 반금련은 외간 남자와 간통하고 남편을 죽인 죗값으로 당장 천벌이라도 받아야 할 여자라고 생각하는 것은 당시나 지금이 나 제3자의 생각일 것이다. 당시 반금련이 돈 많고 잘생긴 미남자에, 당나귀만큼이나 크고 강한 그것을 가진 서문경에게 달라붙는 것은 극히 자연스러운 일이었다.

서문경과 그 주변의 온갖 여인들, 반금련은 서문경만으로도 만족 을 못하고 어린 종놈인 금동琴童과 붙고, 서문경은 남색男色도 밝힌 다. 한도국은 서문경과 붙은 제 마누라를 묵인하고 그것을 오히려 찬 스로 생각한다. 돈이면 귀신도 부리는 세상인데 돈만 된다면 정조는 잠깐 모른 척하는 한도국의 아내 왕륙아였으니, 이 모두가 바로 현실 그대로였다.

본처 오월랑과 다섯 명의 첩, 수많은 노비들이 먹고 살며 벌이는 여러 가지 일, 기녀나 과부들이 돈을 보고 웃는 모습은 조금도 과장 이 없는, 또 조그만 억지설정도 없는 그 당시의 현실이었다. 기녀와 매파, 노비의 아내는 그렇다 치더라도 응백작 같은 서문경의 친구들에게 윤리나 도덕적 행동을 기대한다면 그것은 현실이 아니었다.

서문경은 맹옥루와 이병아를 맞이하면서 그녀들이 가지고 온 돈으로 새 사업을 시작한다. 돈이 돈을 벌어오는 것은 그때나 지금이나 똑같았다. 뇌물을 주는 것은 큰돈을 벌기 위한 최소한의 투자였고 그런 일은 서문경이 할 수 있는 사업 수완 중의 하나였다.

『금병매』에 극도의 세밀화처럼 묘사한 성행위는 어떠한가? 일상생활에 먹는 이야기야 자주 하지만 배설행위에 대해서 별로 언급하지 않는 것은 크게 이상한 일은 아니었다. 왜냐하면 배설은 생리작용의 일부이기 때문이다.

성행위도 일종의 배설행위이다. 다만 그런 배설행위에도 인간의 윤리나 도덕을 동시에 고려해야 한다. 소설을 읽어 보면 서문경이나 반금련, 왕륙아나 임씨 부인 그 밖의 많은 성행위는 자연스러운 배설행위로 서술되고 있다. 이 또한 분명한 현실이고 그런 현실은 작가에 의해 거의 예술적으로 묘사되고 있다.

『금병매』에는 100여 명의 주요 인물들이 유기적으로 활동하고 있다. 그들의 개성과 심리와 일상을 묘사하여 각 개인의 독특한 캐릭터를 창조하는 일이 어찌 쉬운 일이겠는가!

『금병매』에서는 맹인이나 가기歌妓들이 여럿 등장한다. 그들이 하는 말이나 노래 가사를 작가가 모두 다 창작한 것은 아니겠지만 그런 자료들을 취사선택하여 주인공들의 개성을 돋보이게 한다.

소설 속에는 도교나 불교에 대한 내용도 자주 많이 등장한다. 또 제사 의식, 관청의 공문, 황제의 칙어 등이 등장하는가 하면 상인들의 계약서도 나온다.

또 음식이나 술, 신발이나 복식, 여인의 노리개 등 일상생활의 소소한 일들을 '작가는 어찌 이리 자세히 알 수 있을까?' 하는 생각이 든다. 일반 서민들의 집에서는 이름도 들어보지 못하고 알 수도 없는 특별한 요리를 만드는 과정을 읽으면서 놀라지 않을 수 없다.

그리고 또 다른 한 가지 『금병매』에는 이병아, 서문경, 반금련 등 몇 사람의 죽음에 대하여 아주 상세한 묘사를 하고 있다. 중국 문학에서 죽음의 과정에 대한 이렇듯 상세한 묘사는 일찍이 없었다. 이 부분은 다른 항목에서 다시 언급하겠지만 죽음에 대한 상세한 묘사 역시 이 소설에서 보여준 특별한 사실적 묘사의 한 부분이다.

일상생활의 소소한 일들이나 심리 작용을 상세히 묘사하는 것은 실제로 매우 어려운 일이다. 아주 흔한 것, 늘 우리 주변에 쉽게 지나칠 수 있는 일들에 주목할 수 있는 것이 바로 작가의 또 다른 능력일 것이다.

그리고 놀라운 것은 대사마다 인용되는 속담과 그 속담으로 날카롭게 찌르는 촌철살인의 기지機智가 묘사의 사실성을 돋보이게 해준다. 그리고 소설 속에 가끔 나오는 적당한 유머―썰렁한 개그가 아니라 바탕에 깔려 있는 학식이 있어야만 이해할 수 있는 재담, 때로는 서문경도 감탄할만한 왕파의 재치―이런 것들이 가미되어야만 일상생활의 사소한 일들 특히 언어와 행동에 생동감이 살아난다.

화가가 가장 그리기 쉬운 것은 도깨비나 용이고 우리 주변에 늘 보는 개나 사람을 그리기가 가장 어렵다고 한다. 유명한 소설가나 시인은 매일 일기를 쓰면서 자신의 일생을 충실히 묘사하는 자서전적 작가일까? 일상생활의 사실적 묘사는 정말 어려운 일이지만 이 소설에는 그런 것들이 분명한 예술적 성취를 이루고 있다.

✿ 『금병매』의 결점

중국에 '황제의 몸에도 이가 세 마리 있다(皇帝身上還有三個御虱)'라는 속담이 있다. 이 말은 사람이라면 누구나 이(虱)가 있듯 누구에게나 결점은 있다는 의미이다. 그리고 '흰색(하얀 피부)은 모든 결점을 덮어준다(一白遮百醜)'라는 속담은 여성에게는 희고 고운 피부가 제일이라는 뜻과 함께 한 가지 장점이 다른 단점을 묻어준다는 의미로 통용된다.

『금병매』가 뛰어난 소설이지만 여기에도 나름대로 결점은 있다.

중국의 여러 학자들은 이 소설의 문장이 균일하지가 않으며 모두가 좋은 문장은 아니라고 지적한다. 서문경이 맹옥루를 첩으로 데려오는 부분이나 아첨꾼들을 데리고 이계저의 기생집에 가서 노닥거리는 부분은 아주 뛰어나지만 서문경이 이병아와 처음 얽히는 부분은 많이 부족하다고 한다. 일반적으로 20회에서 80회까지는 문장이 고르고 좋지만 처음과 끝은 이야기 구성이 좀 엉성하다는 평을 받는다.

그리고 또 하나의 결점은 작가가 독자들에게 권선勸善하는 설교를 하고 있다는 점이다. 소설 본문에는 '(이 글을) 읽는 분은 (내가 하는) 말을 들어보십시오(看官聽說~)' 하면서 사람의 도리나 충언忠言을 말하고 있다.

물론 작가의 말이 이치에 어긋난 말은 아니지만 그런 것은 독자가 알아서 생각할 일이지 작가가 직접 강요할 일은 아니다. 예를 들면 반금련이 무대를 무시한다는 서술 뒤에 작가가 이런 말을 하고 있다.

'이 글을 읽는 분들은 들어보십시오. 대개, 자신이 얼굴이라도 반반하고 조금 영리하다고 생각하는 모든 여자들은 남편이 잘 났다면 그만이지만, 무대와 같은 사람이라면 금방이라도 죽일 듯 대들거나 아니면 몹시 증오합니다. 자고로 미인과 재자가 짝을 맺는 경우가 매우 드문데 이는 금을 사려는 사람이 금을 파는 사람을 만나기 어려운 것과 같은 법입니다.'

작가의 '바르게 살며 자기 분수에 맞춰 살아야 한다.' 는 뜻의 이러한 멘트는 음란한 내용의 이야기를 지어내는 작가의 변명처럼 들리기도 하는데 이는 중국 고전 소설에 흔히 있었던 일이기 때문에 크게 문제 삼을 것은 없다고 생각한다.

그렇지만 작가가 반금련에 대하여 상세한 묘사와 함께 이런 글을 자주 첨부한다는 것은 소설 속 인물의 캐릭터에 대한 작가의 고정관념을 독자에게 강요한다는 느낌을 주기도 한다.

그리고 소설의 줄거리 구성면에서도 여러 가지 착오가 있다는 점을 인정해야 한다. 이는 소설 속의 시기는 북송 말년으로 설정하고 있으면서도 소설 속의 내용은 명나라의 제도나 사회 현상을 묘사하기에 일치하지 않는 것이 당연할 것이다.

그렇다면 작가는 소설 내용에 대하여 역사적 고증이나 사실史實과의 일치 여부에 대하여 크게 주목하지 않았다는 지적을 피할 수가 없다. 물론 이런 지적은 작가의 지식이 얕고 비루하다는 비난으로 이어질 수도 있다.

예를 들면, 소설에 등장하는 태감太監은 환관宦官으로 궁정에서 복무하기도 하지만 지방에 파견되어 황궁이나 나라에서 필요로 하는 물품을 조달하는 업무도 담당했다. 이러한 제도는 북송시대에는 없었던 명나라의 제도이다.

그리고 서문경의 공식적인 직함은 '산동제형소부천호 山東提刑所副千戶'라는 무관직이다. 임명을 받은 서문경은 청하현에서 죄인을 체포하고 죄인에 대한 형벌을 판결한다. 그런데 '제형'이란 '형옥刑獄에 관한 일을 심리'한다는 뜻이고 그런 일을 담당하는 송나라 관청의 공식 명칭은 '제형사提刑司'이지 제형소가 아니었다.

명나라에서는 지방 각 지역에 주둔하는 군軍 부대로 위소衛所가 있었는데 그 규모에 따라 천호소千戶所나 백호소百戶所로 구분하였다. 따라서 부천호副千戶라면 천호소의 부지휘관인 셈이다. 그렇다면 서문경의 공식 직함은 송나라의 제도도 아니고 명나라의 관직도 아니다. 다만 작가가 이런 관직명을 만들어 명나라 지방에 근무하는 무관들이나 지방관의 횡포를 비유적으로 묘사했다고 말할 수는 있지만 적어도 역사적 사실과는 일치하지 않는다.

물론 『금병매』가 역사적 사건을 배경과 주제로 하는 역사 소설이 아니고 『수호전』의 한 가닥을 빌려 인생과 세상사를 묘사한 소설이라는 점을 인정한다면 이러한 소소한 지적은 크게 문제 되지는 않을 것이다.

옥에 티가 있다 하여 그 옥의 아름다움과 광채를 가리지는 못하는 것처럼 우리는 이 소설의 우수한 장점을 먼저 보아야 할 것이다.

『금병매』의 영향

『금병매』가 소설의 발달과정에서 또 중국 문학사에서 중요한 위치를 차지한다는 사실이나 그 영향에 대하여 의심하거나 부정하는 사람은 없다. 특히 청대 소설의 대표작인 풍자소설 『유림외사』의 사실적 묘사에 영향을 주었다. 그리고 최고의 인정소설인 『홍루몽』의 가정 중심, 인물 중심, 애정중심의 테마에 직접적인 영양을 끼쳤다.

『금병매』는 청나라에서 내내 금서禁書로 묶여 있었으니 그 수난을 짐작할 수 있다.

사실 이 소설은 명나라 말기의 정치 사회 풍속을 알려주는 교과서이며 자료로서의 역할을 다 했다. 가장 원초적 욕망인 성애의 모습과 그에 따른 인간의 심리를 사실 그대로 직설적으로 표현한 이 소설은 음서라는 비난을 감수해야만 했다. 그러나 오늘에 이르기까지 원작자의 그런 의도는 '작가의식'이라는 점에서 광범위하게 인정되고 있다.

『금병매』에 이어 정요항丁耀亢(1620?~1691)의 『속금병매』 64회 본이 나왔고 재자가인의 사랑 이야기를 담은 이추산인荑秋山人 편 『옥교리玉嬌梨』 20회 본이 유명하다.

이밖에 풍몽룡의 『삼언三言』과 능몽초凌濛初의 『이박二拍』은 문언문의 단편 소설이지만 인정 소설의 시각에서 『금병매』의 방류傍流라고 알려져 있다.

6. 『금병매』의 주제

『금병매』의 주인공 서문경의 호는 사천四泉이다. 이는 그의 집에 우물이 4개가 있어[27] 서문경이 자호自號했다 하지만 이는 작가가 소설의 주제를 밝힌 것이라고 생각할 수 있다.

사천四泉(sì quán)의 泉은 全(quán)과 동음同音으로 '4가지를 갖추었다(四全)'는 뜻으로도 해석할 수 있다. 사전四全의 경우 나쁜 의미로는 '주酒·색色·재財·기氣'의 4가지를 다 가졌다는 의미로 해석할 수 있다. 아니면 4가지의 악행, 곧 '탐貪(탐욕)·진嗔(성냄)·치痴(우둔)·애愛(애욕)'에 빠졌다는 뜻이다. 좋은 의미로 말한다면 '처妻·재財·자子·록祿'을 다 가지고 있다는 의미로 받아들여진다.

『금병매 사화』에는 흔흔자欣欣子의 서문 뒤 인간들이 범하는 4가지의 탐욕을 경계하라는 뜻의 〈사탐사四貪詞〉가 실려 있다. 사실 '주

---

27) 소설 51회. 黃主事道 敢問尊號? 西門慶道 "學生賤號四泉, 因小莊有四眼井之說." 四眼井의 안(眼)을 양사(量詞)로 보아(一眼井＝一口井) 서문경의 넓은 대 저택에 있는 4개소의 우물이라 해석할 수 있다. 그러나 '一井而有四個井口'라는 해설대로라면 하나의 우물 위에 큰 각목으로 열 십자(十)를 만들어 얹어 놓고, 물통을 등에 지기 쉽게 하거나 또는 두레박을 매달아 둔다면 井口가 4개가 된다. 서주(徐州)에는 二眼井 四眼井이라는 지명이 있다고 한다.

색재기' 4가지는 인간의 기본적 탐욕이지만 동시에 사나이라면 이 4가지를 누리고 즐기기를 원하지 않는 사람이 없을 것이다.

🌀 인간의 탐욕 酒·色·財·氣

인간의 오욕칠정五慾七情은 그야말로 천성天性이다. 이는 인간의 의지로 잘 조절하거나 통제하기가 쉽지 않기에 교육을 받아야 하고 종교적 사유思惟와 신념이 필요하며 예의나 도덕을 생각하고 표현해야 한다.

인간의 천성 중 특히 성인이 되어 가장 경계하고 조심할 것은 무엇인가? 많은 사람들은 술(酒)과 여자(色)와 재물(財)과 힘(氣)이라고 한다.

술(酒)을 천성적으로 마시지 못하는 사람도 많지만, 술은 대부분의 성인남자가 좋아한다. 바다나 강물에 익사한 사람보다 술잔에 빠져 죽은 사람이 훨씬 많다고 한다.

'기쁠 때 술(喜酒), 울적할 때 차(悶茶), 화날 때 담배(生氣的烟)'라는 중국 속담을 보면 이 세 가지는 사람마다 좋아하게 되어 있다. 본래 음주와 도박은 가르칠 필요가 없다고 한다. 곧 가르치지 않아도 알아서 잘 한다는 뜻이다. 그리고 술에 빠지든 색에 미치든 하나라도 있으면 틀림없이 망한다고 하였으니 그만큼 폐해가 크다는 뜻일 것이다.

적당한 술은 보약이며 또 술은 안 될 일도 되게 할 때가 있다지

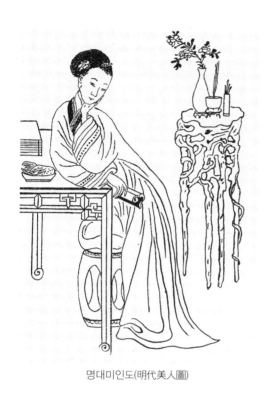
명대미인도(明代美人圖)

만, 술 때문에 판이 깨지고 사람이 멀어지며 술 취한 뒤 파렴치한 짓 때문에 개인과 가정의 파멸을 불러 오기도 한다.

『금병매』에서 서문경은 물론 반금련과 안방 주인마님이나 계집종까지 모두 술을 마신다. 손님 접대할 때는 물론 매 끼 식사에 술이 빠지지 않았고, 방사를 치루기 전에 술을 마시지 않는 남녀가 없었으며 '술을 조심하자' 라고 말하는 등장인물은 하나도 없다.

서문경네 집에서 그 많은 벼슬아치나 시정 상인에 대한 접대나 잔치가 있는데 술이 없는 식사나 잔치가 있을 수 없다. 작자는 다만 지나치면 나쁘다는 원론만을 가끔 시로 표현할 뿐이다.

색色—남자는 여인에게, 여인은 남자에게 끌리게 되어 있다. 영웅이나 호걸만이 미색美色을 탐하지는 않는다. 항우項羽에게는 우희虞姬라는 미인이 있었고 동탁과 여포는 초선貂蟬을 놓고 대립하다가 나중에 모두 다 파멸한다. 이런 전례를 알고 있다고 여인을 거부하는 사나이가 있겠는가?

　본래 '여색을 탐하지 않는 사내 없고(無男不貪色), 남자 생각 않는 여자 없다(無女不思郎)'는 말과 같이 젊은 남녀의 색정은 서로 비슷하다. 또 젊은 남녀는 뜨거운 불길 곁에 있는 마른 장작처럼 불붙기가 쉽다. 그러나 색色이란 글자 위에 칼(刀) 한 자루가 있으니 이는 바로 사람을 죽이는 칼이다.

　『수호전』과 『금병매』에서 무대武大는 왜소하고 칠칠치 못해 사람들의 놀림을 받았지만 그래도 명색이 반금련의 남편이기에 서문경에게 대들 수 있었다.

　중국어의 '풍정風情(fēngqíng)'이란 말을 우리나라 사전에서는 '남녀의 새롱거리기'라고 번역하고 있다. 그러나 그 보다 훨씬 많은 의미를 내포하고 있는 단어이다. 청춘 남녀들이 서로 상대의 관심을 끌기 위해 시시덕거리는 모습도 풍정이고, 상대방에게 추파를 던지거나 상대방을 유혹하기 위해 심각하게 말하거나 과장된 행동을 하는 것 또한 풍정이다. 곧 겉으로 드러내 보이는 애정이며 관심표현이라고 말할 수 있다. 그러나 이 말에는 오직 한 사람만을 위하여 그러면서 진정한 사랑을 갈구하는 뜨거운 진실성이 들어 있지는 않으며, 사랑에 대한 심각한 고민과 번뇌와는 어울리지 않는 말이다.

　이 소설에는 풍정에 대한 내용이 계속 나온다. 왕파의 찻집에서 서문경이 반금련을 유혹하는 짓거리가 풍정이다. 서문경은 정식으로 일처오첩一妻五妾을 거느리면서도 계집종과 하인의 아내, 기녀와 이웃 사람의 아내까지도 탐했고 실제로 시도 때도 없이 육욕의 향연을 벌린다.

　소설에서 서문경이 진정으로 사랑한 여인은 누구인가? 서문경이 관계한 그 모든 여인들을 다 사랑했는가? 서문경이 탐한 여인들은 뛰어난 미색을 가진 여인들만이 아니었다. 서문경의 애정행각에는 진정한 사랑이라는 감정은 거의 없었다고 생각된다. 그저 여색을 탐했을 뿐이다.

애정이 없는 호색은 육신을 사고파는 것이니 평범한 인성人性으로 어찌 정이 없는 색을 말할 수 있겠는가? 여인의 미색, 표정, 웃음, 달콤한 혀와 가늘며 하얗게 드러나는 잘록한 허리는 모두 한없이 부드럽지만 그것들은 칼이 되어 우부愚夫를 죽인다. 비록 여인의 허리 칼이 사람의 목을 자르지는 않지만 미색을 탐하다가 비참하게 죽어가는 서문경을 그리고 호색으로 죽어가는 여인들을 소설 속에서 만나게 된다.

재물財─돈錢, 이利, 보寶─이런 글자에 또는 이런 말에 고개를 돌릴 사람은 결코 많지 않을 것이다. 남자에게는 재물이 외모지만(男人以財爲貌), 여자는 미모가 재산이다(女人以貌爲財). 돈이 많으면 만사가 넉넉하고, 못된 건달도 상석에 앉는 것이 세상이다. '돈이 있으면 귀신과도 통할 수 있다(有錢可以通神)' 는 말은 중국인들의 황금만능주의를 표현한 말이다.

서문경이 좋은 집에서 좋은 음식에 수많은 여인을 탐할 수 있었던 근본 바탕은 그의 부모로부터 물려받은 재물이었다. 이후 서문경은 재산을 늘렸고 벼슬을 얻었기에 모르던 관리들도 서문경을 찾아왔다. 남자가 행사하는 모든 힘의 원천은 바로 재물에 있다는 것을 서문경은 확실하게 보여 주었으니, 재물과 술과 미인은 서문경의 바탕이면서 종교였다.

돈나무(搖錢樹) : 돈이 열린다는 신화 속의 나무

기氣－기운(힘)으로 해석할 수도 있고 열정이라는 좋은 말로 바꿀 수도 있다. 남자에게 기가 약하다면 정력이 별 볼일 없다는 뜻으로 통하는 요즈음 세상이다. 기운은 권력이라 생각해도 틀리지 않는데 '권력을 쥐고 있으면 신선도 세배하러 온다(手中有權 神仙來拜年)'는 중국의 속담이 바로 그 증거라고 할 수 있다.

사내가 자기 힘을 뽐내려 하는 것도, 여인의 성형과 화장도 따지고 보면 기의 발산 방법이다. 해서는 안 될 일을 저지르고 가질 수 없는 것을 가지려 하는 것도 기를 행사하려는 또 다른 표현이다.

서문경은 중앙 권력에 줄을 대어 벼슬을 얻는다. 때문에 서문경의 장사와 엽색과 교제는 탄력을 받고 입체적 공간을 마음껏 늘려나가는데 이 또한 기의 확산이라 볼 수 있다.

사실 어느 물인들 물고기가 없으며, 어느 관청인들 사私가 없겠는가? 서문경의 벼슬이나 사업 확장과 재산 증식은 곧 기이 확대는 관청과 결탁한 부정의 결과였다.

본래 권력이나 힘이란 것을 자랑하고 싶은 것이 사내의 속성이기에 중국인들에게는 '재물(財)과 힘(勢)과 권력(權)은 한 글자(같은 뜻)이다' 라는 속담이 있다.

🌀 주색의 폐해가 으뜸

술은 몸을 생각하지 않고, 색은 병을 걱정하지 않는다.

재물 앞에는 혈육도 없고 권력과 양심은 서로 아무런 상관도 없는 것이 세상이다. 평범한 욕망으로 살아가는 보통 사람도 주, 색,

재, 기의 네 가지를 탐하고 그에 따른 악행과 폐해가 많지만 유독 위험한 것은 색과 재물이라고 했다. 서문경은 위의 4가지에 대한 탐욕이 유독 심했다. 반금련과 이병아 그리고 춘매 이 세 여인도 색에 대한 욕망은 보통 여인들보다 강했다.

『금병매』의 주연이나 조연급의 그 누구도 자신이 나중에 네 가지 탐욕에 대한 필연의 응보가 있을 것이라고 생각하지 않았고, 그런 생각이 없었기에 끝까지 탐욕을 부렸을 것이다.

정든 사람과 마시는 술은 얼굴을 붉게 만들고, 돈과 여색은 사람 마음을 움직이게 되어 있다. 세속의 재물, 미인, 여인을 끼고 마시는 술, 이 세 가지에 미혹되지 않는 사내가 있겠는가?

『금병매』는 의식주에서 최소한의 욕구를 주제로 다루지는 않았다. 가족을 먹여 살리기 위해 능동적으로 활동하거나 고상한 가치나 명성을 위하여 깊이 고뇌하는 인간의 모습은 찾아보기 힘들다. 『금병매』에서 일하는 사람들은 모두 노비나 고용된 일꾼뿐이지만 그런 사람들의 이야기는 서술되지도 않았다.

소설 속의 주요 인물들은 하나같이 배부르며 등이 따습고 빈둥빈둥 놀아도 되는 사람들이며 그런 사람들의 이야기를 주로 하고 있다. 그런 사람들에게는 주색재기에 대한 욕구가 더 원초적이었을 것이다.

그러나 주색재기의 욕구도 결국은 살아있을 때의 이야기이다. 일단 사람이 죽으면 모든 것은 끝이다. 그래서 『금병매』가 재미있기보다는 너무 많은 것을 생각하게 만드는 소설이다.

7. 『금병매』의 작가 의식

선악에 대한 판단

『금병매』는 서문경 가문의 일대기를 상세하게 묘사한 소설인데, 가장家長은 타락한 인물이었지만 본부인인 오월랑吳月娘만은 정숙한 생활을 하며 부덕婦德을 지켰고, 오월랑이 낳은 아들은 선친의 죄를 속죄하기 위해 출가하는 것으로 끝난다.

『금병매』는 서문경의 난잡한 성생활을 생생하고 자세하게 묘사하고 있어 많은 사람들이 외설서라고 배격하였다. 그러나 이러한 선정적인 부분들은 오히려 쾌락의 덧없음을 나타내려는 작가의 도덕적 의도가 드러나는 서술이라고 해석하는 견해에도 주목해야 한다.

『금병매』는 등장인물 각자의 내면세계를 작가가 직접 설명하지는 않았다. 이 때문에 작가의 궁극적인 메시지를 단순명쾌하게 말하기는 쉽지 않다. 다만 가족 구성원의 생활 단면을 상세히 묘사하는 과정에서 작가는 구성원간의 역학力學관계나 내면적 사유思惟, 운명적 흐름을 아주 효과적으로 구성해 냈지만 이런 과정에서도 작가가 전달하려는 진정한 의도는 쉽게 파악되지 않는다.

『수호전』에서는 선악의 대비와 상황의 전개나 역전이 확실하지만 『금병매』에서는 상황 전개를 명쾌하게 반전시킬 수 있는 새로운 캐릭터가 등장하거나 대 사건의 발생이 사실상 없다. 다만 점진적으로 깊어지고 농도가 진해지면서 상황의 반전을 예상할 수 있을 소소한 묘사가 있을 뿐이다.

작가는 선악의 여러 모습을 소설의 여러 곳곳에서 거울에 비춰보이듯 서술하고 있지만 그것을 꼭 대비시키지는 않았다. 소설의 결말에서 곧 서문경의 죽음과 그 가정의 해체에서 인과응보나 선악의 심판을 생각할 수 있는데 이것이 바로 작가가 강조한 메시지라고 단정하여 말하기도 사실은 쉽지 않다. 어떤 행위에 대한 선악의 판단은 독자가 해야 하는 것이며, 그 판단은 열이면 열 사람 모두가 다를 것이다.

왜냐면 소설 속의 욕망은 곧 인간의 원초적인 욕망이고 그런 원초적 욕망에 대한 느낌이나 해석은 독자의 개인적 경험이나 인식에 따라 달라질 수밖에 없기 때문이다.

곧 작가는 자신의 가치나 신념을 독자에게 강요하지 않았다. 다시 말해 작가는 이 소설을 통해 몰가치적 인간의 세계를 보여주었다고 말할 수 있다.

❧ 삶에 따라 달라지는 가치

금, 병, 매 세 사람을 중국어로 판진롄(潘金蓮), 리핑얼(李甁兒), 춘메이(春梅)라고 읽는다. 이 세 사람에게 개성을 불어넣고 그녀들을 주인공으로 등장시키는 작가의 의도는 무엇인가?

시먼칭(西門慶)을 중심으로 진, 핑, 메이 세 사람을 어떻게 한 곳으로 모으고 왜 다시 흩어지게 하는가를 통해 작가 의식의 일단을 엿볼 수가 있다.

소설 속의 여인들의 삶은 전적으로 서문경에게 매어 있었다. 여인들은 서문경이 주는 대가성 돈이나 물건 또는 성적 쾌락에 의해 잠시 피어나는 꽃과도 같았다.

물론 꽃은 그냥 꽃일 뿐이지 아름답기 위해서 피지는 않는다. 꽃이 아름답다고 생각하는 것은 인간이지 꽃 자신은 아니다. 예쁜 꽃이라 하여 기왕이면 미인이 자신을 꺾어주기를 바라지 않는다. 훈남은 장미를 좋아하고 추남은 호박꽃을 좋아하는 것이 아니다.

인간이 볼 때 꽃이 예쁘다는 것은 똑같은 꽃이 없기 때문일 것이다. 금, 병, 매 세 사람을 주인공으로 등장시킨 것도 세 여인의 모습이 다르기 때문일 것이다.

사람들은 꽃이 예쁘다는 상식 – 아주 강하게 고정되어 있는 관념을 갖고 있다. 생물학적 기준으로 분류하면 비슷한 종류의 꽃이 있다. 목련이라도 백목련과 자목련은 한 종류이지만 느낌이 다르다. 같은 동양난이라도 향기가 다르고 호박꽃과 오이꽃은 생김새와 색이 같아도 같은 꽃이라 할 수 없다.

여주인과 그 몸종의 관계인 반금련과 춘매는 아주 동일한 생각과 행동을 하지만 서문경이 더듬을 때 그 느낌은 달랐을 것이다. 반금련과 춘매가 똑같다면 아마 서문경의 욕망은 두 사람에게서 다 사라졌을 것이다.

사실 소설 속의 금, 병, 매가 아니더라도 서문경의 노복(奴僕)인 내왕의 처 송혜련(宋蕙蓮)처럼 잠시 등장하는 여인들에 대한 묘사를 통해서도 우리는 여인들의 각기 다른 모습을 볼 수 있다. 송혜련은 소설에서 주요한 배역은 아니지만 세 여인과 다른 개성으로 자신의 독특한 모습을 보여 주었다.

소설의 중심부에서 서문경은 온갖 수단을 다 동원하여 수많은 여인들을 상대로 자신의 육욕을 채우지만 만족할 수 없다. 또 돈과 벼슬, 권력과 위세 등 남자가 가질 수 있는 것을 다 성취한다.

서문경 자신은 상인이었고 상인은 돈을 많이 벌려고 애쓰는 사람이다. 돈을 벌기 위한 방법에서 선하다 악하다는 평가는 다른 사람의 생각이지 서문경의 생각은 아니었다.

소설 속에서 반금련의 성욕과 문란한 도덕관념은 '과연 그러할 수 있을까' 라는 의구심이 들 정도지만 서문경은 반금련을 데리고 살면서 반금련이 악독하다고 생각하지 않았다. 인간의 행위에 선악과 미추美醜의 기준은 누가 어떻게 구분하고 정할 수 있는가?

똑같은 꽃이 없다는 기본적 상식처럼 똑같은 여인이 없기에 서문경은 여인들을 계속 탐했는가? 작품을 접하는 많은 독자들은 그들이 가진 상식—곧 그 사회 구성원들이 갖고 있는 가장 일반적인 약속을 기준으로 서문경과 그 주변 여인들을 이해하고 평가한다.

이처럼 독자들의 판단이 다르다는 점을 작가는 잘 알고 있었던 것 같다. 그러기에 작가는 소설에 등장하는 수많은 여인의 행태나 개성을 선악으로 구분하지 않았으며 그냥 묘사할 뿐이었다. 작가는 『금병매』에서 선악의 가치 구분을 배제하고 삶의 모습을 상세히 묘사하여 독자에게 보여주었다.

삶의 다양한 모습과 서로 다른 개성을 그려내어 또 등장인물들의 관계와 갈등을 짜임새 있게 만들어서 독자들에게 보여주기에 작가는 위대한 사람이다. 왜냐하면 작가들은 우리가 만날 수 없는 여러 인간의 모습을 우리에게 보여주었고 우리가 접할 수 없는 여러 가치들을 우리에게 가르쳐 주기 때문이다.

『금병매』 작가는 재물과 성욕에 적극적인 인물에 대해 거부감이 없도록 형상화하는 능력이 매우 뛰어났다고 평가할 수 있다. 작가는 명나라 말기의 경제적 번영과 전쟁이 없었던 사회적 안정과 자유로워진 세태 속에서 지방에서 부를 축적한 상인 계층의 여유와 풍족한 생활을 즐기며 향촌 사회를 이끌고 지배하는 새로운 인물형인 서문경의 모습을 완벽하게 묘사하였다.

작가는 성애性愛와 물욕으로 살아가는 여인들의 모습과 돈과 권력을 바탕으로 여성의 육신을 탐하는 남성들의 이야기를 통해서 당시의 정치적 부패나 계층 간의 착취와 같은 사회 문제를 파헤쳐서 그때의 세태를 입체적으로 묘사해 내었다.

⤳ 얽히고설킨 정리情理

『금병매』에 묘사된 한 가족의 생활과 인간적 애욕의 추구는 당시 사회의 적나라한 단면이었다. 작가는 인간이란 남녀나 계층을 불문하고 기초적 욕망으로 움직이는 개별적 존재라고 생각하였다. 또 세상살이라는 것은 욕망을 추구하는 각양각색의 인간들이 하나라도 더 차지하려고 경쟁하고 싸우면서 거래하는 현장이라고 진단하면서 그런 사실들을 명확하고 다양하게 그려 냈다. 특히 남자가 추구하는 돈이나 권력보다 더 원초적인 욕망으로 그때까지 문학의 소재로 다룰 수 없었던 성욕性欲을 표면에 내세웠다.

소설 속에서 서문경의 상대가 되는 여인들도 자신의 육신을 무기로 우선은 복종하지만 가끔은 속이거나 배신하고 앙탈을 부려대며 현실적 생존경쟁을 벌였다. 그녀들이 일상생활에서 적나라한 생존경쟁의 모습을 보여주는 것 또한 인간 본성의 표출이 아니겠는가? 이는 작가가 후대의 독자에게 던져주는 확실한 메시지라고 생각한다.

『금병매』의 세계는 이념에 대한 설명이나 강요가 없이 먹고 입으며 움켜쥐려고 다투는 현장이었다. 그리고 그런 장면에 대한 묘사는 매우 사실적이며 우수하다.

이는 중국인들의 현실적인 실용주의의 한 표현이며 소설이 어리석음을 깨우치고 성실한 생활과 욕망의 절제를 계몽하는 효과적인 방법이라는 작가 의식의 표출이라고 말할 수 있다.

인간 세상의 모든 이야기 곧 이 소설의 주제를 '정리情理'라는 단어로 묶을 수 있다. 사람이 느끼는 감정이 인정人情이고 사람들이 만들어 낸 사건의 이치를 사리事理라 한다면 정리란 말은 매우 포괄적이다.

본 작가에 의해 창작된 100회 80여 만자 대작의 요체도 결국 주인공과 조역들, 그리고 이런 일과 저런 사건을 얽어낸 사람들의 정리를 말한 것이 아닌가?[28)]

한 사건이 다른 사건을 이끌어 내고 한 사람의 사연이 다른 사연

■
28) 장죽파 〈금병매 독법〉 43항

을 만들어 낸다. 한 사람과 하나의 사건을 이해하라고 풀어 서술하면서 이와 관련이 있는 또 다른 사람의 정리를 이야기한다. 그러면서 이들에 대한 이해를 확장해 나간다.

그 한 사람의 정리가 그의 입을 통해서 나오는 것이 아니라 정리가 있는 곳에서부터 이야기를 풀어내었다. 그 때문에 많은 사람들의 이야기가 마치 한 사람이 정리를 풀어내듯 길어지고 방대해졌다. 작가는 자신이 원하는 방향으로 많은 이야기를 진행하면서도 그가 마음에 품었던 주제를 끝까지 놓치지 않았다.

8. 『금병매』와 금서

꩜ 금서의 역사

권력을 움켜 쥔 자들은 국가의 안위를 위협하며 사회의 미풍양속을 거스른다는 등의 이유로 어떤 저서를 금서禁書로 지정하고 이를 불태웠으며 그 작가들을 탄압했다. 금서는 권력자들이 이념과 사상을 독점하고 통제하기 위한 방편으로 생겨났으며 통제를 위한 유용한 수단이었다.

우선 많은 책이 정치적 이유에서 금서가 되었으니 곧 정치적 검열에 의한 금서이다. 집권자들은 권력의 안위에 위험이 될 만한 사상이나 정보, 생각과 의견이 널리 퍼지는 걸 막기 위해 책들을 검열하고 책 만드는 사람을 억눌렀다.

두 번째는 미풍양속을 지키기 위하여 외설과 음란물로 규정된 책들이 금서가 되었다. 『금병매』는 여기에 해당된다. 영국 D. H. 로렌스의 『채털리 부인의 사랑(Lady Chatterley's Lover)』도 그 당시에는 외설이고 음란물이었기에 금서가 되었다.

집정자나 지배층 사대부들은 권위적인 윤리관을 바탕으로 예교禮敎에 조금이라도 저촉될 수 있다고 생각하는 글이나 책들을 못 읽게 하거나 압수 소각해 버리는 일이 자주 있었다. 또 노골적인 성애의 묘사나 반란행위를 긍정적으로 서술하는 책도 금서로 지정하였으며 이를 짓거나 유포하는 자들도 처벌하였다.

금서를 만드는 세 번째 원인은 종교적 검열이나 여러 가지 사회적 견해 차이 때문이다. 이단異端이라고 불리는 것이나 소수자들이 믿고 따르는 종교 경전들, 표현상의 문제 또는 인종 문제 때문에 금서가 지정되는 경우도 많았다.

금서는 금지의 규범을 만들거나 지정할 수 있는 권력을 가진 자들에 대한 저항의 표시였다. 금서에 대한 가장 가혹한 처분은 불태워지는 것이었다. 금서는 탄압 속에서도 질기게 명맥을 유지하고, 권력의 부침이나 시대가 달라지면서 불멸의 고전으로 추앙받았다. 『금병매』 역시 그러했다.

진시황제 때 승상 이사李斯가 기원전 213년에 '진秦나라의 사서史書를 제외한 다른 나라의 사서나 민간인이 보유하는 제자백가서를 모두 소각하고 민간에서는 오직 의약과 점술이나 농업에 관한 책만을 보유하도록 하는 조치'를 내렸는데 이러한 분서는 집권자에 의한 사상탄압의 악례로 알려졌다. 그러나 분서는 민간인에게만 해당되었고 궁중과 관청에서 보유한 전적은 그대로 보존되었다고 한다. 그리고 갱유坑儒는 일반적으로 '유생을 파묻어 죽였다'고 하지만 실은 유생이 아니라 방사方士들을 무더기로 죽인 사건이었다.

실제로 중국 고대의 전적이 모두 불타버린 것은 시황제가 죽은 뒤, 항우가 함양에 입성하면서 불을 질렀는데 궁정(阿房宮)에 보관 중이던 그 수많은 전적이 그때 모두 소실되었다고 한다.

명明에서는 건국 초기부터 태조 주원장이나 성조 영락제의 반대 파에 속한다고 판단되는 문인들의 저서를 소장하는 것이 발각되면 여지없이 사형에 처했다고 한다. 양명학자이면서 문인인 이지李贄 (1527~1602. 號, 卓吾탁오)는 '인심을 현혹시킨다' 하여 체포되었고 후에 자살하자 그의 저서는 모두 불태워졌고 개인 소장도 금지되었다. 이 는 그의 저서가 조정을 비판하지는 않았지만 소위 '성학聖學에 맞지 않기' 때문이었다.

조선의 임진왜란(1592) 때 명나라가 조선에 구원군을 보내주는데 그 당시 황제가 신종 만력제神宗 萬曆帝(재위 1572~1620)였다. 만력 30년 (1602년)에 '황제에게 상주하는 글에는 소설이나 속된 말(小說俚語)을 인용해서는 안 된다.' 는 금령이 내려졌다.

명나라에서는 1442년에 구우瞿佑 의 『전등신화剪燈新話』도 금서였 으며, 마지막 숭정제崇禎帝 때인 1642년에는 '민간에서 소장하고 있 는『수호전』이나 원판을 숨기지 말고 모두 거두어 소각하라' 는 금령 을 공포했다.

만주족의 청淸나라는 중국을 지배하면서 엄격한 금령의 시행과 함께 자주 문자옥文字獄을 일으켜 한족의 지식인들을 탄압하였다. 이 는 소수의 만주족이 다수의 한족을 지배하면서 필연적이라 할 수 있 는 민족탄압정책의 일환이라는 성격이 강했다.

청대의 모든 황제들은 거듭 소설을 금한다는 칙령을 내렸다. 세 종 옹정제 때(1722~35) 호군참령이던 낭곤郎坤 이 '제갈량 같은 사람도 마속馬謖을 잘못 썼거늘 신匠이 어찌 감히 함부로 인재를 천거하겠습 니까?' 라는 말을 상주문에 썼다가 파면당한 일이 있었다고 한다.

❧ 『수호전』의 경우

『수호전』 108두령들의 최대공약수는 그들이 대부분 범죄를 저질 렀다는 점이다. 그들은 범죄를 저지르고 도망하는 중에 서로 만나 그런 사정을 이야기하면서 공감을 얻었다. 사나이의 의리로 도움을 주고받으며 지켜주는 과정에서 관계가 쇠사슬처럼 이어지면서 차례로 양산박에 모여든다.

이 소설에서 선한 하층민들이 생계를 위해 일시에 양산박에 모여 거대한 범죄 집단을 형성했다는 설정이 불가능한 것은 아니다. 그러나 독자들의 공감을 이끌어내기가 쉽지 않을 것이다. 그래서 108두령들 개개인의 이야기를 풀어 그럴 수밖에 없다는 당위성을 설명하였다.

물론 108두령들은 지은 죄를 통해 다른 사나이들에게 새로운 핑계를 제공한다. 생계를 위해 도둑질을 하고 살인할 수밖에 없었다며 그 범죄에 공감하고 범죄자에게 도움을 주고 행동을 같이 하며 스스로 새로운 범죄자가 된다. 그러면서 범죄를 저지를 수밖에 없는 사회와 가난, 범죄를 유도한 탐관오리들의 횡포를 고발한다.

고구高俅라는 무뢰한이 출세하여 군사권을 장악하고 그의 양아들이 임충林冲의 아내를 탐하고 그 때문에 임충은 팔십만 금군 교두의 자리에서 밀려나 범죄자가 될 수밖에 없었다. 양중서가 장인에게 보내는 생신강生辰綱이라는 선물더미는 그 자체가 도둑질한 물건이다. 백성들로부터 강탈한 물건을 우리가 슬쩍했는데 그가 도둑놈인가 우리가 도둑놈인가를 묻고 있으며 그런 친구에게 정보를 제공하고 도망가도록 도와준 송강은 의義를 따른 것이지 죄가 아니라고 큰 목소리를 낸다.

『수호전』의 등장인물들이 겪은 사건은 그 당시에 충분히 있을 수 있는 사건이었다. 사나이들끼리 통하는 의리, 그런 의리를 지키는 사나이들의 결합, 부패한 관리나 그 하수인들에게 빼앗긴 삶, 어쩔 수 없는 가난 때문에 산속에 들어간 산적들이 저항하거나 복수하는 장면은 독자들에게 그대로 전달이 된다. 작가가 굳이 또 다른 배경이나 필연성을 설정하지 않아도 되는 그런 상황이었기에 양산박 호한들의 활동은 '충분히 있을 수 있는 사건'이었다.

청면수 양지楊志는 마지막 재산을 털어서라도 다시 관직에 복귀하고자 했다. 그러나 양지의 예상을 벗어나 준비한 로비 자금이 바닥나고 관직에의 복귀가 가물가물할 때 그는 자신이 가진 보도寶刀를 팔지 않을 수 없었다. 그러다가 우이牛二를 죽이고 귀양을 가고 다시 양중서의 눈에 들어 생신강을 호송하게 된다. 이런 상황에서 양지가 그 임무를 성공적으로 수행하고 관직에 들어갔다면 별다른 이야깃거리가 되질 않았을 것이다.

하여튼 양지가 호송하는 생신강을 탈취하려는 조개晁蓋 일행과의 대결에서 작가는 양지를 이렇게도 저렇게도 처리할 수 있었다. 다시 말해 양지에게는 『삼국연의』의 관우나 장비처럼 고정 관념이나 설정된 제한이 없었다.

『수호전』의 등장인물들은 역사적 인물이 아니기에 얼마든지 변신할 가능성이 열려 있었다. 그런 변신의 가능성이 있기 때문에 독자들은 『수호전』에 빨려들어 갔고 108 호한들의 행동을 통해 대리만족을 얻을 수 있었다. 그만큼 『수호전』의 작가에게는 독자들의 긴장을 유도해 낼 길이 열려 있었다.

여하튼 양산박에서 조직을 정비하고 관군에 저항하는 거대한 집단을 만들고 그들이 내세운 구호는 '하늘을 대신하여 정도를 실천하기'(替天行道)였다. 그들이 강자의 재물을 약탈하고 부패한 관리를 응징하는 것은 이제는 죄가 아니고 '정의의 실행'이었다.

곧 범행이 죄가 되지 않았으며, 범죄였지만 악이 아니라 새로운 선善이 되었다. 황제를 정점으로 하는 관官의 입장에서 본다면 분명히 악이지만 피지배자의 입장에서는 정반대였다. 이제 누가 선이고 악인지 판단이 역전되었다는 것은 곧 '도둑질을 가르치는(誨盜)' 것이었다. 이 때문에 『수호전』은 금서가 될 수밖에 없었다.

❧ 『금병매』의 경우

소설 『금병매』는 아주 다양한 해석이 가능한 소설이다.

일반적으로 이 소설은 성애에 대한 노골적인 묘사가 많아 외설서猥褻書 또는 음서淫書로 인식되고 금서로 묶였었지만 20세기 초반 이후 새로워진 시각의 연구를 통해 새로운 평가와 주목을 받고 있다.

보통 어떤 책이 또 어느 정도가 되어야 외설이고 외설서인가 하는 문제는 독자의 주관에 속하는 문제이다. 가령 '이 소설을 딸이나 아들에게 읽어 보라고 권할 수 있나?' 라는 물음에 '딸아이가 이런 소설을 읽지 않았으면 한다.' 라고 대답을 했다면 그 소설은 그 아버지의 기준으로 '외설서'이다.

『금병매』에서 주인공 서문경의 악행은 어떠한가? 그 당시 그렇듯 많은 남의 부녀자를 희롱하고 선한 약자를 죽인 것은 당연히 응징을 받아야 한다. 그러나 『금병매』 전체에 묘사된 성애의 피해자는 누구인가? 그런 사랑놀이를 할 수 있는 처지에서 마시고 여인을 끼고 논 것이 죄가 되는가? 『금병매』는 정말로 '음행을 가르치는 책(誨淫書)'인가?

『금병매』의 주인공이나 등장인물들은 작가의 생각대로 말하고 성애를 즐길 수 있었다. 사실 서문경의 처첩들의 언행에 도덕적 의미를 부여하거나 제약할 필요성은 없었다. 그 시대에 그런 부자들의 처첩으로서는 타고난 욕구대로 행동할 수 있었다.

대체적으로 지배층이 생각하는 '백성들이 읽어서는 안 되는 글' 소위 금서는 창조적 작품인 문학이라는 측면을 전혀 고려하지 않았다.

그리고 일부 지식인들은 '음란한 행위를 가르치려는 뜻(회음誨淫)'은 없지만 읽고 나서 결과적으로 그런 생각을 하게 하는 소설, 예를 들어 『홍루몽』을 대표적 음서라고 지칭하기도 하였다.

왜냐하면 칼이나 창을 들고 있지 않아도 큰 도적은 여전히 큰 도적이듯 『홍루몽』은 남녀의 성정性情을 이야기 하면서 조금도 음淫을 거론하지 않았지만 독자의 의도가 그런 쪽으로 옮아가게 하니 결과적으로 대표적인 음서라는 주장이다.

위정자뿐만 아니라 유명한 학자들도 소설의 유포를 엄금해야 한다는 주장을 펴기도 했다. 명의 정치가이면서 서화가로 유명한 동기창董其昌(1555~1636) 같은 사람도 『금병매』를 완전히 소각해야 한다고 주장한 사람이다.

청의 고증학자 전대흔(錢大昕 1728~1804)은 '~살인한 자를 호한好漢

(진짜 사나이)이라 하고 여색을 쫓는 것을 풍류風流라 하면서 미쳐서 아무런 거리낌도 없이 행동하게 만든다.'며 소설을 모두 불태워 유통되지 못하게 해야 한다는 주장을 펴기도 했다.

청의 학자 여치余治는 소설을 읽거나 보관하는 폐해로 '품행을 더럽히고, 규문閨門(규방, 부녀자)을 패멸시키고, 자제子弟들을 해치며 악질에 잘 걸리게 한다'는 4가지를 열거했는데 이는 소설의 폐단이라기보다는 음서의 폐해라고 보아야 할 것이다.

이러한 견지에서 소설 작가에 대한 부정적인 견해나 음해성 소문도 끊임없이 유포되었다.

명나라의 전여성田汝成은 『서호유람지여西湖遊覽志餘』라는 책에서 '나관중羅貫中은 소설 수십 종을 지었는데 특히 『수호전』에서 송강 등 여러 사람의 일, 또 강간 도적 사기 치는 일 등이 매우 상세하다. 그리하여 온갖 변화와 사술詐術로 사람들의 마음을 어지럽혔기에 그의 자손 삼대가 모두 벙어리였다.(其子孫三代皆聾兒) 하늘(天道)의 응보가 이와 같다.'고 하였다.

또 청나라의 모경진毛慶臻이란 사람은 '『홍루몽』을 쓴 조설근은 죽어 지옥에 가서 극심한 고통을 받고 있으며 그의 후손 중 한 사람은 임청林淸의 반역사건에 연루되어 멸족을 당했는데 이는 역시 하늘의 음보陰報이다.'라고 했다.

이런 글들은 사대부들이 소설을 저주하기 위해 지어낸 근거가 없는 이야기들이지만 소설에 대한 부정적 견해를 여실히 드러낸 한 단면이라고 할 수 있다.

결론적으로 청 조정이나 일부 학자들은 소설은 곧 음사淫辭이며 이러한 작품들이 바른 풍속을 해치고 인심을 상하게 한다는 이유에서 금서가 되었다고 생각한다.

실제로 『금병매』는 동오 농주객東吳 弄珠客의 서문에서도 스스로 '더러운 책(穢書)'이라고 선언하듯 언급을 하고 있다. 실제로 대담하면서도 노골적인 성행위 묘사가 거듭되는 것도 금서가 된 직접적인 원인이라고 볼 수 있다.

그리고 북송 말기의 인물이 등장하지만 명 말기의 조정의 부패와 매관매직과 관리들의 부정과 무능 또 그로 인한 농민반란이나 퇴폐적인 사회풍조 등을 여실히 묘사한 점도 금서로 지정되는 한 요인이 되었다고 생각한다.

그 때문에 『금병매』라는 본래 제목이 아닌 『사대기서 제사종四大奇書 第四種』이니 『다처감多妻鑒』, 『수상팔재자사화繡像八才子詞話』 등의 이름으로 간행 유포되기도 했다.

청대에서는 문학 작품에 대한 검열이 일상적인 것이었고 금서목록이 자주 발표되었지만 조정의 이러한 탄압은 잘 알려지지 않은 작품에는 성공할 수 있었지만 『수호전』같은 소설에서는 성공하지 못했다. 청나라에서는 『금병매』를 금서로 지정했으나 이를 만주어로 번역케 하였으며 서태후는 『금병매』의 열렬한 애독자였다고 한다. [29]

이후 청나라가 망하고서도 얼마간의 세월이 지난 1930년대에 들어와서야 상해에서 『금병매사화』가 인쇄되어 공개적으로 유통되었다.

---

29) David Rolston 지음. 조관희 옮김. 『중국고대소설과 소설 평점』 제4장 p. 190

9. 『금병매』의 시와 사

중국에서 가장 대우 받는 문인이라면 당연히 시인을 생각하게 된다.

현재의 중국인들에게도 시詩는 평소에 연마한 학식의 표현이면서 일상생활에 대한 매우 고상한 표현 방식으로 인식된다. 중고교에서도 당시唐詩 300수를 암기하도록 권장한다는 데 이 또한 시에 대한 중국인들의 의식을 반영한 것이다. 한 가지 예를 더 든다면 정통 경극京劇에서 배역들의 대화나 창唱은 기본적으로 시이다.

현대 소설에는 옛 사람의 시를 인용하거나 또는 작가가 스토리 내용을 예고할 필요가 있을 때, 또는 한 구성의 마무리 단계에서 내용을 요약정리하거나 인물 또는 행적에 대한 평가를 시의 형식을 빌려 표현하는 일은 거의 없다.

그러나 소설의 주인공들이나 화자話者가 자신의 심경을 또는 작가의 의도를 시로 표현하는 것은 중국 장회소설의 두드러진 특징 중 하나인데 이는 시가 소설 표현의 주요한 수단은 아니지만, 소설과 깊은 연관을 가지고 소설의 중요한 일부로 자리매김했다는 뜻이다.

한편 정형시가 아닌 자유로운 스타일의 사詞는 현실생활의 다양한 감정을 솔직하게 표현할 수 있기에 통속문학에서 매우 중요한 의

의를 지닌다.

장회소설 전체에서도 처음 시작 부분이나 대단원의 마지막에 또는 각 장회의 처음이나 끝 부분에 시사詩詞로 서술하거나 묘사하기도 하며 혹은 의논 중간에 시나 사가 들어가기도 한다.

소설의 도입 부분을 시로 서술하는 것은 전기나 희곡에서 첫 번째로 등장하는 배우가 앞으로 진행될 내용을 시나 사로 노래하는 것과 같다. 특히 문언소설이나 로맨틱한 주제를 다루는 내용에서 주인공이 시를 읊는 것은 당연한 것처럼 받아들여졌으니 이러한 시사詩詞는 당연히 감상의 대상이며 그러한 시사를 읽지 않고 건너뛴다는 것은 소설에 대한 몰이해라고 생각하였다.

이러한 시들은 정절情節(줄거리, 사건의 내용이나 경위)을 말하고, 기승전결起承轉結의 전환과 인물의 외모나 성격, 행동이나 사고思考의 표현 방법으로 활용되기도 한다. 또 의논이나 평판을 언급할 때도 활용이 된다.

이러한 시와 사를 이용한 표현은 직설적인 언사보다도 훨씬 고상하면서도 비유나 은유의 뜻을 내포하기 때문에 이러한 시와 사는 장회소설의 수준으로 인식되기도 한다.

이러한 시와 사는 『사대기서』에서도 약간씩 차이가 있다.

예를 들어 『삼국연의』에는 각 회의 시작부분에 시로 시작하는 경우가 거의 없는데 이는 작가가 스스로 '창작자가 아닌 편찬자의 입장'이었다는 뜻으로 해석할 수 있다.

『삼국연의』 시작 부분의 개장 시로 인생의 허무를 말하는 사詞가 있는데 인용하면 다음과 같다.

도도한 장강은 동으로 흐르고,

물결 따라 영웅도 모두 씻어가 버렸다.

시비와 성패가 모두 공空이 되었고,

청산은 옛 그대로지만

석양은 몇 번이나 붉었던가?

백발의 어부와 나무꾼은 강가에서,

추월과 춘풍을 얼마나 보았던가!

탁주 한 병에 기뻐 만나면서,

고금의 이런저런 일들을,

모두가 웃으며 하는 이야기로다.

詞曰, 滾滾長江東逝水, 浪花淘盡英雄.

是非成敗轉頭空, 靑山依舊在, 幾度夕陽紅.

白髮漁樵江渚上, 慣看秋月春風.

一壺濁酒喜相逢, 古今多少事, 都付笑談中.

이 소설 처음의 사를 읽어보면 『삼국연의』의 문학적 주제는 인생
무상人生無常일 것이다. 전날의 제왕, 명신, 영웅호걸은 다 어디로 갔
는가? 도도히 흐르는 장강에 잠깐 생겼다가 사라지는 물거품과 같은
것이 인생일 것이라고 작자는 생각하였다.

『수호전』의 경우 소설 첫머리에 '서책에 둘러싸인 은거지를 둘러
보니 뛰어난 선비가 얼마나 많았던가(試看書林隱處 幾多俊逸儒流)'로
시작하는 사詞가 나오고, 이어서 북송 소옹邵雍(시호는 康節, 1012~1077)의
시를 개권시開卷詩로 인용하였다.

분분한 5대의 혼란 시대에
어느 날 구름이 걷히고 청천을 보았다.
초목도 백여 년에 새 비에 젖고
만 리 강산에 수많은 책들.
보통 마을에도 비단 옷 입은 이 있고
곳곳의 누대에 풍악소리 드높다.
모두 즐겁고 평온한 태평성대에
꾀꼬리 소리와 꽃 속에서 늦잠을 즐긴다.

紛紛五代亂離間 一旦雲開復見天
草木百年新雨露 車書萬里舊江山
尋常巷陌陳羅綺 幾處樓臺奏管弦
人樂太平無事日 鶯花無限日高眠

『수호전』에는 새로이 등장하는 인물의 모습에 대해서는 거의 시가 붙어 있다. 그리고 각 회에 들어 있는 시는 때로는 사건의 전개에 중요한 역할을 하는 경우가 많다.

송강은 유배지에서 술에 취해 반란의 뜻을 가진 것으로 충분히 오해 될 수 있는 시詩를 심양루潯陽樓 벽에 써 놓았다. 사실, 이는 좋은 풍광을 보고 기분이 좀 격양된 상태에서 혼자 마신 술에 취해, 귀양 온 삼십대 사나이의 울분을 그냥 뱉어 버린 것이라고 해석할 수 있지만, '운성 송강 작鄆城 宋江 作'이라는 자필 서명까지 한 것은 확실히 무모한 짓이었다. 그리고 송강의 이 시는 강주통판 황문병의 모함을 받게 된다. 이런 경우 소설 속에서의 시는 장면 전환의 주요한 모티브가 된다.

『금병매』100회 중에는 곡曲(노래의 가사)이나 운문의 대구對句를 제외해도 400여 수의 시나 사가 수록되어 있다. 물론 그 시사 중에는 문아文雅한 수작秀作도 있지만 대부분이 속어속구俗語俗句로 세속적인 일과 통속적인 감정을 표현하고 있어 이해하는데 그리 어렵지 않으며 소설 속에 등장하는 기녀들의 당시 유행가 자체가 모두 멋진 사詞라고 할 수 있다.

이러한 시사에는 각 회의 내용을 예고하는 개장시開場詩가 있으며 각 회의 서술 중에 로맨틱한 장면은 대개 시나 사로 구체적인 서술을 대신하고 있다. 그리고 중요한 사건의 결말에는 그런 행위나 사건의 의미나 가치를 작가가 독자들에게 깨우치려는 의도가 또렷하게 드러나는 서사敍事나 서정의 시가 등장한다. 이를 수장시收場詩라고 이름 지을 수 있다.

이러한 시사는 불교나 도교의 교리를 논하거나 예와 인을 말하고 시비를 가리고 권선징악의 뜻을 쉽게 서술하는 역할을 한다. 이는 『금병매』가 부녀자나 사회적 하층민들이 주인공으로 등장하여 살아 숨 쉬는 무대이기에 그런 등장인물의 감정을 표현하는 수단이라 해석할 수 있다.

이처럼 세속적인 감정의 쉬운 표출과 생동감이 있기에 그것이 곧 이 소설의 우수한 장점이라고 말할 수도 있는데 하여튼 『삼국연의』나 『수호전』의 시사하고는 분명히 다른 느낌이라고 말할 수 있다. 소설의 제3회에 왕파가 서문경에게 10단계의 계책을 설명하고 그 계책대로 서문경은 왕파의 찻집에서 반금련을 데리고 노는데 그 회의 첫 시작은 다음과 같다.

여색은 사람을 홀리지 않지만 스스로 빠지나니
사람이 미치기는 전적으로 다른 사연 때문이다.
정신 잃어 넋이 없는 듯 얼굴은 수척해지며
뼈는 허약하고 힘이 빠져 버린다.
간사한 정에 빠지면 집안이 망하고
색에 빠진 병은 약으로도 고칠 수 없도다.
예부터 배부르고 등 따시면 나쁜 일을 벌이나니
재앙이 머리에 닥쳐와도 전혀 알지 못한다.

色不迷人人自迷 迷他端的受他虧.
精神耗散容顏淺 骨髓焦枯氣力微.
犯着奸情家易散 染成色病藥難醫.
古來飽暖生閑事 禍到頭來總不知.

이처럼 사람에 대한 윤리 도덕적 뜻을 일깨우는 시가 많이 나오
며, 철학적 이치나 사리를 깨우치는 격언과도 같은 경구警句는 상용
구처럼 자주 보인다.

술은 사람을 취하게 하지 않지만 사람이 스스로 취하고
색은 사람을 미치게 하지 않지만 사람이 스스로 미친다.

酒不醉人人自醉 色不迷人人自迷.

이러한 식의 경구는 여색으로 인하여 재물손실과 건강 상실은 물
론 패가나 망국까지 갈 수 있으니 조심해야 한다는 극히 일반적인 훈
계의 내용인데, 이러한 경구는 사람 본인의 의지가 중요하며 안빈낙

도의 삶을 살아야 한다는 중국인들의 생활철학이라 할 수 있다.

이처럼 『금병매』의 시사 속에는 작가의 창작의도에 맞추어 술, 여색, 재물, 성질(酒·色·財·氣)의 폐단을 비판하며 이를 조심해야 한다는 뜻을 여러 속담이나 격언을 빌려 훈계하는 내용이 많다.

소설 제4회는 반금련과 서문경이 한창 뜨겁게 몸을 달구고 운가가 분을 못 참아 왕파의 다방에서 소란을 피우는 장면인데 아래와 같은 개장시가 있다.

주색은 여러 나라를 망치게 하였고

미색 때문에 충량한 신하를 잃었다.

주나라는 달기 때문에 종사를 잃었고

오나라는 서시 때문에 사직이 망했다.

청춘을 자애하며 가는 곳마다 즐기나니

미녀 웃는 얼굴이 재앙인 줄 어찌 알리오?

서문경이 금련의 미색에 빠지다보니

집안의 사슴을 잃고 밖에 나가 노루를 쫓는다.

酒色多能誤國邦 由來美色喪忠良.

周因妲己宗祀失 吳爲西施社稷亡.

自愛靑春行處樂 豈知紅粉笑中殃.

西門貪戀金蓮色 內失家麋外赶獐.

79회에는 서문경이 33세의 한참 나이에 죽는데, 다음과 같은 시를 보태었다.

사람이라면 적선이 많아야 하고
재물을 많이 모아두는 것이 아니다.
적선하면 좋은 사람이 되지만
적재하면 재앙만을 불러온다.
석숭은 살아 부자였지만
살신의 재앙을 면치 못했고
등통은 굶어 죽었으니
산처럼 많은 돈을 어디에 쓰랴!
오늘이 옛날에 비하여 심지가
더 깨끗하지 않지는 않더라.
많은 재물이 좋다고 말하면서
적선을 멍청하다 비웃는구나.
돈 많은 사람 중에는 죽을 때
관도 준비 못하는 사람이 많도다.

爲人多積善 不可多積財.
積善成好人 積財惹禍胎.
石崇當日富 難免殺身災.
鄧通饑餓死 錢山何用哉.[30]
今日非古比 心地不明白.
只說積財好 反笑積善呆.
多少有錢者 臨了沒棺材.

30) 석숭은 東晋의 巨富, 등통은 한 문제의 총애를 받았는데 문제는 촉땅의 구리광산(銅山)을 통째로 주어 캐내는 구리로 돈을 만들어 유통시킬 수 있는 특권을 부여했다.

위 시의 뜻이 무엇인가에 대해서는 더 자세한 설명이 필요 없을 것이다. 여하튼 이러한 시를 통하여 작가의 의도는 명확하게 드러난다. 서문경이 죽은 다음, 80회에는 서문경의 집안이 어떻게 타락하고 흩어지는 가를 묘사했는데 80회 첫머리에 실린 시에도 인정과 세태가 얼마나 빨리 바뀌는가를 말하고 있다.

『금병매』 마지막 100회에, 소설 전체를 마무리하는 수장 시는 다음과 같다.

글을 다 읽고 나니 망연자실하나니
천도가 순환하는 줄을 누가 알리오?
서문경은 힘대로 날뛰다가 대가 끊기었고
진경제는 미친 짓에 비참한 죽음을 당했다.
맹옥루와 오월랑은 선량하여 천수를 누렸고
이병아와 춘매는 음탕하여 일찍 죽었다.
반금련이 악행의 응보를 당하고도 악명을
천 년 후세에 남긴 것이 어찌 이상하겠는가?

閑閱遺書思惘然 誰知天道有循環.
西門豪橫難存嗣 敬濟顚狂定被殲.
樓月善良終有壽 瓶梅淫佚早歸泉.
可怪金蓮遭惡報 遺臭千年作話傳.

이 마지막 시는 서문경과 그의 사위 진경제, 맹옥루와 오월랑 그리고 반금련, 이병아, 춘매 등 소설의 주요 인물에 대한 인과응보에 대한 총평 겸 소설 전체를 마무리하는 시이다.

작가는 천도天道는 순화하고 천리天理는 언제든 존재하며 누가 어디서 무엇을 하던 다 내려다보며 공평무사하다. 또 선인에게는 좋은 보답이, 악행에는 그만한 보답이 있다는 것을 강조하였다. 이러한 관념은 유학이나 도교의 천도순환론과 불교식 인과응보의 사상을 종합한 것으로 이는 곧 작가의 인생관인 동시에 의식의 바탕이라고 말할 수 있다.

그리고 한 개인의 운명은 그 사회의 전체적인 풍조나 역사적 상황 또는 집단이나 대세에 의한 인간의 변화와 사유思惟의 결과가 아니라 개인의 의지나 선택에 의한 삶의 의지가 인생 유전流轉의 주요한 동인動因이라고 생각하였다.

이를 쉽게 말한다면 가장 서문경에 의해 이끌어지는 가족 구성원의 인생도 그 가족 전체의 집단 의지에 의해 이루어진 삶이 아니라 개인의 의지에 따라 인생의 과정과 종말이 다르다는 신념이다. 그 예로 오월랑이나 맹옥루는 천수를 누렸지만 서문경과 반금련 외 병아와 춘매까지 모두 젊은 나이에 비참한 최후를 맞이했다는 것이다. 이는 작가의 창작의도가 권선징악에 있다는 뜻으로 해석할 수도 있다.

10. 『수호전』과의 연관성

    중국 속담에 '훔쳐온 징은 치지 못한다(偷來的鑼鼓打不得)' 는 말이 있다. 이 속담이 어떤 상황을 빗댄 것인지는 대략 느낌이 올 것이다. 이 속담을 '남한테 빌려온 물건은 자랑할 만한 것이 못된다.' 는 의미로 재해석할 수도 있다.

『수호전』의 무송(武松)

    『금병매』는 분명히 『수호전』의 이야기 한 토막을 뚝 잘라 와서 이를 조금 새롭게 꾸며 이야기를 풀어나갔다. 그러고서는 본래의 『수호전』보다 더 장대하고 완벽하며 화려한 명작으로 우뚝 섰다. 『금병매』는 『수호전』을 단순하게 규모만 확대한 것이 아니라 내용도 알차고 기법도 새로워 모체와는 그야말로 환골탈태한 명작으로 태어났다.

    이는 마치 아버지 품을 떠난 어린 아들이 아버지보다 더 위

대한 인물이 되듯, 주인집에서 돈을 빌려 구멍가게를 시작한 일꾼이
본 주인보다 더 큰 부호로 성공한 것과 같다고 할 수 있으니 그런 성
공은 축하해줘야 한다.

　　그러나 장성한 아들은 아버지를 닮아가게 되어 있고, 분가하여
성공한 종업원도 옛 주인한테 배운 것을 잘 활용하는 법이다. 이처럼
『금병매』의 곳곳에는 『수호전』의 흔적이 그대로 남아있다. 우선 『수
호전』과 『금병매』의 목차 제목을 열거하면 쉽게 비교할 수 있다.

　　※『수호전』의 목차

回	題　　目	핵 심 내 용
22회	橫海郡柴進留客 景陽崗武松打虎	무송이 호랑이를 잡음
23회	王婆貪賄說風情 鄆哥不忿鬧茶肆	서문경과 반금련이 얽힘
24회	王婆計啜西文慶 淫婦藥酖武大郎	무대가 독살됨
25회	偸骨殖何九送喪 供人頭武二設祭	무송이 복수를 함
※『수호전』 '武十回'의 전반부에 해당.		

　　『수호전』에서 무송의 활약은 전후 10회에[31) 걸쳐 파노라마처럼
전개된다. 이 중에서 무송이 경양강에서 호랑이를 때려잡고 양곡현
에 가서 교두가 되고 나중에 서문경과 반금련을 죽이는 데까지를 4
회에 걸쳐 서술하고 있다.

■
　31) 『수호전』의 23회부터 32회에 걸쳐 진행되는 무송의 이야기를 武十回라 한다.

⊛『금병매 사화』의 목차

回	題 目	핵 심 내 용
1회	景陽崗武松打虎 潘金蓮嫌夫賣風月	무송의 등장
2회	西門慶窓下遇金蓮 王婆子貪賄說風情	서문경과 금련의 상면
3회	王婆定十件挨光計 西門慶茶房戲金蓮	왕파 계획, 불륜 성공
4회	淫婦背夫大偸奸 鄆哥不憤鬧茶肆	금련 불륜, 운가 소란
5회	鄆哥幫促罵王婆 淫婦藥酖武大郎	무대를 독살함
6회	西門慶買促何九 王婆打酒遇大雨	서문경, 검시관 매수
8회	金蓮永夜盼西門慶 燒夫靈和尙聽淫聲	무대의 장례식
9회	西門慶計娶潘金蓮 武都頭誤打李外傳	무송의 복수 실패
10회	武二充配孟州道 妻妾宴賞芙蓉亭	무송 유배, 금련 안착
87회	王婆子貪財受報 武都頭殺嫂祭兄	무송이 금련을 살해

『금병매사화』에서는 『수호전』 4회 부분을 전후 10회에 걸쳐 확대 서술하고 있다.

이 부분에서는 서문경과 반금련의 과거에 대한 서술과 반금련과 서문경의 대화와 심리 묘사, 그리고 서문경과 반금련이 서로 육체를 비벼댈 때까지의 풍정風情을 상세히 서술하면서 뜨겁게 달궈진 남녀의 방사를 사실적으로 묘사하여 재미와 함께 매회에 팽팽한 긴장이 계속된다.

그리고 반금련이 무대를 독살하는 장면에서는 정말 무서운 여자이며 여자가 한번 누이 뒤집히면 이럴 수도 있다는 두려움에 소름이 끼친다.

나중에 검시관 하구何九가 서문경의 뇌물을 받고 무송이 왔을 때

잠시 사라지는 것도 어쩌면 당시 평범한 사람들이 취할 수 있는 극히 자연스러운 행동일 것이다. 하구의 변절은 당시에 보통 사람들의 도덕관념의 수준이 그러했다는 확실한 증거라 할 수 있다.

또 하구의 도움을 받을 수 없는 무송은 형의 억울한 죽음을 입증할 수 없게 되었다. 또 복수를 서두르자 서문경은 몸을 피하고 엉뚱하게 이외전李外傳이 맞아 죽는 것 또한 자연스러운 설정이다. 결과적으로 무송의 유배와 반금련과 서문경의 이야기가 이후 자연스럽게 전개된다.

서문경과 반금련이 무대의 영정을 두고서도 시시덕거리며 육체의 향연을 벌이고 독경하는 화상들이 교성을 다 듣는다. 이는 79회에 서문경이 죽고 80회에 반금련과 서문경의 사위 진경제가 서문경 장례 기간 중에 눈을 맞춰 신호를 보내고 옆방에서 진탕하게 방사를 벌이는 것도 똑같다.

이처럼 소설의 시작 부분의 상세한 묘사와 함께 분량이 늘어난 것은 마치 이웃집 씨암탉을 빌려와 알을 계속 낳게 한 것과 같다는 생각을 하게 된다.

그리고 반금련에 대한 상세한 묘사를 통해 이 소설의 주인공이 반금련이라는 것을 암시한다. 반금련은 1회 등장에서 무송에게 죽음을 당하는 87회까지 내내 주연이었다.

서문경이 죽은 뒤에는 춘매의 음란을 집중적으로 조명하고 서술하는데 춘매는 반금련이 죽은 뒤에도 반금련의 시신을 거두고 장례를 치러주면서 반금련의 하녀로서의 의무를 다한다.

『수호전』에는 반금련 외에도 송강의 현지처現地妻였다가 죽음을 당한 염파석閻婆惜, 그리고 돌중과 간통하다가 처참한 죽음을 당하는 양웅楊雄의 아내 반교운潘巧雲이 등장하는데, 이 세 여인은 모두 간통 때문에 처참하게 생을 마감한다.(이들은 양산박 108 두령 중 여성 두령 3명과도 비교된다.)

『금병매』에는 서문경의 정처 오월랑 외에는 긍정적 이미지를 가진 여인들이 없다. 반금련, 이병아, 방춘매는 『수호전』의 반금련, 염파석, 반교운과 매치가 되는데 이를 본다면 작가 난릉 소소생은 '여색은 남자의 화근禍根' 이라는 메시지를 확실하게 던져주고 있고 이러한 고정관념은 소설의 첫 부분부터 마지막까지 변함이 없다.

『금병매』 26회에서는 서문경이 자기의 노비 내왕의 처 송혜련宋慧蓮를 차지하려고 가짜 은자銀子를 주고 거짓으로 사건을 꾸며 내왕을 도둑으로 몰아 관가에 고발한다. 이때 내왕을 화원花園으로 뛰어들게 하여 도둑으로 몰아넣는 장면은 『수호전』 30회에서 장도감이 무송을 도둑으로 몰아넣는 장면과 똑같다. 장도감과 서문경의 교활한 흉계와 무송과 내왕의 우둔함이 완전히 일치하니 이 또한 『금병매』의 작가가 게으름을 피운 것이라 볼 수 있다.

『금병매』 84회에서는 오월랑이 태산泰山에 있는 도관道觀인 벽하궁碧霞宮에 참배하러 간다. 여기서 오월랑이 만난 벽하궁의 여신은 『수호전』에서 송강이 만난 구천현녀九天玄女의 모습과 똑같다. 이는 『금병매』가 『수호전』의 일부분을 무단 차용한 것이다.

그리고 오월랑을 능욕하려고 도사 석백재石白才가 계략을 꾸미고 지주知州 고렴의 조카 은천석殷天錫이 능욕하려 하자, 오월랑이 저항하고 같이 간 친정 오빠가 구출하는 장면이 나온다. 이는 『수호전』 7회에서 임충林冲의 친구 육겸이 모사를 꾸미고 고구의 아들 고아내가 임충의 아내를 겁탈하려는 장면을 그대로 차용한 것이다.

그리고 오월랑 일행이 도사들의 추행을 피해 집으로 돌아오는 도중에 청풍산 청풍채의 산적 두목으로 금모호 연순燕順, 왜각호 왕영王英, 백면낭군 정천수鄭天壽 등에게 납치된다. 이때 산채에 있던 송강이 왕영을 설득하여 오월랑 일행을 풀어 주는 장면이 나온다. 이 장면 역시 『수호전』의 사건과 인물을 『금병매』에 그대로 적용한 것이다.

그리고 87회에는 무송이 맹주로 유배를 갔다가 거기서 소관영 시은施恩의 눈에 들어 장문신을 혼내 주었으나 결국 나중에 장도감에 걸려 안평채로 옮겨가다가 비운포에서 포졸을 죽인 뒤 돌아가 장도감과 장문신을 죽인다. 비록 짧은 서술이지만 이런 설정 또한 『수호전』을 그대로 복사한 것이라 할 수 있다.

이후 무송은 사면을 받아 청하현으로 돌아와 도두都頭로 복직하고 반금련의 소식을 탐문해서 반금련과 같이 살고 싶다며 왕파와 반금련을 속인다. 그리고 왕파에게 돈을 건넨 뒤 반금련과 왕파를 먼저 살던 집으로 유인하여 처참하게 모두 죽인다. 그 뒤 무송은 십자파十字坡에서 주점을 열고 있는 장청張青 부부를 찾아갔다가 행각승이 되어 양산梁山에 들어가 합류하는 것으로 무송과 반금련의 이야기는 마무리 된다.

제2부

서문경의 영광과 몰락

1. 서문경의 모습

서문경西門慶(西門은 複姓임)은 『금병매』의 중심인물이다. 서문경은 일가의 가장으로서 일처오첩一妻五妾은 물론 여러 노비들을 잘 거느렸다. 그는 열 명 의형제의 우두머리로 확실하게 군림했는데 그만큼 베풀며 보살펴 주기도 했다.

서문경은 사람됨이 매사에 충동적이었지만 자신을 굳이 내세우지 않았으니 이런 특징은 그가 상인의 집안에서 성장했기 때문일 것이다. 어찌 보면 겸양의 미덕을 가진 사람이었고 남의 말을 잘 수용하면서 마치 비어 있는 특성을 보여주기에 독자들은 서문경에 대하여 그만큼 거부감을 느끼지 않고 친밀한 감정을 갖는다고 평가한 사람도 있다.32)

32) 장죽파는 서문경의 慶(qìng)을 罄(qìng 빌 경)의 의미로 註解했다.

◈ 화려한 경력

서문경은 산동성 동평부 청하현淸河縣(지금의 강소성 회음현 동쪽)의 꽤나 알려진 집안의 아들이었다. 서문경은 스물 대여섯 나이에 훤칠한 키-그 옛날 서진西晉의 반악潘岳만큼 준수한 용모[33]의 미남이었다.

서문경은 부모를 일찍 여위고 그 재산을 물려받았다. 서문경은 청하현 관아 앞에서 큰 생약포를 운영했는데 집도 크고 많은 노비를 거느린 재주財主(富者)였다. 서문경은 글공부에는 재미를 못 붙였으며 종일토록 놀며 방탕한 생활을 하는 파락호破落戶(불량배)로 주먹도 좀 쓸 줄도 알았고 봉술棒術을 좋아했다. 뿐만 아니라 도박과 쌍륙雙陸(일종의 주사위 놀이)과 내기 장기나 바둑도 잘했으며 기원妓院을 즐겨 찾아 기녀들과도 잘 놀았다.

응백작應伯爵은 일정한 직업도 없어 본분을 지키지도 못하는 건달이면서 서문경에게 붙어 아부하며 협찬을 받고 허풍을 떨며 사기나 치는 건달인데 숭정본에는 서문경이 응백작 등 10명과 함께 결의형제를 하는 장면에서부터 소설이 시작된다.

서문경의 전처 진씨가 딸을 하나 낳고 죽는데, 서문경은 이 딸(소설에서는 서문대저西門大姐라 칭함)을 동경 80만 금군 양梁제독의 사돈인 진홍陳洪의 아들 진경제陳經濟(숭정본에는 陳敬濟로 표기됨)와 결혼키로 하였으나 아직 출가시키지는 않은 상태였다. 그러나 동경에서 몰락한 진경제가 가재도구와 보석이나 장식품 등 적잖은 재산을 가지고 서문경

■
33) 潘岳(247~300) 潘安이라고도 부름. 서진(西晉)의 문학가이며 귀족. 중국 역사상 유명한 美男子.

을 찾아와 처가에서 생활하게 된다.

서문경은 전처가 죽은 뒤, 청하좌위 오천호吳千戶의 딸을 정처로 맞이하는데 이가 오월랑吳月娘이다. 서문경은 기원에서 이교아李嬌兒와 탁이저卓二姐를 첩으로 맞이했는데 탁이저가 일찍 죽자 맹옥루를 맞이하고 이어 손설아를 첩으로 삼았다. 이어 반금련을 맞이하니 서열상으로는 다섯 번째이었고, 계속해서 이병아李瓶兒를 첩으로 맞이하니 여섯 번째가 된다.

서문경은 집안의 계집종(丫環) 춘매를 수용收用 34)하고 이어 남자종(僕) 내왕의 아내 송혜련, 분사賁四의 아내, 점포 책임자인 한도국의 아내 왕륙아王六兒, 유모였던 여의아如意兒 등과 육체관계를 갖는다. 뿐만 아니라 기원의 이계저, 오은아, 정애월과 지속적인 관계를 유지하고, 고관의 과부인 임씨 부인(林太太)과 육체의 향연을 즐기면서 임부인의 아들 왕삼관을 양아들로 삼기도 한다. 그뿐만 아니라 자기 집안에서 잔심부름이나 시키는 어리고 곱상한 금동琴童, 서동書童과는 남색男色을 즐겼다.

서문경은 생약포를 운영하는 자금을 바탕으로 관부官府와 결탁하여 자신의 사회적 지위를 높이고 사람들의 송사訟事를 해결해주기도 하면서 재산을 늘려갔다. 사람들은 그를 서문대관인西門大官人이라 부르면서 그의 돈과 위세에 눌리지 않을 수 없었다.

서문경은 재물운도 따랐다. 맹옥루와 이병아가 시집오면서 한 몫씩을 가져왔기에 그런 수입과 뇌물로 받는 잡수익으로 집을 증축하

---

34) 주인이 계집종을 불러 잠자리 시중을 들게 함. 종의 신분은 그대로 유지하며 생각날 때마다 즐기는 관계임.

고 화원을 더 늘렸으며 전당포, 비단 가게와 면포 가게(絨線鋪)도 열었으며 불과 6, 7년 만에 5~6배의 자산을 늘렸다.

서문경은 동경의 채태사蔡太師에게 놀랄만한 생일 예물을 해마다 보내면서 채태사의 관가管家(집사) 적겸翟謙의 도움도 있어 산동등처제형소이형山東等處提刑所理刑이 되었다가 나중에는 채태사의 양아들義子이 되고 승진도 한다.

서문경은 이병아가 아들을 낳으면서 처음 벼슬을 받으니 이때 서문경의 기세는 청하현은 물론 산동지방에 크게 떨치었다. 서문경은 자신의 지위와 재물을 바탕으로 온갖 부정을 저질러 가며 재산을 늘렸다. 그 과정에는 투기와 탈세는 기본이었다.

서문경은 좋은 집에 화려한 옷 그리고 좋은 말을 타고 다녔다. 매일같이 최고의 음식과 술을 즐겼고 하루에도 몇 번씩 여인들과 육욕을 마음껏 채우면서 인생의 전성기를 누렸다.

그러나 자제를 모르는 과도한 음욕과 방탕으로 자신의 몸뿐만 아니라 자신이 이룩한 모든 것을 하루아침에 날려야만 했다. 서문경은 그 자신이 서른세 살이 되는 정월, 술에 취한 상태로 왕륙아와 진탕 놀다가 반금련 방에 녹아떨어졌지만 음욕을 참을 수 없는 반금련은 춘약을 소주에 타서 억지로 서문경에게 먹인다. 그리고서는 그 옛날 독약을 먹여 이불을 덮어씌운 무대를 올라타고 누르듯 서문경의 몸에 올라타 마음껏 육욕을 채웠다. 그날 새벽 서문경은 자신 몸의 양기를 모두 다 쏟고 탈진한다. 서문경은 정월을 넘기지 못하고 죽는다.

서문경이 반금련을 만나 희롱한 이후 7년간은 서문경의 전성기였고 그 시기가 소설의 주 무대가 된다.

ଛ୬ 여러 죄악의 근원은?

주인공 서문경이 없었다면 온갖 죄악들이 이처럼 책 한권에 모을 수가 없었을 것이며 서문경을 제외하고서는 소설 전체를 조감할 수도 없을 것이다.

『금병매』에 등장하는 크고 작은 인물들은 모두 서문경과 관계가 있다. 예를 들면 서문경이 먼발치에서 바라본 황제로부터, 서문경에게 벼슬을 알선해 주고 승진도 시켜주었으며 양아들로 인정해 준 채태사, 서문경과 교제했던 벼슬아치들, 그리고 청하현의 지방 관리들과 서문경의 친구들, 서문경에게 청탁을 넣는 사람들, 하다못해 서문경한테 얻어맞고 넋이 나가도록 혼난 불량배들까지 모두가 서문경의 온갖 크고 작은 죄악이나 저질 행동, 후안무치하고 황당한 음행淫行을 돕거나 서문경을 돋보이게 하는 역할을 수행했다.

어찌 보면 그 시대가 그런 사회였기 때문에 서문경과 같은 인격체가 활동할 수 있었는지도 모른다. 손행자孫行者 오공悟空은 어느 날 갑자기 바위를 깨고 나와 온갖 초능력을 내보이며 활약했지만 서문경은 손오공과는 달랐다. 명나라 말기의 그 시대 상황에 부응한 서문경은 그 시대의 모든 악을 대행하는 역할을 수행했다고 보아야 한다.

서문경은 부모로부터 상당한 재산을 물려받았다.

현청 앞 요지의 생약포뿐만 아니라 농토도 소유했을 것이다. 거상巨商은 아니었어도 지주 겸 상인이었던 젊은이—독서를 좋아하지도 않고 온갖 잡기에 능하고 잘 생긴 젊은이를 적당히 제어하면서 천천히 바른 길을 걸어가도록 할 수 있는 형제나 친척, 엄격한 스승이나 바른 친구도 서문경의 주변에는 없었다.

　서문경과 같이 어울리는 열 명의 패거리들은 하나같이 '본분을 모르는 사람들(不守本分的人)'로 오히려 서문경의 탈선이나 일탈을 더 부추기었다. 숭정본의 제1회가 '서문경 등 10명이 형제결의'를 하는 이야기로 시작하는 데 여기에는 작가의 깊은 뜻이 있을 것이다. 서문경은 부모가 돌아가신 뒤에는 그런 패거리들과 어울려 오로지 기생집에서 밤을 지새웠다.

　젊은 서문경은 말하자면 청하현에서 제일가는 토착세력(土豪)이었다. 경제력을 바탕으로 지현知縣이나 하급 서리들과 자연스레 연결되었고 그런 힘을 배경으로 그 지역에서 위세를 떨쳤을 것이다.

　그 당시나 지금이나, 중앙이나 지방이든 비리의 주체가 되는 세력들은 언제나 존재한다. 현재 우리나라에도 지방자치제도하에서 세력을 장악하고 있는 토호들이 있고, 대도시에는 일반 시민의 눈에는 잘 보이지 않지만 분명히 조직폭력배들이 있다.

　말하자면 서문경은 그 당시 각 부나 현에 있는 토호였지만 그 힘을 길러 중앙무대까지 연결되면서 채태사라는 최고 실권자의 후광을 빌릴 수 있었다.

　이후 서문경의 기세는 욱일승천旭日昇天으로 표현해야만 했다. 서문경은 이런 점에서는 분명히 성공한 사람이었고 청하현에서는 이름난 인물이며 패거리들의 제1인자로 가히 영수領袖라고 부를 만했다. 그렇지만 욱일승천 후 그가 바른 길을 가는 사람이 아니었기에 그 악의 근원이 무엇인가를 따지지 않을 수 없는 것이다.

치마끈의 선용

서문경은 반금련을 완전한 자기 것으로 만들어 즐긴 다음에 당분간 반금련을 방치한다. 물론 그때 탁이저가 죽고 맹옥루를 맞이했다지만 반금련과 왕파가 초초할 정도로 장기간 방치했다가 무송이 돌아올 때가 되자 서둘러 첩으로 맞이한다.

반금련은 그야말로 예쁜 얼굴과 전족을 한 발과 야들야들한 허리만을 가지고 서문경 집에 들어왔고 이후로도 경제적으로 서문경을 도운 것은 없었다.

서문경

본처 오월랑에게서 아이가 없다고 제일 먼저 맞이한 이교아李嬌兒는 기녀로서 기원에서 살면서 그동안 모아 두었던 적지 않은 전두은纏頭銀(藝人에게 주는 팁)을 가지고 들어왔다. 이교아는 서문경의 집에서 재정지출을 담당했다.

반금련을 손에 넣고 잠시 방치한 것은 서문경이 맹옥루를 맞이해야 했기 때문이었다. 서문경보다 두 살이나 많은 맹옥루는 부자 상인의 과부로 엄청난 재산을 가지고 서문경과 결합했다.

손설아는 본래 전처 진씨의 종이었다가 서문경이 첩으로 거둬들이면서 서문경 집안 주방 살림의 총 책임자가 되었다.

서문경은 이웃에 사는 화자허花子虛를 10인의 의형제 일원으로 맞이하면서 동시에 담을 넘어 다니며 화자허의 아내 이병아의 육신을 탐했다. 화자허가 그 형제들과의 재산 소송에 걸렸을 때 이병아는 자기 집안의 은덩어리나 보물을 서문경한테 빼돌리고서 동경東京(北宋의 수도 開封府)에 연줄을 대어 사건을 무마하는데 다 썼다고 둘러댄다. 결국 화자허는 서문경이 쓴 뇌물로 풀려나왔지만 빈털터리가 되었고 실의 속에 죽었다.

화자허가 죽자 이병아는 복상服喪 기간이라서 서문경과 결합할 수 없었다. 복상이 끝날 무렵 공교롭게 서문경 자신이 사건에 휘말린다. 서문경은 동경에 손을 써 겨우겨우 면탈한다. 물론 그동안 이병아와 아무런 연락이 없었다. 초조한 이병아는 병이 났고, 이병아를 치료하는 장죽산張竹山이 괜찮은 사람 같아서 이병아는 장죽산과 결혼한다.

자신의 일이 해결되고 이런 사실을 뒤늦게 알게 된 서문경은 수하 불량배들로 하여금 장죽산을 두들겨 패고 가게를 부수고 돈을 빼앗은 뒤 청하현 밖으로 내 쫓고 이병아를 데려온다. 그러나 서문경은 이병아의 신혼방 근처에도 안 간다. 치욕을 느낀 이병아는 자살을 기도하나 실패한다.

서문경은 의식을 회복한 이병아를 발가벗기어 뜰에 꿇어앉히고 채찍질을 하면서 '왜 장죽산한테 갔느냐' 고 다그친다. 뒤에 서문경은 감정을 풀고 이병아를 껴안고 사랑하지만 그것은 나중의 일이다.

이야기가 길어졌지만 여기서 3가지를 언급해야 한다.

우선 서문경은 자신의 의도대로 여인을 품에 안으면 곧 다른 여자를 탐하면서 방치했다. 말하자면 '너는 이제 내 물건이니 어디에 가겠느냐' 는 뜻이었으며, 잡은 물고기에는 먹이를 줄 필요가 없다는 것을 잘 알고 있었다. 서문경이 여자를 정복했다면 그뿐, 그냥 물건처럼 취급했다.

다음으로 서문경은 이병아를 발가벗겨 여러 사람들이 보는 가운데 채찍질을 할 정도로 폭군이었다. 서문경은 금동과 반금련이 간통을 하자 반금련을 발가벗겨 매질을 한다. 또 반금련을 발가벗겨 포도나무 시렁에 양손 양발을 묶어 놓고 희롱을 하면서 춘매를 끌어안고 반금련이 보는 앞에서 성행위를 할 정도로 짐승과도 같은 폭군이었다. 말하자면 서문경은 여인들의 인격을 처음부터 생각하지 않았다.

세 번째로 서문경은 맹옥루와 이병아를 맞이하면서 엄청난 재산을 늘렸다. 이 부분에 대해서는 따로 더 보충할 것이다.

이야기의 포인트는 서문경은 여자를 잘 이용했다는 점이다. 육체적 향락 곧 음욕을 해소할 수 있는 대상으로 인식하면서 여인의 재산을 모두 자기 것으로 만들었다. 서문경의 장사가 폭발적으로 늘어나고 번성한 것은 특히 맹옥루와 이병아로 부터 얻은 돈 때문이었다.

요즈음으로 말하면 골드 미스가 아니라 골드 과부의 덕을 본 젊은이다. 중국어로 '군대裙帶'는 '치마끈'이라는 뜻이지만 '처갓집 덕을 본 남자'라는 뜻으로 통용된다. 서문경은 맹옥루와 이병아가 돈이 많은 과부였기에 그녀들을 서둘러 자기의 소유로 만들었다. 서문경은 계산에 밝은 호색한이었다.

⊙◈ 사다리 타기

그러나 치마끈이 아무리 길다 하여도 그 끝이 있는 것이고 또 그런 치마끈을 계속해서 잡을 수 있는 것도 아니었다. 치마끈은 일종의 종잣돈(seed money) 정도였다. 서문경이 큰 부자가 될 수 있었던 것은 그의 사교능력이나 사업능력이라고 보아야 한다.

상업자본주의의 싹이 텄다고 하는 명나라에서 상업이나 수공업의 발전은 사회계층의 활발한 이동을 촉진했을 것이다. 환관의 조카로서 대 저택과 큰돈을 갖고 있던 화자허는 어찌하여 자신의 아내와 돈을 모두 다 잃었는가?

말하자면 경제적 기반이 있다 하여도 상업에 손을 대서 모두 성공하는 것도 아니고 또 상층사회 진입에 성공하는 것도 아니다. 여기에는 또 다른 능력이 있어야 한다. 그 능력 중에 하나가 무리를 끌어모으는 것이다.

그 옛날, 항우項羽와 유방劉邦의 대결에서 유방은 항우에 비해 무엇이든 열세였다. 그런데도 유방이 천하를 차지한 것은 유능한 참모를 발굴해서 믿고 맡겼다는 데 있다. 좋게 말해서 사람을 끌어 모으는 친화력이 최대의 무기였고 장점이었다.

　응백작 같은 건달 아첨꾼들이 서문경의 경제적 능력에 끌려 모여든 것은 사실이다. 그렇지만 응백작이 서문경 주변을 맴돌면서 기생충 같은 삶을 살 수 있었던 것은 서문경의 친화력과 함께 서로 주고받는 거래관계가 있었기 때문이다.

　서문경은 이런 관계의 속성을 잘 알고 있었기에 응백작에게 계속 은혜를 베풀었다. '돈이 있으면 모든 것이 넉넉하고(有錢萬事足)', '돈과 고기가 있으면 벗들은 개처럼 모여들고(有錢有肉朋友多似狗)', '돈이 있다면 권력을 가진 것(有錢就有權)'이라는 현실을 서문경은 일찍부터 터득했다고 보아야 한다.

　서문경은 응백작 등 패거리와 함께 주색에 빠져 놀았지만 대신에 그들로부터 여러 가지 정보를 얻을 수 있었다. 서문경은 청하현의 불량배들에게도 베풀 것은 베풀었다. 때문에 돈벌이가 되는 소스를 얻을 수도 있었고 나쁜 짓의 하수인으로도 이용했다.

　서문경은 마음 좁은 부잣집 도련님이 아니었다. 그가 독서에 취미가 없고 잡기에 능한 것도 그의 인생에 도움이 되었다. 서문경은 응백작과 같은 비슷한 나이의 건달, 왕삼관이나 노화魯華, 장승張勝 같은 더 어린 불량배들, 기원의 기생들에게도 환심을 살 정도로 돈을 뿌릴 줄 알았다.

　그들 밑바닥 인생의 도움이란 것은 때때로 아주 유익한 정보였다. 그리고 서문경은 자신이 직접 나서지 않고 그들을 이용하여 힘없는 사람을 등치고 위협하며 돈을 긁어모았다.

이렇게 저렇게 청하현에서 영향력을 키우면서 모은 돈을 가지고 전적으로 상류층과의 관계를 넓혀간다. 최초에 동경의 채태사에게 해마다 생신 선물을 보냈는데 그 과정에서 채태사의 집사인 적겸과 밀착했고 벼슬길에 들어선다.

서문경은 적겸의 요구를 들어주어 한도국의 15살 먹은 딸을 골라 첩으로 올려 보낸다. 그리고 채태사 생일에 맞춰 엄청난 생일 선물을 갖고 가서 직접 만나 채태사의 의자義子가 되니 이 무렵이 서문경의 최고 전성기였다. 물론 이 과정에서 지방관이나 중앙에서 내려오는 환관이나 벼슬아치와 교제하며 이 모든 인적자원을 선용하여 큰돈을 번다.

그러나 서문경에는 원대한 이상이나 포부도 없었으며 자신 능력의 한계를 깨닫지 못했다. 그리고 착하게 살아야 한다는 인생에 대한 기본적 인식이 없었다. 그렇기에 그와 그 가정은 금방 파멸의 길로 들어섰다. 그가 독서를 몰랐기 때문에 그럴 수밖에 없었다.

◉◈ 서문경의 운명

소설 29회에 자칭 신선이라 하면서 오석吳奭이라는 도사가 서문경의 집에 들어와 서문경과 오월랑 및 여러 첩들의 사주와 관상을 보는 장면이 나온다.

작가는 이 장면에서 한 개인의 영화나 치욕, 수명의 장단은 하늘이 내린 것 아니면 미리 예정된 것이라는 운명론의 입장을 견지했다. 이러한 운명론에는 권선징악의 의지가 강하게 담겨있으니 그러한 운명은 그런 죄과에 대한 업보라는 인식을 심어주기에 충분했다.

　그런 사주를 지금 사람들은 묻지도 않지만, 여러 학문이나 사상을 광범위하게 섭렵할 수 없었던 옛 사람들에게는 운명이나 숙명 곧 사주팔자에 대한 해석은 공포심을 심어주는 특별한 효과가 있었다.

　서문경이 호랑이띠로 29살이며 7월 28일 자시子時 생이라고 말하자 도사가 긴 설명을 해 주는데 그 요점은 다음과 같다.

　"일생동안 크게 왕성하고 쾌락 속에 편안할 것이며, 발복發福하여 벼슬길에도 나가며 귀한 자식을 얻을 것입니다. 사람이 일생동안 솔직하고 과감하게 일을 처리합니다. 기쁜 일에 춘풍처럼 부드럽지만 노하면 벼락을 치듯 매섭습니다. 일생동안 많은 처와 재물을 얻을 것이며 높은 벼슬을 할 것이며 죽을 때에는 두 아들이 있을 것입니다. 다만 팔자 중에 음수陰水가 너무 많아 좋지 않을 것이니 육육지년 六六之年(36세)을 넘기지 못하고 피를 토하며 고름을 흘리는 재앙이 있을 것이고 살이 바짝 마르는 병에 걸릴 것 같습니다."

　서문경은 도사의 길하고 흉한 말을 듣고서는 크게 괘념하지 않았다. 그러면서 자신의 관상을 보아 달라고 요청한다.

　이에 도사는 "무릇 타고난 운명이란 마음에 있지 얼굴에 있는 것은 아니니 상相은 마음에 따라 달라집니다. 상은 있지만 마음이 없다면 상도 마음을 따라 사라집니다. 내가 나리(官人)의 상을 보니 머리는 둥글고 목은 짧으니 많은 복을 누릴 상이며, 몸이 건실하고 강하니 틀림없이 영웅호걸입니다. 그리고 이마가 높이 솟았으니 일생동안 재물이 많고 광대뼈가 반듯하게 둥근 모양이니 만년에는 틀림없이 영화를 누릴 것입니다."

또 서문경의 걸음걸이를 보고서도 한마디를 하고 나중에는 손을 펴 보이게 한 뒤에도 예언을 계속했다.

"지혜는 피부나 두발에서 생기고, 일생의 고락은 손발에 나타납니다. 머리카락은 가늘고 부드러우며 피부가 윤기가 있으니 필히 복록을 누리실 분입니다. 두 눈이 마치 자웅雌雄과도 같으니 필히 부유하겠지만 거짓(詐)도 많은 것 같습니다. 눈썹에 긴 털 두 가닥이 있으니 일생이 늘 자족하며 즐거울 것이오며 콧등에 세 가닥 가는 주름이 있으니 중년에 필연코 많은 재산이 축날 수도 있습니다. 그리고 눈꼬리(姦門)에 붉은 기운이 있으니 일생동안 여러 처와 많은 재산을 축적할 것입니다. 복기福氣가 높이 뻗치니 열흘 내로 틀림없이 벼슬을 할 것이며 볼에도 붉은 기운이 있으니 금년 내에 귀한 아들을 얻을 것입니다."라고 하였다.

2. 서문경의 탐욕

평범한 사람

만약 서문경이 경극京劇의 등장인물이라면 그의 얼굴은 어떻게 그려질까? 경극 인물들의 얼굴 그림(화장법)을 검보臉譜라고 하는데 검보는 인물의 성격에 따라 약속대로 그려진다.

가령 관우關羽처럼 충성과 의리를 지키는 용맹한 장수는 붉은 얼굴을 하고 있다. 조조曹操처럼 마음속에 악의를 품고 있는 사람이라면 흰색 분장을, 호탕하지만 약간 우매한 무장이라면 검은색 분장(張飛가 대표적인 예)이며, 초야의 영웅은 녹색으로, 신분이 미천한 사람이나 하인이라면 흰 사각형이 그려지는 두부검豆腐臉으로 등장한다.

서문경은 무관직에 나갔으니 기본적으로 검은색 분장이겠지만 그 마음이 간악하기도 하고 지은 죄악이 많으니 흰색도 많이 들어가야 할 것이다.

하여튼 소설 속에 그려진 서문경은 여러 특징을 갖고 있지만 기본적으로 그 사람은 평범한 사람이지만 탐욕이 많다는 점이다. 서문경은 타고난 자질이 영특하다든지 아니면 힘이 장사라든지 매사에 신중하다는 등의 어떤 특징도 없다. 그저 먹고 살 걱정이 없는 집안에 태어났으며 건강하고 튼실한 신체를 가진 평범한 사람이었다. 그러나 성인이 된 그가 보여준 여러 가지 행동을 종합한다면 그는 탐진치 貪瞋痴의 나쁜 욕망을 한몸에 가진 사람이었다.

어느 사람인들 물질적이나 경제적으로 성취하고픈 욕심이 없겠는가? 그러나 그 정도가 보통 사람 이상이라고 생각된다면 그러한 욕망을 탐욕이라 불러야 한다. 서문경은 물려받은 생약포를 바탕으로 지방관아의 관리들과 연결하면서 사업 영역을 확대해 나갔다.

그가 소금의 전매권을 얻어냈다는 것은 그가 권력과 밀착된 상인 곧 관상官商이라는 증거였다. 물론 그동안에 수많은 불법행위를 저질렀고 그래서 몇 번의 위기가 있었지만 잘 이겨내면서 성취를 이뤄나갔다.

그렇지만 서문경은 결코 인색한 사람은 아니었다. 그 나름대로 어려운 사람들에게 재물을 나누어 주었지만 그 대상이 응백작 같이 아부하는 사람이거나 이계저나 정애월 같은 기녀, 때로는 어떤 여인을 자기 것으로 만들어야 할 때 기분 좋게 쓸 만큼은 쓰는 타입이었다.

서문경의 가장 큰 씀씀이는 역시 뇌물을 주어야 할 때 통 크게 한 탕씩 쓰는 일이었다. 그것은 자기가 갖고자하는 것을 얻기 위한 수단이었으니 일종의 투자였다. 그가 청하현의 관리들이나 여행 중에 있는 중앙의 고관들에게 크게 베풀었던 것은 베푼 만큼 사업학장이나 비리 무마에 도움을 받을 수 있었기 때문이었다. 그것은 마치 일종의 보험과도 같은 것이었다,

🌊 색탐의 본질

　서문경이 보여준 가장 큰 탐욕은 색욕色慾이다. 인간이 이성異性과 관계하는 성애性愛는 일종의 생리적 요구로 식욕과 같은 자연 현상이다. 그러나 우리가 '저 사람은 식탐이 지나치다' 라고 느껴진다면 그의 식욕은 탐욕의 일부인 것이다.

　소설 속에서는 서문경은 '이날 밤은 (아무개의) 방에서 쉬었다(是夜在○○房中歇了)' 라는 말은 특별히 색욕을 탐하는 행동이 없었다는 뜻이다. 그러나 반금련의 방에서 잘 때는 유독 '이날 밤 양인의 음락은 도를 넘었다(是夜兩人淫樂無度)'고 서술하고 있다. 그리고 성애의 장면을 상세히 묘사한 그런 장면은 십중팔구가 색탐의 현장이었다고 볼 수 있다.

　중국인들에게는 여색에 관한 재미있고도 또 사실적인 속담이 많다.

　가령 '본처는 잡초이고, 첩은 보배이다(頭房草 二房寶)' 라는 말은 본처보다 첩과 노는 것이 더 재미있다는 뜻일 것이다. 본래 첩이야 미색을 기준으로 선택하는 것이지만 남자의 입장에서 그 일의 재미란 '처는 첩만 못하고, 첩은 계집종만 못하고, 계집종은 기녀만 못하고, 기녀는 훔친 여인만 못하다(妻不如妾 妾不如婢 婢不如妓 妓不如偸).' 라고 했다. 이를 본다면 예나 지금이나 몰래하는 간통은 스릴이 있는 것이다.

　부부간 성교 횟수에 대해서도 '20대에는 하루에 몇 번씩, 30대에는 밤마다, 40에는 5일마다, 50에는 보름에 한 번(二十更更 三十夜夜

四十五日 五十半月)' 이라는 속담이 있는데 이는 매우 합리적이고 사실적인 말이라 할 수 있다.

사실 서문경의 색탐은 그가 부자이면서 다정다감하여 여러 여인을 찾아다닌 것은 아니었다. 어떤 여자인가를 막론하고 '내가 원하는 것은 모두 다 가질 수 있고 가져야 한다.' 는 일종의 자기과대망상에 의한 충동적인 행위였다. 자신의 이러한 허영심을 충족하기 위하여 독점하고 싶으면 독점하고 한두 번으로 끝내고 싶으면 그렇게 했다. 서문경에게 여인이란 그저 싫증나면 그냥 버려버리는 장난감이었다.

서문경은 반금련을 보고 첫눈에 색욕을 느꼈기에 왕파를 매개로 하여 색정을 푸는데 성공했다. 그러고서는 반금련을 방치해 두고 중매쟁이 설씨가 맹옥루를 중매하자 금방 맹옥루를 맞이했다.

맹옥루는 갖고 올 수 있는 재산도 많았지만 맹옥루가 월금月琴을 잘 연주하는 것에 더 마음이 끌린 서문경이었다. 맹옥루를 맞이하는 그 중간에도 서문경은 둘째 첩 이교아의 친정 조카인 기녀 이계저를 데리고 놀았다. 나중에는 10명의 의형제 멤버인 화자허의 아내 이병아와 몰래 관계를 맺으면서 이병아가 건네주는 재물도 챙겼다.

서문경은 여자의 나이, 신분, 미모를 불문하고 닥치는 대로 색욕의 상대로 삼았다. 춘매와 같은 계집종, 서문경 점포에서 일하는 한도국의 아내 왕륙아, 자기 집 일을 거두는 하인들의 아내, 귀족 집안의 과부 임씨 외에 수많은 여인들과 관계했다. 또 곁에 두고 일을 시키는 어린 남자 종놈과도 남색을 즐기기도 하였으니, 이런 변태에 가까운 서문경의 심리를 어떻게 설명할 수 있는가? 색탐이란 말 외에 다른 말로서는 설명이 어려울 뿐이다.

앞에서도 이야기 했지만 서문경은 그저 평범한 사람이었고 그가 가진 모든 역량도 한계가 있었다. 그러나 그의 욕망은 끝이 없었다.

장자莊子는 '우리 생명은 유한하나 지식은 무한하다. 유한한데 무한을 따라가는 것은 위험하다'고 하였다.[35] 이 말을 서문경에게 적용해 본다면 '능력은 유한하고 욕망은 무한하다. 보통 사람의 능력으로 무한한 색욕을 채우려 하니 위험하다'라고 말할 수 있다.

서문경은 스스로 자신의 욕망이 지나치다는 생각을 하고 어느 정도 절제를 했어야 했다. 그러나 자신이 하는 일은 실패를 몰랐다. 법망에 걸려든 위험을 알고 뇌물을 쓰고 빠져 나갔다. 중앙 권력의 핵심인 채태사의 인정을 받아 양아들이 되고 벼슬에 올랐을 때, 승리의 쾌감은 하늘을 찔렀을 것이다. 그런 자신감이 거의 극極에 달했을 때 어찌 중용中庸의 미덕이나 가득 차면 기운다는 사실을 알 수 있었겠는가?

결국 서문경은 기름이 떨어진 등잔불의 심지마냥 타들어 가다 꺼져 버렸다. 중국에 '호걸은 여색을 탐하지 않고, 영웅은 재물을 탐하지 않는다(好漢不貪色 英雄不貪財)'라는 속담이 있는데 이 말은 탐욕에 대한 절제가 있어야 영웅호걸이라는 뜻일 것이다.

---

35) 『莊子 養生主』: '吾生也有涯 而知也无涯. 以有涯隨无涯 殆已.…'

◎⌒ 절제가 없는 탐욕

소설의 지리적 배경이 되는 산동의 청하현은 상업 활동이 매우 번성한 지방 도시로 묘사되어 있다. 그런 도시의 요지는 역시 관아 앞일 것이고 거기에 큰 생약포를 가진 서문경은 최소한 의식 걱정이 전혀 없는 평범한 부자이며 소도시의 상류층이었다. 다만 서문경에 게 덕행이나 학식을 기대할만한 아무런 여건이나 식견이 남보다 나은 것이 없는 평범한 사람이었다. 타고난 풍채도 늠름하고 건장한데 다가 좋은 말을 타고 다녔다. 부잣집의 잘 생긴 젊은 자제에 좋은 자동차를 가지고 있다면 지금 여자들도 부러워하는 조건이다.

맹옥루는 서문경을 만나본 뒤 집안사람들의 만류에도 불구하고 서문경의 첩이 되고자 하였다. 소설 13회에서는 서문경과 이병아가 처음 얼굴을 대한다. 그리고 서문경은 화자허에게 일부러 인사불성 이 되도록 술을 먹인 뒤 화자허를 집에 데려다 주면서 이병아와 밀회 한다. 이병아 역시 서문경을 보고서는 명분이니 절개니 하는 모든 것을 버리고 서문경에게 먼저 적극적으로 다가서는 형상이었다.

서문경은 남을 적극적으로 모해하려는 모진 마음도 없었다. 그가 하인 내왕來旺의 처 송혜련과 통간한 뒤 내왕을 모해하여 귀양 보내는 것은 서문경 자신의 의지보다는 반금련의 사주 때문이었다.

소설 69회에서 서문경과 견줄 수 없을 만큼 신분이 높은 초선사 招宣使 왕일헌王逸軒의 아내였던 과부 임씨 부인(林太太)이 서문경을 자기 집으로 불러 들였다. 차를 마시는 서문경의 모습 주렴 사이로 훔쳐보고서는 '신재身材가 늠름하고 언사가 속되지 않고 인물이 좋아 보여···' 첫눈에 크게 흡족해 하는 장면이 나온다.

『금병매』에서는 분명 『수호전』의 영웅과 다른 기준으로 주인공의 모습을 그리고 있다. 『수호전』의 영웅들은 모두가 보통 사람들과 차이가 많은 곧 강한 힘과 의리나 의협심을 가지고 굳은 의지와 고매한 신념으로 힘없는 평민들을 지키려고 활약하는 영웅이었다.

그러나 『금병매』의 주인공들은 모두 인간이 가지는 탐욕 곧 탐진치애貪嗔痴愛에 빠진 평범한 사람들이었다. 서문경은 주색을 즐기면서 재물을 축적하고 권세의 맛을 본 뒤 더 많은 것을 얻으려 노력하는 가장 세속적인 사람이었다. 과거의 영웅호한들의 모습을 전혀 찾아볼 수 없는 서문경이었지만 대신 인간적인 감정에는 충실한 사람이었다. 서문경은 많은 재물을 모으려 애쓰는 동시에 결코 인색하지는 않았다. 물론 그의 주변에 맴도는 아첨꾼이나 기녀 또는 도움을 주지 않아도 괜찮은 관리들에게 또 뇌물로 많은 재물은 쓰긴 했지만 구두쇠는 아니었다.

서문경은 본처 오월랑의 의견에 고분고분하였고 처가 쪽 사람들을 잘 대해 주었다. 또 사위 진경제를 아끼면서 여러 경험을 쌓게 하려는 장인으로서의 배려도 있었다. 작은 체구에 피부가 흰 이병아가 아들을 낳자 이병아를 많이 사랑했고 아들 관가를 끔찍하게 귀여워했다. 그러나 아들 관가가 죽고 나중에 이병아가 죽었을 때는 슬픔 때문에 하늘을 원망하며 식음을 전폐할 정도였었다. 이를 본다면 서문경은 보통 사람과 정도의 차이가 있을 뿐 종류가 다른 사람은 아니었다.

그는 인간이 제일 먼저 탐할 수 있는 주색에 빠졌는데 그 정도가 보통 사람보다 심했을 뿐이다.

서문경은 절제節制를 몰랐다. 다른 사람으로부터 교훈을 얻거나 스스로의 성찰이나 보다 나은 가치를 찾아 실현하겠다는 마음도 없었다. 그는 오월랑이 심취한 불교의 가르침에도 시큰둥했다. 서문경은 자신이 성취한 작은 성공에 너무 들떠 있었다. 그 때문에 그는 만족을 모르고 욕망만을 쫓았다. 그것이 파멸에 이르는 첩경인 줄도 모르고 한바탕 질탕하게 놀았을 뿐이었다.

젊은 서문경의 죽음은 우리가 예견할 수는 없었다. 소설의 시작 부분에서 그가 반금련과 서로의 육신을 더듬고 탐할 때부터 그는 도살장에 들어선 소나 돼지와 다름이 없었다. 다만 한걸음 한걸음 죽음에 가까이 가는데 7년의 시간이 걸렸다.

서문경은 그토록 탐하던 여인의 몸에 자신의 모든 정액과 양기를 다 쏟았다. 당시 작가가 가지고 있는 의학 상식으로 원기를 다 소모했다면 죽을 수밖에 없었다. 서문경의 일생은 평범한 사람이 욕망충족을 자신의 구원이라 생각하고, 재물과 색욕만을 끝까지 따라 가다가 끝나버린 한마당의 굿판이었다.

🌀 승자효과와 만족

전투 지휘관이 승리를 거듭할수록, 또 기업의 CEO가 사업목표를 연속 달성하다보면 승리나 자신감에 도취되어 더 큰 목표나 더 많은 성과를 얻기 위해서 브레이크가 고장 난 자동차처럼 질주하게 된다. 이를 승자 효과(Winner's Effect)라고 한다.

우리가 일상생활에서 자신만만自信滿滿하다는 말을 자주하는데,

그러다 보면 멈춰야 할 때 멈출 줄 모르고 만족하질 못한다. 적당한 어느 선에서 끝을 내야 하는데 과욕이 생겨 끝내지 못하게 될 경우 그 최후는 패망으로 치달을 수밖에 없다. 패망은 멈출 수 없는 자의 운명적 비극이다.

서문경의 성욕은 왜 만족을 몰랐는가? 혹시 여자를 너무 잘 알아서 그런 것은 아니었는가? 여인의 맛은 백인백색百人百色이라고 한다. 그래서 서문경은 주변의 모든 여자를 취하고 그들에게 자신을 과시하려고 했는가?

평범한 사람의 욕망에서 나오는 행동은 도전적이고 때로는 무모할 수도 있다. 위험성이 많은 투자가 큰돈을 번다고 한다. 욕망에 기반을 둔 모든 행동은 '이번에 단 한 번'이라는 가정 하에 내려지게 된다. 그리고 그런 결단이 성공했을 때 자신은 그것을 보편타당성으로 생각하게 될 것이고, 그러다 보면 자신의 비정상적인 행동까지 정당화하면서 끝을 향해 치닫게 될 것이다.

서문경의 물욕은 왜 끝이 없었는가?

돈맛은 바닷물과 같아 마실수록 더욱 갈증이 나듯이 돈을 벌면 벌수록 더 많이 갖고 싶은 것이다. 그렇다면 서문경은 가장 인간적이지 않았는가?

흔히 하는 이야기대로 늦었다고 생각될 때가 가장 이른 것처럼 아직은 조금 더 갖고 싶거나 한 잔만 더 마시고 싶을 때 술자리를 파하는 것이 가장 좋았을지 모른다. 그런데 이것이 결코 쉬운 일이 아니다. 대한민국의 모든 술꾼들이 이 사실을 몰라서 술에 취하고 실수와 주정을 하는가? 보통사람이기에 아니면 결단력이 부족하기에, 또는 속물근성이 너무 강하기에 그럴 것이다.

서문경은 평범한 장사꾼이었다. 그가 벼슬 한자리 차지했고 그 뒤에는 산동 일대에서 그 이름을 날렸다. 그러한 서문경이 권權, 재財, 색色을 모두 한 주먹에 움켜쥐었는데 왜 지족상족知足常足의 가장 평범한 말을 몰랐을까?

영어를 잘 아는 어떤 사람이 필자에게 이런 말을 해 주었다.

자신의 욕망을 적당한 선에서 멈추기 위해서는 'STOP'을 해야 한다. S는 stop이고 T는 think, O는 observe(관찰), P는 plan(계획)이라고 하였다. 곧 '일단 멈추고서 생각하며 자신의 계획을 면밀히 살펴야 하는' 뜻이라고 설명을 해 주었다. 그러나 '어디서 멈추고 언제 다시 시작' 하는가를 현명하게 판단할 수 있는 사람이라면 왜 실패를 하겠는가?

사람으로 태어났으니 언젠가는 죽게 되지만 그래도 대략 평균 수명 근처까지는 가야 할 것이다. 아마 그 당시에 중국 사람들의 평균 수명은 40세쯤으로 추정할 수 있다. 그 많은 돈에 그처럼 호의호식하던 서문경은 서른셋에 죽었다. 그리고 평생 자기가 이룩한 것을 스스로 허물지 않고 또 자기가 살아온 길을 끝까지 정직하게 지켜갔다면 그 끝(죽음)도 아름다웠을 것이다.

서문경은 그저 보통 사람이었다. 서문경이 가졌던 욕망은 가장 세속적이었기에 그는 가장 보잘 것 없는 결말을 맺었다.

3. 서문경의 출세

만능의 열쇠

중국에 '돈이 있으면 귀신에게 맷돌을 돌리게 할 수 있다(有錢使得鬼推磨)'라는 속담이 있다. 입장을 바꿔보면 귀신도 돈이 없다면 부잣집에 가서 맷돌을 돌리는 중노동을 해야 한다. 황금만능주의는 옛날이나 지금이나 중국과 우리나라는 물론 온 세계에 두루 통하는 불변의 진리이다.

돈이 있으면 대장부이지만, 돈 없는 남자는 힘들게 살아가야 한다. 돈이 있으면 30에도 당연히 어르신 소리를 듣지만, 돈이 없으면 80에도 수레를 밀며 뛰어야 한다. 돈과 권력이 있다면 그른 것도 옳지만, 돈도 세력도 없다면 옳은 말도 그른 것이 이 세상의 이치이다.

상인 가정에서 태어난 서문경에게 금전은 만능열쇠였다. 법을 어기고 죄를 지었어도 돈으로 빠져 나갔고 위로는 재상에서부터 지방 현의 행정책임자인 지현知縣까지, 고급 관리와 안면이 있는 과거 합격자로부터 하다못해 부두에서 세금을 부과하는 세리稅吏까지 서문경의 뇌물은 두루 통했다. 서문경이 물려받은 유산은 생약포였지만 재산을 크게 늘렸을 뿐만 아니라 5품 관원으로 당당한 현직 관리가 되었다.

서문경에게 탈세야 기본이었으며 탈세로 절약한 돈은 새로운 뇌물을 만들 수 있었다. 서문경은 순염어사巡鹽御使 채온蔡蘊에게 뇌물을 쓰고 3만 냥에 해당하는 염인鹽引(소금거래허가서)을 다른 사람보다 한 달이나 먼저 손에 넣고서 소금을 전매할 수 있었다. 이런 모든 경험과 인적 자원은 사업을 새로이 확장할 수 있는 인적 네트워크였다.

서문경은 돈을 벌어 관직에 나가고 또 승진할 수 있도록 돈을 썼고, 더 많고 큰돈을 벌 수 있는 새로운 사업을 확장하면서 정계와 재계의 당당한 인물이 되었다. 그리고 여인을 품고 취생몽사하였으니 돈은 서문경에게 만능의 열쇠였다.

✿ 출세의 지름길

서문경이 벼슬을 하사받고 아들을 얻는 장면은 소설 30회에 나온다.

서문경이 벼슬을 하기 전에 서문경 맞은편에 사는 청하현의 부자 교대호喬大戶가 찾아와 양주의 염상鹽商 왕사봉王四峰을 감옥에서 빼주면 2천 냥을 주겠다는 제의를 받아들인다. 서문경은 일천 냥을 송나라의 좌승상左丞相인 태사 채경太師 蔡京에게 뇌물로 써 왕사봉을 빼낸다. 여기서 서문경은 은자 천 냥이라는 거금을 손쉽게 챙긴다. 물론 은자 천 냥은 채태사에게도 기억이 될 만한 뇌물이었다. 여기서 서문경은 돈보다 더 막강한 파워가 권력이라는 사실을 절감한다.

서문경은 가장 적절한 시기에 가장 적절한 방법의 뇌물 제공을 계획하는데 그것은 채태사의 생일에 바치는 생신 선물이었다.

서문경은 노비 내왕에게 최고의 비단을 구입해 오라는 중대한 임무를 주어서 항주杭州로 보내면서 내왕의 처 송혜련과 배를 맞댄다. 그야말로 확실한 명분 아래 틀림없는 안전조치였다. 내왕이 사온 최고의 비단으로 채태사가 4계절에 입을 수 있는 4벌의 오색 망의蟒衣를 제작한다. 망의는 황금색의 이무기(蟒龍)를 수놓은 옷인데 여기에 비어飛魚, 두우斗牛(북두성과 견우성), 대붕大鵬 등 여러 가지 무늬를 보탠 화려한 옷으로 최고급 관리들만이 입을 수 있는 옷이다.

그리고 은銀 세공업자 여러 사람을 불러 자기 집에서 시설을 만들어 놓고 3백 냥의 금과 은으로 채태사에게 바칠 특별한 축하 예물을 제작한다.

네 모퉁이에는 한 자 높이의 인물이 축수祝壽를 하는 모양과 수壽 글자가 새겨진 황금 술병 두 개와 은 쟁반에 두 쌍의 옥배玉杯 등 최고의 금은 공예품을 만든다. 여기에 이병아로부터 얻은 화태감이 황궁에서 갖고 나온 검은색과 붉은 망의 등을 보태어 선물 세트를 구성한다. 서문경은 이 과정에서 이병아의 도움을 많이 받았다.

사실 서문경의 이런 예물 준비는 왕사봉으로부터 받은 1천 냥의 은자로 충분하고도 남았다. 서문경은 뇌물을 쓰는 간상奸商을 넘어 고급 예물을 바칠 수 있는 지상智商의 면모와 함께 특별한 인상을 심어줄 수 있는 효과를 얻을 수 있었다. 생일 예물로 몇십 몇백 냥의 은자를 올리는 관리들은 그야말로 많고 많은 '강물 속의 붕어'이었고 천 냥의 은자라 하더라도 창고에 들어가면 그뿐이었다.

그러나 서문경이 준비한 예물은 은제품이며 황금의 술병과 옥으로 만든 술잔 등은 길상吉祥과 부귀를 축원하는 모양이었기에 보아서 즐겁고 현금화하기도 쉬운 특별한 선물이었다. 사계절에 맞춰 입도록 준비한 최고급 비단 망의는 그 생각이 남다른 것으로 편안히 입을 수 있었다. 그밖에 좋은 술과 절기에 맞는 과일은 먹고 마시어 기분이 좋을 것이니 아무리 최고급에 익숙한 채태사라 하더라도 선물을 보낸 사람 생각을 안 할 수가 없었다.

물론 이 과정에서 서문경은 채태사의 집사인 적겸翟謙에게도 상당을 예물을 따로 보내는 치밀함도 있었다. 아무리 좋은 물건이라도 집사가 목록만 올리면 그걸로 끝이었다. 그러나 적겸은 서문경을 위하여 찬스를 보아 채태사에게 실물을 보이고 적절한 멘트를 날리니 그 효과는 그야말로 예상외였다.

채경은 서문경이 벼슬이 없다는 말을 듣고 즉석에서 마침 결원중인 산동제형소이형부천호의 자리를 내려 준다. 요즈음 말로 하면 산동성 공안청公安廳의 부청장에 해당되니 이보다 더 큰 효과를 어디에서 찾을 수 있겠는가?

그뿐만 아니라 뇌물의 효과는 여기서 그치지 않는다. 한 번 심어 준 그 효과가 있어 뒷날에 승진도 하고 채태사의 양아들로 인정을 받았으며 먼발치서나마 황제를 알현하는 영광을 누릴 수 있었다.

독서인이 반평생에 걸쳐 궁상을 떨며 글을 읽어 수재秀才에서 거인擧人이 되고 천신만고 끝에 과거에 급제하더라도 진사進士가 되어 겨우 칠품七品의 낮은 관직인데 단번에 5품 관원이라! 요즈음 말로 조그만 읍내의 건달 장사꾼이 하루아침에 도 경찰청 부청장이 되었다면 기쁘지 아니하겠는가?

뇌물을 써야 한다면 최고의 대상을 골라 적절한 시기에 확실한 뇌물을 써야 하나니 서문경은 명대明代 지방 거점 상인이 출세를 하는 모범을 보여 주었다.

　서문경은 아들도 보았고 또 벼슬길에 올랐다. 그야말로 두 가지 기쁜 소식이 한꺼번에 찾아들어온다는 쌍희임문双喜臨門이라 할 수 있다.

　서문경이 행운을 얻는 데는 두 사람의 채蔡씨와 관련이 있다. 서문경의 벼슬길은 열어준 사람은 송나라의 좌승상左丞相인 태사 채경太師 蔡京이고 아들 관가官哥의 출생을 도운 산파도 채씨이다. 그런데 채蔡(cài)는 재물 재財(cái)와 음이 비슷하여 채씨는 곧 재물을 연상케 해준다. 그러나 서문경이 움켜 쥔 벼슬과 재물은 모두 날아갔고 첫 아들은 돌이 지나며 곧 죽으니 모두가 공空이 되었다.

✿ 비리와 악덕의 온상

　오늘날 중국 공무원들의 비리나 뇌물 수수, 난잡한 여자관계 등이 가끔 인터넷을 통해서 우리에게 전달 되지만, 중국 관리들의 비리나 악행과 악덕은 유구한 역사를 가지고 있다.

　필자가 국내 최초로 완역한 청나라 오경재吳敬梓의 소설『유림외사儒林外史』를 보면 그 사람들이 왜 목숨을 걸고 과거시험에 매달리는가를 알 수 있다.

　과거시험에 합격하여 관리가 된다는 것은 명예와 돈과 권세와 여자, 모든 것을 한꺼번에 얻을 수 있었다. 그리고 과거시험의 합격은 조상을 빛나게 할 뿐만 아니라, 한 사람이 벼슬하니 복이 3대에 미치고(一人作官 福及三代) 자손대대로 먹고 살길을 만들어 주는 가장 확실한 방법이었다.

『고문진보古文眞寶』는 중국 역대의 시문詩文 중 가장 잘 알려진 명품을 모은 책인데 권두에 북송 진종眞宗황제의 권학문勸學文이 실려 있다. 진종 황제는 '책 속에는 녹봉(재물), 좋은 집, 수레와 수행원, 미인이 모두 들어 있으니 남아가 평생의 뜻을 성취하고 싶거든 창가에 앉아 부지런히 공부를 하라'고 가장 실질적인 유혹으로 공부를 권하고 있다.

『논어』에서도 제자들이 공자에게 정치에 대해서 자주 물었는데, 이미 2,500년 전 그 당시에도 학문은 벼슬이라는 등식이 성립되어 있었음을 알 수 있다.

세상살이에서 귀신을 부릴 수 있는 것이 돈이고, 사람을 부릴 수 있는 것은 권력이다. 본래 관직이 높으면 복도 많고 권세도 큰 것이다(官大福大勢大). 가난뱅이는 부자가 되고 싶고, 부자는 관리가 되고 싶어 한다.

'권력가의 대문 앞에는 효자가 많다(當官的門前孝子多)'는 속담은 권력가 앞에 굽실거리는 사람이 많다는 뜻이다. 그리고 벼슬 관官자는 두 개의 입이 있고, 관리는 두 손이 있다는 말처럼 관직의 높고 낮음과 관계없이 돈을 밝히기는 마찬가지이다.

'관리가 도둑질을 안 하면 살수가 없다(官無盜不活)'는 말 그대로 관리들이 돈을 밝히는 것은 사자가 날고기를 먹고 사는 것과 같다. 그리고 관리들의 탐욕은 일종의 천성이다. 거짓말 안 하는 상인이 없는 것처럼(無商不奸) 탐욕 없는 관리 없으며(無官不貪), 어느 물인들 고기가 없으며(何水無魚), 어느 관청인들 비리가 없겠는가?(何官無私) 중국 관리들의 부정부패와 비리악행은 어느 시대이건 엄연한 현실이었다.

ᥫᩚ 서문경의 영광

소설에서 막내 첩 이병아가 아들 관가官哥를 낳은 것이 선화 4년 (1122) 6월 20일이니 서문경 29세 때였다. 그리고 동경 채태사에게 보낸 뇌물이 효과를 보아 서문경이 금오위좌소부천호金吾衛左所副千戶 산동등처제형소이형山東等處提刑所理刑에 임명되는데 이 직위는 오품대부五品大夫의 반열에 해당되는 무관직으로, 업무는 죄인의 체포 검거와 재판에 관한 일이었다.

이때가 그야말로 서문경의 전성기의 시작이었다. 속담에 있는 '시운이 트니 누군들 오지 않으랴(時來誰不來), 시운을 못 만났으니 누가 찾아오겠는가?(時不來誰來)' 말 그대로였다. 누구든지 시운이 트면 무쇠도 광채가 나지만 시운이 없을 때는 진금眞金도 빛을 잃는 것이 세상의 인정이 아니겠는가?

서문경이 아들과 벼슬을 얻는 과정은 30회에, 그리고 자신이 직접 수도 동경에 가서 채태사의 생일을 축하하고 양아들로 인정받는 것은 55회에 나온다. 이어 승진하며 황제를 배알하는 영광을 누리는 것은 소설 70회의 이야기이다.

서문경이 처음 벼슬을 받을 때도 채태사의 생일에 맞춰 눈에 구미에 맞는 특별한 선물을 했기 때문인데 이번에는 서문경이 직접 가는 만큼 그 예물이 어느 정도이었겠는가.

55회에서 서문경이 바친 예물은 모두 20개 상자로 그 품목을 보면 '대홍망포大紅蟒袍 1벌, 관록룡포官綠龍袍 1벌, 한금漢錦 20필, 촉금蜀錦 20필, 이외 3종 피륙 80필, 사만옥대獅蠻玉帶 외 2벌, 각종 옥배 18쌍, 황금 200냥兩' 등이었다.

이 정도의 비단이나 피륙은 채태사의 가족은 물론 노비들까지 일 년 이상 쓸 수 있는 것이라고 보아야 할 것이다. 그리고 중국 측 여러 문헌을 보면 당시 황금 200냥은 은자 1,000냥에 해당된다고 하고, 2011년 우리 돈으로 환산을 하면 약 1억 3,000만원 상당의 현금이라 고 볼 수 있다.

촌사람이 두루마기를 입었다면 분명히 중요한 일이 있기 때문이 고, 남에게 예물을 보내는 까닭은 틀림없이 무엇인가를 얻으려 하기 때문이다. 서문경이 채태사의 생일선물을 이만큼 준비했다면, 또 서 문경이라는 장사꾼이 이 정도의 출혈을 감수하는 것은 이전에 관직 을 내려준데 대한 보은의 뜻도 있었지만 새로운 의도가 있었다.

생일예물을 갖고 간 서문경은 적겸의 집에 머물렀다. 채태사의 집사인 적겸에게 서문경은 '채태사의 양아들이 되어 아버지로 모시 면서 효성을 다 바치고자 하오니 미리 여쭈어 달라'는 부탁을 한다. 자신이 여러 사람이 보는 앞에서 스스로 양아들이 되고 싶다는 말을 직접 할 수 없다는 서문경의 뜻을 적겸은 흔쾌히 들어 주며 거리낌 없이 말한다.

"그 정도가 뭐 어렵겠습니까. 우리 주인은 비록 조정의 대신이시 지만 받들어 모시면(奉承 ; 아첨) 아주 좋아합니다. 오늘 이토록 성대한 예물을 보셨으니 양자가 되는 것을 흔쾌히 승낙하실 뿐만 아니라 당 연히 관작을 높여 주실 것입니다."

당시에 나라의 최고 승상 중의 한 사람이 이런 사람이었다. 재상이 돈과 재물을 받고 양아들로 삼아 벼슬을 올려 줄 것이라고 그 재상의 집사가 확정적으로 말하는 것을 보면 그런 전례가 있었다고 볼 수도 있다.

귀인이 눈길을 한번 주었다면 그것은 복성福星이 내려온 것이라고 생각하는 중국 사람들이다. 서문경은 채태사를 단독으로 만나고 생신축하의 절(四拜)을 한 뒤에 다시 아들이 되어 아버지에게 올리는 절(四拜)을 하고 소자小子라 자칭한다.

서문경이 바친 생일 선물에 채 태사는 크게 만족하며 양아들로 인정하면서 아버지와 아들처럼 화기애애한 대화를 나누었다. 서문경이 꿇어 앉아 술잔을 올리며 '아버님 천세千歲를 비옵나이다.' 라고 축원하니 '아들은 일어나 앉아라.' 라고 대답한다.

서문경의 계산은 정확하게 들어맞았다. 서문경은 자신이 예물로 투자한 돈의 그 몇 배 효과를 얻고 당당히 집으로 돌아왔고, 소설 69회에서 72회에는 서문경이 승진하고 동경에 가서 황제를 배알하는 이야기가 계속된다.

서문경은 비록 돈도 많고 벼슬에도 나갔지만 근본적으로 시정잡배였다. 그는 평소에 집안에서는 '망할 자식(臭肉兒)'이니 '음탕한 년(小淫婦)' 같은 말이 입에서 떠나지 않았고, 밖에서는 친구들한테도 '못난 놈(狗才)'이니 '거지(花子)' 같은 말을 입에 달고 다닐 정도로 오만방자하였다.

그러나 꼬리를 사려야 할 때는 꼬리를 바짝 내릴 줄 알았고, 아랫사람에게 교만한 서문경이지만 윗사람에게 올리는 아첨은 예의라고 생각했다. 그리고 벼슬을 얻거나 큰돈을 벌 수 있는 사람 앞에서는 언제나 우아하면서도 고상한 품위를 지닌 사람으로 변신할 줄도 알았다.

채태사가 서문경을 단 한 번 보고서 양아들로 인정하며 대접한 것은 서문경의 당당하고 멋진 풍채와 우아한 행동거지 때문이었다. 이런 것을 본다면 서문경의 외모도 분명한 자산이었다고 할 수 있다.

서문경이 본 채태사의 거처와 향락과 여유는 상상 이상이었다. 채태사의 집에는 24인조 전속 여성악대가 있어 주악을 담당했다. 자신은 집에서 잔치할 때 겨우 4명의 악공을 불러 즐기곤 했으니 비교가 되지를 않았다.

서문경은 왜 벼슬을 해야 하는가? 또 왜 고관이 되어야 하는가를 절감했다. 이후 서문경은 더욱 대담하게 축재를 시도하는데 그 바탕에는 이런 자극이 있었기 때문일 것이다.

⊙~ 간교해야 얻을 수 있는 부귀

불길이 닿으면 솥 안에 든 돼지머리가 삶아지는 것처럼 돈이 들어가면 관청 일이 해결되는 것은 예나 지금이나 마찬가지이며, 거짓말 안 하는 상인이 없는 것처럼 탐욕 없는 벼슬아치도 없는 법이다. 그리고 뇌물은 언제든지 예禮라는 포장지로 싸야 한다. 그리고 이쪽에서 예를 차리면 저쪽에서도 예로 답하게 되어 있는 세상이고 예의를 많이 차린다고 나무라는 사람도 없다.

물은 낮은 곳으로 흐르지만 사람은 높은 곳으로 올라가려고 한다. 정말로 큰일을 하고 싶거든 특히 권력을 끼고 큰 사업을 하겠다면 적당한 사람을 찾아서 줄 것은 주어야 한다. 뇌물은 새로운 인간 관계를 만들어 내는 가장 효과적인 수단이다. 소설 속에서 서문경이 채태사와 맺어지는 과정을 한번 정리해 볼 필요가 있다.

1) 반금련과 함께 무대를 독살하고 이외전이 무송한테 맞아 죽었을 때 이 사건은 문제가 된다. 서문경은 딸이 정혼한 동경東京의 사돈 진홍陳洪에게 편지를 보내어 진홍의 사돈인 금군제독 양전楊戩의 도움을 요청한다. 양전은 채경에게 부탁을 하고 채경은 자신의 문하생인 동평부의 청렴한 지방관 이달천李達天에게 무송을 벌하고 서문경을 덮어주라는 편지를 보낸다. 이로써 무송은 유배되고 서문경은 희희낙락 여러 처첩을 거느리고 부용정에서 잔치를 벌인다.(소설 10회)

2) 화자허 형제들의 재산 싸움에서 이병아의 부탁을 받은 서문경은 사돈 진홍에게 부탁하고 진홍→양전→채경→개봉부윤 양시楊時를 거쳐 사건은 말끔하게 처리된다. 이때 서문경은 이병아에게서 받은 돈의 일부만을 채태사에게 예물로 보낸다.(소설 14회)

3) 조정에서 양전이 탄핵을 받으면서 진홍에 이어 서문경에게까지 화가 미치게 된다. 위기에 처한 서문경은 채경의 아들 채유蔡攸에게 뇌물을 보내고 채유는 당시의 우상右相 이방언李邦彦에게 은자 5백 냥의 뇌물을 주어 서문경의 이름을 지워버리게 한다. 그러면서 채경에게 더욱 가까워지고 덤으로 염인鹽引을 획득하여 큰돈을 벌 수 있는 기회까지 얻는다.(소설 18회)

4) 교대호喬大戶의 부탁으로 양주 염상의 청을 들어주며 내보來保

를 보내 채태사에게 은 300냥으로 만든 생신 예물을 바치면서 채태사에게 '호탕하게 돈을 쓸 줄 아는 사람'이라는 강한 인상을 심어준다. 이어 벼슬을 받고 이병아가 아들도 낳아 쌍희임문双喜臨門하니 서문경의 앞날이 훤히 열린다.(소설 30회)

5) 서문경이 채경의 생일에 20상자의 큰 예물을 바치며 의부義父와 양자養子의 관계를 맺는다.(소설 55회)

6) 서문경은 관리들의 고과 평가에서 최우수 등급을 받아 정천호正千戶로 승진하고 동경에 가는데 채태사 집에 들려 망의蟒衣 등 옷 두 벌과 비단 두 필 등 간단한 예물을 바치지만 채태사가 바빠 만나지를 못한다. 그리고 궁중에 들어가 황제에게 사은숙배하지만 멀리 있는 채태사를 바라만 보았다. 이것이 서문경과 채태사의 마지막 상면이었다.(소설 70회)

이 과정은 서문경이 죄를 짓고서도 뇌물을 써서 빠져나가고 최고의 권력에 접근하면서 경제적 실리를 얻는 과정이었으며 서문경이 시정의 장사치며 파락호에서 청하현의 명사로 변신하는 절차이었다. 이를 본다면 '부귀는 오직 간교해야만 얻을 수 있고, 공명은 전적으로 재물을 써야 성취할 수 있다'는 말이 맞는 것이다.

그런데 정말 알 수 없는 일은 서문경이 채태사의 양자로 인정받고 담소하며 잔치를 즐기고 끝나 작별할 때 서문경은 "아버님께서 너무 바쁘시니 소자는 지금 인사드리겠습니다. 후일에 다시 와서 뵙지는 못하겠습니다(爺爺貴冗 孩兒就此叩謝 後日不敢再來求見了)."라고 작별인사를 올린다. 설령 의자義子라도 부자간인데 왜 다시 와서 뵐 수 없을 것이라고 인사를 했을까?

서문경이란 인생이 거짓과 뇌물로 그 인생의 절정에 섰고, 바르지 못한 사업으로 최성기를 맞이했으니 그 다음에는 오직 내리막길이 있을 뿐이었다. 더군다나 자신의 색욕을 단 하루라도 억제하지 못했기에 순식간에 천 길 낭떠러지나 심연深淵 속으로 떨어져야만 했다. 한순간에 그리고 한 치의 차이에 성패가 달라지는 것이 바로 우리 보통사람의 인생이 아니겠는가!

4. 서문경의 축재

중국인과 장사

중국인들에게 상업은 신분상승을 위한 최적의 직업이었다.

'부귀는 하늘의 뜻이고 죽고 사는 것은 다 운명(富貴在天 死生有命)'이라는 말처럼 부귀는 본래 하늘에서 내려 주는 것이기에 고정된 뿌리가 없는 것이다. '3대에 걸친 부자 없다(富無三代享)'라는 말이 있으니 그 반대로 가난해도 3대면 가난에서 벗어날 수 있고, 누구든 부지런히 장사하고 일하면 부자가 될 수 있다고 생각하였다.

가난한 사람이 부자가 되기로는 농부는 장인(匠人)만 못하고 장인은 상인만 못한 법이다. 그러니 농사꾼은 10년 내에 부자 되기 어렵지만, 상인은 하루에도 큰돈을 벌어 부자가 될 수 있다고 생각하였다. 그렇지만 예나 지금이나 마찬가지로 창업은 쉽지만 꾸려나가기는 어려운 것이었다(開店容易守店難).

그리고 '문마다 길이 있고 모든 길에 문이 있다(門門有路 路路有門).'고 하는데 이 말은 무슨 일을 하든, 어떤 장사를 하든지 다 성공할 길이나 열고 들어갈 성공의 문이 있다는 뜻이다. 여러 장사마다 나름대로 바쁘게 움직여 먹고 입고 살며 모든 점포마다 모두 지켜야 할 법도가 있으며 그리고 3백 6십 점포 어느 점포에서든 성공하는 사람은 나오게 되어 있다.

그러하다면 장사에서 얼마의 이익을 보아야 하는가? 중국인들은 '장사에서 3할의 이익을 보지 못한다면 누가 집을 나서서 장사를 하겠는가?' 라고 하였다. 돈을 벌려고 장사를 하는 것이니 경쟁자가 없이 혼자 하는 점포를 열어야 한다(開店要開獨行店)는 뜻은 요즈음말로 블루 오션(Blue Ocean)을 찾아야 한다는 뜻이다.

그리고 점포에 머물러 있어야 현금을 잡을 수 있다고 하였다. '목숨을 버릴지언정 현금을 놓지 말라(寧捨命 不捨錢).' 는 속담이 있을 정도이고, 현금에 대해서는 아버지와 아들도 없고(金錢分上無父子), 장사하는 경쟁 마당에도 아버지와 아들이 없으며(生意場上無父子), 이해가 걸린 문제라면 형제도 없다(利害面前無兄弟). 곧 장사는 무한 경쟁이라는 뜻일 것이다. 그리고 남녀 애정관계나 부부사이라도 돈이 떨어지면 사랑도 끝나거나 식어버리는 것이 현실이다.

🌀 벼락부자 서문경

서문경이 호색한이고 악당이며 탐관오리의 전형이었지만 그는 짧은 기간에 많은 돈을 번 총명한 상인이었다.

소설 초반에 반금련과 만날 때의 서문경은 생약포를 경영하는 불량한 부자로 서술되었지만, 소설 7회에 중매쟁이 설 노파가 맹옥루에게 서문경을 소개할 때 "현의 아문 앞에서 생약포를 하는데 청하현에서 첫째나 둘째 갈만한 부자"라고 말한다. 생약포 하나 가지고 청하

문재신(文財神)(우)와 무재신(武財神)(좌)

현에서 제일가는 부자라고 떠드는 것은 중매쟁이의 허풍일 뿐이다.

그런데 소설 69회에서 중매쟁이 문씨가 지체도 높고 부자 과부인 임부인에게 서문경을 처음 소개하는 말을 보면 서문경의 성공을 짐작할 수 있다.

"지금 제형원의 장형부천호로 계시면서 집에서는 관리채官吏債를 놓고 공단貢緞 점포, 생약포, 비단 가게, 면포 가게(絨線鋪)를 갖고 있으면서 운하에는 큰 배가 있으며 양주에서 소금거래를 하고, 동평부에 향과 밀랍을 납품하는데 경리직원과 관리인이 십여 명이나 됩니다. 그리고~"

소설 7회에서 69회까지 시간적으로는 7년의 세월이 흐르면서 서문경의 재산은 이렇게 늘었는데 문 노파는 서문경이 이익을 많이 내는 전당포(소설에서는 解當鋪 ; 20회에 처음 나온다.)를 갖고 있다는 것을 빼놓았다.

서문경이 79회에 죽으면서 사위 진경제에게 유언으로 말한 각 점포의 자산을 보면 공단포에 은자 5만 냥, 전당포 2만 냥, 면포 가게가 6천 5백 냥, 비단 가게에 5천 냥, 생약포가 5천 냥의 자산을 갖고 있는 것으로 되어 있다. 그 외에 물건 사러 보낸 돈과 받아야 돈을 합한다면 대략 은자 10만 냥 정도의 재산을 보유하고 있었다.

그렇다면 서문경은 7년 동안에 5천 냥 어치도 안 되던 생약포에서 출발하여 10만 냥 가까운 사업체로 키웠으니 대략 20배 이상 늘어났다고 볼 수 있다. 이외에도 집과 화원을 확장한 것은 계산에 넣지 않았다. 이 정도면 서문경의 사업 수완이 어느 정도인가를 알 수 있으니 서문경은 당시의 벼락부자(暴發戶)였다.

이러한 벼락부자가 될 수 있는 근본은 그가 뇌물을 통해 중앙의 채태사와 연결되었기 때문일 것이다. 평범한 지방의 한 상인에서 통치 계층의 구성원으로 진입하면서 신분이 상승되었다. 이어 권력을 쥐고 권력을 배경으로 관상官商으로 성장하였다.

☙ 종자돈과 합작자본

소설 속의 서문경을 명나라 말기, 자본주의가 싹트는 시기의 신흥 상인이라고 보는 관점도 있다지만, 그보다는 중앙이나 지방의 권력과 연결되어 사업을 확장해 나간 전형적인 관상官商이었다. 서문경이 재산 증식의 주요한 수단 몇 가지를 아래와 같이 요약할 수 있다.

우선 서문경은 여인과 재산을 한꺼번에 얻었다. 서문경이 첩으로 제일 먼저 맞이한 이교아李嬌兒는 자신이 갖고 있던 많은 돈을 가지고 들어왔다.

청하현의 부자 상인의 아내였던 과부 맹옥루는 서문경의 첩으로 들어오면서 은 1천 냥과 3백 통의 세포細布와 각종 귀금속, 장신구 등 여러 상자와 가구 등을 가지고 왔는데 짐을 나르기 위해 인부 수십 명이 동원되었다.

손설아와 반금련은 재산을 보태는데 아무런 도움이 없었지만 이병아는 서문경과 밀통하는 기간에 최상품 은괴(이를 문은紋銀이라고 한다.) 3천 냥36)과 각종 보석류 4상자, 향료와 수은을 주면서 서문경에게 현금과 바꾸게 하였으며 첩이 되어 정식으로 들어올 때 값을 따질 수 없는 고가의 보석이나 장식, 옷가지와 골동품을 가지고 왔다.

서문경에게 가장 큰 돈을 벌어준 것은 전당포였다. 이 전당포는 이병아가 가지고 온 돈 중 2천 냥으로 개업하였는데 이병아의 거처 누각에 진열대를 설치하고 저당 잡은 물건들을 관리하였다. 또 사자가獅子街에 있는 이병아 소유의 집에 차린 비단 가게도 이병아의 돈으로 개업하였다. 이를 본다면 이병아는 서문경에게 재신財神마마였다.

---

36) 당시 은자 1냥(兩, 십전)의 가치는? 아마 독자들도 퍽 궁금할 것이다. 먼저, 중국의 도량형제도는 王朝에 따라 약간씩은 변화가 있었다는 점을 필히 염두에 두어야 한다. 明代에 1斤은 16兩(半斤 八兩), 1兩은 10錢, 1錢은 10分이었다. 明나라 때 1냥(兩)의 무게는 36.9g이었다. 최근 中國 학계의 연구 결과 明나라 중엽에 銀子 1兩은 人民幣(현 중국 화폐)로 660.8元에 해당한다고 하였다. 이를 우리나라와 중국의 환율(1元 yuán=200원, 2011년 11월)로 계산하면 660×200원=132,000원이다. 3천 냥이면 우리 돈 3억9천만 원에 가까운 거금이었다.

서문경이 부천호로 제형소의 이형이라는 관직을 얻은 뒤, 서문경은 자신만의 소자본으로는 큰돈을 벌기가 어렵다는 것을 인식하고 있었다. 당시 청하현의 또 다른 부자인 교홍(喬洪 ; 喬大戸)이 서문경의 힘을 인식하고 합작 경영을 제의했다.

마침 이병아가 낳은 아들 관가와 교홍의 딸과의 혼인을 언약하는데 처음에는 서문경이 그가 백의인白衣人(평민)이라고 꺼려했으나 교대호가 큰 부자이기 때문에 연혼聯婚에 동의한다. 이는 관리와 상인, 권력과 자본의 결합이라고 볼 수 있다. 이후 서문경은 교대호와 합작으로 양주揚州에 가서 소금 판매에 뛰어든다.

☙ 관권을 이용한 상업 활동

명대의 소금판매는 형식상으로는 국가의 독점 사업이었다. 그러나 국가로부터 소금 운반과 판매에 관한 허가증이라 할 수 있는 염인鹽引을 받은 자만이 소금을 운반하고 판매할 수 있었다.

소설 36회에 서문경의 환대를 받은 채온蔡蘊(채장원)이 49회에 양회순염어사兩淮巡鹽御使로 부임하는 길에 다시 서문경에게 들른다. 그러한 채어사를 서문경이 어떻게 모셨겠는가는 설명이 필요 없을 것이다. 서문경은 정당하게 그것도 다른 사람보다 한 달이나 먼저 염인을 받아낸 뒤 시장을 조정하면서 폭리를 취했다.

이어 교대호와 서문경은 합작으로 비단 가게(緞子鋪)를 열었는데 큰 자본에 관세官勢를 보탰으니 그 장사가 얼마나 번창하겠는가? 개업하는 첫날 은자 오백 냥 어치의 비단을 팔았다.

옷소매가 길어야 춤을 잘 추고(長袖善舞) 본전이 많아야 이익도 많다(本大利寬)고 밑천이 탄탄하면 사업도 그만큼 쉬운 것이다.

서문경은 주표선走標船(면포 운반용 화물선)을 갖고 면포棉布의 판매에도 뛰어 들었는데 한도국韓道國과 내보來保를 보내 송강松江(地名)의 면포를 매입하고 주표선으로 실어와 판매하였다. (66회)

67회에는 교대호의 생질 최본崔本을 보내어 2천 냥의 자본으로 호주湖州에 가서 비단을 구매하고 한도국에게는 4천 냥으로 송강의 면포를 구입케 하는 등 원거리 대량 판매활동을 벌린다.

물론 여기에는 이득이 많지만 도중에 상품이나 돈을 빼앗길 수도 있고 여러 곳을 지나면서 통관세를 물어야 했다. 그러나 서문경이 운용하는 주표선은 권력의 힘으로 탈세하면서 활동을 할 수 있었다.

중국에서 관리들의 힘이나 세리들의 착취는 어느 시대나 있었다. 사실 '호랑이처럼 무섭고 강도나 다름없는 세관稅官'들이 상인을 착취하는 것은 으레 있는 일로 여겨졌다.

소설 59회에 서문경은 은자 1만 냥 어치의 비단과 면포 등을 실어 왔다. 그 화물이 임청臨清의 초관鈔關(세관 겸 검문소)을 통과하면서 10개의 큰 수레에 실어야 할 물건에 대해 겨우 35냥의 은자를 통관세로 냈다. 이 초관의 주사主事는 2상자를 1상자로 계산하고 비단을 차엽茶葉이라 기록하여 엄청난 세금을 깎아 주었다. 여기에는 서문경의 권력과 상당한 예물이 당연히 작용했을 것이다.

서문경은 합법적 경영과 불법적 경영으로 재산을 불려나갔는데 사실 어떤 것이 합법이고 불법인가는 구분조차 애매하였다. 관직을 이용하여 염인鹽引을 빨리 받아 거금을 벌고 비단을 사오면서 통관할 때 세금을 포탈하는 것은 그야말로 합법과 불법의 혼합경영이었다.

🌊 고리채놀이

관리를 상대로 대출해 주고 이자를 받는 것을 관리채官吏債라고
한다.

관리의 입장에서 새로운 보직을 받으면 그렇게 승진하도록 힘써
준 사람에게 사례를 해야 하고 임지까지 가는데 또 임지에 부임해서
도 돈이 필요하기에 빚을 내야만 했다. 물론 이런 관리채는 중간에
또는 임기를 마치고 돌아오면서 갚아야 했다. 그리고 빚을 놓는 사람
입장에서는 관리와 안면을 트고 관계를 유지한다는 부수적인 이점도
있었다.

서문경은 그가 관직에 나가기 전부터도 청하현에서 관리채를 놓
았다. 그리고 죽기 직전에 아내 오월랑에게 "지난번에 유학관劉學官
은 2백 냥을 덜 갚았고, 화주부華主簿는 5십 냥이 남았다"고 유언을
하는데 이는 천호千戶의 직분에서 하급 관리들을 상대로 관리채를 운
영했다는 증거이다.

예나 지금이나 고리채는 가장 쉬운 돈벌이라고 할 수 있다. 소설
38회에 서문경은 응백작의 중개로 이삼李三과 황사黃四에게 1,500냥
을 대출해 주는데 명나라의 율전律典에는 월 3푼(3%)의 이자를 받아야
하는데 서문경은 매월 5푼(5%)의 이자로 대출해 주었으니 이는 연리
60%에 해당하는 고리채인 셈이다.

두 달 뒤에 이삼과 황사는 본전 1천 냥을 갚으면서 2개월의 이자
로 무게가 30냥에 해당하는 금팔찌(金鐲子) 4개를 내 놓는다. 이 금팔
찌를 이병아는 아들 관가의 장난감으로 주었는데 나중에 하나가 없
어져서 한바탕 소동이 일어나기도 한다.

전당포(소설에는 解當鋪)의 폭리 또한 엄청난 것이었다. 전당포는 의복이나 장식품, 골동품 등을 저당하고 돈을 대출해 주는데 질고質庫, 압점押店이라고도 불렀다. 하여튼 서문경의 2천 냥으로 시작한 전당포가 약 6년에 걸쳐 2만 냥의 유동자금으로 늘어났으니 그 폭리를 짐작할 수 있다.

서문경의 전당포는 관리들이나 쇠락한 부자나 귀인들의 물건을 저당 잡아 폭리를 취했다. 소설 45회에 나전螺鈿으로 장식한 대리석 병풍과 동라銅鑼와 동고銅鼓를 은자 30냥에 저당을 잡는데 사려면 최소 1백 냥 이상 나가는 물건이었다. 결국 대출금을 갚지 못해 그 대리석 병풍은 서문경의 차지가 되었다.

각종 비리와 뇌물

향랍香臘은 향료와 황백색의 밀랍인데 이것으로 향과 초를 만든다. 명나라 세종世宗(재위 1521~1567)은 도교를 좋아해 각처에 도관道觀(도교의 사원)을 많이 세웠다. 이러한 도관과 각처의 기도처에 많은 향과 초가 필요했다. 사료에 의하면 가정嘉靖 말기에 매년 백랍 90여 만 근과 향료 10여만 근이 필요해 이를 전국에서 사들였다고 한다.

이러한 향랍의 구매는 각 지방에 파견된 태감太監(환관)들이 담당했는데 서문경도 동평부에서 시행하는 입찰에 황사黃四 등과 함께 참여하는데 두 차례에 걸쳐 2,500냥을 투자하여 향랍을 구매하여 납품한다. 그러면서 납품하는 내용물에 향 대신 나무토막을, 황랍 대신에 기름을 짠 찌꺼기를 넣는 식으로 부정을 감행한다. 이 거래에서는 서문경이 죽을 때까지 본전 500냥과 이자 150냥을 받지 못했다.

관상이 저지르는 제일 많은 비리는 뇌물을 주고받는 것이다. 그런 뇌물의 효과는 앞에서 서술한 것처럼 언제나 빠르고 정확했다.

서문경은 채태사 이외에도 채태사의 집사인 적겸, 하천호賀千戶, 양회순염어사 채온, 산동순무도어사 후몽, 산동순안감찰어사 송교년(蔡京의 門下生), 주태위朱太尉 등 상사나 대관大官에게 뇌물을 제공하였다.

이러할 때 서문경은 언제나 공손하고 경애하며 예의바르고 조심스러운 표정으로 상대의 환심을 산다. 사실 정직한 사람의 당당한 언행은 때로는 거부당하지만 서문경 같은 언행은 사람들이 누구나 좋아한다. 어찌 보면 이 또한 서문경의 밑천이거나 자산이 될 수 있다.

서문경의 뇌물을 받은 사람들은 서로 연결이 되어 영향력을 행사하고 서로 돌봐 줄 패거리가 되어 사욕을 채워나갔다. 그리하여 묘천수, 송득, 차담, 손문상의 사건에서 뇌물을 받고 선량한 사람들을 구렁텅이에 빠뜨렸다. 서문경은 비리를 저질러 사욕을 채울 뿐만 아니라 증효서曾孝序 같은 강직한 사람을 한직으로 몰아내기도 하였다.

서문경은 상인으로서는 간상奸商이었고 관리로서는 탐관오리의 전형이었다. 그가 이렇게 모으고 늘린 재산은 어디에 어떻게 썼겠는가? 정직하고 고생하며 번 돈은 오래오래 가지만, 남을 속여 얻은 돈은 끓는 물에 떨어지는 눈(雪)과 같이 흔적도 없이 사라지는 법이다.

관상의 폐해

서문경은 처음부터 독서나 교양과는 거리가 먼 사람으로 부잣집 건달이며 주색잡기에 능한 탕아에 가까웠다. 그는 관상이었기에 큰 돈을 벌었는데 그렇다면 관상 때문에 파생되는 악영향도 생각해 보아야 한다.

우선 관상이 개업한 점포나 고리대금업과 전당포 영업은 재화를 창출하는 생산 활동과는 무관하며 그 자본으로 생산 활동을 지원하지도 않았다.

다음으로 관상이 재화의 유통을 도와 생산을 촉진한 측면보다는 공정한 상거래를 막고 시장 기능을 왜곡시키며 폭리를 취하는 과정에서 오히려 생산 활동을 저해했다.

또 다음으로 관상은 봉건전제 세력 곧 정치권력과 밀착하여 뇌물을 수수하며 사리사욕을 충족하는 과정에서 부패를 만연케 하고 사악한 기풍을 전파하여 사회의 암적 요소가 되었으며 상업자본주의의 성장을 저해하였다.

『금병매』에는 서문경과 같은 명실상부한 관상도 있지만 서문경과 결탁한 상인들 역시 점차 관상화 되어가는 준관상准官商이었다는 점에도 유의하여야 한다. 곧 교대호는 서문경과 합작하여 사업하다가 나중에는 의관儀官이라는 직함을 받았다.

그리고 소설 55회에서는 서문경이 알고 지내던 양주의 대 부호인 묘원외苗員外는 관명官名은 있으나 업무가 없는 산관散官이 되어 채태사의 생신을 축하하러 왔다가 상면한다. 양주에 내려간 묘원외는 곧바로 2명의 가동歌童을 서문경에게 보내주면서 우의를 다지기도 했다.

　관상의 전통은 멀리 춘추시대까지 거슬러 올라가고 그 폐단 또한 지대했다. 명나라 태조 주원장은 관리들이 국가 소요 물품을 납품하는 일이나 문무 4품 이상의 관리들이 고리대를 놓는 것을 엄격히 금하기도 했으나 명 중엽 이후 이러한 금령이 느슨해지면서 관리이면서 동시에 거부巨富가 많이 나왔다고 한다. 이 모두가 관상의 폐단이라고 할 수 있는데 이러한 관상의 생활과 실상을 『금병매』를 통해 아주 생생하게 알 수 있으니 이는 『금병매』의 또 하나의 성취이며 업적이라 할 수 있다.

5. 서문경의 지출

위에서 이야기한 그대로 서문경은 벼락부자가 되었다. 서문경은 돈에 대해서는 상당히 개방적인 생각을 가진 사람이었다. 소설 56회에서 서문경이 친우 상시절에게 집을 사라고 돈을 내어주며 응백작에게 말했다.

"그 돈이란 것은 돌아다니길 좋아하고 가만히 있는 것을 싫어하지! 그러니 어찌 한곳에 묻어둬야 하겠는가? 그리고 그것은 여러 사람이 쓰도록 하늘이 만들어 낸 것이니 한 사람이 많이 쌓아두면 누군가는 부족하게 되어 있지. 그래서 재물을 쌓아두기만 한다면 죄를 짓는 것이지!"

계산된 지출

서문경은 지위를 얻거나 사업 확장 또는 체면을 위해서라면 화끈하게 돈을 썼다. 때문에 모든 벼슬아치들이 서문경을 좋아했고 진심으로 도와주었다. 하여튼 서문경은 적은 돈을 들여 큰일을 처리했고 적은 돈을 큰돈으로 전환하였다. 서문경은 좋은 음식과 술을 즐겼고 좋은 옷에 넓고 화려한 집에서 여복_{女福}을 즐기며 살았다.

서문경은 자신이 지은 죄의 처벌에서 벗어나려고 또 벼슬을 얻기 위한 예물과 이에 필요한 부수 경비로 돈을 썼다. 그리고 미래의 이득을 얻기 위한 인맥관리의 방법으로 손님 접대에도 큰돈을 주저하지 않고 썼다. 그리고 자신의 사업 확장과 부의 축적 곧 더 많은 재물을 얻기 위해서도 꽤 많은 돈을 지출했다.

서문경은 상인이었다. 상인은 계산이 없는 돈을 지출하지 않는다.

그 계산이란 상품의 품질이나 수량 또는 앞으로의 이득에 대한 비교이다. 재상으로부터 태위, 순무_{巡撫,} 37) 지현_{知縣}과 동료관원이나 하급관원에게까지 예상되는 효과와 함께 알맞은 규모와 방법을 계산했을 것이다.

또 친구나 시정잡배에게 푼돈을 줄 때도 거기에 상응하는 가치를 계산했을 것이다. 그리고 그러한 금전 지출은 언제든지 그만한 효과를 가져왔기에 다른 의미로 보면 투자이고 보험이었으며 종잣돈이었다. 이에 대해서는 위의 여러 곳에서 서술했기에 여기서는 생략한다.

﷯ 주택과 화원

서문경은 평범한 상인이었다. 그는 가장으로서 가족의 호사와 쾌락을 위해 지출을 했다. 또 젊은 사내로서 욕구의 분출과 음락_{淫樂}을

---

37) 순무(巡撫) ; 중국에서 14세기~20세기 초까지 존속했던 지방관 제도. 지방을 돌며(巡行地方) 군민을 다스린다(撫鎭軍民)는 뜻. 지방행정과 군사와 사법권을 가진 지방관.

위한 비용에 대해서도 한번 짚어볼 필요가 있다.

서문경은 귀족이 아니었기에 정서와 교양이나 문화에 귀족의 티가 없다. 그가 의식주에서 호사를 누렸지만 귀족 티가 나는 생활은 아니었다. 그리고 서문경은 독서인이 아니었으니 그의 집에는 부유한 문인의 여유나 아취雅趣 아니면 청빈 속의 문아文雅한 생활 또는 시서화詩書畵의 문예취향이 없었다.

서문경의 가정생활 지출은 현대인과 별로 차이가 없다. 돈을 버는 만큼 집이나 화원을 넓혔고 교통을 위해 좋은 말을 타고 처첩들은 화려한 옷을 입고 떼를 지어 가마를 타고 외출했다. 가구나 복식, 음식에 비용지출이 일반인들보다 많았을 것이며 기쁜 일이나 명절에 또는 손님 접대에 일반인들이 할 수 없는 가수나 배우들을 불러 즐기기도 했다. 그리고 많은 노비들이 있었지만 그들이 먹고 입는 만큼은 일을 했을 것이다.

서문경의 집은 화원이 딸린 대 저택이었다.

집이 커서 1처 5첩이 모두 뜰이 있는 삼간 별채를 하나씩 차지하고 살았다. 지위가 낮은 손설아도 큰 주방과 연결이 된 삼간 집에서 기거했다. 각 처첩들은 잔심부름을 하는 몸종 하나와 음식준비와 청소를 담당하는 부엌 종을 소유했다. 그리고 자기 취향대로 집을 지키는 개나 애완용 고양이도 있었다.

본채 주위의 외곽 집에는 노복奴僕들이 살았는데 대개 부부가 가정을 이루고 살았다. 소설에는 종들의 어린 자식에 대한 이야기가 없지만 노비 부부가 살면서 어찌 아이가 없었겠는가?

서문경은 먼저 은자 오백 냥을 들여 화원공사를 했고 나중에는 화자허의 집을 사들여 그 면적을 두 배로 늘렸다. 화원에는 가산假山, 연못, 골짜기(山洞)를 만들어 다용도로 활용했다.

서문경은 안락하고 널찍하고 또 자신의 놀이를 위하여 집을 넓히고 꾸몄다. 그 당시는 요즈음 같이 주택이 투기나 재산증식의 수단은 아니었을 것이다. 주거용 건물과 화원의 여러 시설 외에도 삼간의 손님접대용 청방廳房, 활을 쏘는 사대, 타구장打球場, 공연장 등 많은 부속시설이 있었다.

◎◎ 식생활

중국인들과 다 그러하듯이 언제든지 차를 마셨기에 다양한 차의 이름이 보인다. 오월랑을 중심으로 처첩들이 모여, 또는 교대호의 부인을 초청하여 다연茶宴을 갖는데 다연은 차를 주로 마시면서 과일이나 단 음식이나 떡 같은 것을 먹으며 담소하는 자리이다. 서문경은 그의 친구들을 불러 한 달에 한 번꼴로 노래를 들으며 차를 마시는 다회茶會를 열었다.

소설 속에 묘사된 서문경집의 식생활은 전형적인 중국 북쪽의 시정 식생활이라고 한다. 대어대육大魚大肉, 통닭과 통 오리, 교자餃子(만두), 밀전병(烙餠 ; 기름을 칠하고 구운 것) 등 맛과 양量을 우선시 하는 음식들이다.

서문경 처첩들의 식탁에는 돼지머리고기(猪頭), 돼지 넓적다리(蹄子), 오리 알(鴨子), 거위(鷄鵝), 잉어(鯉魚), 새우튀김(炸蝦), 채빙(菜餠 ; 유채떡?), 국수(撈麵), 여름에 먹는 과일 소를 넣은 막대 찹쌀떡(果餡凉糕) 등의 음식이 올랐다.

그리고 서문경 집에서 마시는 술로는 금화주金華酒(절강성 金華의 名酒), 말리화주茉莉花酒(재스민 술), 포도주葡萄酒, 배갈(白酒, 高粱酒) 등이 자주 등장하고 죽엽청주竹葉淸酒(杭州 등 각처에서 생산)나 양고주羊羔酒(山西省 特産), 마고주麻姑酒(江西省 建昌縣 特産)도 가끔 마셨다.

그리고 고급의 잔치자리를 삼탕오할三蕩五割이라 하는데(24, 33, 60회에 보인다.), 이는 호화스러운 잔치에 나오는 세 코스의 탕요리(羹湯)와 다섯 코스의 주된 고기요리를 의미한다. 일반적으로 탕이 먼저 나오고 다음에 통째로 요리된 거위나 오리, 돼지고기 등 칼로 잘라야 하는 요리가 나온다.

서문경이 부유한 상인이기에 가끔 각지의 특산품을 먹고 마시기도 하였다. 서문경의 여인들은 양주에서 보내온 화매話梅(소금과 설탕으로 담가 햇볕에 말린 매실)를 맛보며 신기하게 여겼고, 응백작은 서문경과 시어鰣魚(준치)를 먹으면서 놀라기도 했다.

🌊 합리적 가계지출

서문경과 오월랑 등 처첩들은 모두 비단옷을 입고 생활했다. 소설 15회에는 오월랑을 비롯한 여인들이 가마를 타고 이병아 소유의 가게 2층에서 연등놀이를 구경하는 장면이 나온다. 여인들의 화려한 모습을 보고 사람들이 웅성대며 한 마디씩 할 정도로 옷차림이 화려했다.

서문경은 외출할 때 은자 80냥에 해당하는 큰 백마를 타고 다녔는데 요즈음으로 말하면 중국 사람들이 좋아하는 아우디 A8 정도에 해당하는 고급 승용차였을 것이다. 서문경의 부인 오월랑은 큰 가마를 첩들은 작은 가마를 타고 외출했다. 공식적인 가족 행사 외에 사적 외출을 할 때 그 비용은 각자 계산해야 했다.

서문경이 죽는 해 정월 초여드렛날 반금련의 친정어머니가 가마를 불러 타고 서문경의 집으로 반금련을 만나러 왔다. 가마꾼에게 삯(은자 六分)을 지불해야 하는데 노인네가 돈이 없어 반금련에게 달라고 하는데 반금련도 그럴 돈이 없었던 모양이다.

반금련이 "나는 어디서 은자가 나오는가? 남의 집에 오면서 어찌 가마 삯도 없이 오는가?" 하면서 나가서 모친에게 돈이 없다고 말했다. 상황이 난처해지자 오월랑이 말한다. "자네가 일전을 주고 장부에 적으면 되네."

그러자 반금련이 말한다.

"내가 나리한테 혼나요! 나리의 계산은 언제나 정확하잖아요. 나한테 물건을 사라고 준 돈으로 가마삯을 줄 수 없다고요."

반금련과 노인네가 서로 눈만 멀뚱멀뚱 바라보고 있자 맹옥루가 주머니에서 일전一錢38)을 주어 가마꾼을 보냈다.

이를 본다면, 반금련은 돈이 넉넉지 않았으며, 서문경은 상인이기에 가사에서 지출하는 돈에 대해서는 장부에 기록하는 것이 원칙이었다. 이는 서문경이 부자이지만 적은 돈일지라도 함부로 쓰지 못하게 하는 합리적인 면이 있었다.

---

38) 반금련의 친정어머니가 타고 온 가마 삯 6分은 현재 중국 돈 40元 우리 돈으로 8,000원 쯤 된다. 맹옥루가 1전을 주었다면 팁을 포함하여 13,000원을 준 셈이다.

반금련은 서문경의 애욕의 대상으로 다른 처첩들보다 잠자리를 자주하면서 금전적으로 여유가 있었을 것이라고 생각할 수 있다. 그러나 소설에서 서문경이 반금련에게 최고로 60냥을 지출한 것이 딱 두 번 있었다.

하나는 이병아의 침상을 부러워하자 서문경이 금련에게 60냥짜리 침상을 사주었다. 다른 하나는 이병아가 죽은 뒤, 60냥에 해당하는 이병아의 웃옷(皮襖 ; 모피로 안을 댄 옷)을 금련에게 주었다. 은자 60냥이면 반금련의 처녀 때 몸값의 두 배에 해당하는 거금이다.[39]

맹옥루와 이병아는 서문경에게 올 때부터 갖고 온 돈이 있어 지출이 자유롭고 씀씀이도 컸다. 특히 이병아는 붙임성도 있지만 첩으로 막내였기에 어느 정도 호감을 사려고 다른 여인들이나 심지어 노비에게도 돈이나 선물을 잘 주었다.

그렇지만 반금련은 달랐다. 금련은 손수건 하나를 사더라도 싼 것으로 골라서 샀다. 서문경도 자신이 금련을 좋아한다 하여 함부로 돈을 쓰게 하지는 않았다. 또 반금련도 자존심이 있어 필요한 돈은 서문경을 똑바로 바라보면서 달라고 요구했다. 이는 좀 이해하기 어려운 면이 있지만 달리 보면 상인인 서문경의 특징을 가장 잘 나타낸 것이라 볼 수 있다.

곧 서문경으로서는 이미 손에 넣은 여인에게 더 이상 돈을 쓸 필요가 없으며, 손에 들어 온 현금은 끝까지 움켜쥔다는 장사꾼의 기본에 충실한 것이라 볼 수 있다.

---

39) 그 전에 반금련의 어머니가 장대호(張大戶)에게 금련을 팔 때 '젊으면서 비파를 타며 노래를 할 줄 안다' 하여 비싸게 불러 30냥을 받았다. 30兩은 현재의 우리 돈으로 약 400만원에 해당한다.

반대로 반금련의 입장에서도 친정어머니 때문에 일전이라는 푼돈까지 공식장부에 기록하는 것이 자신의 체면에 반하는 것이며 서문경에게는 '나는 돈을 보고 온 것이 아니라 사람을 보고 왔다'는 곧 자신의 존재가 돈에 예속되지 않는다는 선언일 수도 있다.

🌀 유흥비 지출

서문경은 동경 채태사의 집사 적렴의 첩실을 구해 달라는 부탁을 받고 한도국의 딸인 15살 애저를 골라 한도국과 함께 동경으로 보낸다. 그러면서 한도국의 마누라 왕륙아의 육체를 마음껏 탐닉한다. 나중에 한도국도 이 사실을 묵인하면서 부부가 합작하여 서문경으로부터 돈을 끌어낸다. 서문경은 왕륙아를 위해 계집종을 새로 사주고, 120냥을 들여 새집을 사주었다.

이처럼 서문경은 자신이 좋아하는 여인들에게는 돈을 통 크게 쓰는 사람이었다. 서문경이 좋아하는 여인은 다양했다.

서문경은 어느 날 하루 동안에 기생 정애월鄭愛月에게 담비가죽 덮개(貂鼠圍脖)를 선물하고 육욕을 채운 뒤, 유모 여의아에게는 황금 호랑이 머리장식을 주면서 안아 주었고, 이어 가사를 담당하는 종 분사의 마누라(賁四嫂)를 밤늦게 몰래 찾아가 욕심을 채우면서 의복과 머리장식을 선물할 정도로 바쁜 하루를 보내기도 했다.(소설 77회)

'친구가 많으면 복도 많다(朋友多 福氣多)'고 생각했는지 서문경은 친우들을 잘 챙겼는데, 서문경이 응백작과 같은 건달들한테 쓰는 돈도 만만치 않았다. 응백작 외에 8명의 친구들이 서문경한테 달라 붙는 이유야 너무 명백했다.

붕우 간 교제에서는 서로의 마음을 알아주는 것이 중요하다. 서문경은 친구들의 그런 속셈을 다 알고 있으면서도 그들에게 베풀며 어울렸다.

얼굴 가득 희색이 돌 때야 누구든 친구가 아닌가? 서문경은 아부하는 그들을 도와주면서 자신의 우월감을 즐겼을 것이다. 가짜 벗은 이득이 있으면 오고, 손해 볼 것 같으면 가버린다는 진실을 서문경은 알면서도 모른 척 했겠지만 서문경이 죽은 뒤에 그들의 속셈을 오월랑은 알았을 것이다. 이 부분에 대해서는 따로 서술할 것이다.

6. 서문경의 활약

지금 우리나라에서도 공직을 '철밥통'이라 하는데 중국어에도 '쇠 밥그릇(鐵飯碗)'이라는 단어가 있으니 벼슬(공무원)은 그만큼 안전하면서도 틀림없는 직업이라는 뜻이다.

예로부터 가난뱅이의 꿈은 부자이고, 관리들에게 시달림을 받아본 부자는 권력을 쥐고 싶어 한다. 실제로 돈이 많으면 벼슬을 얻을 수 있으니 그래서 돈과 벼슬과 권세는 같은 글자라고 했다. 관리나 대 상인이나 백성들을 등쳐먹는 것은 매한가지였다.

부자 열 명 중 아홉은 구두쇠인 것처럼 관리 열 명 중 아홉은 탐욕스럽다. 관리가 도둑질을 안 하면 살 수가 없으며, 모든 물에 고기(魚)가 있는 것처럼 벼슬아치 그 누군들 도둑질을 안 하겠는가? 벼슬살이가 힘들다지만 본전을 들이지 않고도 천 배 만 배의 이득을 챙길 수 있으며 때로는 가엾은 백성들의 생사를 가르기도 한다. 그리고 부패한 관장官場은 관상官商들에게 최고의 보물창고이었다.

뇌물 챙기기

서문경이 생약포의 주인에서 '산동등처제형소이형'에 임명되니 이 직위는 오품대부五品大夫의 반열에 해당되는 무관직으로 담당업무는 죄인의 체포와 검거, 그리고 판결까지 내릴 수 있었다.

중국 속담에 '글자 한 자가 관청에 들어가면 구우이호九牛二虎가 당겨도 나오지 않는다.'는 속담이 있는데 이는 일단 고소장이 한번 들어가면 고소를 했거나 당했는가를 막론하고 뇌물을 쓰지 않으면 안 된다는 뜻이다. 서문경은 바로 그런 노른자위를 차지하였다.

서문경은 제형소의 이형으로 있으며 뇌물을 받고 법 규정을 멋대로 적용하였다. 서문경은 한도국韓道國의 아내 왕륙아王六兒의 간통 사건과 관련하여 직접 뇌물을 받지는 않았지만 법규를 제멋대로 적용하였다.

서문경은 정말로 간통한 한이韓二는 그냥 풀어주고 한이를 잡아 소란을 피운 4명을 20대씩 매를 때린 뒤 훈계하며 풀어준다. 그야말로 관리가 무서운 것이 아니라, 그 권한이 무서운 것이다. 서문경은 나중에 한도국을 고용했고 그의 아내 왕륙아를 품에 안을 수 있었다.(소설 37회)

양주 사람 묘천수苗天秀는 많은 재산을 가지고 동경으로 가던 길에 노비 묘청苗靑과 뱃사공을 포함한 공범에 피살당하는 큰 살인사건이 발생했다. 나중에 진범으로 몰린 묘청은 수소문을 해서 왕륙아를 통해 서문경에게 줄을 댄다. 서문경은 동료 하제형과 공모하여 묘청을 빼돌리고 천 냥의 뇌물을 받아 나누어 갖는다.(소설 47회)

그리고 이를 알게 된 산동순안어사山東巡按御使 증효서曾孝序가 황제에게 상주하고 나중에 서문경을 조사하려 하자 서문경은 채경에게 뇌물을 주어 이를 좌절시킨다. 이어 채경이 상주한 7개의 경제 관련 정책을 증효서가 반대하자 증효서를 탄핵하여 좌천시킨다.(소설 49회)

〰 인맥관리

서문경이 관직에 들어섬으로써 얻을 수 있는 직간접적 이익은 막대했다. 뇌물을 받아 챙기는 것이 직접적 이익이라면 관직에 있는 사대부들과 교제할 수 있는 기회를 얻는 것은 큰돈을 챙길 수 있는 바탕을 마련한다는 점에서 매우 중요했다.

진사 채온蔡蘊(號 一泉)은 장원으로 뽑혀 채태사(蔡京)의 양자가 되고 비서성의 관리로 휴가를 받아 고향으로 가는 길에 동료 진사 안침安忱과 함께 서문경을 찾아온다. 채장원은 동경에서 출발하기 전 채태사의 집사 적겸으로부터 서문경을 찾아보라는 소개를 받았었다.

서문경은 뒷날 이들로부터 도움을 받을 수 있다는 계산 아래 환대하며 친교를 맺고 떠나갈 때 은자 100냥과 향료 오백 근 등 막대한 경제적 지원을 베푸는데 이런 지원은 채장원조차도 부담을 느낄 정도였다. 이처럼 서문경은 확실한 투자처에 통 큰 지원을 주저하지 않았다.(소설 36회)

채장원은 나중에 소금 제조와 거래를 감시하러 다니는 순염어사巡鹽御使가 되어 서문경과 만난다. 채어사는 동평부의 송어사와 함께 서문경의 집을 방문하고 서문경은 청하현의 모든 관리들을 다 초청하여 청하현이 떠나갈 만큼 성대한 잔치를 베풀며 환대한다.

서문경이 뒷날 소금거래의 편의를 얻은 것은 당연한 결과였다. 소금거래는 시간이 돈이었고 때를 맞추는 것이 바로 이윤인데 거래 허가서를 적기에 얻을 수 있는 것은 돈더미 위에 앉는 것과 마찬가지였을 것이다.(소설 49회)

❧ 손해를 감수하기

서문경은 중앙이나 지방의 권력과 연결된 상인이다. 이를 특별히 관상官商이라 하는데 '관에서 운영하는 상업의 대리인' 이란 뜻은 없다.

서문경은 무관직인 부천호로 시작하여 천호로 승진하였지만 그의 상행위는 별개의 것이었다. 오히려 현직 관리였기 때문에 훨씬 수월하게 활동할 수 있었다. 예를 들어, 항주에서 비단을 사왔다면 청하현에 입하하기 전에 부두에서 통관세를 내어야 하는데, 미리 부탁을 했기에 싼 물건으로 품목을 바꾸거나 수량을 속여 거의 통관세를 물지 않았다. 그래서 물건 값이 조금이라도 저렴하니 다른 경쟁 상인에 비해 유리한 입장에서 상행위를 할 수 있었다.

서문경은 관계官界 인사들과 교제하는 과정에서 상관이나 영향력이 있는 사람들을 위하여 어려운 일을 몸소 해결해 주거나 번잡한 일 또는 손해 보는 일도 스스로 감당하여 자기에게 유리한 네트워크를 유지하며 넓혀나갔다.

이런 점에서 서문경은 다른 어느 상인보다도 또 어떤 관원보다도 한 수 위였으며 모두로부터 환영을 받았다.

네트워크라도 똑같은 그물코 같지만 사실 중요한 줄이 있는 것은 사실이다. 고기를 잡는 그물로 말하면 당기면 모든 그물이 당겨지는 주요한 벼릿줄이 있는데 이를 한자로는 강綱(벼리)이라고 한다. 서문경에게 이러한 중요한 줄 역할을 한 사람은 태사 채경의 집사執事(管家)인 적겸翟謙이었다.

서문경이 채 태사에게 예물을 보낼 때 적관가의 몫을 언제나 후하게 챙겨 주며 배려했다. 서문경은 적관가를 통하여 채태사로부터 쉽게 인정을 받고 양아들이 되었다. 적관가가 소개하여 자신을 방문한 채 장원을 환대한 것도 다 그런 이유였다.

그리고 적관가가 서문경에게 첩을 하나 골라 보내달라는 부탁을 했는데 이를 본다면 서문경과 적관가의 밀착관계가 어느 정도인가를 알 수 있다. 서문경은 서둘러 한도국의 딸 애저를 골라 치장을 하고 비용을 들여 동경으로 올려 보낸다. 물론 그 동안에 서문경은 한도국의 아내 왕륙아와 재미를 볼 수도 있었으니 이웃 사람 논에 도랑 쳐 주어 인심을 얻고 가재까지 잡는 행운을 누렸다.

서문경이 산동순안어사 송교년의 부탁을 받아 조정에서 화석강 차출을 감독하러 나온 흠차대신欽差大臣 황태위黃太尉와 그 수행 관원에게 엄청난 비용을 들여 자기 집에서 잔치를 하고 후대한 것도 같은 맥락이었지만 뒷날을 위한 투자였고 보험이었다.

이때는 이병아의 장례를 겨우 마친 상중이었는데도 불구하고 황태위를 알현하기 위하여 산동순무도어사山東巡撫都御史, 산동좌우포정사山東左右布政使, 산동좌우참정 山東左右參政, 채방사採訪使, 제학부사提學副使, 병비부사兵備副使 외 동창부, 동평부, 연주부, 서주부, 제남부,

청주부, 등주부, 내주부사들이 모두 참례하였으니 그 위세는 물론 서문경에 대한 좋은 평판이 산동 일대 전체에 널리 퍼지는 것은 당연한 결과였다.(소설 62회)

이후 서문경의 영달은 명약관화明若觀火했다. 서문경의 득의와 성공은 여러 사람들과의 훌륭한 교제 덕분이었고 거기에는 인심을 얻을 수 있도록 자신이 가진 돈을 쓰면서 눈앞의 손해를 감수했기 때문이다.

나무가 크면 바람도 많이 타듯 높은 자리일수록 위험성이 많다는 것도, 또 벼슬의 세계에서는 이해관계에 따라 얽히는 것이지 영원한 우정이란 있을 수 없다는 진리도 알고 있었다.

서문경은 손님을 대접하면서 사람을 만나면 사람의 말을 해야 하고 귀신을 만나면 귀신의 말을 해야 한다는 점도 터득했었다. 그리고 공명功名을 이루는 일이야말로 사나이가 해야 할 일이라는 엄연한 사실을 누구보다도 잘 알고 있었다.

7. 서문경의 성욕

⚭ 세속적 애정 이야기

　　준수한 외모에 좋은 학벌과 직장을 가지고 있고 학문적 바탕에 풍류 기질도 있는 훈남이라면 만인에게 선망의 대상이며 미래의 큰 인물이 될 수도 있기에 요즈음 결혼중매회사에서 최상위 1등급으로 분류할 것이다. 또한 뛰어난 미모에 총명한 기질을 갖고 고결한 품성에 가무에도 약간의 재능이 있는 여자라면 누가 마다하겠는가?

　　남녀가 일부일처의 인생을 잘 살아가기 위해서는 애정이 바탕에 깔려야 하고 그런 애정은 육체적 행위 곧 성적 애정을 필요로 하며 성적 즐거움과 행복은 남녀 애정문제에서 최상의 기쁨이 되기도 한다.

　　남녀 성애의 다양하고 솔직한 묘사는 옛날 사람이나 지금 사람 모두에게 관심의 대상이다. 결국 이런 관심의 대상이 소설의 구심점이 되는 것은 당연한 귀결이라 할 수 있다. 하지만 굳이 일부일처주의자가 아니라면 또 그럴 필요가 없다면 어떻게 달라지겠는가?

　　서문경은 위에서도 여러 번 언급한 대로 가장 세속적인 인물이었다. 이런 세속적인 인물을 관심의 대상으로 삼기 위해서는 평범한 삶이 아닌 특별한 이야기로 만들어야 한다. 그러다 보면 세속적 남녀의 애정이야기는 상당히 사실적일 수밖에 없다.

『금병매』는 현실적이며 가장 사실적인 이야기로 엮어진 소설이다. 서문경이라는 강한 속물적 근성의 인물을 중심으로 가장 세속적인 돈과 여자와 술 이야기를 풀어내었다.

서문경의 색탐은 요즈음으로 말하면 남자의 외도外道이다. 결혼의 역사가 시작된 이후 배우자의 외도는 누구에게나 일어날 수 있는 평범한 일이다. 결혼한 부부들은 누구나 한 번쯤 배우자의 외도에 대한 상상을 하는데 이는 자신의 배우자는 절대로 외도를 하지 않을 것이라는 믿음을 전제로 하는 것이 대부분이라고 한다. 배우자의 외도는 원치 않는 고통 중 하나이며 다른 불행과는 차원이 다르다.

외도 사실을 알았을 때 우선 자신의 존재 자체를 부정당했다는 상실감에 휩싸이고 자신이 피해자인데도 자신을 자책하게 된다. 또 배우자의 외도 상황에 따라 결과에 대한 책임문제나 해결해야 할 일도 생기게 된다. 결국은 부부가 같은 공간에서 생활을 계속해야 하는가를 선택해야 한다.

부부는 결혼이란 절차를 거친 사람들이다. 결혼은 잠자리를 함께 하는 것을 전제로 한다. 그런데 배우자 모두에게 몇십 년 동안 한 사람만을 사랑하고 함께 지내는 일이 쉬운 일은 아닐 것이다. 결혼의 순결성은 일부일처제에 의해 지켜져야 한다. 남자들은 결혼한 뒤에 일부일처제를 심리적으로 부정하는 경향이 많다고 한다. 물론 외도 경험이 있는 남성들에게 일부일처제는 인간의 본성을 억누르는 제도일지도 모른다.

사실 일부일처제의 결혼 제도는 여러 모순을 갖고 있지만 여전히 수많은 연인들은 결혼을 한다. 이유는 결혼으로 얻는 것이 일부일처제를 부정하는 입장보다 훨씬 많기 때문이다. 결혼 후 다른 배우자를 만나는 외도가 떳떳한 일은 아닐지라도 절대로 해서는 안 되는 일이라는 인식을 부부가 갖고 있다면 결혼이 끝까지 유지될 것이다. 그러나 현대 사회에서 현실은 꼭 이렇지는 않다.

남편이 바람을 피우면 여자들은 그 원인과 책임을 자신에게서 찾는 경향이 있다고 한다. 남자의 입장에서 이는 매우 건실하고 합리적인 사고라고 환영하면서 실제로 외도를 즐기는 남자들은 그 원인을 아내에게서 찾으려 한다.

하지만 자신 때문에 남편이 외도했다는 것은 잘못된 착각이 아니겠는가? 또 피해자의 입장에서 자신의 잘못을 반성하는 것도 우스운 일이다.

결혼생활이 만족스럽지 못한 것과 외도는 범주가 다른 문제다. 남자들은 자신의 외도를 담배 피우는 것처럼 가벼운 일상행동이라고 합리화 시키면서 아내의 외도는 마약처럼 위험하다고 생각한다.

외도를 즐긴 남편이나 상대방 여자는 대부분 자신들의 행위를 사랑이라는 이름으로 합리화 시키려 한다. 실제로 우리나라에서 남자들의 외도는 여자들의 외도보다 훨씬 관대하게 수용되는 경향이 있다.

이러한 용납과 관용의 풍조 때문에 우리나라에서는 남성 외도가 줄어들지 않는다고 볼 수도 있다. 바람피운 남자에 대한 사회적 조치와 대응이 강경하다면, 지금처럼 기혼 남자들이 쉽게 다른 여자를 만나지는 못할 것이다. 하여튼 배우자 쌍방 모두에게 외도는 결혼제도 안에서의 범죄 행위이며 죄악이라는 인식이 확산되어야 한다.

✎❀ 작가의 고뇌

서문경이 본처 외에도 그 많은 첩을 거느렸다는 것이 처음부터 일부일처제를 부정한 것이다. 서문경에게 처와 첩 이외의 다른 여인과의 외도는 오락행위로 보아야 한다. 이 소설에서 서문경의 외도는 사회적으로 또 가족 윤리적인 면에서도 당연한 것으로 인정되고 있다. 그렇지 않다면 오늘의 윤리적 기준으로는 설명할 방법이 없다.

성행위는 사랑하는 남녀 간에 또 생활을 같이 하는 부부간에 배제할 수 없는 행위이다. 애정의 유무나 부부간의 관계가 아니라도 성행위는 모든 인간의 본능적인 욕구이다. 다만 그런 성애에 대한 직접적인 언급이나 상세한 묘사가 경우에 따라서는 혐오스럽고 추할 수가 있다. 더군다나 부적절한 관계에서의 성애는 생활풍습이나 도덕적으로 비난 받을 수도 있다.

그러나 그 성애가 인간이 가진 자연스러운 본능의 일부로 표출되었거나 아니면 생존의 일부일 경우에 그 비난의 정도가 약해져야 하는가? 그리고 그런 기준은 어떻게 누가 정하는가?

성애에는 환희와 기쁨이 있고 또는 고통이나 심적 갈등이 일어나기도 한다. 때로는 폭력에 의해 강요된 희생이 있는데 그럴 경우에 영혼의 상처나 치유에 대해서도 인간의 본능이라는 기준으로만 보아야 하는가? 성행위의 본질이 아무리 삶의 일부라는 것을 인정해도 비난받을 만한 행태는 여전히 비난받아야 할 것이다.

몇 끼를 굶은 사람이 옆에 있는데 어떤 사람이 배가 터지도록 소화제를 먹어가면서 포식을 한다면 비난 받아야 하는가? 만약 그러하다면 부잣집 한 가족만이 모여서 좋은 음식을 마음껏 먹었다면 덜 비난받아야 하는가?

서문경은 상인이다. 상인은 돈을 많이 벌어야 한다. 그 돈을 버는 방법이 옳고 그르다는 판단은 누가 하는가? 돈을 벌기 위해 뇌물을 주고 더 많은 이득을 취한다. 그 다음에 더 좋은 음식을 먹으며 더 신나게 놀 수도 있다.

결혼을 하지 못한 가난뱅이가 즐비했던 그 시절에 처첩을 여러 명 거느렸다고 비난 받아야 하고, 그런 비난 때문에 서문경은 양심의 가책을 느껴야 하는가?

본능에 충실한 서문경의 행위는 어떠한가? 남자에게는 제일 첫째는 경제력이다. 다음으로는 술과 여자를 탐하고 즐기는 것 - 가장 세속적이며 가장 실질적이다. 섹스와 돈은 『금병매』에서 매우 소중한 소재이며 이 둘은 결코 뗄 수도 없다.

현실에는 언제나 상반된 가치나 기준이 존재한다. 소설 『금병매』에는 보통 사람들이 볼 때 거짓과 추악함이 넘쳐나고 바르고 정의로운 것은 거의 없다. 그렇다면 서문경도 그리 느꼈겠는가?

작가는 기존 상식을 넘어서 추악한 것이나 아름다운 것이건 사실대로의 묘사에 치중했다. 왜냐면 현실이고 있을 수 있는 생활의 실제 모습이기 때문이다.

우리는 『금병매』의 성애 묘사를 비난하기 전에 또 묘사 자체가 기이하다고 감탄하기 전에 작가의 참된 의도를 이해하여야 한다. 성애를 죄악시하고 감추려는 위선에서 작가는 벗어나려고 했을 것이다. 있을 수 있는 현실을 그대로 묘사하려는 것이 그 당시에 그리 쉬운 일은 아니었을 것이다.

작가 자신의 본명을 감추고 소소생笑笑生이라 쓴 사실에서 우리
는 작가의 고뇌를 느낄 수 있다. 있는 그대로를 보여줘야 하는 작가
의 뜻과 이를 거부하는 세상의 상식과 약속 사이에서 고뇌했을 것이
다.

🌀 염정소설

　　운우雲雨의 정情 – 얼마나 아름다운 표현인가?

　　구름이 없는데 비가 올 리가 없다. 남녀 간에 애정이 있으면 본능
적으로 성애의 충동을 느낀다. 그 성애의 묘사가 구체적이고 상세하
다 하여 그 성애가 추한 것은 아니다.

　　성생활이야말로 보통 사람들 생활의 일부이며 진정한 사랑은 에
로틱할 수밖에 없다는 것을 인정해야 한다. 작가가 성행위를 때로는
곡진曲盡하게 때로는 노골적으로 묘사하는 것은 좋은 글을 쓰고자 하
는 작가의 의도이며 노력이라고 볼 수도 있다.

　　질풍노도와 같은 성애의 순간을 비바람이 치는 장면으로 대체했
다면 아름다운 묘사이며 선한 인간의지의 바른 표현이라고 생각하겠
는가? 기술적 측면에서 성애의 묘사가 뛰어났다면 저질이고, 상징적
이라면 고상한 표현이라고 생각하겠는가?

　　중국문학사에서는 성애를 주 소재로 다룬 소설을 염정소설艶情小
說이라고 한다. 성애 행위에 대한 직접적이고 사실적 묘사는 『금병
매』 이전에는 볼 수 없었다. 그 이전에는 겨우 운우지정雲雨之情이라
고 극히 포괄적인 지칭이 있었을 뿐이다.

『금병매』작가가 모든 것을 두루 경험을 하고 소설을 창작했다고 보기는 어렵다. 예를 들어 음탕한 여인이 사내들과 간통하는 행위나 그런 사람들이 생각이 모두 제 각각인데 작자가 그런 일들을 어떻게 직접 다 겪을 수 있겠는가?

　작가의 의도에 대하여 외설적이거나 비윤리적이라는 판단은 독자의 몫이다. 『금병매』를 읽는 사람들이 모두 한 가지 느낌이겠는가? 평범한 속인들의 삶에 대한 솔직한 묘사나 서술이 때로는 반도덕적으로 인식될 수 있지만 현실세계의 실질에 대한 깊이 있는 접근이라고 볼 수 있다.

　솔직한 표현이나 사실적 묘사에 깊이 빠져 흥미를 느끼고 감탄하는 독자는 도덕적으로 미성숙한 사람인가? 그렇다고 작가의 서술에 부끄러움을 느끼며 책장을 덮는 사람을 위선자라고 단언할 수 있는가?

　소설 6회에 서문경과 반금련이 처음 성애를 즐기는 모습을 묘사한 시는 아래와 같이 끝난다.

　　극도의 쾌락 진한 정에 그 재미 끝이 없고,
　　영험한 거북의 입에서 푸른 샘물을 토한다.

　　樂極情濃無限趣 靈龜口內吐青泉

　여기서 거북의 머리는 서문경의 거시기이고 샘물을 토하는 것은 사정을 한다는 뜻이라는 것을 독자라면 누구나 알 수 있다. 성애의 즐거움을 이렇게 묘사한 재능은 차치하고서 이런 묘사에 선악의 가치나 의미를 부여해야 하는가?

『금병매』 작가의 묘사는 다른 『사대기서』보다 그 리얼리티가 매우 돋보인다. 이것은 당시로서는 심각한 파격이었을 것이다. 그러한 파격이 정말로 비난받아야 했다면 금서로 지정이 되든 안 되든 후세에 전해지지 않았을 것이다.

『금병매』 작가의 의식이 좌측이든 우측이든 아니면 선한 의지이든 악의였든 간에 그 의식과 리얼리티가 공감을 받았기에 여러 사람이 공개적으로 읽거나 숨어서도 읽었을 것이다. 독자들은 소설을 읽으며 자신을 생각하였고 자신과 작가와 계속 의견교환과 교감이 있었을 것이다.

표면에 이는 잔잔한 물결, 마치 정지하고 있는 것 같은 강물 속에서도 큰 흐름은 한 방향으로 흐른다. 서풍이 불어와도 또 표면이 얼어붙어도 서쪽으로 흐르는 강물은 변함없이 흘러간다.

서문경이나 반금련과 이병아 아니면 춘매 누구를 비난하거나 찬탄하는 것과 상관없이 인간의 자연스러운 모습을 가장 사실적으로 보여준 작가의 의식은 소설 작품 속에 굳건히 살아 있다. 그 의식을 보거나 못 보는 것은 독자의 능력이다.

물이 맑으면 강바닥의 하얀 모래가 빛이 나며 또렷하게 보인다. 물에 잠겼어도 물이 없는 것처럼 확실하게 보인다. 『금병매』는 작가의 심각한 의식이 생생하게 살아있는 소설이다. 그 소설의 진면목을 보는 것은 우리 독자들의 의무이면서 능력일 것이다.

서문경의 정력과 기질

 청하현에서 생약포를 경영하는 서문경이 거리를 지나다가 무대의 처 반금련이 실수로 떨어뜨린 창문을 받치는 막대에 머리를 맞는다. 당연히 화를 내고 한바탕 소란을 피웠겠지만 상대가 여태껏 만나보지 못한 미인이기에 서문경이 오히려 죄송하다며 웃는다.
 서문경은 남자 오입쟁이의 기본을 다 갖추고 있었다. 차를 파는 왕씨 노파가 남자가 바람을 피우려면(이를 투정偸情이라 한다. 훔칠 투) 갖추어야 할 다섯 가지 조건을 듣고서 서문경은 그 모든 조건을 충족한다고 당당하게 말했다.

왕 노파와 서문경

왕 노파가 제시한 '첫째 반안潘安과 같은 미남자이어야 한다(第一要潘安的貌)'에 대하여 서문경은 혹시 내가 반안만은 못할지 모르지만 인물은 나도 자신이 있다고 대답한다. 둘째 '당나귀의 것만큼 큰 물건이어야 한다(第二要驢大行貨)'는 조건에 대하여 서문경은 '어려서부터 삼가양항三街兩港(홍등가)에 놀면서 큰 거북(大龜)을 만들었다'며 당당히 자랑을 한다.

그리고 왕파가 등통鄧通(漢 文帝때의 巨富)만큼 재물이 있어야 한다(第三要鄧通般有錢)는 세 번째 조건에 대하여 자신은 청하현의 알아주는 부자로 먹고 살만하다고 대답한다.

또 '젊은 청춘이면서도 솜뭉치 속의 바늘 같이 참을 줄 알아야 한다(第四要靑春少小 就要綿里針一般軟款忍耐).'는 조건에 대하여 자신은 '여인이 수백 대를 때리더라도 자신은 받아치지 않는다.'고 넉살을 떨었다. 이어 마지막으로 한가한 여가가 많아야 한다(第五要閑工夫)는 조건은 서문경이 처음부터 갖고 있는 조건이었다.

말하자면 서문경은 준수한 미모에 뛰어난 정력 그리고 여자를 꾀기 위한 인내심을 바탕으로 하고, 가진 것은 돈과 시간 밖에 없는 '난봉꾼의 기본 자질(潘, 驢, 鄧, 小, 閑)'을 완비한 사람이었다.(소설 3회)

✆ 자기 주관의 절대화

『금병매』를 읽으면 자제력이 강한 젊은이라 할지라도 한번쯤은 충격을 받고 욕망을 느낄 것이다. 서문경처럼 나도 한번 모양새 있게 해보고 싶다는 생각을 하고 그를 흉내 내고 싶어질 것이다.

　인간의 과도한 치장이나 큰 소리만이 허영이 아니다. 공부 좀 했다는 사람들이 갖는 지식욕도 일종의 허영인 것처럼 남자나 여자 또한 성욕에 대한 허영심을 갖고 있다.

　어린아이에서 청년으로 다시 성인이 되어가는 과정도 어찌 보면 허영심의 변천이다. 우리들은 누구나 다른 사람 앞에 특히 젊을 때나 늙어서나 이성 앞에서 튀어 보이려는 잠재의식을 가지고 성장한다.

　'멋진 내 모습을 보여주고 싶다'는 마음은 인간행동의 동기動機(motivation)일 것이다. 서문경처럼 육욕을 채워보고 싶다는 충동은 그 다음의 행동을 보여주는 동기이다.

　서문경은 그 당시의 젊은 부자들이 갖고 있는 모든 욕망을 고스란히 보여주는 사례였다. 최고급 옷을 입었고 매일 좋은 음식과 술을 마시며 단 하루도 빼지 않고 여인과 잠자리를 같이 했다. 서문경이 동경에 가서 채태사의 집사인 적렴의 집에서 잔 경우를 빼고서는 혼자 잠을 잔 적이 없었다.

　그 당시 서문경은 아주 특별했다. 그는 모든 일상에서 자신을 항상 기본으로 생각하는 곧 '나'라는 중심을 확실하게 갖고 있었다.

　서문경을 심리학적 또는 생태학적으로 분석해 본다면 어떤 결과가 나올까?

　서문경은 1처 5첩 이외에도 주변에 만날 수 있는 모든 여인들을 자신의 육욕을 해소시킬 수 있는 대상으로 생각했었다. 서문경한테는 어떤 여인한테서나 성욕을 느낀다는 객관성이 있었고 그 성행위가 일상적으로 반복된다는 신뢰성도 확인할 수 있다.

뿐만 아니라 어떤 여인에게든 서문경은 최선을 다했다. 여기에는 어떤 우월한 의무감 같은 감정과 자신의 성적 욕구 충족은 물론 상대방도 배려한다는 합리적 타당성도 있었다. 뿐만 아니라 여인에게는 절대로 인색하지 않다는 그 자신만의 여유도 있었다. 그렇다면 서문경의 행위는 남녀 관계에서 어떤 표준이나 기준이 되지 않을까?

서문경은 성性에서 자기 주관을 배제했다. 좋아하는 여인에게는 열심히 하고 기녀이니까 적당히 끝내주지는 않았다. 누구에게나 똑같이 최선을 다하는 서문경을 보면 인간의 마음을 객관적으로 측정할 수 있다는 생각이 들 때도 있다. 심리학적 연구대상으로도 매우 적절하다고 생각할 수 있다.

애정은 상호주관적이다. 애정행위에 어떤 객관성이 있는가? 애정은 당사자들이 공유할 수 있는 감정이 있어야 유효한 진실이 된다. 당사자들 간에 애정이라고 생각할 수 있는 감정의 소통이 중요하다. 애정이라는 감정은 교육이나 계몽 또는 강요에 의해 진실로 전환시킬 수 없다.

서문경은 애정이라는 관념, 많은 처첩을 거느리고 있다는 가장의 책임, 나라의 관원이며 일반 백성 위에 서있다는 개념, 기존의 윤리와 도덕의 여러 개념들에 대하여 속박을 벗어난 자유주의자였다. 서문경이 그처럼 자유로웠던 것은 그만한 바탕 곧 경제적 바탕이 있었기 때문이라고 볼 수 있다.

그런 경제적 바탕으로 서문경은 여러 가지 허영심을 채울 수 있었다. 여인들을 품고 자신의 체력과 정력과 재력을 자랑했다. 아부하는 친구들에게 은혜를 베풀 때의 그 만족감 또한 허영심의 충족이 아닌가? 벼슬아치들과 교류하고 베풀면서 지역 명사로서 기반을 확고히 했고, 그런 자신의 영광으로 집과 화원을 넓히고 조상의 묘를 크고 장려하게 꾸몄다. 또 이병아의 장례에 많은 돈을 쏟아 부은 것도 일종의 허영심이었고 모양새 나는 일이었다.

서문경은 경제적 속박이 없는 자유를 기반으로 당시의 사회문화적으로나 또는 도덕적 개념이나 제한에서 벗어나 있었다. 그는 자신만을 중심으로 생각하고 느껴지는 충동대로 행동할 수 있었다.

현실적 제약을 뛰어넘는 행동에는 세인의 비판이 따를 수 있었지만 서문경은 그런 것조차 초월하였다. 서문경에게는 어떤 열등감이란 것이 없었다. 소설을 읽어보면 서문경은 언제나 당당했다.

서문경은 당시 그 사회에서 가장 자유로운 자유인이었다. 또 가장 세속적이며 현실적이었다. 그는 주색재기 모든 것을 다 누리고 즐겼다. 다만 이러한 주색재기의 욕망은 끝이 없기에 만족했다는 말은 있을 수 없다.

지금 우리가 우리 현실에서 이 소설을 읽으며 서문경의 짧은 인생을 어떻게 보아야 하는가? 서문경이 보통 세속인에게 우상이 될 수 있는 이유는 무엇일까? 서문경의 현실적 성취를 자랑하던 그 영광의 종말은 무엇인가?

그 당시에 서문경 자신과 비교할 수 있는 대상은 누구였는가? 서문경은 자신의 행동을 객관에 맞추지 않고 자기 주관대로 해석하고 행동했다. 곧 자기 주관의 절대화絶對化를 성취하였다. 서문경에 대해서 참으로 많은 이야기가 나올 수 있다.

8. 서문경의 죽음

『홍루몽 紅樓夢』작자 作者 조설근 曹雪芹
의 조부 祖父 인 조인 曹寅(1659~1712)은 '나무
가 쓰러지면 (거기서 살며 놀던) 원숭이들
은 흩어진다(樹倒猢猻散)'라는 말을 좋아
했다고 한다. 그 본래의 뜻은 '청나라 성
조 강희제(재위 1661~1722)가 죽자 황제의 총
애를 받던 신하들이 흩어졌다'는 뜻이다.

『홍루몽』작자 조설근

이 말은 『금병매』에도 그대로 적용된
다. 소설 속에서 송나라가 망하자 권력을 쥐고 흔들던 신하나 일반
백성들이 제 살길을 찾아 각자 흩어졌다고 해도 말이 된다. 그리고
서문경이 죽자 서문경의 본처 이외의 모든 여인들이나 하인들까지
원숭이가 도망치듯 흩어졌다.

🍃 서문경이 이룬 것은?

서문경은 그 짧은 인생에서 더 높은 자리와 권세, 더 많은 돈과

꽃처럼 새롭게 피어나는 성적 쾌락을 추구했다. 서문경은 일생동안 시나 그림과도 같은 멋진 낭만보다는 손에 잡히는 이익을 얻으려 했고, 따뜻하고 부드러우며 달콤한 사랑이 아닌 육감적 쾌락을 즐겼다. 하지만 서문경은 한마디로 표현할 수 없는 다양성과 함께 활력과 강렬한 욕구를 가진 사람이었다.

서문경은 여자를 몹시 좋아했고 화류계에서 노니는 즐거움을 만끽했다. 그가 맹옥루와 반금련, 이병아 등 3명의 과부를 데려와 1처 5첩 모두와 함께 화원에서 놀이를 즐겼다. 맹옥루가 월금月琴을 연주하며 노래하고 서문경은 박자를 맞추면서 반금련과 이병아까지 4인이 '양주서揚州序'라는 유행가를 합창한다.(소설 27회)

저녁 무렵 내리는 비가 남쪽 정자를 씻고
연못에는 연꽃이 어지럽구나!
멀리서 천둥소리 은은한데
비 그치고 구름 흩어지누나!
십 리까지 그윽한 연꽃 향기
하늘엔 초승달이 새롭게 걸렸네.
아름다운 이 경치 끝이 어딘가?
　　…
가야금에 맞춘 노래에 피리로 반주하니
얼음산 눈 쌓인 난간에 기대어 벌인 잔치
깨끗한 이 세상 몇 사람이나 보겠는가?

이십 대 후반의 잘 생긴 미남자를 둘러싸고 여러 미인들이 연주하고 노래하는 모습은 그야말로 청춘, 재부財富, 미녀, 미경美景의 4박자가 다 갖추어진 한 폭의 풍경화였다. 서문경의 호 사천四泉을 주색재기酒色財氣의 사전四筌과 같은 의미라고 해석하는 것은 뒷날 연구자들이 한 말일 뿐, 당시의 서문경이 어찌 이것을 생각했겠는가?

위 유행가에서 우리는 '얼음산 눈 쌓인 난간에 기대어 벌린 잔치(向氷山雪檻排佳宴)'라는 구절을 주목해야 한다. 얼음산과 눈의 난간은 해가 비추면 그야말로 눈 녹듯 사라진다.

서문경이 그렇듯 열렬히 움켜쥐려 했던 권權, 재財, 색色은 아침햇살에 녹아버리는 지붕 위의 서리처럼 흔적도 없이 사라졌다.

서문경—생약포 주인에서 전당포를 운영하며 소금도매로 거만의 재산을 움켜쥐었고, 평민에서 산동제형소정천호로 벼슬에도 올랐으며 재상의 양아들이 되었다. 지방관 앞에서 허리도 못 펴던 사람이 어사나 태위, 순무나 어사들에게 용돈을 주는 맹상군孟嘗君[40]이 되었다. 또 떡장수의 마누라에게 수작을 걸던 사람이 고급 무관 왕초선의 미망인을 끼고 놀만큼 성공을 거두었다.

쾌락에 대한 집착

『금병매』는 총 100회에서 그중 50회가 성盛에서 쇠衰로 넘어가는 분수령이라 할 수 있는데 50회의 제목은 "금동은 환희의 속삭임

---

40) 맹상군, 名 田文(?~기원전 279). 戰國시대 4公子의 一人, 齊나라의 宗室大臣. 널리 빈객을 초빙하여 식객이 3천 명이라 소문이 났었다. 계명구도(雞鳴狗盜)와 교토삼굴(狡兔三窟) 고사의 주인공.

을 숨어서 듣고(琴童潛聽燕鶯歡) 대안은 호접항에서 계집질을 하다(玳安嬉遊蝴蝶巷)"이다.

50회의 주요한 내용은 한도국의 아내 왕륙아와 서문경이 사랑놀이를 하면서 내는 교성을 금동이라는 어린 하인이 몰래 듣고, 서문경 집의 종 대안이 호접항이라는 기생집 동네에 들어가 계집과 놀아나는 이야기이다. 서문경은 현재의 가장家長이고 대안은 서문경이 죽은 뒤 양자로 입적되는 미래의 가장이다.

서문경은 49회에서 영복사永福寺에서 만난 호승胡僧으로부터 효력이 아주 뛰어난 춘약春藥을 얻는다. 그 춘약은 삼키는 환약과 외용外用의 연고와 같은 것이었다.

서문경이 춘약의 성능을 처음 시험해 본 여인이 왕륙아인데 왕륙아는 후정화後庭花 41) 자세를 좋아해 서문경과 질탕한 놀음을 벌이며 교성을 연신 토한다. 특히 왕륙아는 서문경과 관계하며 내내 재물을 요구했고 서문경은 기꺼이 승낙했다. 다른 말로 순수한 재색교역財色交易을 위한 육체의 향연이고 음락淫樂이었다.

서문경은 춘약을 얻기 전에도 여러 가지 성애기구를 활용했다. 특히 호승의 춘약을 얻은 뒤에는 오직 성적 쾌락에 집착하면서 여인에 대한 정情이나 용모나 미색美色에 대해서는 관심이 없었다. 서문경에게 집안에서는 반금련, 집 밖에서는 왕륙아가 정욕의 실험대였으며 두 사람이 한 자리에 있었던 적은 없지만 마치 음란경연이라도 하듯 뻔뻔스런 변태행위를 서슴지 않았다.

---

41) 後背體位(또는 後入體位) 속칭 구파식(狗爬式), 혹은 늙은이가 수레를 미는 자세(老漢推車)라고도 한다.

서문경의 이러한 변태적 행위는 여인에 대한 우월감을 충족시키기 위해 광분하는 성욕이었다. 서문경의 하반신에 의한 육욕肉慾 충족은 그 자체가 생존이었고 그의 뻔뻔스러운 변태는 그의 가장 큰 쾌락이었다.

탐욕의 끝

소설에서 78회, 북송 중화重和 원년(1118년). 새해!

이미 축적한 부는 산과도 같고, 번성하는 가업에 높은 벼슬을 하는 서문경의 집! 춘절春節(설날)에 손님은 얼마나 많았겠는가! 서문경은 연일 대취할 수밖에 없었다.

어느 날, 자기 집에서 오대구(오월랑의 오빠)와 응백작과 사희대 등등과 술을 마시면서 겨우 등불을 켜야 할 초저녁에 기생들이 노래를 하는데도 서문경은 꾸벅꾸벅 졸다가 곧 코를 골기 시작했다. 이는 서문경이 결정적으로 쇠약해졌다는 표증이다.

하늘의 밝은 달은 늘 둥글지 않고 오색구름도 쉽게 흩어진다. 쾌락이 극에 달하면 오히려 슬픔이 되는 것은 자연의 이치가 아닌가? 서문경은 오직 명리名利만을 추구하면서 아무런 거리낌 없이 마음껏 방사放肆하고 음행을 즐겼다. 그러면서 악행의 끝에 죽음이 서서 서문경이 다가오기를 기다리고 있다는 사실을 그 자신은 모르고 있었다.

또 서문경은 생약포를 열고 장사를 하면서도 병이 난 뒤에 약을 구하는 것보다 병이 나기 전에 예방하는 것이 중요하다는 것을 모르고 있었다. 서문경은 남의 부인을 간음할 줄만 알았지 자신에게 죽음이 다가오는 줄은 모르고 있었다.

인간 육신의 정精과 신神은 유한하지만 색욕은 끝이 없는 것! 서문경은 다만 탐음貪淫과 육욕만을 알고 있었다. 그러나 기름이 떨어지면 등불은 저절로 꺼지고, 골수骨髓가 고갈되면 사람은 죽는다는 것을 몰랐다.

서문경을 죽음에 이르게 한 여인은 밖에서는 왕륙아였고 안에서는 반금련이었다. 특히 반금련이 서문경을 죽음으로 내 몰은 장본인이었다. 반금련은 자신의 음욕을 위해서라면 무슨 짓이라도 할 수 있는 또 해야만 직성이 풀리는 색광色狂으로 서문경보다 조금도 덜하지 않았다. 서문경은 반금련 앞에서는 그저 하나의 연장에 불과했다. 반금련의 허리가 서문경의 몸을 베는 긴 칼이라는 사실을 서문경은 죽을 때까지도 몰랐다.

🌀 섹스 에너지의 수평적 이동

서문경은 자신의 정력이나 건강에 대한 염려나 걱정이 하나도 없었다. 바로 이런 확신이 어느 한순간 도를 넘어버리면 그것이 바로 끝이 된다는 것을 모르고 있었다.

서문경이 죽음에 이르도록 반금련과 마지막 행위를 하던 날. 서문경은 정초부터 과로했었다. 그리고 술에 취한 기분으로 왕륙아와 결사적인 향연을 벌리고 난 뒤, 거의 녹초가 되어 반금련의 방에 들어와 쓰러졌다.

자신의 음욕을 채울 수 없어 노심초사하던 반금련은 축 늘어진 서문경의 물건을 보고 화가 치민다. 서문경의 품에서 춘약을 찾아낸 반금련은 자신도 한 알을 복용하고 서문경에게는 세 알이나 먹여 서문경의 물건을 세워 놓는다.

그러나 서문경은 의식이 없었다. 무의식 상태에서 서있는 물건을 가지고 반금련은 음욕을 마음껏 채웠지만 서문경은 정액은 물론 자신의 몸 안에 있는 모든 양기陽氣를 전부 토할 수밖에 없었다. 서문경은 이후 두 번 다시 여인의 몸을 더듬지 못했다. 그리고서는 며칠을 앓다가 죽어간 서문경이었다.

모든 문제는 서문경 자신에 있었다.

서문경의 가장 결정적인 실수는 그의 성적 에너지를 삶의 에너지로 수평 전환을 했어야만 했다. 무슨 이야기냐 하면, 가족 구성원과의 정서적 유대감을 더욱 더 좋게 만들기 위해 노력했어야 했었다. 그러했더라면 그가 죽은 뒤 그처럼 쉽게 처첩들이 흩어지지는 않았을 것이다.

그리고 자신의 사업과 뜻을 실현하기 위해 노력하는 정도에 맞춰 그와 관계를 맺은 여러 사람들과의 열망과 기대를 알아야 했고 어느 정도 부응하면서 베풀었어야 했다.

그렇지 못한 결과는 무엇이었는가? 큰 나무가 쓰러질 때 그 나무에 살던 원숭이들은 모두 먼저 도망가게 되어 있다. 서문경이 죽자마자 그가 이룩한 모든 것은 한꺼번에 무너졌다.

서문경은 무도한 성행위와 육욕의 쾌락으로 황폐해진 자신의 내면을 한 번쯤은 돌아보았어야 했었다. 자신에 대한 성찰이 없는 행위의 에너지는 일회성이거나 아니면 무모하거나 효용성이 떨어질 수밖에 없다.

서문경은 평생 동안 순간적이고 찰나적인 쾌감을 추구하며 섹스 상대를 찾았다. 반금련과의 만남도 또 이병아를 껴안은 것이나 다른 기녀들과 맺어진 것도 모두 순간적인 느낌이나 판단의 결과였다. 왜 좀 더 진지하게 상대방을 찾거나 살펴보지 못했는가? 차근차근 단계적이고 그러면서도 어떤 애정의 체계나 이유에 대해서 생각해 보려는 노력을 서문경은 하지 않았다.

몸속에서 불같이 솟구치는 성욕―나쁜 것은 아니다. 다만 그러한 에너지를 전부 옮기라는 뜻이 아니라 그 일부라도 자신의 삶과 관련된 부분으로 이동시켰어야 했었다.

성욕은 모든 인간들에게 아주 강력한 육체적 에너지이지만 여기에는 인간의 사고 작용이 보태진다. 정신적 사고를 거치지 않는 전적으로 육체적인 성적 에너지만으로 살아가는 인간은 있을 수 없다. 성적 에너지와 다른 별개의 정신적 에너지도 분명히 존재한다. 다시 말해 성적 에너지를 전혀 발산하지 않고도 살아가는 삶이 분명히 있다. 성적 에너지의 분출로 얻는 만족도 있지만 다른 정신적 만족이 있기에 인간은 살아 움직이는 것이다.

서문경은 끝까지 성적 에너지를 자신의 삶과 또는 가족이나 이웃의 삶과 연결하여 성공을 거두거나 줄 수 있는, 보다 착한 에너지로 수평 전환하지 못했다. 그렇다면 서문경은 수많은 여인과 관계를 하는 그 절정의 순간에 육체적 쾌감을 느꼈겠지만 인간에게 소중한 본연의 정신 속에서는 만족하지 못했을 것이다.

권權, 전錢, 색色의 끝

서문경이 반금련과 마지막 섹스를 하고 양기를 다 토해내고 쓰러진 그 다 다음날 서문경을 진맥한 임任 의원은 "선생의 이 병은 허화虛火가 위로 타올랐고 신수腎水가 다 고갈하여 완치가 불가능합니다. 이는 양기가 다 빠져나갔기에 생긴 병입니다. 오로지 고갈된 양기를 보충하면 좋아질 것입니다."라고 말했다. 이어 호태의胡太醫와 하何 의원이 연속 진맥했으나 차도가 없었다. 또 하천호가 추천한 유劉 의원의 특별한 약도 효과가 없었다.

이어 서문경의 음낭이 곪아 터져 피가 흘러나오고 귀두에 종기가 생겨 누런 고름이 흘러나왔다. 서문경은 수시로 혼수상태에 빠졌다. 그 전에 서문경의 사주팔자를 봐 준 오신선吳神仙도 치료가 불가능하고 수명 연장도 어렵다고 선언했다.

서문경은 혼수상태 속에서 죽은 화자허(이병아의 본 남편)와 반금련이 죽인 무대가 나타나 서문경을 괴롭혔다.

서문경은 자신의 명이 다한 줄을 알고 사위 진경제에게 그간의 재산내역을 말해주고 뒤를 부탁한다. 오월랑에게는 "뱃속에 든 아이 잘 키워 가업을 잇게 하고 일처사첩一妻四妾이 화목하게 살라"는 유언을 남기고, 서른세 살 정월 스무하룻날 죽었다.

일단 죽고 나면 만사가 끝이다. 살아있으면서 작은 힘이라도 있으면 이리저리 써보지만 죽은 뒤에는 다른 사람에게 짐만 될 뿐이다.

사람이 적선積善하며 착한 사람이 되어야 하거늘, 서문경은 적재

積財만 했기에 재앙을 불러왔을 뿐이었다. 그 옛날 석숭石崇[42]은 그리 큰 부자였지만 살해당했고, 등통鄧通은 돈을 캐내는 산(錢山 ; 銅山)이 있었지만 굶어 죽었다. 지금 사람들 옛날의 이런 일을 모르고 착한 의지도 없기에 적선하는 사람을 바보라고 웃어댈 뿐이다.

서문경은 그렇게 많은 돈을 모았지만 이병아보다도 더 작은 관에 묻혀 산으로 갔다. 서문경은 이병아의 관 값으로 320냥의 은자를 썼지만 오월랑은 은자 2백 냥으로 관을 사오라고 했다. 서문경의 재산이 10만 냥에 가까운데 겨우 그 500분의 1에 해당하는 관 속에 들어

■
42) 석숭(249~300) 西晉의 高官. 엄청난 부자로 호화 생활을 하다가 '八王의 난' 때 피살.

가야만 했다. 그렇다고 오월랑이 속이 좁다고 비난할 수 있는가? 이병아 죽었을 때는 서문경이라는 기둥과 힘이 있었지만 오월랑에게는 아무것도 없었다.

장편소설에서 주인공의 죽음은 독자들의 눈물샘을 자극한다.

오장원五丈原에서 큰 별이 떨어질 때, 제갈량의 죽음을 안타까워했던 필자의 감정은 조조의 마지막을 읽을 때와는 달랐다. 송강松江의 죽음이나 노지심의 마지막 또한 독자들에게 많은 감회를 안겨준다.

서문경의 죽음에 눈물을 흘리는 사람이야 없겠지만 독자들에게는 역시 깊은 인상을 남겨 준다. 탄식과 함께 많은 생각을 하게 만드는 서문경의 죽음이다.

서문경의 한 삶은 아무런 이상을 설정하지 않았고 철학도 없는 생이었다고 단언할 수 있다. 서문경의 목표는 권력과 재물과 성욕뿐이었다. 더 큰 힘(權慾), 더 많은 돈(錢慾), 그리고 새로운 색(色慾)은 실제적이고 손으로도 느끼는 기쁨을 주었다.

서문경은 보통 사람들의 욕망과 함께 용렬한 인간의 결점도 또한 다 가지고 있었다. 남이 칭찬하고 추어주는 것을 좋아했고 달콤한 유혹에 약했으며 이런저런 감정에 휘둘렸다.

서문경은 악인이며 색마였으며 시정잡배였으나 그래도 나름대로 붕우를 중히 여겼고, 때로는 은정을 베풀고 관용의 일면을 내보이기도 했다. 욕망의 화신이면서도 때로는 매우 영리한 예측을 했다. 자기의 첩을 발가벗겨 채찍을 휘두르는가 하면 여인을 웃기려고 애를 쓰기도 했다.

새가 죽을 때면 그 울음소리도 서글프다고 했다. 서문경도 죽기 전에는 착한 말을 했다. 처첩들에게 자신의 집에 오래 살기를 부탁했다. 실제로 그런 이야기를 안 할 수도 없겠지만 했다한들 모두 헛일이 되고 만다.

큰 나무가 쓰러지니 그 나무에서 살면서 놀던 원숭이들이 흩어지듯, 서문경이 죽으면서 모든 여인, 친우, 관리, 노비들이 제 살길을 찾아 흩어졌다. 바람에 밀려가는 구름처럼 새로운 사내를 찾아 시집을 가고, 기원으로 돌아가거나, 팔려나갔고 죽음을 당했거나 자살했다. 서문경이 사랑했던 기녀들도 새 남자를 찾아갔으며 서문경이 부리던 점원이나 종들도 훔칠만한 것 훔쳐가지고 제각각 흩어졌다.

서문경의 결의형제들도 아무도 의리를 지키지 않았으며 서문경의 재산을 이용해서 제 갈 길을 찾아 갔고 심지어는 오월랑을 무고하기도 했다.

서문경의 두 아들 중 첫 아들은 반금련의 계획대로 일찍 죽었다. 오월랑은 서문경이 죽는 날 태어난 아들 효가를 키우면서 겨우 생약포를 운영하면서 살아갔다. 그러나 효가는 선친의 죄를 속죄하러 출가를 해야만 했다. 오월랑은 결국 아무런 핏줄도 없는 종 대안玳安을 서문안西門安으로 개명하고 양자로 삼아 대를 이었다.

> 절이 피폐하니 머무는 중이 거의 없고
> 다리가 무너지니 지나는 사람 없다.
> 집이 가난해지니 노비도 게으르고
> 관직만기가 되면 아랫것들이 깔본다.
> 물이 얕아지니 물고기도 살 수 없고

숲에 나무가 듬성하니 새도 날아간다.
세상 인정은 형편에 따라 달라지고
사람들은 세상 높낮이를 쫓아간다.

寺廢僧居少 橋塌客過稀
家貧奴婢懶 官滿吏民欺
水淺魚難住 林疎鳥不棲
世情看冷暖 人面逐高低

흩어지는 원숭이들

서문경이 죽자 오월랑은 친정 동생에게 관을 사오라고 부탁을 한
다. 그리고 바로 산통産痛이 온다. 산파 채蔡 노파가 아기를 받으니
사내아이였다. 아버지가 죽는 날 태어난 아들 이름을 효가孝哥라고
했다.

오월랑은 독실하게 부처님 말씀을 따랐다. 소설에는 오월랑이 여
승을 불러 밤늦게까지 부처님의 일생에 대한 이야기나 불경 해설을
듣는 장면이 여러 번 나온다.

모든 것은 다 유전流轉하는 것이라 보는 것이 불교의 인생관이라
면, 전생前生에 있었던 그대로 지금 받는 것이고 내생來生의 일은 지
금 내가 하는 그대로일 것이다.

서문경이 그렇게 여유 있는 생활을 한 것은 그 조상 누군가가 베
푼 것이고 서문경이 현생에서 그렇게 많이 지은 죄는 결국 그 후손

누군가가 갚아야 한다. 그래서 살아 죄를 짓지 말라는 말을 자꾸 말하는 것이다. 모든 인과因果는 실오라기와 같은 조그만 단서에서 시작될 것이다.

절에서는 흉악한 짐승이나 죄인일지라도 내쫓지 않고 받아줄 것이고 그렇게 베풀어야 한다. 지옥중생도 건져야 하는 불가에서 죄과가 많다고 자비심을 버려서는 안 될 것이다. 때문에 서문경은 죽으면서 자신의 씨를 남기도록 부처님이 도운 것은 아닌가? 하여튼 오월랑의 신심은 더욱 돈독해졌다.

죽은 호랑이는 누구나 때려댄다(死老虎人人打)더니, 또 담이 무너지려 하니 여럿이 밀어대고(墻倒衆人推), 북이 찢어지니 아무나 마구 두드려 댄다(鼓破亂人捶). 서문경이 죽으니 모두가 자기 것을 챙기려 했다.

인심은 굽이굽이 구불구불 흐르는 강이고(人心曲曲彎彎水), 세상살이란 겹겹 첩첩이 쌓인 산이다(世事重重疊疊山). 세상이 바뀌면 인심을 알 수 있듯이 사람이 죽고 나면 누가 어떤 사람인지 드러나게 되어 있다.

이교아는 서문경의 둘째 첩이며 서문경 집안의 회계담당자였다. 서문경이 죽고 관을 사오라고 돈을 꺼내주면서 오월랑이 산통으로 쓰러지며 정신을 잃자 그 혼란 속에 원보元寶 다섯 개(250냥)를 자기 방에 감춘다. 이교아가 훔친 돈은 사문경의 마지막 관 값보다 더 많았으니 이 또한 아이러니가 아닌가?

이교아는 본래 기원 출신이었고 그녀의 조카 이계경과 이계저 역시 현역 기녀였고 서문경의 사랑을 받았다. 이계저는 '세상에 아무리 큰 이별잔치를 벌이더라도 이별은 이별인데 기녀에게 무슨 정절이 있는가?' 라면서 수절하지 말고 빨리 나오라고 강력하게 권한다.

이교아는 오월랑과 고의로 싸우고 본래의 기원인 여춘원麗春院으로 가겠다고 한다. 오월랑은 마음씨 좋게 이를 허락했다. 이미 응백작은 장이관張二官(반금련의 최초 주인인 張大戶의 조카, 뒤에 制刑所 掌刑)에게 개가하라고 이교아를 충동질했었다.

서문경의 집에서 나온 이교아는 나이를 6살을 줄인 28살이라 하고서 장이관에게서 은자 다섯 냥을 받고 같이 잠을 잤다. 다음 날 장이관은 은자 삼백 냥을 주고 이교아를 사서 자신의 첩으로 만들었다.

서문경의 장례를 치룬 뒤, 청명절에 오월랑과 맹옥루, 손설아와 반금련 등이 서문경의 묘에 성묘를 하고 돌아온다. 그날 맹옥루는 청하현의 지현知縣 이달천李達天의 아들인 이아내李衙內와 한눈에 서로 반한다. 그리고 관가 중매인의 중매로 이아내에게 시집을 간다.

그 당시 청하현 사람들이 수군대기를 '서문경이 살았을 적에 천리天理를 해치고 재물과 여색을 탐하며 남의 집 부녀자들과 놀아나더니 이제 죽고 없으니 시집갈 것은 시집 가고 서방질할 계집은 서방질을 하는 것이 꿩 털을 통째로 뽑는 것 같다.' 고 수군대었다.

반금련과 서문경이 처음 만날 때, 찻집의 왕파는 반금련을 '염라대왕의 여동생' 이라고 소개했고 수의를 만들게 천과 솜을 사 보내라고 했었다. 이는 어쩌면 반금련에 의한 서문경의 죽음을 예시하고 있는 것 같다. 실제로 소설 속에서 반금련과 살을 맞댄 남자들은 하나같이 그 끝이 좋지 않았다.

서문경의 첩이었지만 사실상의 주방장이었던 손설아는 본래 서문경의 최초 부인 진씨의 몸종이었다. 서문경이 죽은 뒤 종놈 내왕來

旺과 배가 맞아 재물을 훔쳐 가지고 도망가지만 잡히는 몸이 된다. 결국 주수비周守備의 첩이 된 춘매에게 팔려가 하녀로 일하다가 나중에는 창기로 몸을 파는 신세로 전락했다가 스스로 목매 죽는다.

이와 같은 이야기는 끝이 없다. 응백작을 비롯한 서문경의 벗은 말할 것도 없이 한도국과 같이 서문경에게 고용되었던 사람들이나 종놈들까지 하나같이 훔칠 만큼 훔쳐가지고 흩어졌다.

청하현의 부호이며 관원이었던 서문경은 당시로서는 천하의 기재奇才였다. 그 주변에 같이 교제했던 사람들과 의기투합하면서 가히 산이라도 옮길 수 있다고 생각했을 것이다!

사실 서문경은 나름대로 아는 친우들을 도와주고 천금을 아끼지 않은 일면도 있었다. 물론 많은 사람과 함께 미친 듯 마셔대고 가무를 즐기며 집안에 3천 식객은 아니더라도 수십 명의 손님이 모여 있었고 좋은 음식과 선물로 그들을 접대했다. 그러나 뒷날 은덕을 아는 이 아무도 없었다.

모든 것이 장자莊子의 꿈일 뿐! 그야말로 한순간의 꿈이었다.

9. 진경제의 영욕

☙ 떠돌이 탕아의 굴곡진 인생

진경제陳經濟는 동경東京의 80만 금군禁軍 양제독楊提督의 사돈인 진홍陳洪의 아들이다. 서문경의 최초 정처인 진씨陳氏가 낳은 딸과 혼약을 했으니 예비 사위인 셈이다. 동경에서 양제독이 탄핵받을 때 그 화가 진홍에게까지 닥치자 진경제는 아버지의 말에 따라 은자 5백 냥과 적지 않은 재산을 가지고 서문경 집으로 내려온 이후 정식 사위로 인정받고 활약한다.(소설 17회)

오월랑의 표현을 빌면 처음 서문경의 사위로 올 때는 나이 16세로 솜털도 다 가시지 않은 애송이였다.(소설 86회)

진경제는 머리가 영리하고 인물도 훤칠한 젊은이였다. 서문경을 도와 가사를 담당하고 집안의 금전 출입을 기록하며 화원을 증축하는 일을 맡아서 서문경의 마음에 들도록 일을 잘 처리했기에 아들이 없는 서문경은 어느 정도 그에게 의지할 생각도 갖고 있었다.

반금련이 정원에서 잃어버린 신발 하나를 우연히 손에 넣게 된 진경제는 그것을 가지고 반금련의 방에 가서 해롱거렸고(소설 28회) 나중에 반금련에게 유혹당해 정을 통한다.

서문경의 첩인 반금련과 서문경의 사위인 진경제, 그러니까 엄밀한 의미에서 장모가 아니니까 또 정확하게 계산하면 내 딸의 사위가 아니니까 연상의 여인과 연하의 남자가 놀아나도 괜찮은 것 아닌가? 그들의 윤리적 인식은 이 수준이었다.

아마 평범한 가정에서 결코 일어날 수 없는 일이지만 반금련이고 또 서문경의 사위이니까 가능한 일이었다. 진경제는 그만큼 서문경과 닮은꼴이었다.

79회에서 서문경이 죽은 뒤 소설은 반금련과 춘매와 진경제를 중심으로 이야기 된다.

서문경이 죽은 뒤 진경제와 반금련은 상중에도 수시로 음락淫樂을 즐겼다. 반금련의 몸종 춘매가 상중에 반금련과 진경제가 교합하는 것을 목격했다. 이에 반금련은 춘매를 불러 '진경제와 한번 같이 자고 놀아야 너를 믿겠다.' 면서 진경제와 행방行房할 것을 강요했고 춘매 또한 기꺼이 같이 놀았고 이후 진경제와 반금련과 춘매의 방사房事는 계속된다.

그렇지만 그들은 반금련의 계집종 추국秋菊을 너무 푸대접하고 학대했다. 아무리 못난 계집이라도 이를 한 번 갈면 무슨 사단이라도 일으킬 수 있는데! 결국 추국이 오월랑에게 비행을 어렵게 알려준다. 진경제가 반금련과 놀아나는 현장이 오월랑에게 발각되지 않을 수 없었다.

먼저 춘매가 오월랑에게 쫓겨나 나중에 청하현의 주수비周守備(名秀, 守備는 무관 직명)에게 팔려 나갔는데 진경제는 이후 춘매와 교접을 즐기며 도움을 많이 받는다.

진경제는 오월랑의 푸대접 속에 오월랑의 아들 효가를 보고 '꼭 내 자식 같다'고 말하였다. 이에 오월랑이 기가 막혀 혼절한다. 오월랑이 진경제를 불러 꾸짖고 7, 8명 하녀들이 몽둥이를 들고 진경제를 두들겨 팬다. 얻어 맞던 진경제는 바지를 훌렁 벗어 거시기를 보여주자 하녀들이 기겁하자 순간 위기를 모면하기도 한다.

오월랑은 진경제를 내쫓았다. 반금련이 집에서 쫓겨 나와 왕파 집에 머문다는 것을 알게 된 진경제는 반금련을 사려고 동경으로 돈을 구하러 간다. 그러나 동경에 가보니 부친은 이미 죽은 뒤였다. 진경제는 모친을 속이고 값진 금품만을 가지고 청하현으로 돌아왔으나 반금련은 무송의 손에 죽은 뒤였다.

진경제는 부친의 장례보다 반금련의 무덤에서 먼저 통곡하는 불효자였다. 진경제는 서문경의 딸을 끝내 거부하고 결국 때려서 내쫓는데 서문경의 딸은 진경제의 핍박을 받아 24살에 자살한다.

우여곡절 끝에 진경제는 거지 노릇도 하다가 거지 패거리의 우두머리 비천귀飛天鬼 후림아侯林兒의 도움으로 절을 짓는 공사장의 인부가 되었다. 이때 진경제는 인부들의 강요로 남창男娼노릇을 해야만 했는데 당시 인부들이 진경제를 보고 이미자二尾子라고 불렀다. 이는 한몸에 양성兩性의 생식기를 가진 사람이라는 뜻이었다.

이 무렵에 한 관상쟁이가 진경제의 관상을 보며 "주색을 탐할 것이며, 잘 생긴 외모로 먹고 살며, 일생동안 영리하게 잔꾀를 부려 항상 여인들의 도움을 받을 것"이라고 예언한다. 이외에도 자식과 아내를 잃을 것이며 가산을 탕진할 것이며, 성공과 실패가 많아 조상의 가업을 잇지도 못할 것이며, 재물을 잃었다가 다시 얻기도 하겠지만 뜨거운 해가 얼음이나 서리를 녹이듯 사라질 것이며, 아내는 셋을 얻을 수 있을 것이라 예언을 했다.

진경제는 야경꾼 노릇도 했으며 거짓으로 도사가 되었다가 그 소굴에서 남창男娼이 되어야만 했으며, 쌀장사, 술집 주인도 해 보았으며, 풍금보라는 여인을 만나 사랑도 했고, 사기를 치다 관가에 붙잡혀 간다. 공교롭게도 춘매의 도움으로 주수비의 집에서 안정된 생활을 하다가 나중에는 벼슬에 이름을 올리기도 한다. 결국 소설 99회에서 장승張勝이란 사람의 칼에 맞아 죽으니 진경제는 관상쟁이가 말한 스물일곱이 되기도 전에 비명횡사한다.

꩜ 그 장인에 그 사위

『금병매』가 창조한 또 하나의 인물형은 서문경과 닮은 진경제이다. 진경제는 서문경 사후 이야기의 중심인물이다. 진경제는 반금련과 춘매와 서문경의 딸, 기녀 풍금보馮金寶와 한도국의 딸 한애저까지 많은 여인들과 관계를 맺고 사랑을 받았다.

진경제는 잘 생긴 인물 때문에 거지 패거리나 도사, 장사꾼, 공사장 인부에서도 다시 일어설 수 있었고 다른 사람들의 도움을 끌어낼 수 있었다.

그러나 전체적인 능력면에서는 서문경보다 많이 떨어졌는데 너무나 많은 굴곡과 성패가 바로 그 증거라 할 수 있다. 서문경은 실패를 거듭하지 않았고 그야말로 승승장구하다가 하루아침에 망했다. 진경제는 여러 재능, 특히 여인들을 후려치는 재주야 서문경과 비슷했으나 세상살이나 사업의 경영, 일을 처리하고 설계하는 쪽에서는 비교가 되지 않았다.

서문경의 입장에서는 '사위도 자식'이기에 여러 가지를 가르치고 많은 것을 경험하게 하여 능력을 키워주려고 애를 썼다. 서문경은 실제로 사위 진경제를 믿었고, 또 마지막에는 유언으로 뒷일을 부탁하기도 했다. 서문경과 진경제는 둘 다 젊은 나이에 죽어야만 했으니 수종정침壽終正寢 43)을 못 한 것은 그들 인생의 죄과가 많았다는 의미로 해석할 수 있다.

진경제는 그 짧은 일생동안 뜨내기 부랑자였다. 본래 진경제의 팔자에 방랑자의 인소因素가 있었는가는 차치하고, 진경제가 서문경 집에서 듣고 본 일은 모두 장인이 저지르는 나쁜 일이나 호색 행위였다.

16살 어린 나이에 처가에 와서 학업이나 독서를 시작하지 않았다는 것도 그러하지만 그를 둘러싼 환경이 진경제를 서문경의 작은 분신으로 만들었다.

소설 속에서 서문경이 관계를 맺은 것으로 등장하는 여인이 20명 정도인데 진경제 역시 녹록치 않았다. 서문경의 딸은 소설 속에서 서문대저西門大姐라 불리는데 서문대저를 시작으로 서庶장모격인 반금련, 춘매, 기녀 출신 풍금보, 한도국의 딸 한애저, 춘매의 주선으로 결혼한 갈취병葛翠屛이 있었다.

서문경이 기녀나 창녀나 남의 아내와 몰래 통간하는 것을 좋아한

---

43) 남자가 천수를 다 누리고 자신의 집에서 죽는 것을 말하는데, 여자의 경우는 수종내침
(壽終內寢)이라 한다.

그대로 진경제도 기녀, 창녀와 놀기를 좋아했다. 서문경이 하何천호의 아내와 왕삼관의 아내를 손에 넣지 못하고 아쉬워했던 것처럼 진경제는 장인의 셋째 첩인 맹옥루를 탐냈었다. 서문경이 남의 재물을 편취騙取하기를 잘했는데 진경제 역시 그러했고 심지어는 제 어머니에게도 거짓말을 일삼았다. 이상의 모든 것을 보면 서문경의 훈육을 잘 받아 그 장인에 그 사위였다고 말할 수 있다.

서문경이 제형소에서 높이 앉아 죄인을 두들겨 팼지만 진경제는 심문 당하는 죄수였다. 서문경은 다른 사람한테 얻어맞지는 않았지만 진경제는 툭하면 얻어터지고 거지 노릇도 했고, 도사 노릇을 할 때는 남창으로 궁둥이를 대 주기도 했다.

서문경은 여러 점포를 경영하면서 큰돈을 모았지만 진경제는 나중에 술집하나도 제대로 경영하지 못하고 춘매의 치마폭에서만 안정된 생활을 잠시 누렸을 뿐이다. 이런 몇 가지를 보면 진경제는 서문경보다 훨씬 모자랐고 따라갈 수 없었다.

서문경은 생약포에서 시작하여 관직에 나아가고 채태사의 양아들이 되었고 거만의 재산을 바탕으로 수많은 고관들과 교제하며 산동 일대에 명성을 날렸지만 진경제는 전혀 그렇지 못했다. 그저 장인과 장모에 치였고, 반금련과 춘매를 즐긴 것이 아니라 그들에게 몸으로 봉사하는 꽃미남이었으니 큰 나무의 작은 가지 사이를 날며 뛰어다니는 참새나 뱁새에 불과했다.

이 모든 것이 동경 권력의 중심부에서 밀려난 진경제의 아버지 때문이라고 핑계를 댈 수도 있겠지만 소설을 읽다보면 진경제의 바탕은 역시 서문경만 못했다.

전체적으로 보면 서문경은 진경제가 득세하고 잘 나갈 때의 그 모습이고 진경제는 몰락한 서문경의 모습일 것이라고 보면 된다. 서문경의 죄업이 하늘에 닿을 지경이었어도 서문경은 자기 집에서 본처와 여러 첩을 두고 죽었다. 또 눈으로 보지는 못했지만 자신의 씨에서 태어난 아들도 두었지만 진경제는 객지에서 개죽음으로 제 생을 마감해야 했다.

서문경은 첩 탁이저가 죽자 곧 바로 맹옥루를 첩실로 데려왔다. 이병아가 죽었을 때 그렇게 서럽게 울던 서문경은 이병아의 영정 앞에서 죽은 아들의 유모인 여의와를 품에 안고 즐겼다. 말하자면 서문경의 여인에 대한 의리는 바람에 흔들리는 풍선이었다.

실제로 장인인 서문경이나 사위인 진경제 모두 반금련의 색정을 탐했고 빠져 들어갔을 뿐 사위와 장인에게 애당초 사랑은 없었다. 마치 아버지와 아들이 기녀 하나를 사이에 두고 동서가 되는 것과 무엇이 다른가? 인륜의 마지막을 보는 것 같아 이런 글을 읽는 것이 때로는 두렵기만 하다.

서문경은 이교아, 맹옥루, 이병아의 미색과 함께 그녀들이 갖고 있던 재산을 차지했고 그 돈은 서문경의 사업 확장을 위한 종잣돈이 되었다. 서문경은 이병아와 반금련을 발가벗겨 채찍을 휘두르는 만행을 서슴지 않았다.

사실 진경제가 연상의 그것도 장모와 동격인 반금련의 몸값을 마련하러 뛰어다닌 것은 반금련의 색욕에 빠져 헤어나지 못하고 그 색정에 연연했기 때문이었다. 젊은이가 연상의 여인을 사랑할 수도 있고 또 그것이 짝사랑일 수도 있지만 진경제의 경우는 애정의 감정보다는 성욕의 노예가 된 젊은이의 어리석은 치기稚氣일 뿐 아무것도 아니었다.

진경제는 본처인 서문대저를 거부하고 모욕을 주고 핍박하며 내 쫓아서 결국 죽게 만들었다. 고급관리의 정처正妻가 되어 자신을 돌봐준 춘매와 남매인척 실질적인 내연관계를 유지했던 진경제는 춘매를 사랑했던 것이 아니라 춘매의 성적 노리개에 불과했다.

서문경에게 재물은 다다익선이었다. 그 재물을 바탕으로 호기를 부렸고 많은 여인들을 끼고 젊음을 즐기며 방탕한 생활을 하다가 아무 죗값도 치루지 않은 채 서문경은 죽었다. 물론 소설에서는 부친의 악업을 갚기 위해 아들이 출가하지만 서문경은 주색재기 모든 것을 마음껏 즐긴 인생이었다.

비록 진경제가 장인으로부터 인정을 받고 사후를 부탁받았지만 진경제는 아무런 시도도 하지 않았고 음욕에서 헤어나질 못했기에 쫓겨났을 뿐이다. 진경제는 장인한테 배운 그대로 또 장인처럼 못된 길을 가다가 비슷한 끝장을 본 서문경의 미천微賤한 화신이었다.

10. 응백작 스토리

서문경의 친구들

숭정본 『금병매』는 서문경과 오월랑 부부가 담소하는 장면으로 시작한다.

서문경이 친구들을 불러 의형제를 맺을 터이니 술자리를 준비해 달라는 부탁을 하자, 부인 오월랑은 벗이라는 그 작자들이 하나같이 쓸모없는 건달이니 그런 사람들과 어울려 좋을 것 없다며 의형제 맺는 것을 말리는 입장이었다.

이는 『수호전』에서 북경 대명부北京 大名府(오늘날의 북경이 아님)의 유수 留守인 양세걸楊世傑(소설에서는 楊中書로 통칭)이 부인과 장인 채태사蔡太師 (蔡京)의 생신 선물을 보내야 한다고 이야기를 하는 장면과 비슷하다. 『수호전』에서는 양중서가 10만 관 어치의 금은이나 보물을 모아 동경의 장인에게 보내는 생신강生辰綱을 조개晁蓋와 오용吳用 등이 탈취하면서 본격적인 양산박 이야기가 시작된다.

서문경과 가장 가까우면서도 소설에서 조연급으로 활약하는 응백작應伯爵은 주단綢緞 가게를 운영하다가 본전을 다 까먹고 몰락한 집안의 둘째 아들이었다. 응백작은 온갖 잡기에 능하면서 가끔은 유식한 말로 사람을 웃기기도 잘했다. 하지만 거의 기생집에 살다시피 하고 서문경한테는 구걸하는 식으로 돈을 뜯어가며 살아가는 인물이 었다. 때문에 기원에서는 '응화자應花子(花子는 거지)'라는 별명으로 통했고 가끔은 기녀들한테 모욕적인 말을 듣고도 상황에 따라 웃고 넘어가는 두꺼운 얼굴을 가진 응백작이었다.

서문경이 비슷한 또래 열 명을 모아 의형제를 맺을 때 서문경보다 몇 살 위였지만 응백작은 서문경의 아랫자리인 2번째 자리에 앉는다. 하릴없이 빈둥거리며 아첨이나 일삼고 본분을 지키지도 않는 무리들을 중국어로 방한幫閒(bāngxián)이라고 하는데 응백작은 서문경에게 맞장구를 가장 잘 치면서도 또 서문경에게 없어서는 안 될 방한이었다.

응백작은 기본적으로 서문경과 같이 놀아주며 기분을 맞춰주는 아첨꾼이며 식객이었다. 서문경이 술 마시며 노는 자리나 계집질에는 언제나 응백작이 선창을 하거나 주선을 했고 또 도움을 주었다. 그리고 가끔은 서문경의 처세활동과 사업에 경영컨설턴트의 역할을 다하는 1급 참모였다.

응백작은 온갖 잡기에 능통했기에 서문경의 놀이 파트너로서 손색이 없었고, 기민한 두뇌회전과 위트가 있어 언제나 분위기 메이커의 소임을 잘 수행했다. 뿐만 아니라 때때로 해박한 지식을 가진 사람만이 말할 수 있는 우스갯소리로 서문경을 비비꼬면 서문경이 못 알아듣는 경우도 있었다.

사실 어느 시대이건 사회의 밑바닥에는 남자들 욕망의 배설구인 기생이나 창녀들이 존재했다. 그런 여자들에게 붙어먹고 사는 사람이라면 얼굴에 두꺼운 철판을 깔았다고 보아야 하는데 응백작은 그런 여자들한테도 인기가 있고 또 필요한 존재였다. 그렇기 때문에 호색하는 서문경에게는 그런 면에서도 꼭 필요한 사람이었다.

친구끼리 술은 권하더라도 여색을 권하지는 않는다(朋友勸酒不勸色)고 하였지만 서문경의 호색에는 응백작이 큰 역할을 했다. 응백작은 서문경에게 이교아를 강력 추천하여 첩실로 맞이하게 했으며 서문경과 반금련의 결합에도 한 몫을 다했다. 또 서문경이 이교아의 조카인 기생 이계저의 머리를 얹어주고 매월 적지 않은 생활비를 주게 만든 것도 응백작이었는데 실제로 이계저는 응백작의 애인이었다.

하여튼 응백작은 수시로 서문경과 어울려 기생집에서 놀았고 가끔은 돈을 뜯어내었으니 그것은 밑천도 없고 직업도 없는 응백작의 생존 방식이었다.

사람에게 벗이 없다면 나무에 뿌리가 없는 것과 비슷하고, 물건은 비슷한 것끼리 구별하듯 사람은 비슷한 사람끼리 친구가 된다. 봉황은 봉황과 어울리며, 화상은 출가한 사람에게 마음이 쏠리고, 쥐새끼들은 모두 함께 구멍을 파며 살아간다.

술과 고기로 사귄 친구는 오래가지 않는다(酒肉朋友一世無). 술과 고기로 만난 친구나 뜨내기 부부는 돈이 없어지면 각각 동·서쪽으로 나눠지게 마련이다. 그리고 돈이 없는 친구는 부자의 벗이 아니고 부자에게 가난한 친척은 친척이 아닌 것이 세상의 이치이다.

응백작과 손발이 잘 맞는 사희대謝希大는 조실부모한 뒤로 생업에는 힘을 쓰지 않고 역시 놀기만 좋아하여 앞날이 막막한 사람이지만 비파를 잘 연주하는 재능이 있어 서문경과 가끔 잘 어울렸다.

서문경의 신세를 많이 진 오전은吳典恩은 사람들의 묘지나 집터를 잡아주는 일을 하는 음양사陰陽師이었는데 사채놀이를 하다가 서문경과 친분을 맺었다. 이 오전은은 서문경이 죽은 뒤 서문경의 재산을 탐내어 오월랑을 위기에 빠트리기도 한다.

손천화孫天化는 별명이 손과취孫寡嘴인데 겨우 기녀들의 편지나 대필하며 건들거리는 자였으며, 운리수雲離守나 축실념祝實念, 상시절常時節, 백뢰광白賚光 등도 하나같이 그렇고 그런 쓰레기와 같은 사내들이었다.

본래 십 형제 팀에 복지도卜志道란 사람이 있었으나 죽었기에 화자허花子虛를 의형제 자리에 초대한다. 화자허는 환관 화태감花太監의 조카인데 사촌 형제간의 재산 싸움으로 14회에 동경으로 잡혀간다. 화자허의 아내 이병아는 놀라 서문경에게 도움을 청하며 집안에 있던 큰 재산을 서문경의 집에 빼돌린다. 화자허는 서문경이 손을 써서 풀려나지만 재산을 모두 잃고 겨우 작은 집을 구해 이사 갔지만 상한증傷寒症(장티푸스)에 걸려 24세에 죽는다. 결국 이병아와 함께 화자허의 많은 재산은 몽땅 서문경의 차지가 된다.

본래 친구의 처를 무시해서도 안 되며 친구의 첩을 훔쳐 후리치는 것도 붕우간의 의리가 아니며, 친우의 옷을 빌려 입을 수는 있지만 친우의 아내를 차지하는 것은 사람이 할 짓이 아니다. 그러나 결의형제 한 화자허의 아내 이병아와 서문경의 다리를 놓아 준 사람이 응백작이었고, 서문경은 이병아를 차지했으니 화자허, 응백작, 서문경에게 무슨 우정이 있었겠는가?

서문경은 결의 십 형제의 제일 큰 형님으로 확실한 우두머리였다. 그 친우들은 서문경이 돈이 많고 가끔은 화끈하게 놀고 돈을 뿌리기에 서문경의 비위나 맞추면서 적당히 꼬여내서 돈도 얻어 쓰고

술도 마시고 계집질을 하면서 어울렸다. 서문경이 살아 있을 적에 응백작은 인기 좋은 총아였지만 서문경이 죽은 뒤에 배신의 선두주자가 되었다.

달인 응백작

작가가 주인공 서문경을 통해 이 세상의 대악大惡과 인간의 대욕을 그렸다면 응백작을 통해 세상의 소추小醜가 무엇인가를 알려주려고 했던 것 같다.

서문경이 살아 있을 때는 서문경은 모두에게 필요했고 누구나 서문경을 칭송하며 가끔은 의리와 우정을 이야기 했다. 그러나 서문경이 죽은 뒤 응백작이 보여 준 행위가 곧 그의 평소 참모습이었다.

응백작應伯爵(yīngbǎijué)의 이름은 '끝까지 공짜로 먹는다(硬白嚼yìngbáijué)'의 뜻과 '응당 공짜로 먹는다(應白嚼)'는 뜻으로도 들을 수 있다. 말하자면 철저하게 아부하여 챙길 것은 챙긴다는 의미가 있다.

응백작은 어쩌면 가장 유능한 아첨꾼이었고 아첨의 프로그램을 개발한 프로그래머였다. 작가가 이 소설을 쓸 당시에는 응백작 같은 인물은 부지기수였으며 그런 사람들을 소설에 등장시키지 않았더라면 작가는 훨씬 더 힘이 들었을 것이다.

서문경이 채태사에게 생신선물을 보내고 벼슬을 받을 때 심부름을 한 사람이 오전은吳典恩이란 친구였다. 이 오전은 서문경의 처남이라는 거짓말을 해서 청하현의 역승驛丞(시골 마을의 역장 정도) 벼슬을 하나 얻었다. 이 오전은이 벼슬 잔치도 해야 하고 관복도 마련해야 하는데 돈이 없었다. 이를 응백작이 서문경에게 말했고 서문경은 이 자 없이 은자 백 냥이라는 거금을 빌려 주었다. 그때 응백작은 오전 은으로부터 은자 10냥을 사례비로 받아 챙겼다.

서문경의 패거리 중에 상시절은 집이 없었다. 응백작은 상시절을 도와주기로 하고 서문경에게 이런 사정을 말한다. 이에 서문경은 은 자 열두 냥을 내어 주고 구입할만한 적당한 집이 있다면 집 한 채를 사 주겠다는 약속도 한다.

그러자 응백작은 "재물을 가벼이 알고 베풀기를 좋아하면 자손 들이 큰 집에서 조상들의 가업을 받들며 나날이 재물이 늘어나지만, 아깝다며 베풀기에 인색하여 금은보화를 쌓아두기만 한다면, 뒷날 후손이 잘 풀리지도 않고 조상의 무덤조차 지켜내지 못한다 하니, 이 를 본다면 천도天道가 잘 순환하는 것을 알 수 있다"며 서문경의 높 은 의리와 기개를 칭찬하는 말로 서문경을 기쁘게 했다. 사실 응백작 이 이런 말을 하지 않는다면 그 친구 중 누가 이런 아첨을 할 수 있겠 는가?

응백작은 서문경에게는 유쾌한 개그맨이었다.

응백작의 웃기는 이야기는 굉장히 많은데 그 중에서도 '부자는 곧 도둑놈(富便是賊)'이라는 농담과 '돈 가진 소(有錢的牛)' 이야기는 서문경을 바로 빗대어 비난을 한 아주 위험천만한 농담이었지만 서 문경은 처음에는 몰랐고 나중에 다른 사람의 설명을 듣고서야 그 뜻 을 알았으며, 또 응백작이 곧 잘못했다고 말하여 그냥 넘어간 일도 있었다.

하여튼 응백작의 아첨은 고금을 집대성했으며 다른 패거리들과 비교할 수 없을 정도로 우수했었다. 응백작은 서문경을 제외한 다른 형제들의 리더였으며 뻔뻔함의 극치였고, 체면을 따지면서도 체면을 모르는 당당함이 있었으니 사실 득의의 경지에 도달한 아첨이었다.

응백작은 "나는 천리안千里眼에 순풍이順風耳가 있어 누구를 따라 4십 리만 가면 꿀벌이 부르는 소리는 들을 수 있다"고 말했다.(소설 61회) 이처럼 응백작은 어디에서든 먹을 것이나 잡수입을 챙길 능력이 있었다.

응백작은 서문경의 마음을 잘 읽을 수 있었고 또 달래고 구슬리는 방법도 잘 알고 있었으며 언행이 특별한 데가 있어 서문경도 응백작의 말은 거의 다 믿고 따랐다.

이병아가 죽었을 때 "차라리 이 서문경을 죽게 할 것이지!" "하늘은 왜 내가 그토록 사랑하는 사람을 뺏어 가는가!"라고 통곡하면서 식음을 전폐하였다. 누구도 감히 통곡을 그치게 하고 식사를 권하는 말도 못 꺼내는 상황에서 응백작이 서문경을 잘 달래서 같이 식사를 하게 하였다.

응백작은 세상이 돌아가는 이치와 인정에 밝았다. 있어야 할 곳에는 꼭 있었고 물러서 기다려야 할 때는 멀리 물러서서 구경을 했다. 서문경과 패거리들이 원소절에 술을 마실 때 서문경이 왕륙아의 집에 가려는 뜻을 눈치로 알았다. 응백작은 다른 두 사람을 불러 서문경에게 아무 말도 안하고 빠져 나갔다. 곧 이어 서문경도 적당히 술자리를 파하고 왕륙아와 즐길 수 있었다.(소설 42회)

응백작은 허세를 부려서는 안 될 상대를 만나면 곧장 자신의 주장을 꺾고 웃음으로 상대를 대할 줄도 알았다. 응백작은 이교아의 형제로 가수인 이명李銘에게 말했다.

"화난 주먹이라도 웃는 얼굴은 못 때리는 법이다. 상대가 나이가 많다면 굽실거려야 좋아한다. 큰 본전으로 장사를 하는 사람이라도 늘 웃어야 한다. 상황에 따라 변하면서 물(水)처럼 살아야 돈을 벌 수 있는 거야! 네가 고집을 부린다면 다른 사람이 배부를 때 너는 굶어야 하지!"

이는 응백작의 처세철학이고 아첨의 실용성을 강조한 확실한 신념이었다.

서문경은 응백작을 비롯한 아첨꾼들과 있을 때는 늘 기분이 좋았다. 서문경이 독자로 형제가 없어서 이런 사람들과 어울렸을 것이라 생각할 수도 있지만 이런 사람들에게 돈을 쓰면서 우월감으로 보상을 받았으리라 생각할 수도 있다.

소설 전체로 볼 때 응백작은 단순한 아첨꾼은 아니었다. 응백작은 꽤나 뛰어난 지력(智力)의 소유자였고 세상을 꿰뚫어 보는 안목도 갖고 있었다. 응백작은 먹고 마시고 또 기생집에서 어울리면서 즐기는 동안 서문경의 긴장을 풀어주는 심리치료사 역할도 했고, 경영자문과 함께 참신한 아이디어로 문제를 해결하는 해결사 역할도 다했다.

서문경은 응백작이 때로 쓸모가 있었기에 응백작에게 돈을 쓰더라도 쓴 것 이상의 소출을 얻었다고 보아야 한다. 하여튼 응백작은 눈치로 세상을 살아가는 달인(達人)이었다.

응백작의 배신

　　응백작은 서문경 보다 나이가 많았지만 결의형제를 할 때 서문경 아래 서열에 앉았고 서문경을 부를 때는 형님이란 의미의 '가哥(gē)'라고 불렀다.

　　응백작은 서문경이 집에 있건 없건 수시로 드나들며 차를 마셨고 가끔은 서문경의 집에서 특별한 음식을 대접받거나 서문경과 같은 식탁에서 식사를 했다. 서문경으로부터는 언제나 벗으로 동등한 대우를 받았고 술자리에서는 술값이나 화대를 내지도 않으면서 주인처럼 행동했다. 그리고 가끔은 서문경을 대신하여 기녀나 가동歌童을 혼내고 훈계하기도 하였다.

　　응백작은 때로는 기녀 이계저, 상인 이삼李三이나 황사黃四를 위하여 기꺼이 세객說客이 되어 서문경에게 부탁을 했고 서문경은 거의 다 들어주었다. 물론 그때마다 응백작은 자신의 구전을 꼭 챙겼고 서문경도 그런 줄을 알면서도 아무 책망을 하지도 않았다.

　　또 응백작의 춘화라는 계집종이 자신의 아들을 낳았는데 출생 한 달 잔치를 할 때 필요하다면서 서문경으로부터 50냥이라는 거금을 타내는 능력과 함께 뻔뻔함도 있었다.

　　응백작은 독서를 했지만 성취한 바가 없고 직업도 없었으며 인격적으로 보잘 것 없는 어찌 보면 서문경의 기생충이었으며 한마디로 쓸모없는 사람이었다. 그러나 지적 수준에서 서문경보다 한 수 위였고 세상의 이치에 통달했고 가끔은 골동품을 감식하는 안목으로 서문경을 도왔고 서문경은 응백작의 의견을 수용하여 돈을 벌기도 했다.

그러나 일단 서문경이 죽자 모든 상황은 달라진다. 응백작은 수수재水秀才가 지은 제문을 가지고 나머지 패거리들을 인솔하여 조문을 한다. 응백작은 서문경의 제단 앞에 무릎을 꿇고 제문을 읽는다. 그러나 그 제문의 내용은 실제로 서문경의 일생을 비방하는 것이었다.

서문경이 죽자 응백작은 서문경의 둘째 첩 이교아가 은자를 훔쳐 달아나는데 한 몫을 거들었다. 그리고 서문경 집안이 하루아침에 몰락하는 것을 보고 비방과 풍자를 일삼으며 서문경이 제대로 일을 하지 않고 조상에게 불효했기 때문에 일찍 죽은 것이라고 떠들며 다녔다. 그러면서도 새롭게 빌붙어 살 수 있는 대상으로 장이관張二官을 골라 곧바로 아첨을 하였다.

응백작은 반금련의 종 춘홍을 장이관張二官에게 팔아넘기고, 또 반금련이 오월랑에게 쫓겨나 팔리는 신세가 되자 반금련을 100냥에 사라고 장이관을 부추긴다.

세상의 아첨꾼들은 모두가 세리勢利를 쫓아다니는 소인배들이다. 이런 소인배인 줄을 모르고 친우로 대우하는 사람이 멍청한 것이지만, 서문경은 처음부터 응백작을 같은 뱃속에서 나온 형제처럼 생각했고 떨어질 수 없는 붕우로 대우해 주었다.

사실 응백작이 어느 하루인들 서문경의 음식을 먹지 않은 날이 있었던가? 그가 입고 있는 것조차 모두 서문경으로부터 받은 것이었다.

서문경이 죽은 지 얼마 되지도 않았는데, 아직 서문경의 묘의 흙도 다 마르지 않았는데, 의롭지 못한 언행을 하고 다니니 이를 어찌

해야 하겠는가? 그래서 '호랑이 가죽은 그려도 뼈는 그릴 수 없고(畫虎畫皮難畫骨), 사람 얼굴은 알아도 마음은 모른다(知人知面不知心).'는 말이 생긴 것이다.

응백작의 이런 모습은 세상 모든 아첨꾼들의 실상이고 이런 것이 또 세상인심이고 세태가 아니겠는가? 응백작의 소추小醜와 배신에 대한 아주 사실적인 묘사는 어쩌면 작가의 깊은 뜻인지도 모른다.

전체적으로 작가는 응백작을 단순한 아첨꾼이나 쓸모없는 사람, 또는 악질분자나 교활한 사기꾼으로만 묘사하지는 않았다. 작가는 응백작의 입을 빌려 서문경의 탐욕과 타락의 실상을 벗겨내었다. 또한 늘 새로운 언행으로 이야기의 전개를 이끌며 예상 밖의 깜짝 놀랄 만한 위트로 주목을 받을 수 있는 인물로 묘사했다.

물론 응백작의 언행은 도덕적인 면에서 비난받아야 마땅했지만 작가는 그럴 수밖에 없는 상황을 묘사하여 응백작이 아첨으로 살아가야만 하는 생활을 동정했다. 응백작은 서문경을 그림자처럼 따르면서 아첨꾼으로 살았지만 그는 개성이 뚜렷한 배역으로 그 소임을 다했다.

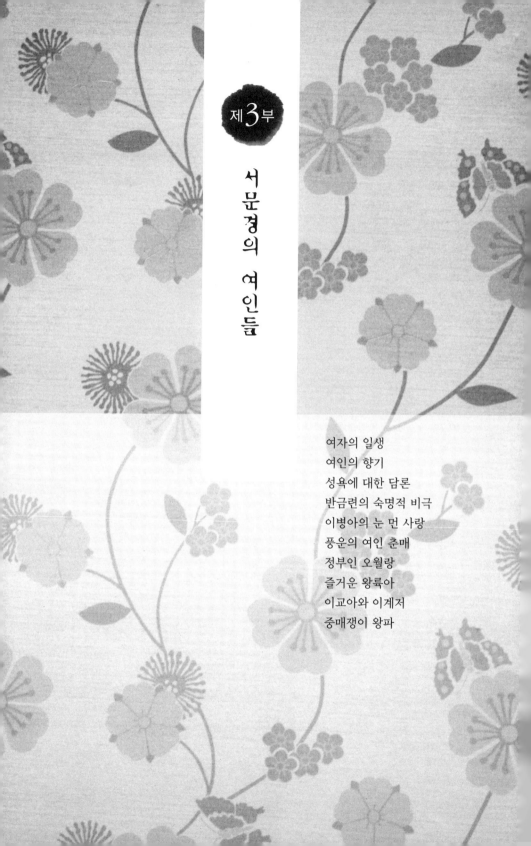

제3부

서문경의 여인들

1. 여자의 일생

⚘ 미남과 미녀

『수호전』에는 미인으로 세 여자가 등장한다. 하나는 반금련이고 또 한 사람은 반교운潘巧雲이며, 성은 다르지만 송강松江의 현지처였던 염파석閻婆惜이다. 이 세 여인의 공통점은 모두 미인이지만 음탕했고 간통을 즐기다가 사나이의 손에 죽는다. 이를 '수호삼살水滸三殺'이라 하는데, 이를 통하여 '음란하여 간통하고 그리하여 남자를 괴롭힌 여자들은 당연히 죽어야 한다.'는 무시무시한 결론이 도출해진다.

그런데 재미있는 추론은 반금련과 반교운 두 미인이 모두 반씨라는 점이다. 작가가 허구 많은 성씨 중에서 왜 반씨를 선택했을까? 거기에는 그럴만한 역사적 인물이 존재한다.

서진西晉의 반악潘岳(247~300. 潘安이라고도 함)은 귀족 미남이며 시인으로 명성이 높았다. 당시 『문부文賦』의 작자인 문장가 육기陸機와 나란히 그 이름을 떨쳤는데 문학사에서는 특별히 '반육潘陸'이라 칭한다. 양종영梁鐘嶸이라는 사람이 쓴 『시품詩品』이란 평론서에서도 반악의 시 작품을 우수한 것으로 평하고 있다.

반악은 재모쌍전才貌双全한 사람이었다. 중국에서 '재주는 자건子建(조조의 아들 曹植)에 비할만하고(才比子建) 용모는 반악과 같다(貌若潘岳)'는 말은 재주와 용모가 모두 뛰어나다는 말이다.

『세설신어世說新語』에 의하면 반악이 거리를 지나면 성 안의 젊은 여인들이 그를 보려고 수레를 둘러쌌으며 여인들이 주는 과일이 수레에 가득 찼다고 한다. 이에 '척과영거擲果盈車'란 고사가 생겼다고 했으니 그 외모와 재주가 어느 정도였는지 알 수 있다. 그러나 그 생의 결말은 좋지 않았다. 아마 그래서 미남하면 반악 그리고 미인으로는 반씨를 생각했을 것이다.

✿ 간통의 쾌감

『수호전』에서는 반금련과 서문경의 스캔들과 유사한 사건이 45회에서 한 번 더 나온다.

양웅楊雄의 아내 반교운潘巧雲과 화상和尙 배여해裵如海의 불륜은 또 다른 돌 중(僧)과 몸종인 영아迎兒 등이 어울려 진행된다. 여기에 양웅의 의형제인 석수石秀가 개입되어 사건의 전모가 밝혀지고 배여해와 반교운의 죽음으로 귀결된다.

이처럼 서문경과 배여해는 간통이 드러날 경우 목숨을 잃는다는 사실을 알면서도 질퍽거리는 관계를 맺고 그 놀이를 계속했다. 다시 말해 간통은 '긴장이 있는 쾌감'으로 그 짜릿짜릿한 맛을 알면 발 빼기가 쉽지 않을 것이다.

아무리 '정처보다는 첩이, 첩보다는 계집종이 더 좋고, 계집종보다 기녀가, 그리고 기녀보다는 남의 여자가 좋다'고 하지만 스릴을 즐기다가는 목숨을 내놓는 수가 있다는 것을 모르지는 않았을 것이다.

반금련과 반교운의 간통사건은 서로 아무런 관련성이 없다. 두 사건이 같은 주제이지만 비슷하게 전개되지도 않는다. 전혀 다른 두 스토리의 전개는 독자로 하여금 잠시도 눈을 뗄 수가 없을 정도로 흡인력이 있는데 이런 매력이 바로 『수호전』이 뛰어난 작품임을 말해 주고 있다.

문제는 예쁜 여자는 곧 불륜과 간통의 주체이며 이 때문에 남자들은 괴롭고 그 결말은 살인으로 이어질 수밖에 없다는 공식이 성립된다는 점이다.

'아내가 없이 사는 것은 바퀴 없는 수레와 같다(人生無婦 如車無輪)'는 중국인들의 속담을 보면 결혼이 얼마나 중요한가를 알 수 있다. 또 결혼한 여인의 경우라도 아들을 낳지 못하는 것은 칠거지악에 속해 쫓아버릴 수도 있었다. '3가지 불효 중에 아들을 낳지 못하는 것이 가장 크다(不孝有三 無後爲大)'는 말에서도 볼 수 있듯이 여자는 아들을 낳는 생산도구였고 양육을 책임지는 일꾼이었다.

사실 인간에게 가장 중요한 두 가지 욕구는 식食과 색色이다. 먹을 것이야 풍년이 들면 해결될 수 있다지만 성인 남녀에게 성생활은 그리 간단하지가 않다. 물론 성적 욕구를 해결하는 가장 이상적인 방법으로 결혼제도 특히 일부일처제가 전통처럼 내려왔지만 가난한 사람에게 결혼은 그리 용이한 일이 아니었다.

하층민들에게 흉년이 들거나 먹을 것이 없을 경우, 산에 가서 산적이 되거나 어디 가서 도둑질을 해서라도 굶주림은 해결할 수 있었다. 그러나 아내를 얻지 못할 경우 금욕생활로만 해결할 수 있었겠는가?

도화산의 산적 우두머리 주통은 그가 산적의 두목이었기에 도화촌 유劉씨 집에 약간의 돈과 예단을 주고 혼인 허락을 요구하고 있었다. 이 관계에서 주통은 산적 패거리라는 힘을 이용하여 유씨 집안의 처녀를 요구하는 도둑이었지만 그로서는 그만한 자격이 있다고 생각했을 것이다. 그러나 그 처녀의 입장에서 인격과 자유의사가 존중되는 선택을 할 수 있었겠는가?

반금련의 경우, 그녀는 청하현의 부잣집(大戶) 여종이었다. 주인이 젊고 예쁜 반금련에게 치근덕거렸을 때, 반금련이 거부하자 부자는 반금련을 그냥 공짜로 무대武大에게 시집보내는 것으로 설정되어 있다. 이는 『금병매』의 스토리와 조금 다르다.

하여튼 무대에게는 그야말로 '맛있는 양고기 한 덩어리가 강아지에게 굴러 떨어진(好一塊羊肉, 倒落在狗口裏)' 행운이었다. 청하현 사람들이 무대와 반금련을 두고 수군거리자 무대는 반금련을 데리고 양곡현으로 이사를 왔고 결국 무송을 만나게 된다. 반금련은 못 생긴 남편보다 힘 좋은 시동생에게 마음이 끌렸고 무송이 거절하자 결국 서문경과 배가 맞았다.

그리고 반교운의 경우, 왕씨라는 압사押司에게 출가했다가 남편이 죽자, 다시 양웅楊雄과 재혼한 미모의 여인이었다. 반교운은 양웅이 관가 근무 때문에 밤에 집을 자주 비우자 잘 생긴 화상과 간통하기에 이르렀다.

무대와 서문경은 결코 반금련을 사이좋게 나눠 가질 수 없었다. 또 반교운은 남편 양웅과 미남 화상 배여해에게 똑같이 애정을 나눠 줄 수도 없었다. 왜냐면 남녀의 성욕은 박애博愛처럼 골고루 나눠 줄 수 있는 물건이 아니기 때문이다.

애정은 독점이다. 때문에 무대는 서문경에게 열세인 줄을 알면서 덤벼댔고, 배여해는 들통이 나면 목숨이 위태로운 줄을 알면서도 반교운의 가슴을 더듬었다.

반금련과 반교운의 간통 사건은 소설 속에서 '미색을 갖춘 여인은 간통을 하는데, 간통을 할 경우 반드시 들통이 나고, 그럴 경우 남자는 간부姦夫와 음부淫婦를 죽여 그 원한을 씻는다.'는 공식을 보여주고 있다.

사실, 반금련은 계집종의 신분이었고 반교운은 전 남편과 사별한 과부였다. 이 여인들에게는 처음부터 자기 뜻에 맞는 배우자를 선택할 자유의사도 경제적 능력도 없었다. 그리고 이 여인들의 자유분방한 애정의 욕구는 처음부터 인정될 수 없었던 시대 상황이었다.

여인과 간부姦夫에게 형을 잃은 무송의 분노와 간통 사실을 직접 듣고 여인의 몸에 칼질을 하는 양웅의 격한 감정을 우리가 이해할 수는 있다. 하여튼 이런 종류의 사건은 두 여인은 물론 그녀들과 관계가 있는 사나이 모두에게 불행한 일이었다.

～ 팜므 파탈 반금련

팜므 파탈[44]은 '저항할 수 없는 관능적官能的 매력과 신비한 아름다움을 통해 남성들을 종속시킬 뿐만 아니라 치명적 불행을 야기하는 여자'라는 뜻으로 요부妖婦나 악녀란 의미로 통용되었었다. 그렇지만 오늘날에는 인기연예인의 이름 앞에 붙는 영광스런 수식어가 되었고 '굉장히 아름다운 여성'이라는 의미로 널리 사용되고 있다.

사실 관능적이라는 말에는 건강하고 성적인 매력이 있어 자꾸만 쳐다보고 생각나게 한다는 이미지를 포함하고 있다. 물론 도덕이나 윤리적 가치기준에 의한 평가는 포함하지 않는다고 보아야 한다. 그리고 병약하여 창백한 아름다움에 착한 마음씨와 순수한 영혼을 지닌 가냘픈 여인을 가리켜 팜므 프라질(Femme fragile)이라고 한다.

그렇다면 만약 현대에 반금련이나 왕륙아 같은 서문경의 여인들이 환생했다면 아마도 팜므 파탈로 매스컴을 통해 큰 인기를 끌었을지도 모른다. 아마도 죽기 전의 이병아는 서문경에게 팜므 프라질의 이미지로 각인되었다고 볼 수 있다.

『금병매』에는 서문경의 처첩이나 섹스 파트너로 많은 여인들이 등장한다.

반금련은 약간의 자의식自意識과 순종의 미덕에 대한 도전적 의

---

44) 팜므 파탈(femme fatale) : 佛語. femme-여인, fatale-치명적. 남성을 유혹해 죽음이나 고통 등 극한의 상황으로 치닫게 만드는 숙명의 여인이라는 뜻. 남성의 경우는 옴므 파탈(homme fatale).

지도 있었지만 색을 탐하다가 결국 비극으로 끝났고, 춘매는 자신의 욕망대로 끝까지 방종한 삶을 꾸렸다.

그리고 악녀에서 변신하여 서문경에게만 의지할 수밖에 없었으나 아들 관가의 죽음이라는 엄청난 트라우마[45]에 가련하게 죽어간 이병아도 주목해야 할 여인이다. 또 서문경에게 정을 주었고 한때 자신만만했었으나 주인 서문경의 배신으로 자살해야만 했던 송혜련도 개성이 뚜렷한 여인이었다.

윤리 도덕적 기준으로는 용납될 수 있지만 자신의 육신을 자본으로 삼아 최대한의 경제적 이득과 독립을 추구하면서 팜므 파탈처럼 한 삶을 살았던 왕륙아와 이계저도 있다. 그리고 정처正妻라는 권위를 지키기 위해 서문경의 횡포에 순종하면서 생존해야 하는 오월랑이나, 단순한 생존의 방법으로 서문경에게 적극적으로 몸을 공양해야만 했던 유모 여의아, 진경제의 학대에 아무런 저항도 하지 못했던 서문경의 유일한 큰 딸 서문대저西門大姐까지…

때로는 화려하지만 결코 고상했다고 볼 수 없는 여인들, 분명히 오늘의 여인들에 비해 기본 자질이나 능력이라는 측면에서 부족하지 않았던 여인들이었지만 시대적인 제약과 굴레를 숙명으로 생각하고 수용하며 살아온 서문경의 여인들이었다. 이들의 이야기는 독자들에게 여인의 성적 매력이나 여자의 아름다움에 대한 고정관념을 다시 한 번 생각하게 한다.

---

45) 트라우마(trauma) : 의학 용어로 외상(外傷)의 뜻. 심리학에서는 '정신적 외상', '영구적인 정신 장애를 남기는 충격'을 의미. 트라우마는 선명한 시각적 이미지를 동반하는 일이 많으며 이러한 이미지는 오래 기억에 남기 때문에 사고 당시와 비슷한 상황이 되었을 때 크게 불안에 떨게 된다고 한다.

『금병매』 작자가 생각했던 서문경 여인들의 매력 포인트는 무엇이었을까? 누구보다 자신을 사랑하고 누구보다 더 열정적인 삶을 살아가며 뚜렷한 자아의식을 가졌던 그런 여인이 없다는 것은 아마 시대적 배경이나 제도적 틀이 너무 강했기 때문일 것이다. 아무런 인격적 보장이나 혜택도 없는 상황에서 교육을 받을 권리도 없고 적극적 경제적 활동도 불가능했던 그 당시 그 여인들의 삶은 우리에게 아주 강한 인상으로 고스란히 남아있다.

그리고 또 한 가지 반금련을 비롯한 서문경의 여인들은 자신의 미모를 가지고 서문경에게 매달렸다. 어찌 보면 자기 방에 한 번이라도 더 들어오라고 유혹만 하는 여자들이었지 그들이 자신을 되돌아보며 생각하는 현명한 여자들은 아니었다.

때문에 서문경에게 여인들은 아무런 위협이 되질 않았다. 팜므 파탈의 매력에 지성知性이 보태어지지 않는다면 다만 즐길 수 있는 대상물일 뿐, 아무 것도 아닐 것이다.

2. 여인의 향기

좀 엉뚱한 이야기로 새로운 이야기를 시작하려고 한다.

필자가 1992년에 개봉된 할리우드 영화 〈여인의 향기(Scent of a Woman)〉를 언젠가 TV에서 시청한 적이 있었다. 처음에 영화의 제목에 끌리면서 아마 애정에 관련된 주제일 것이라 예상했다. 맹인盲人 주인공 알 파치노(Alfred Pacino)가 아름다운 여인과 멋진 탱고를 추는 장면은 매우 인상적이었지만 영화 내용은 제목과 전혀 관련이 없었다. 주인공이 향기만으로도 어떤 여인인가를 맞추는 능력이 있어 제목으로 했다지만, 한마디로 제목만 보고 낚였다고 생각했었다.

『금병매』에서는 여인의 향기가 진하게 풍겨진다. 아마 화장한 여인이 지분脂粉 향기보다도 사내의 육욕肉慾을 더 자극하는 음향淫香이 여인의 진짜 향기가 아니겠는가? 발정한 암컷의 냄새는 멀리 퍼진다. 이 소설을 읽으면 그런 여인의 향기가 느껴진다.

🌊 로맨스가 없는 이야기

작자作者는 소설에서 반금련의 애정에 대해서는 미화하거나 언급하도 않았다. 반금련이 처음에 팔려간 장대호張大戶와의 관계는 주인과 노비의 관계였기에 장대호의 정부情婦라고 말할 수도 없다. 반금련은 그저 배설물을 받아주는 항아리였을 뿐이었다.

반금련과 서문경이 그렇게 육욕을 불태웠지만 나중에 서로가 권태를 느꼈는지도 모른다. 서문경은 계속 새로운 여자를 찾아 헤맸고 반금련은 금동을 꾀어 관계를 가졌고 사위 진경제도 유혹했다.

두 사람 모두 성행위를 일탈逸脫이나 한때의 기분풀이로 생각했는지도 모르지만, 요즈음 가정을 가진 남편과 아내가 각자의 애인을 두고 즐기는 로맨스처럼 약간은 진지하고 열정적인 사랑과는 전혀 다른 느낌이고 분위기이다.

다시 말해, 반금련과 서문경의 섹스는 사랑이라는 감정이 결여된 동물적 섹스라는 느낌이 들며, 현실의 윤리라는 어떤 틀을 벗어나 숨어 즐기는 비도덕적인 작위作爲와도 같았다. 그때나 지금이나 부부간에

그런 변태와 그러한 응대가 정상적이라고 생각할 수는 없을 것이다.

소설에서 작자의 상세한 성 묘사에도 불구하고 서문경이나 반금련 또는 춘매에 대한 구체적인 비난이나 강력한 금지 표시는 거의 보이지 않는다. 다만 작자의 노골적 훈계의 메시지는 곳곳에서 찾을 수 있다.

🌀 육욕|肉慾의 발산

『금병매』의 작자는 여인들의 일상 속에서 외부로 표출되는 갈등을 현실감 있게 묘사하였는데, 성별도 신분도 다른데 작자가 어떻게 그런 묘사와 대화의 창작이 가능했는지 의심이 들 정도이다. 특히 음식이나 여인의 의복, 장신구에 대한 세세한 묘사에는 감탄이 저절로 나온다.

작자는 서문경이나 반금련 또 소설 후반부 춘매의 방탕한 행위에 대해 의미심장한 사건을 만들어 묘사하지도 않았고, 금지의 계시를 상징하는 어떤 사건도 없었다. 그저 아주 자연스럽게 있었던 그대로를 묘사하려고 하였다. 마치 풍경사진 작가가 사진을 찍듯 자연스러운 묘사에 극히 자연스러운 결말을 말했다.

주요 등장인물들은 하늘이 내리는 천벌과 같은 특별한 재앙이나 질병, 교묘하게 배치한 사건에 의해 죽는 것이 아니라 모두 인간적 탐욕에 의해 죽어갔다. 서문경은 자신 그리고 왕륙아와 반금련의 육욕에 의해 죽었고, 반금련은 끝까지 남자를 탐하다가 죽었으며 춘매는 젊은 유부녀의 그칠 줄 모르는 음욕으로 자신의 몸을 망쳤다.

이 소설에는 어떤 도덕적 가치나 종교적인 신념이 이야기를 이끌어 가지 않는다. 다만 인간 본연의 동물적 성욕이나 물욕에 빠진 인간군상의 모습이 있을 뿐이다. 어찌 보면 인간의 물욕이나 동물적 성욕 또한 자연의 일부이기에 소설의 전개가 자연스러운지도 모른다.

그리고 『금병매』에서는 어떤 종교적 또는 철학적 논쟁이 없다는 것이 특이하다고 생각한다. 오월랑이 여승들을 불러 부처님의 생애나 불경의 뜻을 이야기로 듣는 것은 종교적 논쟁이 아니다. 그리고 이런 부분은 소설 전체에서 극히 일부분이며 소설의 진행에 중요하지도 않다.

그렇게도 많은 불의와 부패와 부정, 주인공이나 보조 출연자나 모두 동물적 육욕의 향연을 벌이는데 이를 걱정하거나 심각하게 받아들여 어떠한 행동을 취하는 인물을 한 사람도 상정하지 않은 데에는 작가의 특별한 의도가 있는지도 모른다.

이 소설은 등장인물들을 너무 정밀하게 또 눈에 보이는 당시의 인정과 세태를 그대로, 가끔은 냉소적이지만 아주 객관적으로 묘사했다. 더구나 남녀의 욕구에 대한 은근한 갈증과 성행위에 대해 비디오로 촬영한 것보다도 더 실감나게 묘사하였다. 소설 속에서 육욕을 발산하는 남녀나 이를 읽는 독자가 아무런 죄책감이 느껴지지 않도록 작가는 이야기를 이끌어 갔다.

사실 이 소설의 사실적 묘사는 움직이는 사건이나 육욕에 대한 묘사에 치중되었고 그런 행위를 한 인물들의 내면적 감정이나 사고에 대한 세밀 묘사는 상대적으로 적어 인간의 욕망을 서술하는 데는 개연성이 부족하다고 말할 수 있다.

반금련이나 춘매와 같이 비정상적으로 음탕하거나 탐욕스러운 인간의 내면적 심리 묘사가 적고 또 그들의 고뇌나 그들 마음속 어디인가에 자리하고 있을 낭만이나 그녀들이 마음속의 동경憧憬에 대한 서술도 거의 없다.

그러나 이런 아쉬움은 이 소설이 탄생하는 16세기를 생각하면 논란이나 토론의 대상이 될 수 없을 것이다. 5백 년 전의 그 시절에는 본능적인 행위에 대한 이 정도의 세밀 묘사만으로도 충분히 가치가 있는 소설이었다.

3. 성욕에 대한 담론

🌀 생활의 일부

남녀의 섹스 장면을 영상이나 영화로 보는 것은 솔직히 말해 재미가 있다. 영상이나 배경음악의 효과를 고려하지 않는다 하여도 왕성한 정력을 가진 20대 후반이나 30대 남녀의 섹스는 훌륭한 행위예술이다. 왜냐면 최고의 섹스는 왕성한 육체적 기운과 뜨거운 정념이 교차하면서 욕망을 불살라야 가능하기 때문이다. 요즈음 서울의 대학로 성인 전용극장에서 공연되는 생생한 19금禁 연극도 예술이다. 예술이 아니라면 공연하거나 감상할 수 없을 것이다.

서문경과 여인들의 섹스는 육체적 욕망의 즐거운 성취이며 감출 필요가 없는 노출된 쾌락이었다. 그 남녀 모두는 성적 욕망을 도덕군자들이 말하는 '감춰야 할 욕망' 또는 '절제해야 되는 욕구'라고 생각하지 않았다.

서문경은 그가 상대하는 여자들의 체취가 다르며 콧소리 또는 환희의 절정에서 토하는 교성嬌聲이 다르다는 것을 잘 알고 있었으며 또 그런 것을 즐겼다. 또한 섹스를 통해 억제할 수 없는 욕망을 풀어

버렸을 때 느낄 수 있는 생의 희열을 알고 있었기에 그토록 열중할 수 있었을 것이다. 서문경에게는 그의 삶 하루하루와 그런 육체의 향연 자체가 즐거웠을 것이며 그가 더듬는 순간만은 모든 여인들이 아름다웠을 것이다.

인간은 살기 위해 먹어야 하고 먹었으면 배설을 해야 한다. 대소변을 배설하지 않고는 살 수 없으니 대소변에 대한 논쟁은 하지 않는다. 그런데 욕정의 배설은 꼭 지정된 장소(집)에서 지정된 시간(밤)에 한 사람(일부일처)에게만 해야 한다는 주장이 언제나 옳은 것은 아닐 것이다. 훈련소에서처럼 '실시' 또는 '발사' 라는 구호와 함께, 아니면 합의라는 과정을 거친 다음에야 욕정이 배설될 수는 없다.

서문경은 성행위에 대한 범속성凡俗性과 피상성皮相性을 거부하고 타파하겠다는 의식을 가지고 여러 상대를 찾아 광분하지는 않았다. 그렇다고 서문경이 예교주의禮敎主義의 폐단에 대한 뼈저린 자각이나 그런 것이 일상적으로 통하는 당대에 허위의식에서 비롯된 무력감 때문에 그 반발로 그러했던 것도 아니다.

서문경의 여인들 또한 세속적 욕망의 성취나 신분 상승 욕구가 사회제도의 벽에 부딪혀 돌파구도 없는 암울한 처지에서 허우적거려야 하는 자신들의 모습을 생각하며 그런 것에 대한 반항의식에서 육체적 탐닉을 즐겼던 것도 아니었다. 이 소설속의 남녀에게 성욕의 발산은 그냥 일상생활의 일부였다.

앞에서도 말했지만, 서문경은 그가 탐하는 여인들의 신분 여하를 막론하고 최선을 다했다. 서문경은 자신의 노력으로 여인들이 절정에 이를 때까지 자신을 제어하는 노력을 다했다. 그리고 여인들의 만족감이 충분하다고 느껴질 때 위닝 샷(winning shot)을 했다. 그런 면이 있었기에 그의 여인들은 최선을 다해 서문경을 받들어 모셨을 것이다.

서문경은 5명의 첩을 거느리고 한 집에서 살면서도 가정의 중심인 오월랑을 버릴 생각은 추호도 없었다. 서문경에게 오월랑은 안정적이고 평화적인 가정을 유지할 수 있는 기둥이었고 그가 부딪치는 현실세계의 여러 문제에 대한 가장 훌륭한 조언자였다. 서문경은 오월랑의 권위를 인정하고 오월랑의 지혜를 따르고 오월랑의 친정 식구들을 잘 받들었다.

사실 서문경의 안살림이 흔들렸다면 또는 복잡한 여성 편력 때문에 가정생활이 파탄에 이르렀다면 그를 극복하거나 정비하기 위해서는 일종의 인내나 또는 많은 에너지를 소모했을 것이다. 그런 소모성 경비의 지출을 막아준 현명한 조력자가 본처 오월랑이었다.

☙ 원초적인 힘

인간은 성적 존재이다.

성행위를 표현하는 욕말이나 성을 금기시하는 욕설이든 성적인 표현으로 욕을 하는 까닭은 그만큼 인간이 성적 존재라는 뜻이다. 욕 가운데 가장 많이 응용되고 또 기본적으로 널리 사용되는 욕설은 남녀의 성기나 성교에 관한 말이다. 성에 관한 한 욕거리가 되지 않는 것은 없으며 성과 성행위는 온통 욕설로 범벅되어 있다.

우리나라만큼이나 중국어에도 성에 대한 욕설이 많은 것은 중국과 우리나라에 전통처럼 전승되어온 유교사상과도 관련이 있을 것이다. 유교에서는 성을 긍정적으로 보지 않고 오히려 성적 욕망을 통제할 것을 요구하고 있다. 또한 성과 성행위는 더러운 짓이며 공개적인 성행위는 짐승만도 못한 짓이거나 '개 같은 연놈이나 하는 짓'이라고 생각했다.

인간에게 성적 욕구란 바다에서 밀려 들어오는 조수나 파도와도 같다. 성욕은 인간의 행위의 원초적인 힘이다. 그러나 인간의 마음속 다른 한편에 있는 도덕적 초자아超自我가 인간의 본능적 행위에 의문을 갖게 한다. 하지만 서문경에게 과연 이런 의문이 있었는가는 알수 없다.

서문경은 한둘이 아닌 많은 이성異性의 상대를 섭렵하였다. 서문경은 성적 에너지 측면에서 한창 전성기였다. 그가 자신의 절륜絶倫한 에너지를 자랑하고 싶은 충동을 느끼는 것 또한 본능의 발현이라고 보아야 한다.

그뿐만 아니라 그 당시에 유행했던 남색男色에 대해서도 관심이 많았고 실제로 즐겼다.

서문경은 그가 성취하고자 노력한 다방면에서 모두 성공을 거둔다. 그러한 성공에 따라 여러 가지가 함께 변하는데 그 중 하나가 변태적 성욕이다.

청하현에서 행정권을 행사하는 지현知縣이 서문경과 친하고자 소주蘇州에서 데려온 하얀 얼굴에 가지런한 치아와 붉은 입술에 문자를 해독하고 남곡南曲을 부를 줄 아는 미소년을 한 명 보내준다. 서문경은 이 아이를 서동書童이라 부르면서 문서를 관리하는 책임을 맡기고 남색男色의 대상으로 삼았다.

서문경은 그럴만한 탄탄한 재력과 시간적 여유도 있었다. 서문경은 청하현에서 사회적으로도 남부럽지 않는 위치를 차지하고 있었으며 섹스를 통해 얻는 황홀함과 기쁨을 자신의 성공 에너지로 만들고 전환시켰었다. 그러나 그처럼 강한 리비도(libido)⁴⁶⁾가 결국 서문경을 비극으로 이끌었다.

　　많은 사람들이 경험을 통해 알고 있는 바와 같이 섹스처럼 인간과 인간을 강하게 결합하게 하는 것은 없다고 한다. 서문경은 여러 처첩과 기녀 여러 계층의 부녀자들과의 섹스를 통해 여러 여인들의 다양성을 인식했을 것이다. 서문경이 성욕의 화려한 잔치를 벌이면서 황홀한 쾌감에 빠질 때 서문경에게는 그 현실이 바로 천국이었을 것이다.

　　아마도 자신의 성욕이 충족되지 않는 성행위의 대상이 있었다면 서문경은 틀림없이 분노하며 기어이 어떤 형태로든 다시 정복하거나 만족할 수 있을 때까지 짐승과 같이 계속했을 것이다. 어찌 보면 서문경 앞에서 자기 몸으로 방어하거나 쾌락을 거부하는 도덕심으로 서문경을 설득할 생각을 할 만한 여인은 아예 없었다고 보아야 한다. 서문경은 그런 면에서는 황제만큼이나 우월한 위치에 있었다.

　　서문경은 자신의 왕성한 성욕의 충족행위 때문에 가정이 파괴될 수도 있거나 애써 이루어 놓은 자신의 성공이 일시에 무너질 것이란

---

46) 리비도(libido) : 정신 분석학을 수립한 오스트리아의 의학자 Sigmund Freud(1856~1939)가 성적 충동 및 인간의 모든 건설적 행동과 관련된 본능적인 생리적 심리적 에너지를 표현하기 위해 만든 개념. '충동' 이라는 의미로 사용된다. 프로이트는 정신의학적 징후들이란 리비도를 오도했거나 불충분하게 표출된 결과라고 생각했다.

의식을 갖고 있지 않았다. 서문경은 죽을 때까지 자신의 동물적 성행위에 대한 일련의 반성이나 뉘우침 같은 말은 없었다. 그의 일생을 통하여 성적 욕구 충족에 따른 도덕심과의 싸움이나 어떠한 양심적 종교적 심리적 갈등도 없었다. 그러한 서문경이 죽는 마지막 순간에 무엇을 뉘우쳤겠는가?

◎◈ 수탉 효과

서문경은 한 마리의 수컷—마음껏 교미를 해서 많은 자식을 퍼트리고 싶은 수탉이었다. 이는 種의 속성을 보존하고 유전시키려는 자연의 섭리이며 서문경은 그런 섭리에 충실했다.

동물의 암컷은 발정기에만 제한적으로 교미하도록 프로그램이 입력되어 있지만, 수컷은 기회만 닿으면 교미하려는 욕망으로 꽉 차 있고 또 그리하도록 실탄 준비가 되어 있다. 다큐멘터리 '동물의 왕국' 화면에서 볼 수 있는 수컷들은 언제나 당당하다.

수탉은 여러 암탉과 하루에 50회 이상 쉴 새 없이 교미를 할 수 있는 능력이 있다고 한다. 그런데 암 수탉 한 쌍만 있는 닭장에서는 하루에 5회 이상 교미하지 못한다고 한다. 그 이유는 5회 이상이면 흥미를 잃어 교미를 할 힘이 나지 않기 때문이라고 한다. 그러나 만약 새로운 암탉이 들어오면 원기를 회복하여 다시 덤벼든다고 한다. 이를 '수탉 효과'라고 한다.[47]

[47) 심리학자들은 이런 현상을 미국 대통령 쿨리지 부부의 농장 방문 이야기를 윤색하여 쿨리지 효과(coolidge effect)라고도 한다.

동물이건 인간이건 같은 상대와 섹스를 지속하다 보면 그 횟수나 흥미가 떨어지지만 상대가 바뀌었을 때 새로운 자극으로 인해 성욕이 증대되기 마련이다. 남자들은 이를 근거로 하여 자신의 외도外道를 합리화하려 하는데 이런 이론이 남자에게만 해당되지는 않을 것이다.

인간 사회에서 외도는 특별한 일이 아니며 흔히 볼 수 있는 일이라고 생각해야 한다. 그런데 대부분의 남성은 스스로 외도를 즐기면서도 아내의 외도는 용서하지 않으려 한다. 또한 자신의 아내가 될 여성은 섹스에 별 관심이 없기를 바라는 속성이 있다고 한다. 남자는 여자의 성욕이 강하고 오르가슴도 남자보다 훨씬 강력하게 느낀다는 걸 알고 있으면서도 이를 인정하지 않으려고 할 뿐이다.

서문경은 수탉처럼 열심이었다. 다만 실제적 효과가 없어 그의 생명이 끝나는 순간에 아들이 하나 겨우 태어났을 뿐이었다. 서문경이 그만한 정력과 그 많은 여인들에게 그렇듯 많은 용량을 투입했지만 왜 성과가 없었는가? 서문경의 여인들이 피임이라도 했는가? 아니면 서문경 정액의 농도가 희멀건 쌀뜨물과 같았는지도 모른다.

조물주는 한 사람에게 모든 복을 다 주려 하지 않는 속성이 있다고 보아야 한다. 서문경에게 재물의 복, 관록, 건강, 잘생긴 외모, 여복女福이 주어졌는데 거기에 자식 복까지 준다면 너무 많이 주는 것이다. 그러기에 그에게는 자식 복이 없었고 단명하였다. 그래서 세상은 공평한 것인지도 모른다.

🌀 유혹의 상대성

사람은 이성의 유혹에 쉽게 넘어가는데 특히 남자가 여자의 유혹에 약하다고 한다.

소설 속에서 서문경이 반금련을 유혹했다지만 소설을 자세히 읽어보면 서문경이 적극적인 유혹을 하는 만큼 반금련도 서문경을 유혹했다. 반금련은 서문경이 올 줄을 빤히 알면서도 왕파의 다방에 가서 조신한 척 바느질 하는 그 자체가 유혹이 아닌가?

남녀 모두에게 유혹당하는 이면에는 '내가 제법 잘난 사람', 또는 '내가 미인이니까 그렇지!' 라는 기본전제가 깔려 있다고 한다.

반금련에게 또 이병아에게 쉽게 푹 빠져 버리는 서문경의 심리적 메커니즘은 무엇일까? 서문경은 애당초 도덕과 윤리를 염두에 두고 행동하는 사람이 아니었다. 그러나 서문경 같은 사람이 아니더라도 곧 도덕적 바탕이 있다는 현대인들도 여자의 간단한 유혹에 쉽게 넘어간다고 한다. 누군가 나를 유혹한다면 내가 어떤 매력이 있다는 의미이며 내가 괜찮은 사람이란 증거로 인식된다고 한다.

어떤 사람은 '남자란 유혹당할 때 자신이 살아있는 느낌을 갖는 동물' 이라고 말했다. 즉 자신의 존재를 상대방이 인정하니까 상대방이 좋아 보이는 것이고 그래서 금방 기울게 되어 있다는 것이다.

실제로 서문경은 방사를 치루면서 여인이 절정에 달했을 때 '너는 누구 것이냐?' 고 물으며 자신의 위치를 자주 확인했다. 이병아가 낳은 아들 관가가 죽고 그 때문에 이병아도 죽은 뒤, 서문경은 관가의 유모 여의아如意兒와 정을 통한다. 유모 여의아는 본래 성이 장章씨로 서문경보다 한 살 적은 32살의 과부였다. 한창 정상에 올랐을 때 서문경이 묻는다.

"장씨 넷째 딸, 음탕한 것아! 넌 누구 여편네냐?"

"저는 나리의 여자입니다."

"너는 본디 웅왕熊旺의 마누라였잖아!"

"저는 원래 웅왕의 여편네였었지만 지금은 나리의 것입니다."

"내가 ○을 잘하는가?"

"나리는 정말 최고입니다."

두 사람의 교성과 음탕한 말은 그칠 줄 몰랐다.

일반적으로 사람들은 자신의 존재를 입증 받을 때 살아있는 느낌을 갖는다고 한다. 인간은 어쩌면 다른 사람의 인정을 위하여 행동한다고 볼 수도 있다. 자신의 존재를 다른 사람이 인정해 주지 않는다면 한없이 외로울 것이다.

그런데 누군가가 나에게 접근하여 스토로크(stroke)[48]를 날려준다면 내가 그쪽으로 마음이 쏠리지 않을 수 있겠는가? 그때의 스토로크는 나의 존재를 인지케 하는 자극이 아니겠는가?

남자가 여자에게 소위 '작업'을 걸 때, 여자 쪽에서도 스트로크를 받는다고 한다. 그러면서 잘생겼으나 자신에게 무관심한 남자보다는 좀 못 생기고 능력이 떨어져 보여도 자신에게 작업을 거는 남자가 더 멋있고 좋아 보인다고 한다. 물론 매력이 털끝만치도 없는 상대로부터 작업을 당할 땐 콧대 높은 여자의 자존심이 좀 상하기도 하

---

48) stroke는 타격(blow)이라는 본 뜻 외에도 뜻밖의 행운이라는 의미도 있다. 의학용어로는 뇌졸중으로 통용된다.

지만, 그래도 열 번 찍어 안 넘어가는 나무 없다는 속담이 왜 나왔는 가를 생각해 보아야 한다. 하여튼 남자나 여자의 관계에서는 누가 더 음탕하냐 아니냐를 따질 필요가 없다.

⊙◈ 불륜의 상대성

대개의 경우 남자들이 성욕의 충족 방법으로 불륜을 꿈꾸고 있을 때 집안 살림을 하는 아내들 또한 마음 한쪽에 강렬한 사랑의 욕망을 갖고 있다고 한다. 이는 남녀가 처음부터 상대적인 관계니까 당연히 그러해야 할 것이다.

다만 어리석게도 남성들은 자식을 낳고 키우는 아내들이기에 성 욕을 어느 정도 절제할 것이라 믿는 통념을 가지고 있다고 한다. 그 러나 그것은 완전한 착각이다. 남자들 불륜의 상대는 모두 처녀이거 나 자식이 없는 여인들인가? 자신도 남의 아내와 불륜을 저지르면서 나의 아내는 불륜을 모를 것이라는 안일한 생각은 얼마나 우스운가?

서문경은 반금련이 금동과 즐거운 관계를 갖고 있다는 사실을 전 해 듣고 노발대발하며 반금련을 나체로 꿇어 앉혀 놓고 심하게 질책 한다. 그러나 반금련은 끝까지 부인했고 이를 춘매가 옆에서 거들었 다. 결국 어리석게도 서문경은 금동을 내 쫓는 것으로 사건을 마무리 한다.

서문경은 반금련이 자신의 사위와 깊은 불륜관계에 있는 줄을 죽 을 때까지 몰랐다. 반금련과 진경제는 서문경의 상을 치루는 일정 속 에서도 서로의 육체를 탐닉했다. 이러고 보면 정말로 알 수 없는 것은 남녀의 관계이다.

오월랑에 의해 쫓겨나 주수비周守備의 첩이 된 춘매는 주수비의 아들을 낳고 정처正妻의 자리에 오른다. 고관의 아내로서 품위와 여유 속에서 춘매는 진경제를 돌보고 지켜주면서 불륜의 불장난을 계속한다.

이처럼 『금병매』의 여인들 중에도 당당하게 자신의 성적 욕망을 채우기 위해 서문경이나 남편을 배신하는 사례가 많이 있다. 또 그들은 그러한 욕망을 추구하는 과정에서 극단적인 죄의식도 없었다. 색욕이 서문경에게 본능이라면 반금련과 춘매에게도 본능이었다.

따지고 보면, 요즈음 세상에서는 새로운 관계를 바라는 여인들이 남자들보다 훨씬 더 용이하게 상대방을 유혹할 수 있다고 한다. 요즈음 우리나라에서 흔하게 일어나고 있는 중년 남성과 여성의 불륜은 동전의 양면이라고 한다.

요즈음은 여자들도 자신이 성녀聖女가 아닌 이상 또 석녀石女가 아닌 사람인지라 다른 남자를 만나고 사랑할 수 있으며 그 결과 불륜에 빠지는 것을 그냥 본능의 일부로 생각한다. 남자들은 바람을 피우면서 왜 여자들이 그러하다는 것을 인정하지 않으려 하는가? 결국은 제 눈을 제가 가리고 못 본 척하는 것과 무엇이 다른가?

『금병매』는 그런 것을 이해해야 한다고 강조하는 것 같다. 그렇다면 『금병매』의 작자는 매우 진보적인 여성관 내지 인간의 평등사상을 갖고 있었다고 보아야 하는가?

『금병매』에는 당시 사회에서 도덕적으로 인정받을 수 없는 여러 가지 형태의 불륜이 묘사되어 있다. 한도국의 아내 왕륙아王六兒는 시동생 한이韓二와 붙었다가 서문경과 불륜의 관계를 갖는다. 이런 사실을 남편 한도국도 알았고 또 묵인했다. 서문경이 죽자 부부는 재산을 훔쳐 딸이 있는 동경으로 도망갔다가 다시 돌아와 어미와 딸이 모두 몸을 팔며 생계를 유지한다. 그리고는 다시 원 고향을 찾아가지만 한도국이 죽자 왕륙아는 다시 시동생과 붙어살게 된다.

소설이 아닌 현실세계에서 불륜의 상대방끼리는 어떤 심리적 유대감이 형성된다고 한다. 『금병매』에서 서문경의 여인들은 우선은 생계를 꾸릴 수 있는 경제적 보호가 필요했을 것이다. 동시에 '나를 보호는 해 주되 나에 대해서는 간섭하지 않았으면 좋겠다' 라는 의식도 있었을 것이다. 반금련이나 이병아가 그토록 애타게 서문경을 향했던 마음은 '보호의 필요' 였다. 이병아는 서문경의 보호에 안정을 찾았지만 반금련은 보호를 받으면서도 서문경의 속박에서 벗어나고 싶었다. 도덕적으로 전혀 용납될 수 없는 반금련과 진경제와의 불륜은 '공표하지 못한 반금련의 독립선언' 이라고 볼 수 있다.

⚭ 상대방에 대한 갈망의 표현

섹스의 사전적 의미는 '남녀가 육체적으로 관계를 맺음' 이지만 우리 일상에서는 남녀와 관련하여 매우 다양한 의미로 사용되고 또 받아들여진다.
섹스는 상대방에 대한 갈망의 표현이다.
육체적 욕구의 충족을 바라거나 아니면 섹스의 대가로 무엇을 받고 싶을 때 또는 충동에 스스로를 맡겨보고 싶은 갈망이 있을 때 섹스가 이루어진다.

　요즈음 인터넷 채팅에서 발전하는 불륜은 채팅을 통해 상대방의 욕구나 갈망의 정도를 알고 가능하다는 판단이 섰기에 만나서 불륜으로 진행되는 것이 아닌가?

　소설 속의 서문경은 처음부터 여러 가지 성애도구를 사용한다. 이병아가 가지고 있던 춘화春畵를 보고 성행위를 즐기기도 하며 요즈음 비뇨기과에서나 시술하거나 아니면 성인용품점에서 준비할 수 있는 물건들을 서문경은 다양하게 준비하고 능숙하게 사용했다. 그리고 결정적으로 호승으로부터 춘약春藥을 얻어 상황에 맞춰 적절하게 사용하면서 자신도 즐기고 또 상대를 깜박 죽여 황홀경을 헤매게 만들어 주었다.

　그렇다면 서문경의 갈망은 무엇이었는가? 서문경은 그 많은 여인들과 어떤 날은 하루에도 몇 번씩, 하루도 빼놓지 않고 치룬 성행위에서 얻고자 했던 갈망은 무엇이었는가? 서문경 자신도 육체적 환희를 갈망했고 또 그러한 갈망이 있었기에 섹스에 열중했을 것이다.

　그런 육체적 환희만을 위하여 그토록 상대를 바꿔가며 쾌락을 추구했는가를 생각해 보아야 한다. 또 그러한 육체적 환희가 마약과도 같은 중독성이 있다는 점도 인정을 해야 한다.

　서문경이 갈망한 것에 대해 작자는 소설 속에서 아무런 언급도 하지 않았다. 말하자면 독자들의 상상과 추론이 필요한 것으로 남겨두었다. 작자 나름대로의 정답은 있었겠지만 그의 정답에 독자들이 공감하지 않는다면 그것은 정답이 아닐 것이다. 때문에 작자는 아무런 서술을 하지 않았을 것이다.

　서문경의 엽색행각 중에서 과부 임씨 부인(林太太)과의 성행위나 관계는 상당히 세련되고 조심스럽게 진행되었다. 서문경은 나름대로 명문거족이며 호색하는 연상의 과부에 대하여 호기심과 함께 필요성을 느껴 점잖게 접근했다. 과부 임씨 측에서도 서문경의 외모와 재산과 언행을 한번 살펴 본 뒤에 접근을 허용했다.

이는 서문경이 일방적으로 요구하는 다른 불륜과는 조금 차원이 다르다고 보아야 한다. 서문경과 과부 임씨 부인은 '서로를 필요로 하며 공감할 수 있는 불륜'이었다. 임 부인은 서문경에게 자기의 아들 왕삼관의 의부義父라는 명분을 주었고 왕삼관은 서문경을 의부로 섬겼다. 서문경과 임 부인 사이는 불타는 욕망이 있었고 섹스를 즐길 만한 감성感性의 공유共有 분위기가 조성되어 있었다.

이는 서문경에게 새로운 형식의 이성 관계였다. 아직은 왕성한 육체적 에너지를 둘이 공유할 수 있었으니 상당히 좋았을 것이다. 또 세인의 이목을 피할 수 있는 방법이 마련되어 있었으니 그 육체적 열망은 안정 속에서 더욱 뜨겁게 타올랐을 것이다.

🌊 여인에게 베푸는 시혜

인간으로 태어났다면, 특히 원대한 이상을 가슴에 품고 분투노력하는 것이 사나이의 모습이라면 서문경은 어떠했는가? 서문경은 열심히 자신의 사업과 역량을 키웠다. 다만 그가 즐긴 것은 지극히 세속적인 것이었다, 넓고 큰 집에서 좋은 옷에 좋은 음식을 먹고 최고의 호사를 누리면서 손에 닿는 여인들을 상대로 육신의 쾌락을 즐겼다.

서문경이 추구한 이 같은 속세의 안일함은 진정 편안하고 아름다

윘을 것이다. 서문경은 여러 처첩을 거느리고 또 마음대로 외도를 즐길 수 있는 삶이 그냥 그렇게 지속되는 것이 좋겠다고 생각했을 뿐이다. 아마도 이것이 서문경이 바라는 행복이었을 것이다.

인간의 욕망에 대하여 많은 학자들이 이런 저런 견해를 펴고 갖가지 주장을 하지만 식욕과 성욕은 천성적인 욕구임에 틀림이 없다. 원래 인간은 종족을 번식하기 위한 천성을 타고났다고 본다. 성인聖人들은 인간이 식욕과 성욕만 따른다면 짐승과 다를 것이 없다는 개념을 갖고 절제를 요구하였다. 성인들의 염려가 때로는 매우 현실적일 수도 있다. 그러나 서문경은 매우 현실적인 인간이었기에 자신의 욕구를 자제할 생각이 없었다.

서문경은 자신의 자유분방한, 거의 방종에 가까운 성욕의 발산은 집안의 여러 처첩들에 대한 애정이나 가정의 질서나 일체감을 해치지 않는다고 생각했다. 서문경의 입장에서는 '능력 있는 가부장적 가장이 누릴 수 있는 당연한 권리' 라고 생각했다. 서문경이 여전히 좋아하고 사랑하는 사람은 처첩들이고 때로는 젊은 기녀나 집에서 부리는 종의 아내 또는 직장 후배인 하何제형의 젊은 아내 남씨藍氏 여인이라도 괜찮다고 생각했을 것이다. 다만 남씨에 대한 욕망은 해소하지 못하고 죽었기에 아마 원통했을 것이다.

서문경은 자신의 이런 호색은 천박한 행위가 아니라 일종의 자선이라고 생각했다. 자신의 육체적 노력과 함께 상대에게 쾌락을 주고 때로는 은자와 패물을 내려 주었고 때로는 집을 마련할 거금을 주거나 계집종을 사서 선물하기도 하였다. 그러면서 이계저나 정애월에게는 정기적으로 마치 급여를 지급하듯 생활비를 베풀어 주었으니 이것은 분명한 시혜施惠였다.

4. 반금련의 숙명적 비극

🌀 영리한 미인 금·병·매

『금병매金瓶梅』에서 서문경은 틀림없는 주인공이고 모든 이야기는 서문경을 중심으로 돌아간다. 특히 서문경의 문란한 애욕과 성생활이 내내 이야기의 한 중심축이 된다.

그런데 사실 가장 주목해야 할 것은 이야기를 끌어가는 여자들이다. 서문경의 본처 오월랑은 물론이거니와 비도덕적이며 반윤리적인 애정행각과 온갖 변태적 성애의 중심에 선 반금련이 집안에서 겪는 갈등은 독자들에게 주요한 관심사가 된다.

또 의식주와 관련하여 여러 여인들의 이야기는 정말 끝이 없다는 생각을 갖게 한다. 서문경은 그런 여인들의 가장일 뿐 실제는 서문경의 여인들이 내용상 주인공으로 활약한다고 볼 수 있다.

반금련의 미모에 대한 상세한 서술은 없지만 바람둥이 서문경을 매료시킨 것은 확실하다. 이 세상에 미인들만 사랑과 성애의 주인공은 아니다. 그러나 반금련의 위기탈출이나 경쟁에서의 승리, 성욕의 발산과 해소방법을 보면 우선 반금련이 총명한 여자라는 것을 크게 인정해야 한다.

사실상 반금련은 사회적으로 밑바닥 인생이었다. 가난한 바느질 집의 여섯째 딸−그 부모의 입장에서 보면 정말 원하지 않는 출생이 었다. 가난한 가장이 죽었을 때 그 딸들의 운명은 뻔했다. 팔려간 주인에게 육체를 유린당하고 못생긴 무대武大에게 주어져도 운명이라 생각하며 순종해야만 했었다.

이리 저리 팔려 다니는 과정에서 미모라는 바탕이 있기에 가무를 배울 수 있었다. 그런 과정에서 문자를 습득했다는 것은 대단한 행운이면서 무기였다. 때문에 반금련은 서문경에게 때로는 자신의 애정을 호소하는 사詞 한 구절을 써 보낼 수도 있었다.

반금련에 비해 이병아는 좀 더 나은 조건이었는데 북경대명부 양중서의 첩이었다가 환관의 조카에게 시집을 갔다는 점에서는 역시 마찬가지였다. 이병아는 요즈음말로 하면 작달막한 키에 피부미인이었다.

춘매는 처음부터 작가가 그 내력을 언급할 필요도 없는 계집 종婢이었다. 성은 방씨龐氏지만 소설에서는 늘 춘매로 불린다. 춘매의 미모에 대한 언급은 없지만 서문경이 좋아했다면 기본은 된다고 생각해야 한다. 춘매는 요즈음 말로 하면 똑똑하고 자기주장이 강한 여인이었다.

이 세 여인의 공통점은 낮은 신분이었지만 나름대로 남자의 사랑을 받을만한 미모를 갖고 있으며 또 나름대로 영리했다는 점이다. 이들은 냉철하게 세상을 바라보면서 자신에게 유리한 방향으로 행동하고 대처하였다.

『금병매』의 여인들은 서문경에 의하여 만들어지는 굴곡을 자신들의 지혜로 자신에게 유리하게 전환하면서 생존한다. 이 여인들은 당시의 사회제도와 가족제도에서 힘이나 경제적으로 영웅이 될 수 없었다. 그러나 그들은 자신의 총명으로 서문경을 조정하며 서문경의 사랑을 받으면서 현실을 이겨나갔다.

어쩌면 무능한 남성에게도 또 나름대로 총명하다고 생각하는 여성들에게도 반금련을 비롯한 서문경의 여인들은 대리만족을 줄 수도 있다.

『금병매』에 나오는 그 여인들의 삶을 누가 욕할 수 있겠는가! 그것은 그 당시의 현실이었다. 현실적이기에 호소력이 있고 그런 호소력 때문에 우리는 소설을 읽는다.

◎ 무대와 무송

반금련에 대해서는 '음탕한 여인(淫婦)'이라는 고정된 평가가 따른다. 계집종으로 팔리면서 시작된 그녀의 인생은 타의에 의해 섬겨야 하는 남편을 죽이고 새 서방을 적극적으로 찾아갔다. 중국이나 우리나라에서 여자의 첫 결혼은 부모의 뜻이지만 그 다음부터는 본인의 뜻이었다.

반금련은 서문경과 결합한 뒤에도 아첨과 질투와 함께 끊임없이 분란을 일으켰다. 자신의 성욕을 채우는 무절제한 행위는 거의 동물적이었다. 그러기에 비난 받아 마땅하지만 처참한 최후를 맞이하기까지 반금련의 인생 그 자체는 비극의 연속이었다. 그래도 이 세상 누군가는 일말의 동정심을 갖고 반금련의 그러한 처지를 이해해 주어야 한다.

반금련과 무대(武大)

여기서 반금련의 남편 무대武大를 언급하지 않을 수 없다.

청하현 사람들이 불러주는 무대의 별명은 '키 작은 쭉정이(三寸丁谷樹皮)'였다. 전족을 한 여자의 작은 발을 '삼촌금련三寸金蓮'이라 하는데 무대는 '세치의 고무래(三寸丁 ; 丁은 농기구 이름)'에다가 체구도 작아 '쭉정이'였으니 그 못난 정도를 짐작할 수 있다.

그런 형님과 달리 처음 만난 시동생 무송은 소설에 나온 그대로 호랑이를 때려잡을 정도의 뛰어난 대장부였으니 반금련의 마음이 흔들리지 않았다면 오히려 이상할 것이다.

무대는 덩치가 작을 뿐만 아니라 못생겨서 무능한 사람의 대표자로 중국 속담에 등장한다. 무대와 관련된 속담 몇 가지를 읽어보면 무대의 모습이 눈에 선하게 떠오른다.

- 무대가 차린 가게 : 작고 볼품이 없다는 뜻.
- 무대가 부엉이하고 놀다. : 사람마다 좋아하는 것이 다르다는 뜻.
- 무대가 두부를 파는데 사람이나 물건 모두 물렁하다. : 주인이 나 물건이나 별 볼 일 없다는 뜻.
- 무대가 독약을 마셨는데, 마셔도 죽고 안 마셨어도 죽었을 것이다. : 이래저래 결과는 마찬가지라는 뜻.
- 무대의 좆 – 더 커지지 않는다. : 좋아질 가망이 없다는 뜻.
- 무대를 모신 사당에서 일하는 종놈. – 무슨 좋은 계책이 있겠나! : 모신 사람이나 그런 사당에서 일하는 종놈이나 모두 볼 것이 없다는 뜻.
- 무대가 호랑이를 잡다. – 그럴 만한 주먹이 없다. : 믿을 수 없다는 뜻.
- 무대가 철봉에 매달리다. – 올라가기도 내려가기도 어렵다. : 능력이 없어 이러지도 저러지도 못한다는 뜻.

이를 종합한다면, 무대는 중국의 대표적인 못난이이다. 『삼국연의』에 나오는 아두阿斗(유비의 아들. 後主)는 부잣집이나 귀한 집의 무능한 아들을 상징하고 무대는 보통 사람들 중에서 무능력하기에 이래저래 놀림을 당하는 사람이다.

이에 비하여 무송武松은 '꼭 필요한 사람' 또는 '어려운 일을 훌륭하게 할 수 있는 사람'으로 속담에 나온다.

- 호랑이를 잡을 무예가 없다면 감히 산에 오를 수 없다. : 능력이 있어야 무슨 일이든 할 수 있다는 뜻.
- 호랑이를 때려잡을 장수가 없으면 경양강을 지날 수 없다. : 해당 분야의 전문능력을 가진 사람이 있어야 일을 추진할 수 있다는 뜻이다.

무대의 직업은 청하현에서 구운 떡을 파는 행상이었으니 우선 경제적으로 불안하고 여유가 없었을 것이다. 거기다가 무대는 한창 정욕이 왕성한 반금련을 만족시킬 정도의 풍채나 정력이 있었다고 보기도 어렵다. 무대가 행상을 하러 집을 나간 뒤 반금련이 화장을 하고 거리를 내다보고 서 있는 것은 당연한 일이었다.

⌘ 애정의 구분

『금병매』는 서문경과 반금련 또는 다른 여인들과의 로맨스(romance)를 다룬 소설은 아니다. 그 이유는 서문경이 여인들에 대하여 사랑을 느끼지 않고 육체만을 탐하고 즐겼을 뿐이며, 여인들 또한 서문경에 대한 그리움이나 아름다운 사랑의 감정이 피어나고 그 때문에 고민하거나 기뻐하는 묘사가 없기 때문이다.

로맨스라는 말에는 연인들의 낭만적이고 열정적인 사랑이라는 뜻이 들어 있다. 그리고 로맨스에 빠진 연인들이 서로의 육체를 갈구하는 것은 극히 자연스러운 과정이다. 왜냐면 자신의 소중한 육체를 제공하는 것은 상대에 대한 특별한 배려이기 때문이다.

그렇다고 성욕이 느껴지는 상대가 곧 로맨스의 상대는 아니다. 성욕이나 로맨스가 인간 진화의 산물이며 본능이지만 분명한 차이가 있을 것이다.

남녀의 사랑을 정욕情慾(lust)과 애정愛情(attraction), 그리고 애착愛着(attachment)으로 구분하여 설명하기도 하는데 이 모두가 짝짓기나 생식, 육아와 연관을 지을 수 있다.

사람들이 느끼는 정욕은 강한 욕망이며 인간도 동물인 만큼 지극히 본능적인 것이다. 정욕은 상대를 가리지 않고 성적 결합을 이루고 싶은 강한 자극이다. 이 소설의 여주인공 셋은 모두 강력한 정욕의 소유자들이었다. 이들의 생활이란 것도 결국은 자신의 정욕을 충족하는 과정이었다고 해도 아마 지나치지 않을 것이다.

그리고 애정은 한 사람에게만 사랑을 집중시키는 힘이나 감정일 것이다. 이는 짝짓기를 하거나 생식에 성공하는데 들어가는 시간과 노력을 절약하는 부수적인 효과가 있다.

말하자면 좋은 결혼 관계를 유지하는 부부들이 다른 남자나 여자와의 외도나 혼외정사도 거의 없이, 성적으로 충실한 관계를 일정 기간 지속적으로 유지하는 감정일 것이다. 소설 속에서 서문경과 반금련, 이병아, 춘매나 젊은 진경제, 유부녀 왕륙아, 과부 여의아 모두에게 이런 감정은 거의 없었다.

애착이란 2인 또는 그 이상의 사람들과의 관계에서 형성되는 긴밀한 정서적 유대나 유착상태를 말한다. 곧 부부나 자녀와의 관계에서 정情과 비슷한 의미로 받아들일 수 있다. 애정의 열정이 식어진 상태에서도 서로에게 편안한 감정을 느끼거나 '미운 정 고운 정 다 들었다'고 말할 수 있는 부부관계도 일종의 애착일 것이다. 또 자식을 양육하는 동안 자식에 대한 사랑을 유지하는 것이 바로 애착일 것이다.

사랑하는 남녀가 길거나 짧은 동안 사랑이라는 열병에 휩싸이는데 사랑이란 엄청난 에너지의 대량 소비과정이다. 상대방에게만 집착하는 사랑의 과정이 평생 동안 진행되어야 한다면 아마 자녀를 낳아 양육하기가 힘들 것이다. 인간은 출생에서 성인이 될 때까지 오랜 시일이 걸려야 하는데 정욕과 애정이 식지 않는다면 매우 곤란할 것이다.

소설을 읽으면서 내내 생각되는 것은 서문경과 반금련은 서로 동물적 정욕으로 관계가 유지되었다. 두 사람은 애초부터 사랑이라는 로맨스가 없었고 결합 이후에도 둘 사이에 자식이 생기지도 않았다. 이는 작자의 각별한 의도가 있기 때문이지만 만약 서문경과 반금련 사이에 곧 바로 자식이 태어났다면 소설의 구상은 근본적으로 달라졌을 것이다.

실제로 애정이 있어야만 짝짓기가 가능한 것은 아니다. 중국에서도 유럽의 귀족들처럼 결혼은 가문과 재산을 유지하기 위한 정략적 제도였으며 결혼과 연애와 성욕은 별개의 문제였다.

서문경은 반금련의 외모에 초점을 맞추어 선택을 했다. 그리고 성욕을 발산하는 과정에서 반금련이 여자로서의 능력이 뛰어나다는 것을 알았다. 거기에다가 적극성이 가미된 음탕함이 있고 변태적 섹스를 수용할만한 일종의 너그러움(?)도 갖고 있었다.

남자가 여자의 젖가슴이나 허리와 엉덩이를 특히 좋아하는 것은 생식 성공 가능성을 염두에 둔 무의식의 발로라고 한다. 반면 여성은 남자의 사회적 지위나 경제력을 첫째 조건으로 생각하지 않을 수 없는데, 이는 자신의 안락한 생활을 위해서 또 자녀양육에 도움이 되기 때문이다. 여성은 생식에 유리한 외모만이 아니라 양육에 도움 되는 남성의 능력을 파악하기 위해 짝을 고르는 데 시간을 더 들일 수밖에 없다.

그렇다면 반금련은 서문경의 능력에 얼마만큼 반응했을까? 우선은 남편 무대와 비교할 수 없을 만큼 우월했기에 단숨에 기울어졌을 것이다.

이에 비하여 여자의 외모만을 판단하면 되는 남자들은 여자에게 첫눈에 반해 바로 육욕을 느끼면서 이를 사랑이라는 관념으로 포장한다고 보면 간단하다.

그렇다면 서문경의 여자 편력은 어떻게 설명을 해야 하는가? 아내라는 고정된 파트너 외에 새로운 상대와도 짝짓기를 한 남자가 더 많은 자녀를 남긴다는 단순한 사실을 서문경은 경험에 의해 알았을 것이다.

당시 성인남자가 할 수 있는 오락으로서 섹스놀이만큼 더 자극적이고 유쾌한 것은 없었을 것이다. 서문경은 과거에 합격해서 높은 벼슬을 해야 한다는 세속적인 인생목표가 없었다. 또 학문적 연구나 멋진 시문을 짓고 싶다는 예술적 취향도 없었다는 점을 고려해 본다면 서문경의 여자 편력은 당연한 것이었다.

☁ 그 일생을 스케치하다

반금련은 청하현에서 바느질 집 여섯째 딸로 태어났는데, 어려서부터 안색이 제법 고왔으며 전족을 했기에 어릴 적 이름이 금련金蓮[49]이었다.

부친이 죽은 뒤 8살에 왕초선王招宣(초선은 관직명)이란 고관의 집에 팔려가 악기와 노래를 배웠고 화장과 예쁘게 옷 입기 등을 배웠고 문자를 해득할 수 있었다. 본래 영리했기에 나이 15세에 피리, 퉁소, 비파도 다룰 줄 알았다.

왕초선이 죽자 마침 장대호張大戶[50]의 부인 여씨가 반금련을 은자 30냥에 사왔다. 나이 열여덟이 되자 한창 물오른 미모의 계집종으로 성장했다. 그러자 어느 날 장대호는 금련을 자기 것으로 만들어버렸다. 이에 부인 여씨가 질투를 하자 장대호는 금련을 키도 작고 가난한 무대武大에게 공짜로 시집을 보내버렸다.

결과는 오히려 장대호에게 더 좋은 기회였다. 무대가 장사를 하러 나가면 장대호는 금련과 즐겼다. 물론 무대도 이를 알았으나 경제적으로 예속되어 있어 아무 소리도 하지 못했다. 반금련을 더듬기 시작한 이후에 허리가 아프고 눈곱이 끼고 콧물이 줄줄 흐르는 등 몸에 다섯 가지 이상이 나타난 장대호가 곧 죽자 부인 여씨는 무대와 반금

---

49) 金蓮(jīnlián)은 '전족(纏足)을 한 부녀자의 발'이라는 사전적 의미가 있다. 반금련이 여섯째 딸이고 서문경 집 고용인인 한도국의 아내 왕륙아(王六兒)도 형제 서열이 여섯째(排行叫六姐)이다. 두 여인이 다 여섯째라고 상정한 작가의 의도는 六(liù, lù)은 戮(lù 죽일 육)과 흡이 같아(諧音 해음) 같은 이미지가 연상되기 때문일 것이다.

50) 여기서는 그냥 호칭이지만 大戶는 대부호라는 뜻이 있음.

련을 내쫓아 버렸다. 무대는 반금련을 데리고 자석가紫石街에서 방을 얻어 살게 되었다.

왕파의 집에서 서문경을 만날 때 반금련은 자신이 25살 용띠이며 1월 9일생이라고 말하는데 그때 서문경은 27세 호랑이 띠였다.

반금련의 어린 시절 가난에 대한 묘사는 없다. 어머니가 딸을 팔아버리는 것은 당시에 정당한 거래였다. 나중에 그 어머니는 서문경 집의 손님이면서 딸의 방에서 먹고 자기도 했다.

매매의 대상이며 남에게 인심을 쓰듯 주어졌고 장난감 대용이었던 반금련에게는 먹고 사는 기본 생존은 언제나 문제였다. 서문경과 결합하면서 의식주에 대한 걱정이 해소되었고 이후 반금련은 인간의 본성 그대로, 육욕의 재미를 충분히 알고 있기에 그 길로 내달았을 것이다.

자신의 몸 주인에게 몸을 바치는 것은 당연한 의무였을 것이니 무슨 수로 거부할 수 있겠는가? 장대호나 서문경과 함께 침상에 누워있는 동안 반금련은 의무 수행과 함께 의식주가 해결되니 기본적 생계 걱정에서 자유로웠을 것이다.

반금련이 8살에 처음 팔려갔으니 언제 무슨 정상적인 가정교육을 받았겠는가? 반금련에게 유교적 윤리나 도덕과 부덕婦德을 기대하고 감정의 절제나 우아한 언행과 일편단심의 지조를 요구한다면 반금련이 수용할만한 바탕이 있었겠는가? 또 그런 도덕관념만으로 반금련을 비난한다면 너무 일방적일 것이다.

물론 가난한 집에서 자랐다고 모두가 타락한 도덕심으로 살지는 않는다. 이는 고관대작이나 부잣집 자식이 모두 훌륭한 인격을 갖고 있지 않는 것과 마찬가지이다. 또 팔려갔기에 오히려 부귀영화를 누린 여인도 많이 있었지만 이는 특별한 예외일 뿐이다.

하여튼 반금련에게 품격이나 인간성의 존엄, 윤상倫常의 기준만을 강요할 수는 없었다. 못생긴 남편만을 쳐다봐야 하는 금련 앞에 잘생기고 건장한 시동생이 나타났는데 시동생에게 연정을 품을 수는 있다고 인정하면서도 시동생을 유혹하는 행위는 비윤리적이라고 비난 받아야 하는가?

간부姦夫와 통간通姦하고 남편을 죽인 행위를 인정해주는 사회나 그렇게 너그러운 사람은 없다. 서문경이 죽은 뒤, 팔려나갈 몸으로 대기하면서도 왕파의 젊은 아들을 꾀어 재미를 보는 반금련의 육체적 탐욕까지도 인간의 본성이라고 옹호해줄 사람도 아마 거의 없을 것이다.

소설 87회에서, 귀양에서 풀려 돌아온 무송이 자신의 몸값을 치르고 데려가겠다고 했을 때 반금련은 좋아하며 빨리 은자 100냥을 갖고 오라고 하면서 7년 전에 잠시 품었던 연정이 실현되는 줄 알고 기꺼이 동의한다. 이 단계에서는 정말 후안무치에 철면피이며, 자신의 죄악이 무엇인가도 모르는 그 어리석음에 혀를 내두를 것이다.

소설 전체에 걸쳐 반금련의 죄악은 상세히 서술되었다. 사실 반금련은 그런 행위를 할 수 있을 정도로 기본바탕이 영특한 여인이었다. 바느질 집에서 태어난 여자아이 하나가 여인으로 성장하여 사회의 질곡을 헤치면서 살려고 바동댔고 그 과정에서 온갖 죄악의 소용돌이에 자신도 모르게 빨려 들어갔다. 하여튼 처음부터 꼬인 인생은 결국 비극보다 더 슬픈 참극으로 끝날 수밖에 없었다. 그녀에 대한 손가락질과 함께 그런 인생도 소설이 아닌 현실에 있을 수 있다는 점을 생각해야 한다.

삼독三毒 중 가장 심한 것은?

소설 29회에 오석吳奭이라는 도사가 등장하여 서문경과 처첩들의 사주와 관상을 봐 준다. 그가 고개를 들어 반금련을 한참 바라보고서는 다시 한참 동안 생각하다가 다음과 같은 말을 한다.

"이 부인은 머리숱과 귀밑머리가 많으며 사람을 흘깃거리며 바라보니 다음多淫할 것입니다. 얼굴이 아름답고(臉媚), 눈썹이 굽어 있으며 몸을 흔들지 않아도 절로 떨리며(身不搖而自顫), 면상에 검은 사마귀(黑痣 사마귀 지)가 있으니 필히 남편을 해칠 것이며 인중人中이 짧으니 요절할 상입니다."

반금련의 행동거지에 음탕한 짓을 좋아하는 일면이 있었을 것이다. 그러나 옷(漆)처럼 검은 눈이 인륜을 무너뜨릴 여인이라는 관상학적 평가가 맞는지는 모르겠지만 독자들은 '타고 났다'는 결론을 내릴 수도 있다.

소설 46회에서 오월랑을 비롯한 다른 여인들이 거북점을 보는데 반금련은 점을 보지 않는 것이 좋다고 말한다. 그러면서 "사람들이 쉽게 하는 말에 '운명은 점칠 수 있으나 행동은 점칠 수 없다'고 합니다. 내 명이 짧다고 먼저 어떤 도사가 말했는데 듣고 보니 께름칙하기만 합니다. 거리에서 죽으면 거리에 묻히고 도랑에 떨어져 죽으면 도랑에 묻힌다고 죽는 곳이 곧 무덤이 아닌가요?"라며 인생에 대해 달관한 태도를 보여주었다.

이 말처럼 반금련은 무송의 칼에 처참하게 죽었고 거리에 던져진 시신을 수습해 줄 사람도 없었다. 나중에 춘매가 사람을 시켜 묻어주지만 반금련의 종말은 너무 비참했다. 물론 이 모두가 자업자득일 수 있다.

서문경과 결합 이후 반금련의 모든 행위를 한마디로 어떻게 표현할 수 있을까?

반금련의 행위에서 상당한 분량의 탐욕貪慾을 볼 수 있다. 반금련에게 재물이나 독점에 대한 탐욕, 식탐 같은 것보다는 육체적 쾌락에 대한 탐욕이 있었다.

반금련이 서문경의 애정이나 은총을 갈구하거나 또는 어떤 사물에 대한 과도한 집착 같은 것이 있었는가? 그러할 집착을 어리석음 곧 한마디로 치痴라고 할 때 반금련에게는 어떤 치정癡情이나 치미痴迷가 있었는가?

반금련은 서문경의 애정이나 은총을 혼자 독점할 수 있다고 생각하지는 않았다. 여러모로 보더라도 반금련이 치정에 매인 여인이라고 단정할 수는 없다. 다만 자신의 욕구를 채워줄 수 있는 사람은 공식적으로 서문경뿐이었다.

모든 여인들은 서문경이 자신의 방을 찾아주고 자신에게 관심을 가져 주기를 희망했다. 그런 심정은 성애만을 추구하는 반금련도 마찬가지였다. 그렇지만 반금련은 서문경이 자기 방에 자주 오라고 하거나 특별한 시혜施惠를 구걸하지는 않았다.

서문경은 이병아가 아들을 낳은 뒤 이병아 방을 자주 찾아갔다. 그만큼 반금련의 방에 자주 갈 수가 없었다. 소설 38회에는 눈이 오는 날 반금련이 혼자 비파를 타면서 서문경을 기다리는 쓸쓸함과 여자로 태어난 서러움을 노래하는 장면이 나온다.

'박정하게 가벼이 나를 버린 사람이 미워라.

헤어진 그리움에 혼자 괴로워하네.'

자신의 육욕이 충족되지 않았기에 사위 진경제를 유혹했고 가끔 즐기다가 서문경이 죽은 뒤에 오월랑이 태산 벽하관에 다녀오는 기간에는 진경제와 계속 놀아났다.

반금련은 나중에 자신이 임신한 사실을 알고 진경제에게 임신중절 약을 지어오게 하여 낙태를 한다. 그 유산시킨 사내아이 태아를 변소에 집어 던졌고 이를 변소 치우는 사람이 알았고 집안 내에 소문이 퍼지기도 했다. (소설 85회)

필자는 반금련이라는 여인이 가졌던 가장 큰 특징은 분노忿怒의 표출이나 성질 부리기, 한恨을 품은 일종의 독기毒氣 같은 것이고, 이것을 한마디로 표현하여 진嗔(성낼 진)이라 보았다.

인간의 탐진치貪嗔痴를 삼독三毒 51)이라 하는데 반금련은 삼독 중에서도 성질을 많이 부리는 진독嗔毒이 유달리 심했다.

반금련은 무대의 전처 딸 영아迎兒를 학대했고, 서문경에게 와서는 자신의 몸종 추국秋菊에게 욕을 하고 손톱으로 얼굴을 긁어댔고 돌을 머리 위로 들고 꿇어앉히는 체벌을 가했다.

내왕來王의 처 송혜련이 서문경과 몸을 섞은 뒤 방자해진 것은 사실이다. 내왕은 서문경의 신임을 받았지만 술에 취해 반금련을 헐뜯

---

51) 三毒(三根)은 불교용어로 탐, 진, 치(貪, 嗔, 痴)를 뜻하며 모든 번뇌의 근본이다. 탐독(貪毒)은 재물이나 명예, 미색에 대한 욕심으로 끝이 없다. 진독은 타인에 대한 미움과 분노로 해악을 가하는 것인데 삼독 중 가장 악하다. 치독은 어리석음을 말하는데, 사물이나 이치를 알거나 깨닫지 못하는 곧 지혜가 없는 무명(無明)을 말한다.

었다. 이를 안 반금련은 서문경을 부추기며 끝까지 내왕을 모함하여 귀양을 보내게 했고 송혜련이 자살을 하도록 몰아갔다.

뿐만 아니라 같은 첩이라는 신분에서 이병아가 반금련에게 베풀고 선의로 대해도 반금련은 이병아에 대한 질투에 불타면서 결국 이병아가 낳은 서문경의 유일한 아들을 죽였고 또 이병아를 죽음으로 몰아갔다. 또 손설아에게 덤벼 싸우고 무시했다. 반금련의 타인에 대한 독설 또한 무서운 무기였다.

사실 이처럼 온 집안에 적을 만든 것은 현명치 못한 처사였다. 오월랑과 맹옥루가 반금련을 신임했지만 반금련은 나중에 그들에게도 등을 돌렸다. 이는 반금련의 독기어린 성질부리기 곧 진독嗔毒이었다.

ᚥᚥ 반금련의 생존 투쟁

서문경 집에서 반금련의 서열은 '다섯째 마님(五娘)'이었다.[52]

본처 오월랑에게는 감히 대들 수 없었으니 그 앞에서는 꼬리를 내려야 했다. 둘째인 이교아는 반금련보다 여러 면에서 한 수 위였으며 조카 이계저의 머리를 서문경이 얹어주고 이교아나 이계저가 반금련을 싫어했기에 반금련도 이들과 적대적이었다.

그리고 셋째인 맹옥루와는 가장 가까웠지만 바로 위에 있는 손설

---

52) 서문경이나 집안의 하인들이 볼 때는 다섯째 마님이지만 본처(大娘子 吳月娘)를 제외하고 첩으로서는 4번째이다. 장대호는 계집종 반금련을 제 것으로 만든 뒤 허리가 아프다는 등 5가지 병세가 나타난다. 반금련을 다섯째 마님으로 상정한 것도 五(wǔ)는 誤(wù)와 음이 비슷하여 '망치다, 그르치다'라는 이미지를 주고 있다.

아는 무시하고 또 치고받는 싸움을 하면서 깔아뭉갰다. 그리고 자신보다 늦게 들어온 이병아에 대해서는 경쟁하면서 심하게 질투했다.

이처럼 반금련에게 서문경의 첩이라는 신분도 경쟁의 자리였다. 특히 이교아나 맹옥루와 이병아는 첩이면서도 갖고 들어온 재물이 있어 한층 여유로웠지만 반금련은 그렇지 못했다. 이런 여인일수록 강한 자존심이나 한 발 앞서가는 적극성으로 생존을 쟁취해야만 했고 경쟁에서 이겨야만 했다.

오월랑과 맹옥루, 이병아는 사회적으로 말하면 대표적인 유한有閑계급으로 생활에 여유 만만한 즐거움이 있었다. 좋은 차를 마시고 잡담을 하다가 바둑을 두고, 아니면 소소한 내기로 돈을 모아 밖에서 술이나 안주를 사다가 먹으면서 세월을 보냈다. 각종 명절이나 생일 등 특별한 날에는 가수를 불러 노래를 듣거나 연극 패를 불러 연극을 감상했다. 물론 이교아도 기녀 출신이었지만 생활에 여유가 있기는 마찬가지였다. 손설아는 서문경과 손님접대를 위한 음식 준비를 해야 했다.

반금련은 돈에 여유가 있던 이병아와는 사뭇 달랐다. 서문경이 은자를 쌓아놓고 있어도 반금련은 서문경을 바른 사람이라 보지 않았다. 반금련은 꼭 사야 할 물건이 있다면 당당히 사야 한다고 서문경에게 요구했지 거짓으로 속여서 몰래 감추지는 않았다.

반금련은 자신의 몸종 추국이 요리와 청소, 세탁을 담당했으니 시간적으로 여유롭기는 마찬가지였다. 반금련은 남는 시간에 서문경을 더 많이 차지하기 위하여 또는 이병아를 견제하기 위한 방법을 찾느라고 머리를 굴렸다.

서문경이 반금련을 왕파의 집에서 손에 넣은 후 맹옥루를 데려

오느라고 반금련은 생각도 않고 방치했다. 무대의 복상 기간이 끝나고 무송이 돌아온다니까 반금련을 서둘러 첩으로 맞이했을 뿐이었다.

서문경의 입장에서는 반금련이 다른 처첩보다 나은 것이 없었다. 서문경은 집에 데려다 놓은 첩보다는 밖에서 접촉하는 기녀나 다른 하인들의 마누라에게 더 관심이 많았다. 반금련은 이런 서문경에게 가끔 '양심도 없는 도둑놈'이니 '제대로 뒈지지도 못할 강도'라고 악담을 하기도 했다. 그러면서도 서문경에게 매달리지 않을 수 없는 처지의 반금련이었다.

서문경은 오월랑에게는 본처의 권위를 인정하고 존중하며 그녀의 권고를 잘 따라주었다. 그리고 모든 처첩 중에서도 이병아를 가장 아꼈던 것은 사실이다.

갖고 온 재산도 많고 상류층의 생활혜택을 누려본 이병아의 안목은 서문경에게 큰 도움이 되었을 뿐만 아니라, 남을 배려하는 착한 심성이나 붙임성도 좋고 고운 피부에 또 아들을 낳아 주었기 때문에 이병아에 대해서는 다른 처첩들보다 더 아껴주려는 태도가 있었다.

서문경과 반금련 사이는 서로 위해 주거나 사랑해 주는 관계가 아닌 서로의 육체적 탐닉에 빠질 수 있고 그런 재미를 추구하려는 공통성이 있어 그런 면에서도 상호간 어느 정도 묵계가 통하는 사이였다.

그러다 보니 반금련은 서문경의 약점이나 싫어하는 것을 잘 알게 되고 그런 점을 잘 활용해 필요로 하는 것을 얻어낼 수 있었고 또 다른 처첩들과 달리 서문경에게 얼굴을 대 놓고 욕을 할 수도 있었다. 하여튼 서문경도 반금련의 잔소리나 욕지거리는 으레 그런 것이라

받아들면서 '잔소리하다 뒈질 더러운 년'이라고 부르기도 했다.

물론 가끔은 서문경으로부터 욕을 먹고 채찍으로 얻어맞기도 했다.

소설 43회에서 서문경이 대출금 이자로 받은 금팔찌 4개 중 하나를 이병아의 방에서 잃어버린 사건이 있었는데 그때 반금련이 서문경에게 몇 마디 해대자 서문경은 재빨리 앞으로 가서 금련을 잡아 오월랑의 방구들 위에 내팽개친다. 그리고 주먹을 흔들며 욕을 퍼부었다.

"패 죽여 버릴 년! 세상 사람들 체면 볼 거 없이 이 망나니 같은 년을 한 주먹에 때려죽일 건데! 이 주둥이만 살아 있는 년아! 네 일이 아니라면 참견하지를 마!"

반금련의 종 춘매 또한 그러한 상전의 뜻과 특기에 알맞게 싸움닭 역할을 다했다. 이병아가 죽은 뒤, 유모인 여의아가 서문경과 통했고 그러다 보니 여의아와 춘매 간에 빨래터에서 싸움이 벌어진다. 춘매와 여의아가 머리채를 잡고 싸우는 현장에 반금련이 나타나 여의아를 몰아세우며 큰 소리를 친다. 이에 맹옥루가 나타나 반금련을 말리자 반금련은 맹옥루를 데리고 방으로 들어가 왜 이런 일이 벌어졌는가를 장황하게 설명한다. 하여튼 반금련의 잔소리는 다른 처첩들에게도 위력을 발휘해 서문경 집안 처첩이나 노비들까지도 두려워했다.

사실 『금병매』에서 반금련의 생존을 위한 싸움은 중국문학에서 특별한 소재라고 볼 수 있다. 실제로 중국문학에 등장하는 여인들이란 철저하게 남성의 부속물이거나 남성이 즐겨하는 생각이나 행동을 하는 존재로 그려졌다. 문학작품 속에서 남성들에게 순종하는 착한 여인이거나 남성을 위해 곱게 단장을 하는 미인 또는 아들을 잘 낳고 키우는 현모양처 아니면 남편을 위해 수절하는 여인으로 그려졌고 좀 특이하다면 전장에 나가 싸우며 충성하는 여인이 있었을 뿐이었다.

그런데 반금련은 서문경의 처첩 중에서 유일하게 남편에게 대들고, 하고 싶은 말을 끝까지 다 하면서 자기주장을 굽히지 않았다. 반금련은 남성들의 부속물이거나 남성의 뜻에 순종하거나 남편이 잘 봐주기를 기대하는 여인은 결코 아니었다.

작가가 이렇듯 자기주장이 강한 반금련의 감정과 동기와 과정을 상세히 서술하였으니 이 또한 이 소설이 세워 놓은 특별한 이정표라고 할 수 있다.

❧ 반금련의 색욕

서문경이 반금련과 처음 배가 맞을 때 서문경이 27살, 반금련은 25세였으니 두 사람의 스태미나가 얼마나 한창 때인가를 미루어 짐작할 수 있다.

술이 얼큰하게 올라온 서문경은 춘심春心이 절로 동하여 그 물건(色心)이 우뚝 발기해서 허리 아래가 불룩하니 서문경이 반금련의 손을 끌어다가 만지게 하였다.

원래 서문경은 어려서부터 늘 홍등가(三街四巷)의 여인들(養婆娘)과

접촉했었기에 물건이 나름대로 장대했으며, 아래 안쪽에는 '은으로 만든 받침(托子)'을 달아 놓았었다. 서문경의 거시기(邪話; 남자 생식기)가 아주 크고 새빨갛고(長大紅赤赤) 검은 털에(黑須) 곧바로 치켜 서가지고 단단하니 정말 좋은 물건이었다. 서문경의 거시기를 읊은 노래는 아래와 같다.

본래 여섯 치쯤 되는 물건인데
때로는 부드럽고 가끔은 단단하다.
연약할 땐 취한 사람처럼 동서로 넘어가고
단단할 땐 바람난 중처럼 상하로 끄덕댄다.
여인의 골짜기 출입이 본디 하는 일이고
허리 밑 배꼽 아래가 본 고향이다.
하늘이 내린 두 쪽을 뒤쪽에 거느리고
미인을 만나 그 얼마나 함께 했던가?

곧 바로 반금련이 옷을 벗자 서문경이 그녀의 거시기 위를 만져보니 털이 하나도 없었다. 반금련의 거기는 하얗고 향기가 나는 듯 했다. 또 잘 쪄진 만두처럼 봉긋하게 솟아올랐고 부드러우면서도 진하게 붉고, 붉은 주름이 마치 금방 익혀 대바구니에 담아놓은 만두 같았으니 이는 온 세상 사내들이 좋아하고 탐낼만한 명물이었다.

> 따뜻 탱탱, 향기롭기는 뽀송한 연 밥이고
> 마음 착하고 나약하여 정말 가엾은 것이러니.
> 좋으면 혀를 내밀고 온 얼굴로 웃다가
> 지치면 되는 대로 가랑이에서 잠을 잔다.
> 사내 바지 속이 먹고사는 텃밭이고
> 풀이 듬성한 언덕은 옛 고향이로다.
> 만약 풍류를 모르는 젊은이라면
> 실없는 싸움은 아니 한다 말하리라.

위와 같은 시를 지을 수 있는 작자는 정말 대단한 사람이다. 과학의 첫 출발은 자세한 관찰에서 시작한다고 하는데, 이 소설의 작자는 과학자가 될 소양도 충분히 갖추었다고 생각해야 한다.

소설 37회에 서문경과 질탕하게 후정화後庭花 자세로 즐기며 놀아나는 왕륙아 역시 그곳에 '털이 거의 없는' 명품이었다. 또 59회에 등장하는 기녀 정애월鄭愛月도 무모無毛로 '하얗기가 흰 국수나 찐 떡과 같고 아주 부드러워 정말 사랑스러운' 명기名器였다. 서문경은 69식(互相口交) 사랑을 즐기면서 애월에게 "아가야! 너는 내려가서 나를 위해 피리를 불어주렴!(我的兒! 你下去替我品品)"라고 말한다. 중국어에서 품品은 '피리를 불다' 라는 뜻이 있으니 무슨 말인지 짐작할 수 있다.

서문경처럼 좋은 연장을 가지고 있으면서 불이 붙은 젊은 남녀가 무엇을 하고 놀겠는가? 서로 말이 없어도 오가는 뜻이야 따로 전달할 필요가 없었다. 뜨거운 손길이 서로의 몸을 더듬으며 좌우로 뒹굴고 상하로 자리가 수없이 뒤바뀌었다.

> 원앙은 목을 비비며 물에서 놀고,
> 봉황은 머리를 나란히 꽃밭에서 논다.
> 부지런한 사랑놀이의 기쁨,
> 달콤한 마음으로 매어진 미색.
> 붉은 입 빨아대는 사람에게
> 분바른 얼굴로 옆을 비빈다.
> 비단 버선발을 높이 치켜드니
> 어깨 위로 구부린 발이 초승달과 같구나.

이런 글은 대충만 읽어도 뜨거운 남녀의 불붙은 정경을 머리에 떠올릴 수 있다.

> 금비녀가 빠져 떨어지고
> 베개 위에 출렁이는 검은 머리 단.
> 동해와 태산에 맹세하고
> 온갖 희롱에 부드럽게 애무한다.
> 부끄럽듯, 겁먹은 듯 하는 사랑
> 살살 애무하면 온갖 요염한 자태.
> 새처럼 지저귀는 교성이
> 귓가에 맴돈다.
> 입안에는 달콤한 침이 가득하고
> 웃으며 주고받는 혀.
> 가는 허리로 감겨오는 끈끈한 정
> 앵두 입에서 새근대는 숨소리.

고운 눈이 몽롱해 지고

송골송골 땀방울이 뺨에 맺힌다.

뽀얀 젖가슴이 출렁이며

모란 가운데에 흐르는 이슬이여!

좋은 짝이 연분으로 어울린다지만

훔쳐 먹는 맛이 더 없이 좋도다.

이 글은 서문경과 반금련이 침상 위에서 열심히 노력하는 정경을 비디오 촬영을 마치고 다시 돌려 보는 것처럼 서술했다. 반금련과 서문경의 처음 사랑놀이가 끝난 다음에 왕 노파가 "그 여인의 풍월風月이 어떻던가요?" 하고 물으니, 서문경은 "정말 좋은 그 맛은 말로 못한다"[53]며 크게 만족하고 감탄한다.

✿ 반금련의 변태

서문경과 반금련의 육체적 향연은 소설 곳곳에서 상세히 묘사되었는데 이 소설을 20대나 30대의 남자가 읽으면 아랫도리에 힘이 몰리지 않을 수 없다.

옛날 중국에서 독서讀書란 사실상 과거시험 준비라고 말할 수 있다. 독서하는 중간에 이런 소설을 잠깐씩 읽는다면 몹시 심란心亂할

---

53) 원문 : 王婆又道 "這雌兒風月如何?" 西門慶道 "色系子女不可言." 色系子女는 '好絶'의 破字.

것이다. 그러니 이런 소설이 음서淫書라고 지탄 받을 수밖에 없었다.

서문경과 반금련은 21세기 도시의 청춘남녀나 퇴폐업소에서 볼 수 있거나 할 수 있는 모든 행위를 했고 우리나라의 성인용품 판매점에서 구매할 수 있는 물건보다 더 우수한 장비를 갖추고 있었다.

서문경은 반금련의 전족을 한 발가락을 만지고 빨았으며 반금련의 작은 신발에 술을 따라 마시는 혜배주鞋杯酒를 즐기기도 했다. 반금련도 수시로 서문경과의 구교口交(oral sex)를 즐기면서 자색 피리를 불어댔다.

서문경의 물건이 출입하면서 물을 밟는 듯 절벅절벅 소리가 나고, 반금련의 혀는 개구리처럼 들락거리면서 귀두를 요리조리 핥았다. 이런 서술을 보면 서문경과 반금련은 분명히 상호구교相互口交(69式)를 즐겼다는 뜻이다. 반금련의 입 안에 가득 고였던 허연 뜨물이 흘러내리고 팽팽한 긴장 속에 몸이 저절로 뒤틀렸을 것이다. 나중에 서로 다리를 포개고 누웠을 때 나른한 피로가 꿈결처럼 스며들었을 것이다.

세상 사람들이 다 같은 것은 절대로 아니다. 머리가 좋은 사람과 나쁜 사람이 있고 운동신경이 발달한 사람과 둔한 사람이 있다. 물건이 크고 정력이 절륜한 사내가 있다면 성욕이 유달리 강한 여인이 존재한다. 변강쇠와 옹녀가 만났는데 어찌 정상적인 사랑놀이만 하겠는가? 반금련과 서문경은 시간과 장소와 방법을 불문하고 지극정성으로 매번 최선을 다하는 것으로 소설은 묘사하고 있다.

서문경은 정원의 너른 평상에서 반금련을 발가벗긴 뒤 양쪽 발목을 묶어 포도 덩굴을 올리는 나무시렁에 매달았다. 서문경은 거시기에 먼저 은탁자銀托子(남성용 링과도 같은 성애도구)를 걸은 다음에 유황권硫黃圈(여자 흥분제를 바른 천)으로 거시기를 묶었다. 그리고 반금련에게 삽입하는데 처음에는 잘 들어가지 않았다. 반금련은 이미 흥분하여 죽겠다고 흥얼거리는데 그 소리 때문에 더 강한 자극을 느끼는 서문경은 규염성교閨艶聲嬌라는 음약淫藥을 반금련의 거시기 안에 발라 주고 이어 상하로 전진과 후퇴를 반복하니 반금련은 '죽겠다'는 말만 계속 뱉어내었다.

서문경과 반금련은 요즈음의 탕 섹스를 이미 즐겼던 선구자였다. 둘은 목욕을 하다가도 음심이 발동하여 목욕판 위에서 즐겼다. 두 사람은 때와 장소와 방법을 가리지 않고 하녀들이 있든 없든 성애를 탐했다.

특히 반금련은 하녀 춘매에게 서문경을 모시라고 적극 권했고 춘매 또한 기꺼이, 그리고 서문경도 매우 흡족하게 반금련의 침상에서 춘매를 데리고 놀았다. 이후 반금련과 서문경의 행락에 춘매는 언제나 성실한 도우미였으며 때로는 3인이 한 팀이 되어 즐겼다.

반금련의 발랄한 욕구는 곧 변태로 이어졌다. 서문경이 동경에 다녀온 뒤 자기 방에 오자 온갖 잡스러운 모습으로 서문경과 성애를 즐긴다. 서문경이 오줌이 마렵다고 하니 변기에 해결하지 말고 자기 입에 싸라고 말한다. 이에 서문경이 오줌을 누자 반금련은 이를 삼키고 약간 짠맛이 있다고 말한다.

부부간의 화목한 쾌락을 뜻하는 어비지락於飛之樂이라는 말이 있다. 『시경』의 〈봉황어비鳳凰於飛〉편에서 나온 말이다. 그러나 두 사람의 이러한 행위는 이미 정상적인 부부의 범주를 훨씬 벗어난 것이었다. 정상적인 부부라면 상대에게 최소한의 염치와 예의가 있어야 하지 않는가? 서문경과 정처 오월랑도 같은 방에서 잠을 잤기에 아들을 잉태했었다.

오월랑이 남편의 애정이 그립다고 반금련과 같은 행동을 할 수 없을 것이다. 또 서문경이 아무리 여색을 탐한다 하여도 오월랑에게 이런 변태행위를 요구했겠는가? 서문경이 반금련에게 요구하는 것은 또 반금련이 서문경과 즐기는 변태는 부끄러움(恥)을 망각한 짓이었다. 바로 이 점이 정처와 첩의 차이일 것이다.

반금련의 일탈

이러한 광란의 육체적 접속이 이루어진다 하여 반금련은 서문경을 독점할 수 없었고 서문경 또한 반금련만 좋아하지도 않았다. 서문경이 다른 여자를 탐하는 동안 반금련은 외로웠고 그 심심풀이로 나이어린 미소년을 끌어들여 욕정을 채우기도 하였다.

반금련은 손설아를 무시하고 원수가 되었지만 맹옥루와는 잘 지냈다. 반금련은 맹옥루의 하인이었다가 정원지기가 된 금동琴童을 꾀어 수시로 재미를 보았다. 종의 신분인 금동의 입장에서는 상전의 첩을 더듬었다는 것이 어찌 자랑거리가 아니겠는가? 금동은 이런 사실을 떠벌렸고 결국 이것이 발각되어 반금련은 나체로 무릎을 꿇고 서문경의 문책을 받으나 춘매의 도움과 교묘한 거짓말로 위기를 모면했고 서문경은 금동을 방축하는 것으로 마무리 지었다.(소설 12회)

반금련이 서문경의 사위 진경제陳經濟를 유혹하여 즐긴 것은 일탈행위이면서 동시에 서문경의 권위를 무시하는 반금련의 의도가 숨어있었다. 본래 진경제는 준수한 용모에 온갖 잡기에도 밝은 요즈음 말로 17세의 화화공자花花公子(play boy)였다. 사실 진경제도 반금련을 처음 보았을 때, 마치 5백 년 전에 마음속에 사랑의 번민을 심어 준 사람을 다시 만난 듯, 30년 전 은애恩愛로 얽혔던 연인을 우연히 만난 듯, 넋이 나갔다고 소설 18회에서 서술하고 있다.

그러나 이들은 공식적으로 서庶장모였고 친 사위는 아니지만 사위로 대접해야 하는 장모와 사위였다. 때문에 많은 이목이 있어 서로 극도로 조심해야만 했다. 소설 53회에서는 반금련과 진경제가 황혼 무렵에 행랑채 뒤편에서 서서 일을 치르는데 그 또한 새로운 재미가 아니었겠는가? 그런데 바로 그날 밤 반금련은 서문경과 행방行房을 했다. 반금련은 사위와 그 장인을 하루에 품고 농락하면서 어떤 생각을 했을까?

하여튼 서문경이 업무 때문에 수도 동경에 가 있는 동안 반금련은 진경제와 안심하고 즐겼지만 이를 맹옥루가 직접 목격하게 된다. 그렇지만 이는 비밀처럼 묻혀버렸기에 반금련과 진경제는 오월랑의 방 근처에서 대낮에도 입술을 비비며 놀았다.

남색男色 : 南風

상공相公(xiànggōng)이란 재상宰相을 높여 부르는 말이지만 상공相公(xiànggong)이라고 읽으면 '술자리에서 시중드는 남창男娼'을 의미한다. 이들의 거처를 상공당자相公堂子라고 하는데 중한사전中韓辭典에도 실려 있는 말이다.

이와 비슷한 예를 중국 여행 중에 볼 수 있는데 '차박사茶博士'라는 차를 판매하는 점포가 있는데, 간판에는 영문으로 'Dr. Tea'라고 병기했다. 이 간판을 보면 우리는 '차에 관한 해박한 지식을 가진 사람'일 것이라 생각하겠지만 사실은 '찻집에서 잔심부름을 하는 사람'이다. 박사博士란 말을 사전에서 찾으면 오경박사五經博士와 같이 박식한 지식인이라는 의미와 함께 '찻집에서 일하는 심부름꾼'이나 '술집의 주방에서 일하는 사람(酒博士)'의 뜻이 함께 나온다. 하기야 그 사람들도 차와 술에 대해서는 일반인보다 전문 지식인일 것이다.

남풍南風이란 말도 그렇다. 당연히 남쪽에서 불어오는 바람이라 생각하지만, 남풍南風은 곧 남색男色을 의미한다. 이는 중국어에서 南과 男의 발음(nán)이 같기에 생긴 혼용일 것이라 생각할 수 있다.

그러나 본래 중국의 남쪽 지방인 민閩(종족이름 민, 복건성의 다른 명칭)이나 양광 兩廣(廣東省과 廣西自治區의 약칭) 일대에 특히 남색男色을 밝히는 사람이 많아서 남색의 풍조를 남풍南風이라고 한다.

소설 36회에 채장원蔡壯元(채온)과 함께 서문경 집에 들른 안진사安進士는 원래 항주인杭州人이지만 남풍을 좋아하여(喜尙南風) 서동書童(서문경의 하인)이 노래를 잘하는 것을 보고 손을 잡아 매만지며 서로 입으로 술을 머금어 상대에게 넣어주기도 하였다.

또 49회에서 그들이 다시 서문경 집에 들르는데 채어사蔡御使를 모시는 일에 대해 서문경은 "그분은 남쪽이 고향인지라 남색을 좋아하시지. 그렇다고 공연히 손이나 다리를 배배꼬지 말라"고 말한다.

서동書童의 본명은 장송張松으로 청하현의 아문에서 공문 전달이나 잡역을 하는 하인이었는데 당시 청하현의 지현知縣이 서문경에게 선물로 보내주었다. 서문경은 장송을 서동書童이라 이름을 바꾸고 문서 정리 같은 일을 담당케 하고 화원花園의 열쇠를 관리하는 하인(小廝)으로 부렸는데 그때 18살이었다. 서동은 남곡南曲을 잘 불렀고 얼굴은 분을 바른 듯 희고, 하얀 이와 붉은 입술을 가진 준수한 미소년이었다. 때문에 서문경도 가끔 서동과 함께 남색을 즐겼고 서문경 첩의 하녀들도 가끔은 입을 맞추어 불러 재미를 보았다.

소설 34회에서 서문경이 "애야! 몸을 똑바로 맞춰 놓고 움직이지 말라!"하며 동성애를 즐긴다. 서문경의 이런 짓을 다른 하인 평안이 반금련에게 말하자 반금련이 서문경에게 무식한 욕을 해댄다.

"저런 염치도 모르고 어리석은 강도 같은 사람! 아들을 팔아 사위를 산다더니 하는 짓이 모두 거꾸로 한다니까! 당신이 종놈의 똥구멍에 넓적다리나 비비고 있을 사이에 다른 종놈은 이쪽저쪽으로 네 마누라들하고 거시기나 하는 줄도 모르고!"

35회에도 이런 장면이 또 나온다.

서문경은 입으로 문을 가리켜 서동에게 문을 잠그게 하고, 손으로 품에 끌어안고 다른 한 손으로는 서동의 뺨을 만졌다. 서문경이 혀를 내밀자 그 서동은 제 입에 씹고 있던 봉황병鳳凰餅을 서문경에게 밀어 넣어 주고 아래로 서문경의 거시기를 만져 주었다.

서문경과 서동이 서재에서 이렇게 즐기고 있는 사실을 안 반금련이 급히 춘매를 보내 서문경을 억지로 반금련의 방으로 데려 오게 한다. 그리고 반금련이 서문경을 다그친다.

"당신이 내 방안에 들어오면, 솥에 넣고 삶아 먹는 줄 아는 모양이지! 염치도 없는 뻔뻔한 사람! 당신이 염치가 있는 사람이라면 벌건 대낮에 문을 잠가 놓고 종놈하고 무슨 짓을 하고 있었게? 좌우지간에 종놈의 냄새나는 똥구멍을 쑤시고 있었겠지! 밤이 되면 방안에 들어와 우리들 하고 그 짓을 할 것이니, 정말 깨끗하시군요!"

이처럼 여러 처첩들 중에서 반금련만이 서문경의 이러한 남색행위를 질책했다. 그만큼 반금련의 발언이 강할 수 있었던 것은 서문경의 변태적 요구를 수락하고 즐기는 과정에서 서문경의 약점을 잘 잡았기 때문일 것이다. 그런데도 서문경은 다른 날에 또 반금련을 찾아와 새로운 행위를 즐기고 반금련도 수동적이 아니라 능동적으로 색을 탐할 수 있었다.

소설 84회에 오월랑이 태산泰山의 벽하궁碧霞宮이라는 도관에 참배하러 가는데, '그곳 도사들은 손님에게 차를 대접하지만 밤이 되면 남자들끼리 붙어 음욕을 채웠다.' 면서 '아들이나 딸이 있다면 절이나 사당에 보내 중이나 도사가 되게 하지 마시오.' 라고 썼다. 이를 본다면 당시에 남색이 상당히 성행했음을 알 수 있다.

☙ 반금련의 종말

반금련이 서른하나, 서문경이 서른셋이 되는 해 정월, 서문경은 정초부터 새해 인사를 하고 받으면서 술과 색에 곯았다. 정월 초이렛

날 서문경은 여의아와 질펀하게 놀았고, 초여드렛날은 반금련의 방에서 늦도록 재미를 보았다. 정월 초아흐레 반금련의 생일날에 서문경은 손님을 접대하며 술을 마시고 여의아와 함께 잤다.

정월 12일 안손님을 불러 잔치를 했는데, 서문경은 하천호의 젊은 부인 남씨藍氏를 품고 싶지만 어쩌지 못하고 가는 모습만 보고 돌아서다가 후미진 그늘에서 종 내작來爵의 처와 맞닥트렸다. 서문경은 그 옛날 내왕來旺의 처 송혜련만 못하다 생각하면서도 빈방으로 끌고 가서 일을 치렀다. 이날 밤 오월랑의 방에서 쉬었는데 오월랑은 불길한 꿈을 꾸었다.

정월 13일 저녁 무렵, 서문경은 제 발로 왕륙아를 찾아간다.

왕륙아는 손으로 서문경의 거시기를 주무르며 교성을 낸다. 서문경은 거시기에 음약을 바르고 왕륙아에게 밀어 넣으니 왕륙아는 순간 마비되는 줄 알았다. 그러더니 곧 크게 열리면서 서문경을 받아들인다. 서문경은 왕륙아와 일을 치루고 녹아떨어져 잠시 눈을 붙였다가 삼경이 넘어 집으로 들어가 반금련의 방으로 갔다.

음욕 때문에 잠을 못 자고 기다리던 반금련은 서문경의 몸을 뒤져 춘약을 꺼내 한 알을 자신이 먹고, 본래 한 알씩 먹는 약을 서문경에게 3알이나 소주에 타서 먹였다. 서문경은 녹아떨어져 의식이 없지만 물건이 크게 팽창하자 반금련은 서문경의 몸에 올라타 자신의 음욕을 마음껏 채운다. 결국 서문경이 엄청난 양의 정액을 한꺼번에 쏟아내고 이어서 피가 줄줄 흘러나온다. 그러다가 한참 만에 겨우 지혈이 된다. 이것이 서문경의 마지막 행위였다. 이후 다시는 누구도 끌어안지 못하고 서문경은 죽어갔다.

반금련은 서문경이 죽었을 때도 서럽게 울지 않았다. 오히려 출상도 하기 전에 사위 진경제와 눈웃음으로 약속하고 장막 뒤에서 입맞추고 빈방에서 서로를 더듬었다. 그래도 장모와 사위인데, 그 둘은 말이 필요 없었다. 만나면 바로 옷을 벗어 버리고 침상으로 올라갔으니 ….

이를 본다면 반금련과 서문경 사이에는 부부의 정이란 조금도 없었다. 첩의 신분에서 보더라도 남편은 남편인데 어찌 출상도 하기 전에 그 사위와 그 짓을 벌일 수 있는가?

아마 서문경의 혼령이 있었다면 그들을 보면서 '역시 내 첩이고 나를 닮은 사위'라고 혼자 중얼거렸을지도 모른다. 그러한 그 두 사람의 끝이 어떨지는 뻔했다.

그들의 기막힌 짓거리가 오월랑에게 발각되자 오월랑은 그들의 비행을 방조한 춘매를 먼저 팔아버린다. 그리고 진경제를 두들겨 패서 쫓아 버린다. 이어 오월랑은 왕파를 불러 반금련을 팔아버리라고 한다.

금련은 쫓겨나 왕파 집에 머물고 있는 동안에도 왕파의 아들 왕조아를 꾀어 둘이서 몰래 몸을 섞어가며 놀았다. 왕파는 진경제가 찾아와 금련을 만나려 해도 허락하지 않으면서 몸값을 갖고 오면 만나게 해주겠다고 말한다.

또 그동안 서문경과 같이 무관으로 가깝게 지냈던 주수비는 사람을 보내 90냥에 반금련을 사겠다고 흥정을 붙였다. 그러나 왕파가 100냥에서 한 푼도 못 깎는다며 버티자 주수비의 심부름을 하던 주충周忠은 2, 3일 기다렸다가 그래도 버티면 혼을 내주자고 한다.

그러나 때마침 사면을 받고 돌아와 청하현의 도두都頭가 된 무송이 반금련의 소식을 듣고 일백 냥에 사서 같이 옛집에서 살겠다고 왕파에게 말한다. 반금련도 좋아하며 빨리 은자 100냥을 갖고 오라고 한다. 왕파는 몸값 100냥을 받고도 오월랑에게는 20냥에 팔았다며 20냥만 건네준다. 반금련을 데리고 옛 무대의 집으로 돌아간 무송은 31살의 반금련을 죽여 시신을 거리에 버리고 왕파마저 죽이고 은자 80냥을 갖고 양산박으로 향한다.

인생살이의 앞날을 그 누가 알고
재앙이나 복 받는 까닭을 누구에 묻겠는가?
선악의 그 끝에는 응보가 있나니
다만 빨리 오거나 늦게 올 뿐이다.

人生雖未有前知 禍福因由更問誰
善惡到頭終有報 只爭來早與來遲.

이처럼 세상만사는 사람들의 계산대로는 되지 않으며 일생의 모든 것이 다 운명으로 정해진 것이라고 보아야 할 것이다. 반금련은 자신이 뿌린 죄과罪過 대로 그렇게 살다 사라졌다.

이팔청춘 여인의 몸은 연유(酥)처럼 부드러우니
허리의 칼로 어리석은 남자를 베어 버린다.
비록 머리가 떨어지는 것이 보이지는 않지만
암암리에 그대로 하여금 골수를 마르게 한다.

二八佳人體似酥 腰間仗劍斬愚夫
雖然不見人頭落 暗裡教君骨髓枯.

◌◌ 반금련을 보내며

반금련은 소설 속에서 핵심이 되는 주인공이다.

그녀에 대한 도덕적 평가를 하지 않는다면, 반금련은 가장 활발하게 자신의 생을 꾸려 나갔던 강한 생명력과 의지의 여인이었다. 소설 속의 어느 인물보다도 강렬한 감정과 자신만의 신념으로 자신의 욕구를 채워간 여인이었다. 반금련의 죄악이나 일탈은 인간이 얼마나 간악한가를 보여주기도 하지만 당시 반금련에게는 생존이었고 인간의 본성에 가장 가까운 행동이었다.

반금련의 심한 투기妬忌와 원한怨恨과 다른 사람에 대한 심한 해악害惡의 근원을 따져 본다면 어렸을 적부터 자애와 온유溫柔한 정을 받지 못하면서 성장했고 남에 집에 팔려 다니며 본성을 짓밟히며 멸시와 천대를 받았기 때문일 것이다.

반금련은 정욕의 노예였지만 그녀가 겪은 가혹한 인생 역정이나 운명의 결말은 측은하기만 하다. 사위와 육체적 환락에 빠졌다는 허물은 어쨌거나 비난받지 않을 수 없고 응분의 책임을 져야할 행위이다. 서문경이 죽은 뒤 첩이라는 신분이기에 팔려가야만 하는 처지에서 그녀가 선택할 수 있는 길은 거의 없었다.

반금련은 왜 죽어버리겠다는 생각도 못했을까? 반금련은 조금의 죄의식도 없고 자기 인생 역정에 대한 후회도 없었는가? 이병아가 낳은 아들을 고양이가 물어뜯어 죽게 만들었고 그 때문에 이병아도 죽었다. 서문경을 죽음으로 내몰았고 상중에도 그 사위와 붙어 놀았으며 낙태하여 태아를 변소에 버려야만 했다. 그러고서도 아무런 죄의식을 못 느끼는 사람일까? 그토록 악독할 수 있는가?

자신이 팔려 가면 새로운 생활을 할 수 있다고 기대했던 반금련이었다. 무송이 자신의 몸값을 치르고 옛집에서 새로 시작하겠다는 뜻을 말했을 때 반금련은 매우 좋아했다. 전 남편을 죽였는데 이제 그 시동생과 다시 시작하는 인생?

　　발가벗겨 무대의 영전에 꿇려 앉혀진 반금련, 비명과 함께 튀는 핏방울, 거리에 버려진 처참한 시신으로 한 여인의 운명은 32살에 매듭이 지어진다.

　　반금련―정욕의 노예로 탐진치의 삼독三毒에 찌들었고, 윤리의식은 고사하고 죄책감도 없었던 여인―이었기에 더욱 측은할 뿐이다.

5. 이병아의 눈먼 사랑

고운 피부에 온유한 마음씨를 가진 미인이었지만 팔자가 순탄치 못했고 박명했다. 미색과 재물 그리고 아들을 낳았기에 서문경의 총애를 받았다. 그 때문에 반금련의 질투를 견뎌야만 했고 그래서 일찍 죽었다.

∽ 당신은 나를 치료하는 약

이병아는 본래 북경 대명부의 양중서梁中書의 첩이었다. 양중서는 『수호전』에 등장하는 10만관 생신강을 보낸 사람이다. 중서라는 직위는 이 소설에 나오는 왕초선王招宣 보다 훨씬 고위직이었으며 장대호張大戶나 서문경 같은 시골 부자와 비교가 되지 않을 만큼 부유했다. 때문에 이병아는 다른 어느 여인보다도 여유와 품위가 있는 생활을 했을 것이다. 반금련처럼 팔려 다니며 핍박을 받은 적도 없고 맹옥루처럼 우여곡절을 겪지도 않았기에 이병아의 심사는 착했다.

나중에 동경으로 왔는데 마침 화태감花太監의 조카인 화자허花子虛와 결혼한다. 화태감은 황제의 시중을 드는 내시이다. 때문에 궁중

명대미인도(明代美人圖)

으로부터 적지 않은 재물을 갖고 나와 집안에 비축했을 것이다. 화태
감이 늙어 화자허 부부를 데리고 고향 청하현으로 돌아왔다가 곧 죽
었기에 화자허는 그 집과 많은 재산을 그대로 차지한다.

　서문경과 응백작 등이 서문경의 이웃에 사는 화자허를 결의형제
의 한 사람으로 맞이하면서 같이 어울린다. 응백작이나 서문경이 돈
많은 방탕아를 끌어들여 손해 볼 것은 없었다.

　이병아는 13회에 처음 등장하는데 중양절에 기생집에 가서 2차
를 하라고 남편 화자허를 내쫓고 서문경을 불러 배를 맞추는데 서문
경과 처음 사통할 때 이병아는 23세였다. 서문경은 사다리를 타고 담
장을 넘어 다니며 이병아와 즐겼다.

화자허가 형제들간의 유산 싸움 때문에 동경으로 잡혀가자 이병아는 집안에 있던 아주 질이 좋은 은자 삼천 냥을 비롯하여 화태감이 궁중에서 갖고 나온 보석, 옥대, 망의蟒衣 등을 서문경 집으로 빼돌린다. 서문경은 1,000냥만 화자허 석방에 뇌물로 쓰고 나머지는 그냥 꿀꺽해 버린다.

나중에 풀려 돌아온 화자허는 3천 냥을 찾을 때 이병아는 화자허를 거세게 몰아 부친다. 이미 다른 남자 맛을 본 여인이 얼마나 표변하는 지 또 얼마나 표독한 가를 여실히 보여준다. 결국 화자허는 돈 잃고 건강도 잃은 다음 화병으로 죽는다. 이때의 이병아는 영락없는 악녀였다.

이병아는 남편 화자허의 상중에도 여전히 서문경과 성애를 즐겼다. 소설 16회에서 이병아는 남편의 100일 상을 마치고 신주를 태운다. 그리고 서문경과 즐긴 다음에 '담을 넘어 다니기 힘들다고 나를 기다리게 하지 마세요!' 라며 서문경에게 매달린다.

두 사람이 좋은 술을 마시고 춘화春畵를 보며 몰래 즐기는 그 짜릿한 즐거움의 뒷맛은 꿈처럼 달콤했다.

진한 정념에 가슴이 뛰고
기쁨에 겨워 껴안는 어깨.
나른한 몸에 촛불이 비치니
이 모두가 꿈이 아니겠는가?

이병아는 서문경이 자신을 첩으로 데려가길 기다리지만, 서문경이 사돈의 일 때문에 신경을 못 쓰는 사이 이병아는 상사병을 앓다가 진맥하러 온 의원 장죽산蔣竹山에게 마음이 쏠려 시집을 간다.

29살의 장죽산은 이병아의 도움으로 생약포를 열었지만 이는 서문경에게 정식으로 도전한 꼴이었다. 장죽산은 서문경의 사주를 받은 건달들에게 얻어맞고 돈도 빼앗긴다. 또 이병아를 만족시켜 주지 못해 이병아의 미움을 받아 장죽산은 쫓겨난다. 이병아는 이로써 두 명의 남편을 배신한 기록을 세우게 된다.

서문경은 이병아를 여섯째 첩으로 데려오지만 이병아 방에 들어가지 않는다. 창피한 이병아는 자살을 기도하지만 미수로 끝나고 서문경에게 불려나와 옷을 벗긴 채 채찍으로 얻어맞는 수모를 당한다. 서문경은 나에게 정을 주더니 왜 하필 장죽산에게 시집갔느냐고 다그친다. 또 서문경이 이병아에게 "나와 장죽산 누가 더 좋으냐?"고 묻자 이병아가 울면서 대답한다.

"그놈이 어찌 당신과 비교가 되겠어요? 당신은 하늘이고 그 놈은 벽돌이지요. 당신이 삼십삼천三十三天 위에 계신 것 같고, 그놈은 구십구지九十九地 아래에 있지요. … 그 놈 얘기는 하지 마세요. 화자허가 살아 있을 때라도 화자허가 당신보다 나았다면 내가 왜 당신을 애타게 그리워했겠어요? 당신은 나를 치료하는 약이에요(你就是醫奴的藥一般). 당신이 나를 한번 안아 준 뒤로 밤낮으로 당신이 그립지 않은 날이 없었어요."

이런 말을 들은 서문경은 기분이 좋아지며 채찍을 던지고 이병아를 안아 애무한다. 그리고 미모의 과부가 갖고 들어온 재물은 서문경에게 새 사업을 시작할 수 있는 종잣돈이 된다. 이병아가 들어온 뒤로 살림이 크게 늘고 집 안팎을 완전히 일신하였다. 거기에다가 이병아가 제일 먼저 서문경에게 아들을 낳아주어 총애를 한몸에 다 받았다.

❧ 타고난 부귀상

소설 29회에서 오석이라는 도사가 서문경과 처처들의 사주와 관상을 볼 때 이병아에 대해 다음과 같은 말을 했다.

"이 부인은 피부가 아주 곱고 좋으니 부잣집 마나님 상이며 용모가 단아하면서도 장중하니 전통 가문의 부덕婦德을 지닌 분입니다. 다만 안광眼光이 취한 것 같은 것은 성욕이 많기 때문일 것입니다. 누에 눈썹이 밝고 자색의 윤기가 있으니 필히 귀한 아들을 낳을 것입니다. 몸이 희고 둥근 어깨는 틀림없이 남편의 총애를 받을 것입니다…"

소설 46회에서 거북점을 치는 노파는 "마님은 일생동안 부귀와 의식이 풍족하지만, … 명이 좀 짧으며, … 아이에게도 어려움이 있을 것"이라고 말한다.

이처럼 이병아는 미모와 함께 어느 정도 현숙한 부덕을 지녔으며 명성과 재물 운을 타고난 여인이었다.

이병아는 반금련과 여러 면에서 비교가 되었다. 금, 병, 매의 3인 중에서 가장 온순하였으며 아등바등 대지도 않았고 여러 사람에게 잘 베풀었고 인색하게 처신하지도 않았다. 다만 약간은 우둔하였기에 오은아吳銀兒 같은 기생에게 돈도 뜯기고, 가끔 반금련한테 따끔하게 당하고서 반격도 하지 못하고 다른 사람에게 하소연하거나 몰래 혼자 울기만 했던 여인이었다.

서문경이 자기 방에 자주 오는 것이 반금련의 미움을 살 것 같아 가끔은 서문경의 등을 떠 밀어 반금련의 방으로 보내고 자신의 심정을 노래하기도 했다.

'가늘어진 허리는 공연한 번뇌 때문이고,
눈물 자국은 헤어진 아픔이 진하기 때문이라네.'

腰瘦故知閑事惱 淚痕只爲別情濃

　이병아는 6월 염천에 아들을 낳는다. 첫 아들을 얻은 서문경의 기쁨은 말할 것도 없고 온 집안의 경사였다. 통통하고 뽀얀 사내아이, 귀하디귀한 아들을 얻자마자 동경에 보냈던 내보來保와 오점은이 돌아와서 채태사가 내려준 금오위부천호金吾衛副千戶의 직함에 청하현의 제형소이형制刑所理刑에 임명되었다는 희소식을 알린다.

　그야말로 생자가관生子加官의 겹경사였다.

　그야말로 관록官祿이 임문臨門하니 누군들 아부하지 않을 수 있겠는가? 이병아가 나은 아들의 이름은 관가官哥라고 불렀다. 아들이 아버지의 관운까지 불러주었으니 그 아들이 얼마나 귀하겠는가? 그런 아들을 낳은 이병아의 입지가 어떠했겠는가?

　예로부터 여자는 귀천이 없다고 했다. 본래 아내는 남편의 권세대로 힘을 쓰고 개는 주인의 힘을 믿고 짖는 것이다. 그 시절은 '아내는 남편을 따라 올라가고(妻以夫貴), 어미는 자식 따라 귀하게 되는(母以子貴)' 시대였다. 이병아가 서문경의 총애를 받는 것은 당연했다.

⚬⚭⚬ 성인용품

서울 시내에서 볼 수 있는 성인용품점은 늘 문이 닫혀 있지만, 직접 가지 않더라도 인터넷에서 필요한 물건을 주문하고 받을 수 있으니 참 좋은 세상이다. 요즈음 결혼 연령이 늦어지고 독신주의를 고집하는 남녀들이 많다 보니 성인용품점들의 장사가 괜찮다고 한다. 19금 사이트에 들어가 보면 성인용품 사용에 중독이 되면 건강을 해친다면서 적절한 사용으로 스트레스를 풀고 정신적 육체적 건강도 찾고 인생을 보람차게 살아야 한다는 점잖은 충고도 눈에 띈다.

소설 속에 성 행위를 묘사하는 장면이 많다 보니 서문경이 사용한 성애 도구들 명칭이 자주 등장한다. 결론적으로 당시의 성인용품들이 지금 만큼이나 다양하고 또 소설의 묘사 그대로라면 효능이 매우 우수했다는 점을 인정해야 한다. 서문경이 사용한 성인용품은 대략 다음과 같다.

- 춘화春畵 : 이병아의 시아버지 화태감이 궁중에서 갖고 나왔다는 24폭의 춘화(春意二十四解)가 있는데, 이병아가 서문경과 함께 그림대로 체위를 바꿔가며 즐긴다. 서문경이 반금련에게 이것을 보여주었고 또 같이 즐긴다. 서문경이 죽은 뒤에는 이 춘화세트를 가지고 반금련과 진경제가 그림대로 실습을 하는데, 이때 춘매도 착한 도우미가 되어 같이 즐긴다.
- 춘약春藥 : 소설 49회에서 서문경은 성 밖 영복사에서 천축국天竺國에서 왔다는 호승胡僧을 만난다. 서문경의 집에 온 호승은 호로병에서 알약 100여 개를 주면서 한 번에 한 알씩만 소주와

함께 복용하라고 당부하며 아울러 분홍 연고를 주면서 조금씩만 바르라고 일러 준다.

춘약의 효능에 대하여 호승은 '몸이 가벼워지고 혈기가 왕성해지며 열두 미녀를 상대할 수 있고 마음대로 교접해도 여전히 딱딱하기가 창과 같을 것이다.'라고 설명했지만 그 처방은 말해 주지 않았다. 호승으로부터 춘약을 얻은 날 서문경은 왕륙아를 상대로 첫 실험을 한다.

왕륙아는 서문경의 그 장대한 거시기에 놀라고 환락이 극에 달해 "큰 물건 나리! 나는 오늘 죽어도 좋아요(大雞巴達達 淫婦今日可死也)"라고 계속 흥얼거렸다.

• **면자령勉子鈴** : 여인의 그곳에 밀어 넣는 보조기구인데 지금의 버마(南方 면전국緬甸國)에서 유입된 것으로 값이 은자 45냥이라고 하였다. 이는 어떤 새의 분비물을 집어넣은 방울인데 여인의 그곳에 밀어 넣으면 체온으로 따뜻해져 이 방울이 저절로 움직이면서 자극을 준다고 한다. 서문경이 이병아에게 얻어 나중에 반금련에게 보여준다. 그러자 반금련도 신기하게 생각하면서 '이병아 하고 해 봤느냐?'라고 서문경에게 물은 뒤 즉시 옷을 벗고 성능 테스트를 한다.

• **유황권硫黃圈** : 서문경이 즐겨 쓰는 용품인데 우선 먼저 물건의 뿌리 부분에 은탁자를 묶어 매달고 귀두 부분에 유황권을 씌운다고 하였다. 이 유황은 열이 나는 성질이 있기 때문에 유황을 바른 이것을 씌워 삽입을 하고 마찰하면 질 내부를 강하게 자극한다고 하였다. 아마 여인들에게 적잖은 피해를 줄 수 있는 기구였다고 보아야 한다.

- 흰 비단 띠(白綾帶子) : 서문경의 여러 성인용품 중에 흰 비단 띠가 있는데 72회에서 서문경과 반금련이 새벽에 다시 교접을 하면서 흰 비단 띠 이야기를 한다.

곧 내가 흰 비단 띠를 만들어줄 터이니 거기에 호승으로부터 받은 약을 바르고 그것으로 당신의 물건을 감싼 뒤 그 양쪽 끝을 허리에 둘러 묶어 매면 물건이 곧 바로 서면서 끝까지 다 들어갈 수 있다고 금련이 말한다.

이는 일종의 흥분제를 바른 특수 콘돔의 선구자로, 명나라 시대의 여러 책에 등장한다는 기록을 보면 상당히 유행했던 성인용품이었던 것 같다. 특히 방중술房中術을 이음보양以陰補陽의 한 방법으로 인식하며 권장한 도가道家의 종파도 있었으니 명대에도 섹스 관련 영업의 융성과 함께 관련 지식 또한 광범위하게 유포되었음을 짐작할 수 있다.

- 은탁자銀托子 : 서문경이 즐겨 사용하는 성인용품이다. 서문경은 은탁자 두 개를 매달아 놓고 여인을 기다렸다는 서술도 있다. 또 반금련의 말에 의하면 중간에 걸려 잘 들어가지 않으며, 끝까지 들어가지도 않고 버티기도 아프다고 했다. 이를 짐작해 보면 은으로 접시나 받침처럼 만들어 음경에 끼워서 허리에 매었던 발기지속형 보조기구이거나 돌기형 특수 콘돔의 원형이라 추정할 수 있다.

- 전성교顫聲嬌 : 51회에서 반금련은 전성교를 바르면 '안을 간지럽게 해 참을 수 없다'고 하였다. 그런데 호승이 준 춘약을 바르면 자궁이 '서늘해지면서 가슴까지 열이 뻗치며 온몸을 나른하게 만들어 준다'고 하였다. 이를 보면 전성교나 호승이 준

연고 같은 약은 여인의 질속에 바르는 최음제라고 생각된다. 이와 비슷한 것으로 배꼽에 바르는 봉제고 封臍膏라는 연고도 최음제였다.

- **경동인사** 景東人事 : 보통 각선생 角先生이라고 부르는 인공 음경인데 요즈음의 여성용 딜도와 같다고 생각하면 된다. 장죽산이 이병아에게 사다 주었다.
- **미녀상사투** 美女相思套 : 장죽산이 이병아에게 사다 준 물건인데 경동인사와 비슷한 것이다. 장죽산이 이병아를 처음부터 충족시켜 주지 못했기에 미안해서 가지고 놀라고 사다준 것이다. 그러나 이병아는 서문경 거시기의 우월한 크기와 능력 그리고 광풍과 함께 쏟아지는 소낙비의 쾌감을 충분히 맛보았기 때문에 장죽산이 사다 준 물건을 집어던지고 욕을 해댄다.

  "넌 본래 미꾸라지처럼 허리에 힘도 없으니까 그따위 물건이나 사다가 마누라를 희롱하려고 하느냐! 꼬꾸라져 뒈질 망나니 같은 놈아!"

  한밤 삼경에 쫓겨난 장죽산은 점포에서 자야만 했다.(소설 19회)

❧ 아들을 먼저 보내고

반금련은 이병아의 희고 고운 피부를 부러워했다. 금련은 한겨울에 입는 모피 방한 옷이 하나도 없었지만 이병아에게는 그런 옷이 큰 상자에 꽉 차 있었다.

오월랑은 병아가 나은 아들을 친자식처럼 사랑했으나 반금련은 그렇지 않았다. 고의로 관가를 높이 들어 얼리면서 아기가 놀라 울게 만들었다. 관가의 첫돌이 지나면서 금련은 관가가 고양이를 무서워하는 것을 알았다.

반금련은 자기 방에서 키우는 설사자雪獅子라는 하얀 고양이에게 생고기를 붉은 천에 싸서 던져 주었고 고양이는 천을 물어뜯어 고기를 먹도록 훈련시켰다. 반금련은 틈을 보아 설사자가 붉은 비단 옷을 입은 관가를 물어뜯게 했다.

하기야 꽃에도 가시가 있거늘 사람 마음속에 어찌 독을 품지 않겠는가? 반금련의 악독함은 천성인가? 하여튼 반금련의 의도대로 관가는 곧 죽고 이병아는 실신한다. 심한 우울증에 걸린 이병아는 몸이 극도로 쇠약해진다.

이병아가 죽기 전, 대소변을 받아내는 상태인데도 이병아는 왕王비구니나 풍노파, 유모 여의아, 몸종인 영춘과 수춘에게도 재물을 나누어 준다.

27세에 요절하는 이병아는 죽기 전에 오월랑에게 "아기를 낳으면 잘 길러 나리의 대를 잇게 하세요. 나처럼 마음을 제대로 쓰지 않아 남의 암수暗數에 걸리면 안 돼요."라고 말한다. 이는 자신의 기반을 확실하게 만들어주었던 아들을 잃은 이병아의 뼈저린 후회의 말이 아니겠는가?

이병아가 죽자 서문경은 크게 슬퍼한다. 서문경은 오월랑에게 "그 사람이 이 집에 온 지 몇 해가 되었건만 크고 작은 일로 남을 탓한 적도 없고 어느 누구도 욕한 적이 없어! 이렇듯 좋은 성품의 그 사람을 내가 어찌 쉽게 떠나보낼 수 있겠어!" 하며 대성통곡을 한다. 이병아의 장례식은 많은 경비를 들여 모든 절차를 다 밟으며 마무리

된다.

◎◎◎ 죽음에 대한 묘사

이병아는 서문경에게 첫 번째 아들을 낳아 주었기에 총애를 받았지만 반금련의 질투와 모함을 받아야 했다. 아들 관가가 반금련의 흉수에 걸려 죽었고 슬픔 속에 이병아도 병에 걸려 꼬챙이처럼 말라 죽는다. 관가와 이병아의 죽는 과정에 대한 작가의 묘사는 매우 사실적이고 상세하다.

사실, 중국인들은 죽음에 대한 이야기를 좋아하지 않는다. 또 죽음에 대한 인식도 서양 문학에서 보는 것처럼 사색적이지 못하다. 중국인들은 사람과 귀신이 사랑을 한다든지 득도하여 승천한다는 식으로 죽음을 미화하여 종결짓는 것이 중국문학에서 볼 수 있는 죽음에 대한 인식이라고 말할 수 있다. 또 죽어가는 과정의 비참한 종말이나 고통으로 일그러지는 추한 모습을 보지 않으려고 애쓰거나 서술을 회피하는 결말을 선택한다.

중국인들이 생각하는 저승사자는 우리나라의 저승사자와 조금 다르다. 중국인의 저승사자인 흑무상黑無常과 백무상白無常은 각각 검은 옷과 흰 옷을 입고 있는데 온 얼굴과 피부는 쪼글쪼글하고 산발한 머리에 긴 혀가 입 밖으로 축 늘어져 있는 모습을 하고 있다. 이 두 무상이 찾아오기 전에 인간은 자신을 되돌아보아야 한다.

죽음은 어찌 보면 한 인생의 최종 결말이다. 죽음은 한 인간이 살아 활동하는 마지막 모습이며 평가를 받는 마지막 시험이다. 그리고 당사자 평생의 업적이나 가치관과 인생관의 표출 순간일 수도 있다. 착한 모습으로 평화롭게 죽는다는 일이 쉽지도 않지만 그런 의지나 철학이 없다면 그런 행복한 죽음을 누릴 수도 없는 것이 인생이다.

『금병매』에서는 송혜련의 자살, 돌이 겨우 지난 관가의 요절, 아들을 먼저 보내고 원한 속에 죽어가는 이병아, 서문경의 주색에 찌든 추한 마지막과 반금련의 업보와 피살, 방춘매의 방종한 색욕과 죽음 등을 상세히 묘사하고 있는데, 이는 그때까지의 다른 어느 작가보다도 아주 특이하다고 말할 수 있다.

소설 59회에서 아들 관가가 죽자, 60회서부터 이병아는 병에 걸려 62회에 죽었지만 66회까지 장례와 뒷일에 대한 서술이 이어진다.

이병아는 이미 뼈만 앙상해졌고 하혈을 계속한다. 종이로 그 하혈을 다 닦아낼 수 없을 정도였고 방안에는 썩는 냄새가 진동한다. 이병아는 아들의 죽음에 따른 슬픔과 함께 자신이 그동안 지은 죄 때문에 고통을 받는다.

이병아의 꿈속에서 전 남편 화자허가 아들 관가를 안고 나타나 집을 장만해 놨으니 빨리 와서 같이 살자고 말한다. 화자허는 관가의 생부가 아닌데 관가를 안고 나타난다는 것은 화자허가 관가의 생명을 앗아 갔다는 뜻이다. 그렇다면 그것은 이병아의 죗값이 아닌가?

이병아는 꿈속에서 느꼈던 고통을 서문경에게 이야기 하면서도 '화자허'라는 이름을 올리지도 못하고 '그 사람(他)' '저 사람(那斯)', '죽은 이(死了的)'라고 말한다. 그러면서 죽음이 두려워 마귀를 쫓아내는 중을 불러 달라고 서문경에게 부탁한다.

죽어 가는 젊은 부인이 느끼는 적막감과 두려움－그것은 이병아 혼자만의 것이었다. 다른 사람들의 일상은 하나도 달라지지도 않았다. 중양절에는 광대들을 불러 연극을 보고, 노래를 듣고 술을 마신다. 서문경은 기녀 집에 가서 즐기다가 왕륙아와 질펀하게 즐긴다.

의원이 한 사람 다녀가면 다른 의원이 들어오고 진찰을 한다. 서문경과 놀아나던 기녀 오은아는 이병아를 수양어머니라 하면서 돈을 뜯어낸다. 여승들은 이병아가 시주한 돈을 놓고 싸우고 풍마마라는 중매쟁이 노파까지 등장하여 엉뚱한 이야기나 늘어놓는다.

이병아는 여승들을 불러 자기 업보에서의 여러 재앙이나 없애 주기를 희망했었다. 그리고 마지막으로 자신의 의복이나 머리 장식물 등을 하인들에게 나누어 주는데 그 정경은 매우 처량하다. 그녀의 마음속 깊은 곳은 그야말로 공허했을 것이다.

자식을 지켜내지도 못한 슬픔을, 남편의 사랑도 이제는 자신을 지켜주지 못할 것이라는 체념을, 그리고 아무런 값진 일도 없이 사라져야 할 인생이라는 것을 알기에 그는 마지막으로 하인들에게 조그만 정을 나누어 주고 그렇게 떠나갔다.

앙상하게 뼈만 남은 이병아는 '나의 사랑하는 당신(我的哥哥)'이라며 서문경을 마지막으로 간절히 불렀다.

서문경은 자신의 낙원에 들어 온 한 마리의 뱀이었다. 서문경은 그녀를 유혹했고 이병아는 아내의 지조와 도리를 버리고 서문경을 따라갔다. 그리고 서문경의 보호 아래 늙도록 같이 살기를 원했지만 이제는 그저 불러보는 이름일 뿐이었다. 이런 장면에 대한 작가의 서술은 그때까지 중국문학 작품 속에서 찾아볼 수 없는 특별한 것이었다.

서문경만을 바라보는 이병아는 음부淫婦가 아니었다. 그녀는 착한 심성과 온유한 사랑으로 남편을 섬겼고 그래서 사랑을 받고 정을 줄 수 있는 서문경의 보물이었다. 이병아는 화자허를 죽음으로 내 몰고 장죽산을 내쫓은 나쁜 여인이 아니라 그저 서문경만을 섬기는 여인이었다.

사랑을 기대했지만 냉대를 받았기에 목매 자살을 시도했던 이병아였다. 목숨을 건진 뒤, 이병아는 오직 서문경에게만 전적으로 의지했다. '당신은 나를 고쳐주는 약'이라며 오직 서문경만을 섬겼다.

그 때문에 아들을 낳았고 그래서 더욱 총애를 받았다. 그러나 몸과 마음과 모든 것을 다 주면서 키우던 아들의 죽음과 함께 이병아는 무너져 내렸고, 이병아는 모든 것을 다 잃었다.

이병아는 탐진치貪嗔痴의 삼독에서 치독이 유독 심했다. 서문경과 아들에 대한 치애痴愛 — 이것이 바로 무명無明의 업보가 아닌가?

이병아의 장례는 거창했다. 서문경이 한 때나마 식음을 폐하고 대성통곡을 했고, 수의나 최고급의 관에, 정처正妻라 호칭하고, 사위 진경제가 상주 노릇을 하고, 청하현이 모든 관리들이 와서 조문을 하였으며, 화려하고 당당한 출상出喪을 청하현의 모든 사람들이 지켜보았다. 장례 이후에도 온갖 절차와 의식에 조금도 소홀함이 없었다.

그러나 사후의 이런 호화가 죽은 이에게 무슨 의미가 있는가? 세력을 좀 쓰는 관리이며 대부호인 서문경이라는 실체가 있기에 누릴 수 있는 호사였을 뿐! 이는 모두 이병아가 아니라 서문경을 위한 조문이었을 것이다.

6. 풍운의 여인 춘매

춘매春梅의 본 성은 방龐씨이지만 소설에서는 성을 부르지 않고 춘매라 통칭한다. 본래는 오월랑의 몸종이었다가 반금련이 들어오면서 반금련을 섬겼다. 큰 키에 얼굴도 곱고 재주가 있으며 영리하였다. 서문경이 죽은 후 팔려나가는 신세였지만 오히려 행운을 잡았고 나중에는 가장 고귀한 신분으로 풍운을 일으켰던 당당한 여인이었다.

그 주인에 그 하녀

춘매의 출생내력이나 부모에 대한 이야기는 소설에 서술이 없다. 말하자면 부잣집에서 아무것도 볼 것 없는, 돈 주고 사온 하녀이기에 출생이나 심지어는 성이 방씨라는 것조차 설명이 필요가 없는 존재였다. 반금련은 그래도 바느질 집 딸이었고 친정어머니가 나중에 서문경 집에 출입을 하는 이야기라도 있지만, 춘매의 본 가족은 아무도 등장하지 않는다.

그렇지만 『금병매』의 제목에 춘매의 이름이 들어가니 매우 비중 있는 주인공이라 할 수 있다. 춘매는 서문경의 첩은 아니었지만 서문

경이 살아 있을 때부터 하인이나 하녀 중에서 자기 주관이 또렷하고 강한 개성의 소유자였다.

서문경과 반금련이 특별한 자세로 구교口欬를 한창 즐기면서 서문경은 춘매를 불러 차를 가져오라고 한다. 그러면서 서문경은 화자허가 이미 자기 마누라 시중을 드는 계집종을 두 명이나 제 것으로 만들었다는 이야기를 반금련에게 말하며 부럽다는 말을 했다.

이에 금련은 서문경에게 '그럼 내일 이 방에서 춘매를 접수하라'고 말했고 다음날 일부러 방을 비워준다. 서문경은 기꺼이 춘매와 즐겼고 춘매도 거부하지 않았다. 이후 반금련은 춘매에게 가사 잡일을 제외하고 오로지 자신의 가벼운 시중만을 들게 한다. 춘매는 서문경과 반금련이 즐기는 현장에 가끔 동참도 하는 착한 도우미가 되었고 반금련의 작은 분신이었다.

반금련은 서문경의 총애를 받으면서 교만해져서 집안에서 사건이나 시비를 불러일으키고, 의심이 많고 남이 하는 말을 엿들으려 애썼으며 밤낮으로 조용히 있지를 못하는 성격이었다.

그 주인에 그 종이라고 춘매 역시 참을성 있는 계집이 아니었다. 하루는 금련이 사소한 일로 춘매에게 몇 마디 욕과 꾸지람을 했더니 춘매는 아무 말도 없이 보이질 않았다. 반금련이 한참을 찾아보니 춘매는 뒤편 주방에 들어가 방망이로 설거지 하는 살강(싱크대)을 두들기며 화풀이를 하고 있었다. 또 오월랑한테 꾸지람을 듣고, 오월랑이 여러 사람들 앞에서 종년이라 했다고 사흘 동안 물 한모금 안 먹고 성질을 부려 서문경이 방으로 찾아가 직접 달래기도 하였다. 춘매는 이처럼 성깔이 있는 여자였다.

춘매는 반금련을 대신하여 손설아와 싸우고, 자신에게 치근대려는 이교아의 동생을 정색하고 혼내 주었으며, 빨래를 하다가 서문경의 놀이 상대가 된 유모 여의아와 머리채를 잡으며 싸워 이기기도 했다.

소설 29회에서 서문경의 관상을 볼 때 다른 처첩과 함께 춘매의 관상을 보고 말한다.

"이 아가씨는 오관五官(눈, 코, 입, 귀, 피부 ; 용모)이 단정하고 골격이 좋고 머릿결이 가늘고 눈썹이 진하니 품성稟性이 강할 것입니다. 얼굴은 작고 눈이 동그라니 성질이 조급할 것이며, 콧날이 오뚝하니 필히 귀한 남편을 만나 아들을 낳고 이마 양쪽이 약간 높으니 젊어 보관을 쓸 것입니다. 그리고 걸음걸이가 날렵하고 목소리가 맑으니 필히 남편을 도와 벼슬을 높일 것이며 스물일곱쯤에는 좋은 지위를 누릴 것입니다. 또 오른쪽 볼에 검은 점이 있어 일생동안 남편의 공경과 사랑을 받을 것입니다."

자고로 점이란 맞힌다면 운명과도 같고 못 맞히면 그것으로 끝인 것이며, 관상이란 것도 마음먹기에 따라 생겼다가 마음먹기에 따라 없어지는 것이다. 그때 춘매가 이런 말을 했다.

"속담에 무릇 사람은 외모만으로 평가할 수 없고 바닷물은 말(斗)로 측량할 수 없다고 합니다. 둥글지 않은 것도 깎으면 둥글게 되는 것이고 사람도 잘 차려 입으면 누가 누군지 어떻게 알겠습니까? 내가 영원히 이 집에서 종노릇만 할 것이라고 누가 어떻게 알겠습니까?"

> 가난한 사람 땅에도 꽃은 피며
> 달은 산하의 곳곳을 밝게 비춘다.
> 세상에서 다만 사람의 마음만 나쁠 뿐
> 모든 일은 오히려 하늘이 사람을 키우나니
> 바보나 벙어리라도 큰 부자가 되고
> 영리하고 총명한 사람도 가난의 고통을 겪는다.
> 연월일시 사주四柱는 응당 정해진 것이라지만
> 생각해보면 운명이 아닌 인간의 뜻이라네.

춘매는 지혜롭고 총명할 뿐만 아니라 보고 들은 것을 잘 활용하며 자기의 뚜렷한 주관을 갖고 있었다. 동시에 반금련에게 끝까지 충성을 다하며 지켜주려는 의리도 있었다. 또 가끔은 익살스럽게 응대도 잘해 서문경과 진경제의 사랑(?)을 받았는데 이는 하녀의 신분에서 어쩔 수 없는 선택일 수도 있다. 만약 춘매가 반금련의 다른 몸종인 추국秋菊처럼 못생겼더라면 부엌일이나 하면서 얻어맞기나 했을 것이다.

반금련과 서문경의 사위 진경제가 눈과 배가 맞아 재미를 보는 불륜의 현장을 춘매가 목격하게 된다. 반금련은 춘매에게 비밀을 지켜달라고 부탁하고 춘매 역시 선선히 약속하지만 반금련은 마음이 안 놓인다면서 춘매에게 진경제와 동침하라고 요구한다. 춘매는 기꺼이 응했고 이후로 진경제와는 서로 떨어질 수 없는 연인이 되었다.

서문경이 죽은 뒤에도 진경제와 반금련이 자주 놀아났는데 그 중간 연락을 취하고 안전 조치를 해주는 일을 춘매가 담당하였다. 때문에 오월랑이 먼저 춘매를 쫓아내며 설 노파를 불러 팔아 버리라고 한다. 오월랑은 춘매에게 옷가지 하나라도 갖고 나가지 말라는 엄명을 내린다.

춘매는 "사나이는 남이 떠나면서 남긴 밥을 먹지 않고(好男不吃分時飯), 잘난 여자는 시집올 때 입었던 옷을 입지 않는다(好女不穿嫁時衣)."면서 결코 오월랑에게 구걸하지 않았다.

춘매는 입은 옷 그대로 설 노파를 따라 팔려나가면서도 끝까지 당당했다. 진경제는 설 노파 집으로 찾아가 춘매를 위로하는데, 거기서도 진경제와 춘매는 재미를 보며 끈끈한 정을 약속한다.

ᘒᘎ 춘매의 영광과 종말

춘매는 주수비周守備(청하현의 무장, 名은 秀)에게 50냥에 팔려가 첩이 된다. 춘매는 영특했기에 곧 주수비의 인정을 받고 사랑도 차지한다.

춘매는 반금련이 왕파의 집에서 팔리기를 기다린 말을 듣고 주수비에게 은자 백 냥에 반금련을 사오라고 적극 권유한다.

나중에 반금련이 무송에게 피살되었다는 소식을 듣고 춘매는 이삼일 동안 울기만 했다. 춘매는 반금련의 시신이 거리에 방치되어 있다는 말을 듣고 사람을 시켜 거두어 성의 남쪽에 있는 영복사(주수비의 香火院)에 장례를 지내 준다. 이는 자신의 옛 주인에 대한 충성이었고 의리였다.

곧 춘매는 주수비의 아들을 임신한다. 청명절에 서문경 제사를 지내고 돌아오던 오월랑은 우연히 영복사에 들려 결국 반금련의 제사를 지낸 춘매를 만나게 되는데, 춘매는 자신을 무자비하게 내 쫓은 전날의 주인 오월랑에게 깍듯한 예를 갖춘다. 거기서 이미 오월랑과 춘매의 처지는 역전이 되었다.

춘매는 아들을 낳고 주수비의 사랑을 받으며 정처正妻가 되었다.

당시 여인의 운명은 아버지와 남편과 아들에 의해 결정된다. 춘매는 아버지의 덕을 보지 못했지만 남편을 잘 만났고 바로 아들을 낳으며 주수비의 정처로 승격한다. 정처가 된 뒤, 주수비가 승진을 거듭하면서 춘매의 지위도 나날이 올라갔다.

춘매는 다른 사건에 걸려 들어온 진경제를 구원해 주었고, 곤경에 처한 오월랑을 도와 문제를 해결해 주었다. 그래서 오월랑으로부터 감사의 예물을 받기도 한다.

춘매는 다섯 칸 안채에 살며 비단 치마저고리를 입고 금장식으로 머리를 꾸몄다. 일을 해야 하는 하녀가 아닌 시중을 받는 안주인으로 훨씬 좋아진 풍채에 많은 하녀를 거느렸다. 이때가 바로 춘매의 전성시대였다.

춘매는 서문경 죽은 지 삼 년이 되는 날 오월랑에게 제물과 아들 효가의 생일 축하 선물을 보낸다. 이어 춘매는 오월랑의 정식 초대를 받고 최고로 차려 입고서 오월랑을 예방한다.

서문경 영전에 지전紙錢을 사른 뒤, 자신이 반금련을 섬기며 함께 살았던 옛집과 화원을 둘러본다. 이어 기생들이 부르는 노래를 들으며 술을 마신다. 춘매가 기생들에게 옛날을 그리는 뜻을 읊은 노래를 부르게 한 것은 옛날 진경제와의 사랑이 그리웠기 때문일 것이다.

이날 춘매가 퇴락해 가는 서문경의 집으로 오월랑을 예방하고 만나는 모습은 '무쇠조각도 때를 만나면 빛을 내듯(時來頑鐵有光輝)' 떠오르는 춘매의 영광과 '운이 다하니 찬란한 황금도 빛을 잃어가듯(運去黃金無艶色)' 저물어가는 오월랑의 처지를 대조적으로 보여 주었다.

춘매는 진경제를 자신의 내內 사촌 동생이라 속이고 집으로 데려다 놓고 주수비의 일을 시키면서 밀애를 마음껏 즐긴다. 주수비는 송강 등 양산박 일당을 토벌한 공적으로 제남부의 군무를 총괄하는 제남병마제치濟南兵馬制置로 승진하여 임지로 부임하였다가 다시 산동도통제로 승진하여 동창부에 주둔한다.

진경제가 죽은 뒤, 춘매는 여섯 살 된 아들 금아金兒를 키우면서도 춘정을 참지 못한다. 동창부에서 남편 주통제와 같이 살게 된 춘매는 하인 주충周忠의 아들인 열아홉 살 주의周義를 꾀어 성애를 즐긴다.

한편 주통제는 북에서 쳐들어오는 금金나라 군대를 막다가 전사하고 춘매는 나중에 청하현으로 돌아온다. 춘매는 남편 장례를 치룬 뒤에도 음욕을 참을 수 없어 주의와 두문불출 잠자리만을 거듭했다. 그러하다 보니 중병에 걸려 몸이 장작처럼 바짝 말랐어도 음욕은 멈추지 않았다.

한여름 유월에 자신의 생일이 지난 무덥던 어느 날, 아침에 늦게 일어나 주의를 불러들여 끌어안고 거시기를 한 번 한 뒤, 춘매의 코와 입에서 찬바람이 나왔다. 그리고서는 음수를 몽땅 쏟아내고, 주의의 배위에서 그대로 죽으니 나이 스물아홉이었다.

7. 정부인 오월랑

서문경의 정부인正夫人 오월랑吳月娘은 청하현 좌위左衛 오천호吳千戶의 딸로 음력 팔월 십오일에 출생하였기에 어렸을 적 이름이 월저月姐였다. 서문경은 전처 진씨가 딸 하나를 낳고 죽자 오월랑을 정처로 맞이했다. 오월랑은 1처 5첩의 어른이며 서문경 집안의 안주인으로서의 역할과 임무를 잘 수행하며 남편을 도왔다.

오월랑은 소설 속 인물 중에서도 그 형상에 대하여 논란이 많은 인물이다. 그녀의 거짓이나 탐욕과 간사한 일면이 크게 드러나지는 않았지만 그러한 심성으로 서문경의 악행을 묵인하거나 종용했다는 비난을 면할 수 없다. 그렇지만 서문경 사후에 집안을 추스르며 70까지 수를 누리고 선종했다는 설정은 그래도 그녀가 서문경 집안에서는 가장 정경正經 인물이었다고 보아야 할 것이다.

서문경의 안방마님

오월랑은 온유한 성품이었지만 잔병치레가 많았다. 불경佛經 이야기를 좋아하고 가내 화평을 기도했으며 한 집안에 사는 여러 첩들

명대미인도(明代美人圖)

과의 불화를 조정하면서 가문을 대표하는 안방마님으로 품위를 유지
하며 권위를 지켰다.

소설 29회에 도사가 와서 서문경과 오월랑 외 여러 첩들의 관상
을 보는데 오월랑에 대해서는,

"마님의 얼굴이 만월과 같으니 가도家道가 흥륭興隆할 것입니다.
입술이 홍련紅蓮같으니 의식이 풍족할 것이며 반드시 귀부인이 되고
아들을 낳을 것입니다. 목소리가 맑으니 필히 남편을 잘 모시고 발복
發福할 것입니다."라고 말했다.

그리고 오월랑의 봄에 올라오는 파(春蔥)와 같은 열 손가락을 보고
서는 '집안을 잘 다스리고 부덕婦德이 있다'고 말했다. 이를 본다면

오월랑은 단정한 용의와 의젓한 자태와 부덕을 가진 현숙한 아내였다고 말할 수 있다.

46회에는 거북점을 치는 노파가 오월랑의 운명을 예언하는데 "일생동안 인의仁義를 지키며 성격은 관대하고 마음씨는 자애로우며 선행을 쌓으면서 불경도 읽고 보시를 잘하여 덕행이 널리 알려질 것입니다. 또한 일생동안 굳은 지조로 가정을 잘 지켜 나갈 것입니다. 희로애락이야 늘 있겠지만 늘 웃으며 번뇌와 근심을 드러내지 않을 분입니다. ··· 병치레가 많고 액운이 좀 있지만 마음이 착하니 잘 이겨낼 것입니다."라고 하였다. 그리고 뒷날 출가出家할 아들을 얻을 것이라는 막연한 예언도 있었다.

정처 오월랑의 가장 중요한 임무는 안방마님으로 정도를 지키고 행하면서 가정의 화평을 유지하는 일이었다. 그녀가 비록 서문경의 음란이나 악행을 못하게 막지는 못했지만 모든 첩과 하인들의 어른이었고 서문경에게는 그야말로 현처賢妻의 소임을 다했다. 때문에 오월랑은 아들을 얻었고 그 아들이 자라서 비록 출가를 하였지만 양자를 맞이해 서문경의 대를 잇게 했고 그 자신도 70까지 수를 누리며 선종善終할 수 있었다.

사실 서문경의 입장에서 보면 1처 5첩에 차이는 없었다. 가장 자극적인 쾌감을 찾는다면 반금련이 제일 좋았겠지만 그런 것은 집 밖에서도 얼마든지 가능했다. 5명의 첩을 맞이할 때의 명분이야 본처에서 출산이 없었기 때문이지만 기본적으로 서문경의 호색 때문이었다.

그리고 1처 5첩은 오로지 서문경의 환심을 사기 위해 노력해야 하는 입장이었다.

오월랑은 큰 눈이 내리는 날 밤에 서문경을 위한 기도를 드린다. 이를 목격한 서문경이 감동해서 그동안 격조했던 앙금을 풀며 오월 랑과 한 방에서 부부의 쾌락을 즐기는 일이나(소설 21회) 반금련이 포 도 덩굴 아래서 전라의 몸으로 서문경과 음락을 즐긴 것은 다만 정도 의 차이였을 뿐이다.

∞ 부부란 무엇인가?

오월랑은 서문경의 정실正室로 정도正道를 걸으며 여러 첩들과 화목하게 생활했다. 이는 오월랑이 보름달처럼 둥글고 원만한 심성 때문이었다고 보아야 한다. 그러나 오월랑도 역시 평범한 부녀자였 다.

가끔은 질투하고 여승들의 말에 현혹되고, 아들을 얻기 위한 미 신행위도 마다하지 않는 어리석은 일면도 있었다. 그리고 부잣집 안 방마님이라 하여 돈을 싫어하지도 않았다. 돈은 누구에게나 많으면 많을수록 좋은 것이었다.

이교아가 서문경의 첩으로 처음 들어올 때 극도의 질투심에 불탔 지만 이교아가 많은 돈을 가지고 온다는 것을 알고서는 아무 소리도 내지 않았다. 또 이병아를 데려올 때도 이병아가 갖고 들어온 재물을 보고서는 오래도록 부부의 정이 끊어지지 않기를 축원해 주었다.

그리고 처첩들 사이에서 때로는 도덕적이면서도 필요에 따라서 는 음행을 못 본 척하는 재량을 발휘해야만 했었다. 이병아의 몸에서 아들이 나오자 마치 자기의 아들처럼 서둘러 교대호喬大戶 집안의 딸과 정혼하면서 사돈을 맺는 것도 다 '부귀를 이용한 자신의 입지 구축'의 방략이었다.

서문경이 죽은 뒤에 태산에 기도하러 갔다가 강간을 당할 뻔했던 일이라든지 서문경의 친구였던 오점은에게 망신을 당하는 일들은 스스로의 체면을 깎는 어리석은 짓이라 아니할 수 없다.

오월랑은 집안에서 서문경에게 그래도 바른 말을 해야 하는 처지였으며 실제로 그런 장면이 종종 소설에 등장한다. 그러나 대부분의 남자들이 아내의 말에 대해서는 마이동풍이지만 밖에서 다른 사람이 하는 말은 부처님 말씀처럼 생각하고 따르는 것이 현실이다.

서문경이 '화자허에게 충고하겠다'는 말을 듣고 오월랑이 말한다.

"이 양반아! 당신 자신이나 돌아보시오. 꼭 진흙으로 만든 부처가 흙으로 만든 부처에게 충고하시네! 당신도 허구한 날 집에 붙어 있지 않고 밖에서 여자들이나 데리고 놀면서 오히려 남의 사내에게 무슨 권고를 하시려는가?"

화자허는 기원에서 기녀들과 노는데 얼이 빠진 사람이었다. 때문에 이병아가 딴 마음을 품게 되어 서문경이 그 틈을 비집고 들어간 것 아닌가? 결국 화자허가 재산을 잃고 아내를 뺏기고 일찍 죽게 된 것 모두가 화자허 자신에게 그 원인이 있다고 보아야 한다.

대체로 아내와 남편이 한마음이 되지 못한다면 사내가 아무리 유능하고 능력이 있다 하여도 아내가 몰래 하는 일을 알지 못한다. 사내가 밖의 일을 주관하고 아내가 가사를 분담한다 하지만 아내 때문에 사내의 명성에 흠이 가거나 뜻하는 일이 실패로 끝나는 경우에 사내는 아내 탓만 할 수는 없다. 왜냐하면 대개의 경우 사내가 아내를 제대로 거느리지 못했기 때문이다.

　우리가 부창부수夫唱婦隨라는 말을 자주 쓰지만 사내와 아내가 서로 존중하며 위해 주어야 허물없이 부부의 애정을 유지하며 부창부수의 한마음이 되는 것이다.

　서문경은 대체로 오월랑을 잘 위해주고 그녀의 말에 잘 따라주는 타입이었다. 그런데도 가끔은 반금련이 중간에 끼어들거나 충동질을 해서 반목하고 미워할 때도 있었지만 전체적으로 원만한 관계를 지속했다.

　서문경이 반금련의 말에 현혹되어 한동안 오월랑과 거리를 두었지만 나중에 오월랑의 진심을 알고서는 오월랑에게 허리를 깊이 숙이며 말한다.(소설 21회)

　"내가 정신이 혼미하여 당신의 좋은 말을 따르지 않고 호의도 저버렸는데 이는 마치 형산荊山의 옥玉54)을 알아보지 못한 것과 같으며 사람을 겪어 본 뒤에야 군자를 알아본다는 말과도 같소. 제발 나를 용서해 주시오."

　사실 아내가 현명하면 매일 닭이 울듯 남편을 타이르고 좋은 뜻으로 약석藥石 같은 말을 해준다. 소설 57회에 서문경은 영복사의 선승에게 절의 중건을 위해 은자 오백 냥을 시주한다. 그런 이야기를 서문경으로부터 들은 오월랑은 사리가 밝은 사람이라 서문경에게 바른 말을 들려준다.

　54) 형산에서 나는 백옥. 어질고 착한 사람을 비유적으로 이르는 말.

"여보! 당신은 하늘의 큰 조화造化를 받아 아들을 보았소. 그리고 또 착한 마음을 일으켜 좋은 인연을 널리 맺었기에 이처럼 융성한 것이니 이 모두가 어찌 우리 가문의 복된 연분이 아니겠소? 다만 그런 착한 마음이 많지 않을 것 같아 걱정이고 사악한 마음이 모두 다 사라지지 않을까 걱정일 뿐이오. 여보! 당신은 오늘 이후로 바른 일正經이 아닌 계집질을 하지 말고 남의 재물을 탐하거나 색을 밝히지 말고 오로지 음공陰功을 쌓아 아들에게 물려주는 것이 좋을 것입니다."

그러자 서문경은 고리타분한 설교라고 하면서 "내가 많은 여자들을 만나는 것도 다 좋은 인연이며 베푸는 것이니 내가 이런 좋은 일에 돈 좀 쓰는 것을 염라대왕도 좋아할 것이요. 그러니 내가 달 속의 미인 항아姮娥나 하늘의 직녀織女를 유혹하든 서왕모西王母의 딸을 훔쳐오던 내 재산은 줄어들지 않을 것이요."라고 큰 소리를 쳤다.

소설 69회에서는 서문경이 기생 이계저와 놀아난 왕삼관王三官을 좀 훈계했다고 오월랑에게 자랑을 하자 오월랑이 서문경에게 말한다.

"당신도 비린내 나기는 마찬가지인데 당신이 왕삼관을 훈계하는 것은 마치 까마귀가 돼지보고 검다 하는 것과 같습니다. 원래 등잔대는 자신을 비추지 못합니다. 당신은 사람이 제대로 되었습니까? 당신도 같은 물에서 놀며 못하는 짓이 없으면서 누구 집 아이를 깨끗하게 만들고 나쁜 짓 못하게 만들 수 있습니까!"

이 말에 서문경은 아무 대꾸도 못했다.

사실 이 소설의 작가는 오월랑의 허물에 대해서는 상세한 묘사나 언급을 하지 않았다. 때문에 오월랑은 서문경을 내조한 평범한 아내라고 생각할 수 있지만 오월랑의 허물도 상당히 많다고 보아야 한다.

서문경이 밖에서 저지르는 온갖 악행에 대하여 정처로서 오월랑은 정말 아무 책임도 없다고 볼 수 있는가? 오월랑은 그 당시 처지로 서문경에게 순종하는 것이 미덕이었다고 말할 수만은 없다. 그렇다면 도둑놈의 아내는 직접 도둑질을 하지 않았으니 아무런 잘못이 없다고 말할 것이다.

서문경은 집 밖에서만 타락한 짓거리와 악행을 저지르지 않았다. 집안에서도 하녀들은 물론 서문경 집에서 일하는 종의 아내들까지 모조리 다 집적대었다. 그런 줄을 오월랑도 알고 있었다. 오월랑이 알았다면 서문경에게 울며불며 바른 말을 하며 그만두게 하려는 적극적 노력을 했어야 한다. 그러나 오월랑은 끝까지 모르쇠로 일관했다. 그렇다면 오월랑의 죄과는 서문경만큼 크지는 않아도 없다고 말해서는 안 될 것이다.

그래도 오월랑은 서문경이 죽은 뒤 흔들리는 집안을 추슬렀으며, 아들을 키워 선친의 죄업을 씻으라고 출가시킬 수밖에 없는 난관을 이겨가며 70수를 누리고 선종한 것은 그녀가 선행을 쌓아야 한다는 신념을 갖고 있었고 그래도 나름대로 조심을 하면서 현명하게 처신했기 때문일 것이다.

업보 때문에 출가하는 아들

서문경이 죽은 뒤, 오월랑은 태산泰山 벽하궁에 참배하러 갔다가 도사들의 추행을 피해 집으로 돌아오다가 대악산 동쪽 설간동雪澗洞

이란 곳에서 설간도사 보정普靜을 만난다. 여기서 보정은 '당신이 낳은 아들을 나의 도제徒弟로 삼으려 하는데 의향이 있느냐'고 묻는다. 오월랑은 아직 겨우 한 살도 안 되었다고 말하지만 보정은 '15년 뒤에 데리러 오겠다.'고 말한다. 오월랑은 15년 뒤에 그때 가서 다시 생각하겠다면서 일단은 허락한다.(소설 84회)

이후 오월랑은 노비들도 줄이고 전당포도 없애고 집 앞의 생약가게만 대안을 시켜 운영하면서 그럭저럭 살아간다.

몇 년 뒤 북쪽에서 금군金軍이 쳐들어오자 오월랑은 아들 효가를 데리고 제남濟南으로 운리수雲離守를 찾아 피난을 간다. 오월랑은 도중에 구환석장九環錫杖을 짚은 화상을 만나는데 그는 다름 아닌 보정普靜이었다.

보정은 "오부인! 어디 가는 길입니까? 나의 제자를 이제는 돌려주세요!"라고 말한다.

그날 밤 영복사에 머문 오월랑 일행이 모두 잠이 든 뒤 보정 선사는 해원경解冤經을 백 여 차례나 읽는다. 그때마다 수많은 죽은 원귀들이 처참한 상태로 나타나 보정선사의 독경을 듣고 새롭게 태어나는 탁화托化 55)를 한다. 이를 오직 시녀인 소옥小玉만이 지켜본다.

보정선사는 새롭게 탁화하여 떠나는 원귀들에게 '얼굴과 모습을 바꾸어 윤회하거든 내세의 옛 인연은 다시 찾지 말라'는 당부를 한다.

소옥은 숨어서 그 정경을 또렷하게 모두 보았다.

---

55) 탁화(托化) : 본래 道家 용어로 인간이 모습을 빌어 사람들을 교화한다(寄迹人間 以示教化)는 뜻. 여기서는 불교의 윤회설에 따라 사람으로 다시 태어난다는 뜻으로 쓰였음.

키가 7척이나 되는 사나이가 갑옷을 입었지만 가슴에 화살이 꽂혀 있는데 자칭 주수周秀라 하며 적과 싸우다가 죽었는데 이번에 선사禪師의 도움으로 동경에 가서 심경이란 사람의 둘째 아들 심수선으로 탁생托生한다고 말하면서 떠나갔다.

이어 소복을 입고 청하현 부호 서문경이 나타나 "불행히도 피를 많이 쏟아 죽었지만 이번에 스님의 도움을 입어 동경성의 부호 심통의 아들 심월로 새롭게 태어나겠습니다."라고 말하면서 떠나갔다.

뒤이어 자신의 머리를 들고 온몸에 피범벅을 한 진경제가 나타나 "장승에게 피살되었습니다만 스님의 독경과 추천으로 동경성 내에 가서 왕씨 집안의 아들로 탁생하겠습니다."고 말하였다.

곧 이어 한 부인이 자기 머리를 들고 가슴에 피를 흘리며 나타나 말하기를 "무대의 처이며 서문경의 첩인 반씨입니다. 불행히도 원수 무송에 피살되었습니다만 지금 동경성 내의 여씨 집에 딸로 태어나 떠나가겠습니다."라고 말했다.

이어 얼굴이 파리하고 바짝 마른데다가 피를 줄줄 흘리는 한 부인이 나타나 말하기를 "첩신은 이씨로 화자허의 본처였다가 서문경의 첩이었는데 혈산血山이 붕괴하여 죽었습니다. 이번에 대사님 덕분에 동경 성내에 가서 원지휘袁指揮의 집에 탁생하여 딸로 태어나겠습니다."하고 떠나갔다.

이어 주통제의 처 방씨 춘매는 "지나치게 색을 밝히다가 과로로 죽었는데 이번에 동경의 공씨 집안의 딸로 탁생하겠습니다."라고 말했다. 이어 화자허, 내왕의 처 송혜련, 목에 새끼줄을 감은 서문경의 첩 손설아, 서문경의 딸 등이 줄줄이 탁생하여 떠나갔다.

이런 모습을 지켜 본 소옥은 놀라 전율하면서 이를 오월랑에게 말해 주려 했으나 오월랑도 깊은 잠속에서 꿈을 꾸고 있었다.

꿈에 보정선사의 영복사를 떠난 오월랑과 일행들은 겨우 영벽채라는 요새에서 군사를 지휘하는 운리수를 찾아와 만나 아들 효가와 운리수의 딸과의 혼약을 확정하려 했다. 그러나 뜻밖에도 운리수의 아내가 죽었다면서 운리수가 오월랑과 부부가 되기를 원한다는 왕파의 말을 듣고 깜짝 놀라 아무 말도 못한다. 다음 날, 운리수가 오월랑을 초청한 자리에서 부부가 되어 즐겁게 살자는 말을 하자 오월랑은 욕을 해 댄다. 운리수의 청혼을 끝까지 거절하자 운리수는 오월랑을 죽이려 칼을 휘두른다. 이에 놀란 오월랑은 팔을 허우적거리며 잠에서 깨어난다.

잠에서 깨어난 오월랑은 소옥으로부터 보정선사와 죽은 원귀들의 탁생 이야기를 듣는다. 날이 밝자 오월랑은 보정선사를 만나 꿈속에서의 깨달음을 이야기 한다.

보정선사는 오월랑의 아들 효가는 서문경의 악행에 대한 보상으로 환생한 것이고 효가를 제자로 삼아 아버지의 악행을 씻어야 한다고 말한다. 이어 아직 잠자리에서 일어나지 않은 효가에게 다가가 보정선사가 효가의 이마에 손을 대니 무거운 칼을 차고 쇠사슬에 묶여 있는 서문경의 모습이 보였다. 이어 선장을 두드리니 다시 효가 본래의 모습으로 돌아왔다.

이를 다 지켜본 오월랑은 잠에서 깨어난 효가에게 "너는 사부님을 따라 출가하거라!"라고 말한다. 오월랑은 아들을 열다섯 살까지라도 같이 있으려 했지만 보정은 효가에게 명오明悟라는 법명을 지어주고 환화幻化시켜 데리고 떠나갔다.

나중에 오월랑은 집에 돌아와 하인 대안의 이름을 서문안西門安

으로 바꾸고 양자로 삼아 서문경의 뒤를 잇게 했다. 서문안은 오월랑을 잘 모셨고 오월랑은 향년 70세에 선종하였는데 이 모두가 평소에 즐겨 불경을 읽은 보답이었다.

8. 즐거운 왕륙아

한도국은 서문경이 고용한 점원 겸 지배인이다. 한도국의 아내 왕륙아와 서문경의 관계는 정부情婦 이상으로 특별하다. 있을 수 있는 일을 서술한 것이 소설이지만 이들의 경우는 정말 특별하다. 그들의 그런 관계는 다만 생존의 한 방법이었다.

🌊 왕륙아와 서문경

동경 채태사 저택의 관가管家(집사)인 적겸翟謙이 서문경에게 편지를 보내 '아들이 없으니 아들을 낳아줄 처녀를 구해 달라' 는 부탁을 한다. 적겸은 빈부를 막론하고 바르게 성장한 처녀를 원한다고 했는데 이는 서문경이 소홀히 할 수 없는 큰 부탁이었다. 서문경은 마침 풍馮노파를 통해 서문경의 가게 일을 보는 한도국韓道國의 딸 애저를 골라 치장을 시켜 한도국과 함께 동경으로 보낸다.

본래 한도국은 파락호인 한광두韓光頭의 아들로 본분을 지키는 성실한 사람이 아니었다. 운왕부鄆王府에서 교위校尉 노릇을 하고 있었는데 사람이 천성이 본래 옷만 번지레하게 입고 다니면서 큰 소리나 헛소리를 잘하는 건달이었다. 뿐만 아니라 다른 사람에게 돈을 빌릴 때는 마치 금방이라도 갚을 듯이 요란하게 떠들고, 남의 재물을 사취할 때는 자기 물건을 자기 주머니에 넣듯 재빠른 사람으로 우피항이란 곳에 아내와 함께 살고 있었다. 사람들은 그러한 한도국을 한도국韓盜國이라 부르기도 했다.

한도국은 응백작의 소개로 서문경이 새로 차린 면포 가게의 회계 겸 관리인伙計 56)으로 일하고 있었다. 응백작과 한도국은 서로 허세를 부리는 성격과 남에게 붙어 아부하면서 뜯어먹어야 하는 처지가 비슷하였다.

한도국의 아내는 왕륙아王六兒는 백정 왕도王屠의 여동생으로 여섯째로 태어났다는 뜻인데 나이 29세로 키가 크고 갸름한 얼굴에 제법 미색이었다. 이 왕륙아는 남편이 집에 없으면 시동생 한이韓二와 밀통하고 있었다. 어느 날 이 둘이 간통을 하다가 동네 불량배들에게 붙잡혀 관가에 넘겨졌다.

이런 일이 터지자 한도국은 응백작에게, 응백작은 다시 서문경에게 부탁을 하여 왕륙아는 풀려났다. 이를 본다면 한도국은 제 아내와 동생이 그런 사이라는 것을 알고 있었다는 뜻이다.

사실 그 이전 까지 서문경은 왕륙아를 만나보지 못했다. 그러다가 서문경이 한도국의 딸 애저愛姐를 적겸의 후처로 고른 뒤 애저를 보는 자리에서 왕륙아를 처음 만나보게 된다.

서문경과 왕륙아는 첫눈에 서로 마음이 통한다. 서문경은 풍馮노

---

56) 伙計(화계 huǒji)는 점원, 동료, 친구, 패거리 등 여러 뜻으로 사용된다. 점포의 경리를 담당하거나 또는 한 점포의 운영책임자라 할 수 있다.

파에게 왕륙아를 중매하라고 부탁하고 풍노파는 왕륙아에게 사실 이 야기를 한다. 왕륙아도 마음이 동하면서 '그 집에 젊고 예쁜 부인들 이 많은데 왜 나를 원하느냐?'고 하자, 풍노파는 '사랑하는 사람 눈 에는 모두가 서시로 보인다(情人眼內出西施)'고 말한다. 이어 서문경 과 왕륙아의 밀회가 이루어진다.

두 사람은 술잔 하나로 술을 주거니 받거니 하다가 서로 목을 끌 어안고 입을 비비고 맞추었다. 그리고 진한 음락淫樂을 마음껏 즐겼 다.

첫날의 밀회가 끝나고 서문경이 집에 돌아가려 하자 왕륙아가 서 문경에게 말했다.

"나리 내일은 좀 더 일찍 오십시오. 한낮에는 시간이 많으니 옷 을 벗고 실컷 놀 수 있잖아요!" 왕륙아가 이처럼 적극적이니 서문경 이 좋아하지 않을 수 있겠는가? 서문경은 왕륙아에게 심부름 하는 아이를 하나 사라고 하며 돈을 주었다.

원래 왕륙아에게 좀 특이한 버릇이 있었는데 왕륙아는 정욕을 불 태우는 방법으로 후정화後庭花 자세를 좋아했다. 그리고 오랫동안 남 자의 물건을 빨아대는 것을 좋아했으니 큰 물건을 입 속 깊은 곳까지 넣고 하루 저녁에도 몇 번씩 그것을 빨아 먹으면서도 만족할 줄을 몰 랐다.[57]

서문경은 한도국이 딸을 데리고 동경에 갔다 오는 동안 왕륙아와

---

57) 〈장죽파 금병매 독법〉 51항 : 서문경과 가장 변태적이고 음탕하게 놀아난 여인은 반금 련과 왕륙아였고 그 다음은 이병아였다.

그야말로 질탕하게 놀아난다.

한도국이 딸을 동경에 데려다 시집을 보내고 돌아오자 서문경은 한도국에게 수고했다면서 은자 오십 냥을 주었다. 한도국이 집에 돌아와 왕륙아를 만나자 왕륙아는 자기가 서문경을 어떻게 유혹했고 어떤 도움을 받았는가를 다 이야기 했다. 그러면서 왕륙아는 "이게 다 내가 나리에게 몸을 허락했기 때문이요. 덕분에 먹고 입는 것은 나리가 대주지 않겠어요."라고 말했다.

그러자 한도국도 "내일 내가 가게에 나간 뒤에 나리가 오면 당신은 내가 아무것도 모르는 것처럼 나리를 잘 모시도록 하오. 이렇게 쉽게 돈을 벌 수 있는데 왜 딴 길을 가겠소?"라고 말했다. 그러자 왕륙아도 웃으면서 말했다.

"길 가다가 거꾸로 처박혀 죽을 날강도야! 당신이야 공짜로 밥을 먹을 수 있지만 당신 여편네가 얼마나 고생하는지는 모를 거야!"

두 사람은 그러면서 한바탕 웃었다.

서문경이 왕륙아와 즐길 때는 온갖 성인용품을 다 갖고 가서 열심히 일을 치르곤 했다. 마치 사자가 작은 영양을 잡더라도 전력을 다해 달리는 것처럼 왕륙아를 위해 최선을 다하면서 마음껏 즐겼다. 두 사람이 한창 진행 중에 여인의 거시기에서 달팽이 침 같은 것을 계속 토하고 흰 미음 같은 것이 흘러나오자 서문경이 물었다.

"너는 왜 이런 허연 것을 흘리느냐?"

그러자 왕륙아는 "닦아내지 마시고 내가 빨아 먹도록 기다리세요(你休抹 等我吮呷了罷)." 하면서 무릎을 꿇고 서문경의 물건을 빨아 먹는데 쩝! 쩝! 하는 소리가 났다. 이에 서문경의 음욕이 다시 일어나며 몸을 굽혀 둘은 후정화 자세로 또 새로운 즐거움을 만끽했다. 여자의 몸을 더듬는 테크닉에는 모두가 다 재미있지만 그래도 서문경과 왕륙아는 뒤에서 하는 재미가 제일이라 생각하고 마음껏 즐겼다.

이후 서문경은 백이십 냥을 들여 한도국의 집을 가게 근처에 사주었다. 서문경이 왕륙아를 찾아오면 한도국은 가게에서 자면서 서문경이 부담 없이 즐기게 해 주었다. 서문경이 한 달에 서너 번 씩 왕륙아와 즐기는 동안 왕륙아의 차림새와 가재도구는 전과 같지 않았다.

한도국에게는 왕륙아가 서문경과 살을 섞는 것이 바로 자신의 수입이었다. 그러는 한도국은 제 나름대로 각처를 돌며 서문경을 위해 장사를 하면서 서문경의 돈으로 다른 여자들과 재미를 보았다.

몸뚱이가 재산

한도국이 서문경의 포목가게에서 일하는 것은 여러 이점이 있었다. 포목가게의 지배인 자리는 괜찮은 부수입을 얻을 수 있는 자리였다. 그다음으로 서문경의 신임을 받고 있다는 자체가 청하현에서 여러모로 유리했다.

서문경을 죽음으로 몰고 간 마지막 날의 섹스는 왕륙아가 제일 주역이었다. 왕륙아는 서문경의 진액을 충분히 빼 먹었다. 그런 서문경이 또 반금련의 방에 갔으니 온몸의 양기를 다 쏟았고 이후로는 다시 일어나지 못했다.

서문경이 병상에 누웠을 때 오월랑은 서문경이 왕륙아 집에 갔었다는 것을 알았다. 반금련은 서문경에게 춘약을 3알이나 먹이고 강제로 성욕을 채웠다는 것을 말하지 않았다. 따라서 서문경이 죽게 된 것은 왕륙아 때문이라고 오월랑은 생각했다. 오월랑은 문상을 온 왕륙아를 집안에 들여 놓지도 않았다. 오월랑의 이러한 푸대접은 어쩌면 당연한 일이었으나 머리 회전이 빠른 왕륙아는 또 다른 생각을 하고 있었다.

한도국은 서문경의 종 내보來保와 함께 은자 4천 냥을 밑천으로 양주에 가서 포목을 사들였다. 그 물건들을 싣고 청하현으로 돌아왔을 때 서문경이 죽었다는 소식을 듣는다. 한도국은 내보에게 물건을 지키라 하고 먼저 집에 들어가 왕륙아와 상의를 한다.

"이 멍청한 양반아! 서문경은 이제 죽고 없다고! 지금 아무도 없는데 그하고 무슨 상관이 있어!"

왕륙아의 명쾌한 상황파악으로 한도국은 간단히 방향을 잡았다. 한도국은 포목 일부를 처분한 은자 일천 냥을 챙겨 가지고 왕륙아와 함께 딸이 살고 있는 동경으로 도망친다.

뒷날 채태사는 정치적으로 실각하고 가산을 몰수당한다. 물론 집 사인 적겸도 몰락하게 된다. 이에 한도국은 처와 딸을 데리고 청하현으로 돌아왔으나 청하현의 집은 이미 동생 한이韓二가 처분한 뒤였다. 그리고 나중에는 서문경 집에서 쫓겨나 떠돌고 있는 진경제와도 만난다.

한도국은 일찍부터 몸을 파는 마누라에 의지하여 옷과 밥을 얻어먹는 생활에 익숙하였다. 여편네에게 매춘을 시켜 생활하는 것을 중국어로 '몰랑몰랑한 밥을 먹다' 하여 '흘연반吃軟飯(chīruǎnfàn)'이라고 한다.

한도국은 마누라가 서문경과 배가 맞았기에 의식이 훨씬 수월하다는 것을 잘 알고 있었다. 또 딸을 동경의 권세 있는 사람의 첩으로 보내놓고도 우쭐대었고 또 그 딸에게 의지할 수도 있었다.

한도국의 마누라 왕륙아는 마흔 여섯이 넘어 반백인데도 사내를 후리는 기술은 여전했다. 딸에게도 이런 비법을 어느 정도 가르쳤는지 딸 한애저도 진경제에게 몸을 주고 용돈을 벌었다.

왕륙아도 가끔은 대담하게 몸을 팔았다. 한도국은 몸을 파는 마누라(은명창기隱名娼妓)에 붙어사는 남자의 전형적인 표본이었다.

한도국에게 마누라와 딸은 살아있는 재물 창고였다. 마누라와 딸이 즐겁게 먹고 마시고 잠자리에서 좀 놀아주면 자신의 의식은 저절로 해결이 되는데 무슨 부끄러움을 생각해야 하는가?

오구烏龜(wūguī)는 매춘부의 주인을 뜻하는 말인데, 아내의 몸을 팔아서 먹고사는 놈을 지칭하는 욕설이다. 비슷한 욕설로 망팔忘八(wángba)과 왕팔王八(wángba 개자식)이란 말을 자주 쓰는데 이는 '효제충신예의염치 孝悌忠信禮義廉恥'를 모르는 놈이란 뜻이다.

한도국과 왕륙아는 여기에 해당되는 표준이었다. 한도국과 왕륙아에게 그들의 몸뚱이가 으뜸가는 재산이었고 그들은 즐거운 직업인이었다.

한도국은 소설 마지막 회까지 살아남는다. 마누라와 먼저 고향 호주湖州로 돌아간 한도국은 자신을 찾아온 딸 애저를 만나고 늙어 죽었다. 왕륙아는 다시 시동생과 붙어 버렸고, 한도국의 딸 한애저는 머리를 깎고 중이 되었다가 32살에 병으로 죽는 걸로 마무리가 된다.[58]

---

58) 한애저는 이 소설에서 중요한 인물은 아니다. 한애저는 적겸의 첩이었다가 나중에는 몸을 팔기도 했으며 진경제와 얽혀 사랑도 했었다. 소설에서 진경제가 죽은 뒤 한애저가 중이 된 것으로 부녀자들의 행실에 대한 서술을 마무리하는 것은 반금련과 이병아, 춘매 그리고 왕륙아까지 타락한 부녀자들의 행실에 대한 비판으로 작가가 이러한 설정을 했다고 볼 수 있다.(장죽파 〈金瓶梅 讀法〉 11항)

9. 이교아와 이계저

향락 업소

산동의 청하현은 사료史料에 소읍이었지만 소설에서는 번잡한 상업도시로 그려져 있다. 비록 소설이지만 16세기에 그런 지방 소도시에도 유흥업소가 많았다는 묘사는 실제로 그만한 수요가 있고 그만한 수입이 보장되었다는 뜻이다.

청하현의 호접항胡蝶巷 59)은 10여 가구가 모여 사는데 모두 여자들이 손님 받는 장사를 하며 살아가는 곳이었다. 여기에 서문경의 충실한 하인인 대안玳安 60)이 기세 좋게 들어가 17, 8세 된 금아金兒와 다른 여자 하나를 불러달라고 하자 창녀 집 기둥서방 겸 종업원인 왕팔王八이 말한다.

"손님! 좀 늦으셨습니다. 둘 다 손님이 들었습니다."

그러자 화가 난 대안은 방에 뛰어 들어가 먼저 온 손님을 때려서 내쫓는다.(소설 50회)

---

59) 호접(胡蝶)은 나비이다. 꽃을 찾는 나비 곧 유흥업소를 찾는 남자이고 巷은 골목이다.

60) 서문경이 죽은 뒤, 아들 효가가 出家한 뒤에 오월랑에 의해 양자로 입적된다.

이를 보면 서문경이나 하인 대안이나 닮은꼴이라 할 수 있다. 사실 대안의 이런 행패는 서문경이라는 배경이 있기에 가능한 일이었다.

그리고 운하가 통과하기에 큰 부두가 있고 수레들이 몰려드는 임청臨淸은 매우 번화하였는데 32개소의 기생집(花柳巷)과 밴드가 운영되는 72개소의 고급 술집(管弦樓)이 있었다. 나중에 손설아가 창기로 팔려 끌려간 임청의 제일 큰 술집 사가주루謝家酒樓에는 그 안에 110여 개의 룸(room)(閣兒)이 있을 정도였다. 그리고 왕륙아와 그녀의 딸 한애저는 여기서 몸을 팔아 생활하기도 했다.

☙ 기녀의 생활

사실 몸을 팔아야 살아갈 수 있는 젊은 여인이 있다면 그들을 지원해 주는 기생어미도 있어야 하고 밖으로부터의 소소한 폭력배를 막아주는 기둥서방도 있어야 한다. 또한 부엌에서 일하는 요리사도 있어야 하고 그런 집을 돌며 악기를 연주하는 악사도 있어야 한다. 그런 면에서 본다면 관광 사업은 예나 지금이나 많은 일자리를 창출한다.

소설 속의 개그 스타인 응백작이 좌중을 웃기려고 했던 이야기는 기생들이나 기생어미가 어떻게 살아가는 가를 단적으로 보여주고 있다.

한 사내가 일부러 거지차림으로 기생집에 들어갔는데 오래 앉아 있어도 차 한 잔이 나오지 않았다. 그래서 사내가 '배가 고프니 밥을 좀 달라'고 했더니, 기생어멈이 '독에 쌀이 한 톨도 없는데 어디서 먹을 것이 나오겠소?'라고 대답했다. 그러자 다시 '밥이 없다면 씻을 물이라도 좀 달라'고 했더니, '물장수에게 돈을 주지 않았더니 물도 갖다 주지 않소이다.'라고 말했다.

이에 사내가 은자 열 냥을 탁자에 놓으면서 쌀을 사고 물을 길어오라고 하니 당황한 기생어멈이 놀라며 말했다.

"나리! 얼굴을 먹고 밥을 씻겠습니까? 아니면 밥을 먼저 씻고 다음에 얼굴을 먹겠습니까?"

이처럼 돈 앞에서는 꼼짝 못하는 것이 기녀들이었다.

어린 기녀들이 여러 가지를 학습하여 기녀로서의 기본 자질을 갖추고 나이가 차면 본격적인 활동을 시작해야 한다. 그럴 경우 처음으로 남자 손님을 받을 때, 말하자면 어린 기녀의 처녀성을 사야 하는 손님 곧 기녀의 첫 손님은 기녀의 심리적 남편이 된다.

이런 경우 우리나라에서는 머리를 얹어준다고 한다. 그렇다면 머리를 얹어주는 사내를 선정하는 가장 중요한 기준은 무엇일까? 아마 경제적 능력이 아니겠는가? 기녀 이계저李桂姐는 서문경의 첩 이교아의 조카인데 서문경이 머리를 얹어 주었다.[61]

소설 52회에서 서문경의 집에 와 잠시 숨어 지내는 이계저가 이번 달에 자기 어머니 생일이 들어 있다는 말을 하자 오월랑이 이계저에게 한마디 한다.

"원래 너희 기원妓院(기생집)의 사람들은 하루에도 두어 차례씩 병

---

61) 이를 소농(梳攏 shūlóng, 梳弄)이라 한다.

을 앓고 서너 번씩 생일을 하는구나. 낮이면 돈을 그리워하는 병(思錢病)에 걸리고 어두운 밤이면 사내를 그리는 병에 걸리는구나. 그리고 아침에는 어머니의 생일, 낮에는 언니 생일, 저녁에는 자기 생일을 차려야 하겠지! 그런데 왜 그렇게 생일들이 한 데 몰려 있지? 그대 낭군이 돈이 있을 때를 맞춰 한꺼번에 차려 먹으면 안 되겠는가?"

그러자 계저는 웃기만 하고 입을 열지 못했다.

사실 이런 기녀들에게 돈을 주고 정을 주는 것이야 사내의 기분이겠지만 기녀의 진실한 사랑을 기대한다면 멍청한 사람이다. 물론 기녀에게는 진실한 사랑이 없다고 단언할 수야 없다. 기녀 나름대로의 의리나 자부심 또 진실한 사랑이 있었으니 그런 의리나 사랑이라면 옛 소설이나 신파극의 좋은 소재가 되었을 것이다.

하여튼 기녀의 애정은 믿을 수 없고 순정을 기대하는 것은 말 대가리에 뿔이 나기를 기다리는 것과도 같다. 뱀이 굴속에 있을 때 그 구불구불한 성질을 알 수 있다. 그리고 사내가 돈을 줄 때 새장 안에서 노래하는 새가 바로 기녀이다. 돈줄이 끊겨졌다면 새장을 나온 새는 새장 근처에 머물지 않는 법이다.

🌀 이교아와 이계저

기녀 정애월鄭愛月은 정가기원鄭家妓院의 기녀(粉頭)였다. 물론 서문경으로부터 사랑을 받는데 매월 30냥의 생활비를 받았다. 매달 은자 30냥은 거금이었다. 정애월은 서문경을 데리고 놀면서 수시로 선물과 돈을 뜯어내며 서문경을 잘 리드했다. 이런 정애월과 경쟁관계

서문경이 이계저의 머리를 얹어주다.

에 있는 기녀 집이 이가李家 기원인 여춘원麗春院이었고 여춘원은 유흥업소로서는 명성과 전통이 있었다.

서문경의 첩 이교아는 본래 여춘원의 기녀로서 사람을 골라 받을 정도로 이름난 기녀였다. 그런 이교아가 응백작의 중매를 거처 200냥이라는 많지도 않은 돈을 받고 서문경의 첩으로 안착하는데 그동안 모아둔 상당량의 은자를 가지고 왔다.

이는 서문경의 입장에서 보면 이득이었다. 또 이교아 입장에서는 밑지는 거래 같았지만 사실은 이교아에게도 득이 되는 일이었다. 왜냐면 기녀는 젊었을 때에 명성이지 늙은 퇴물이 되면 금방 일선에서 물러나야 한다. 때문에 부자이면서 정력이 좋은 젊은 탕아 서문경의 첩실로 들어가는 것은 미래를 내다본 현명한 판단이었다.

이교아는 서문경 집안의 경리를 맡아 보면서 반금련과는 사실상의 적대관계에 있었다. 이교아의 조카인 이계경李桂卿과 이계저李桂姐 역시 기녀였는데 서문경은 어린 이계저를 처음에 은자 50냥을 주고 머리를 얹어 주었다. 그리고 서문경은 이계저에 푹 빠져 보름동안이나 집에 들어가지 않았다.

이는 이교아에게는 우군이었지만 반금련에게는 큰 손실이었다.

나중에 반금련이 금동琴童과 밀통을 한 사실을 알게 된 이교아와 손설아는 이를 서문경에게 일러 바쳤고, 반금련은 발가벗긴 채 서문경의 문초를 받기도 했지만 금동을 쫓아내는 것으로 마무리 된다. 이후 반금련과 이교아, 손설아의 적대 관계는 계속되었다.

서문경이 서른셋에 죽자 이교아는 재산을 빼돌린다. 오월랑에게 들키자 이교아는 한바탕 쇼를 벌이며 목매 죽는다고 소란을 피웠다. 결국 이교아는 자신의 살림살이와 옷가지 등을 고스란히 가지고 서문경 집안에서 제일 먼저 탈출한다.

이교아가 서문경 집을 나왔다는 소식을 들은 응백작은 이교아를 장대호의 조카 장삼관張三官에게 중매한다. 이교아는 나이를 여섯 살이나 줄여 스물여덟이라고 속인 뒤, 은자 다섯 냥을 받고 장삼관과 하루 저녁을 자 본 뒤에 은자 삼백 냥을 받고 첩으로 들어간다.

이를 본다면 이교아는 선견지명이 있었다. 사실 이교아의 뒤를 이어 맹옥루도 이아내의 첩으로 탈출했으며, 손설아는 서문경 집의 종놈과 눈이 맞아 도망갔다가 잡혀서 춘매의 종으로 팔렸다가 다시 창기로 전락하여 자살했다.

이교아는 자신의 미색을 활용하면서도 끝까지 재물을 지키고 챙겼다. 이는 왕륙아가 자신의 미색을 이용하여 서문경으로부터 최대한의 재물을 얻어내려 노력한 것과 일맥상통한다. 이교아는 서문경의 재산이라도 일부를 빼내는 데 성공했고, 한 살이라도 젊어 다른 사람의 첩이 되었으니 현명한 처신이라 할 수 있다.

이교아의 조카인 이계저는 기녀로서 아주 똑똑했다. 이계저는 매월 서문경으로부터 생활비 20냥을 받으면서도 정이관丁二官이나 왕삼관王三官 등 다른 젊은 사람과도 놀았다. 특히 왕삼관으로부터는 매월 30냥의 큰돈을 생활비로 뜯어냈다. 그러다가 서문경한테 발각된 적이 한두 번이 아니었고 그때마다 서문경은 노발대발했다. 그럴 때는 또 응백작이 나서서 서문경을 구슬렸다. 사실은 응백작도 이계저의 정인情人이었다.

이계저는 서문경 집에 드나들며 오월랑의 수양딸이 된다. 이때는 서문경이 벼슬을 받고 기세가 당당할 때였으니 이계저가 오월랑에게 아부하는 것이야 조금도 이상하지 않았다. 문제는 오월랑이 그런 기녀를 왜 수양딸로 맞이했느냐는 것이다. 결국 오월랑은 기생어미가 된 셈이다. 오월랑의 계산으로서는 서문경의 동정을 파악하기 위해서 또 반금련을 견제하기 위한 수단이라고 생각되지만 결과적으로 오월랑의 실수라고 보아야 한다.

서문경이 죽었을 때 이계저는 슬피 울지 않았다. 기원의 기녀들은 꾸민 얼굴과 억지웃음과 얄팍한 아양으로 살아간다. 아침에는 장풍류張風流, 저녁에는 이낭자李浪子를 불러들이고 앞문으로는 아비를 맞이하고 뒷문으로는 그 아들을 불러들인다.

기녀에게 옛정이란 말은 본래 없다. 돈 갖고 오는 새 사람이 좋을 뿐이며 돈 냄새를 맡으면 눈을 뜨는 것이 그녀들의 자연스러운 생리이다. 돈 많은 사람을 만나면 천 번이라도 사랑을 하고 만 번이라도 웃어준다. 그런 아양을 착한 순정이라고 착각하는 사내들을 기녀들은 늘 환영한다. 하여튼 기녀의 마음은 천방지축 날뛰는 원숭이라서 돈이 아니면 가둬둘 수가 없다.

10. 중매쟁이 왕파

매파와 거짓말

중국인은 결혼을 운명적인 만남이라 생각한다.

혼사의 인연은 월하노인月下老人에 의해 이미 다 정해져 있으며 월하노인이 언제든 아무도 모르게 붉은 실로 두 사람의 발을 묶어 놓기만 하면, 양쪽 집안이 결국엔 혼인하게 된다고 생각했다. 때문에 예부터 좋은 결혼을 하려는 정든 남녀들은 누구나 월노月老에게 붉은 끈으로 묶어 달라고 빌었다.

그러나 월하노인이 가끔은 잘못된 만남을 만들더라도 그 당사자들은 이 모두가 숙명이라 여기면서 결혼 생활의 불행을 끝까지 참고 견디었다. 그 경우 월하노인의 붉은 끈은 숙명론의 이론적 근거가 되었을 것이다. 그런데도 대부분의 사랑하는 남녀들에게 월하노인은 자기들의 사랑을 실현시켜 줄 수 있는 행복의 신으로 받아들여졌다. 그렇다 하여 가만히 있어도 월하노인이 와서 붉은 실로 발을 묶어 매 놓는다는 전설을 사실로 믿는 사람은 없을 것이다.

옛날 중국에는 전문적으로 혼사를 주선하는 월노 곧 매파媒婆가 있어 결혼을 성사시키고 구전을 받았다. '하늘에 구름이 없으면 비가 오지 않고(天上無雲不下雨), 땅 위에 중매쟁이가 없으면 결혼이 이루어지지 않는다(地上無媒不成婚)' 는 말 그대로 모든 혼인에 중매쟁이가 꼭 있어야 했다.

매파는 양쪽의 가문이나 처지를 고려하여 적당한 혼처를 말해주고 혼사를 주선한다. 그러면서 모든 정분이 있는 사람들은 행복한 가정을 이루어야 하고 자신은 단지 청실홍실을 묶어주러 다니는 사람이라고 정직성을 강조할 것이다. 이는 현재의 결혼중매회사와도 별 차이가 없다.

'화상의 입은 사방을 돌아다니며 먹고(和尙口吃遍四方), 매파의 입은 사방을 돌며 소문을 낸다(媒婆口傳遍四方)' 는 속담처럼 매파는 입을 놀려 먹고 사는 사람이었다.

그런 중매쟁이는 모두 거짓말을 하고(是媒都有謊), 거짓이 없으면 중매가 되질 않는다(無謊不成媒)고 믿었으니 중매쟁이의 거짓말은 으레 당연한 것이었다.

명나라 시대에 양가의 주부가 아닌 여인이 벌어먹고 살 수 있는 직업은 극히 제한적이었다.

나이 든 여성들은 이고尼姑(여승), 도고道姑(여도사), 괘고卦姑(점쟁이)의 삼고三姑와 육파六婆라 하여 매파媒婆, 아파牙婆(중개하고 소개비나 구전을 취함), 사파師婆(무당), 건파虔婆(유곽의 여자 포주), 약파藥婆(약장수), 온파穩婆(조산원, 산파)가 있었다.

명문대가에서는 대개 이러한 삼고육파의 무상출입을 제한하였지만 혼사를 앞두고서는 매파들을 불러 상당한 대우를 해 주며 중매를 서게 하였다. 하여튼 혼사 전까지 매파는 양가에서 구전이나 여러 가지 현물을 받으면서 혼사를 성사시키려 다리품을 팔았다.

동경 채 태사의 관가인 적겸이 서문경에게 아들을 낳을만한 첩을 구해 달라고 부탁을 했고 이에 서문경은 풍馮노파를 통해 한도국의 딸 애저를 보내고 동시에 한도국의 아내 왕륙아와 간통하는데 이 과정에서 풍노파는 큰 역할을 한다.

서문경과 반금련의 사이에 처음 중계 역할을 한 왕파는 『금병매』에서 최고의 매파로서 거의 책사策士라고 할 만하다.

☁ 다방 마담 왕파

중국인들은 일상생활에서의 일곱 가지 필수품(開門七件事)으로 땔감, 쌀, 기름, 소금, 간장, 식초 그리고 차茶를 꼽는다. 적어도 이것은 준비되어야 신혼살림도 시작할 수 있고 또 일상적인 하루가 시작될 수 있을 정도로 차는 중국인들에게 일상생활의 일부가 되었다. 당나라 때 이미 '양식 없이 삼일을 지낼 수 있지만 차 없이 하루를 지낼 수 없다'는 말이 있었다.

그리고 중국에서는 차를 같이 마신다는 것은 결혼 약속으로 생각하는 습속도 있었다. 본래 차나무는 그 씨를 뿌려 키워야지 이식하면 살지 못한다고 한다. 그러므로 색시를 맞이할 때 차로 혼례를 치른다 하는데 이는 바로 차나무를 옮겨 심지 못한다는 뜻을 취한 것이라고 한다.

『홍루몽』 25회에서 이중인격자 왕희봉王熙鳳이 임대옥林黛玉에게 "너는 이미 우리 집의 차를 마셨으면서 우리 집에 시집오지 않겠단 말이냐?"하면서 '차를 마셨다'는 말로 '이미 결혼의 뜻을 표시한 것'이라고 따지고 있다.

왕씨 노파 곧 왕파王婆는 청하현에서 다방茶房을 열고 있는 할멈
이다. 한마디로 당시의 다방은 여러 가지 사업을 할 수 있는 사업장
이었다. 차를 파는 본업이야 잔돈푼이나 얻어 쓰는 심심풀이였지만,
결혼중매는 물론 인신매매나 불륜 중개업을 할 수도 있었다.

왕파는 서문경이 금련의 집 옆을 지나가다가 창문을 받치는 막대
가 떨어져 맞는 과정을 우연히 보았다. 그러면서 두 사람이 서로 마
주보며 이야기 하는 것을 세심히 관찰하고, 건수를 올릴 수 있다고
확신을 가졌다.

반금련, 왕파, 서문경

예상대로 서문경이 자신의 다방에 들어와 곧 바로 도움을 요청한다. 왕파는 서문경에게 매실차를 타주면서 자연스레 중매 이야기를 끄집어내어 서문경의 의도를 떠보고, 나중에는 화합탕和合湯을 서문경에게 내어 준다. 다음 날 일찍 다시 찾아오는 서문경을 보면서 왕파는 육도삼략의 작전계획 구상을 확정지을 수 있었다.

왕파는 서문경을 가지고 놀 듯 슬슬 구슬리며, 서문경의 비위를 맞추고 아부하면서도 자신의 이득을 모두 다 챙기는데, 이 과정을 보면 매파이지만 정말 대단하다는 생각이 든다.

반금련이 유부녀이고 서문경 또한 가정이 있다는 사실을 다 알면서 처녀 총각을 중매하듯 단계를 밟아 일을 추진하는 왕파의 계획과 책략을 보면 왕파가 장량張良이나 진평陳平은 물론 제갈량諸葛亮에 비해 조금도 손색이 없는 책사策士라고 느껴질 정도이다.

왕파는 서문경에게 돈을 내 놓지 않고는 못 배길 정도의 당당한 이유를 설파하는 세객說客이었고 수완가였다. 아마 말로는 유방의 참모 육가陸賈나 수하隨何를 속일 수 있고 논리로도 소진蘇秦과 장의張儀 같은 세객을 굴복시킬 정도로 달변이었다. 또한 반금련의 심중을 빤히 들여다 보면서 여인의 자존심을 세워주는 척하며 접선을 시켰고 이후 꼼짝 못하게 얽어매는 안전방어망도 구축해 놓을 정도로 완벽했다.

뿐만 아니라 가공할 정도의 침착성을 갖고, 무대를 독살하는 계획을 입안立案하여 서문경의 결심을 받아냈고 또 몸소 실천하는 담력의 소유자였다.

겉으로는 웃으면서 빙빙 돌려하는 말로 서문경의 의도를 확인하고서도 타이밍이 아니라면 꼭 필요한 핵심단어는 결코 입에 올리지도 않는 침착성―시정 장사치인 서문경이 먼저 안달이 나서 충분히 보상하겠다고 말을 하더라도 구체적 금액이 나오지 않았기 때문에 왕파 또한 서두르지 않는다. 서문경과 왕파의 대화는 상담商談에서 협상을 어떻게 해야 하는가에 대한 진수를 보여주는 것 같았다.

왕파가 서문경에게 말한 반금련과의 단계별 과정과 성패에 대한 10가지 책략을 보면 어느 단계 하나 소홀히 할 수 없으며 어느 하나를 뺄 수 없는 완전한 작전계획이었다. 또 왕파의 예상 그대로 진행이 되어 서문경과 반금련이 옷을 벗고 뒹굴며 뜨거운 교접으로 몸이 달아오른 현장을 제대로 잡아 반금련을 옭아매는 수법 역시 놀라지 않을 수가 없다.

무대를 독살하는 계획의 입안자였고 사후 처리의 실무자인 왕파는 무대의 백일 복상기간이 끝나자 반금련을 서둘러 데려가라고 일을 꾸며 서문경의 다섯째 첩으로 안착하게 한다. 이후 왕파는 잠시 동안 보이지 않는다.

7년 뒤 왕파와 반금련이 다시 만나는데 이때 반금련은 오월랑에게 쫓겨나 매물賣物로 왕파에게 매인 몸이었다.

소설 86회에서 진경제와 놀아난 것이 발각된 뒤였기에 반금련이 쫓겨나야만 하는 상황이었다. 금련이 오월랑이 부른다 하여 오월랑의 방에 들어가니 왕파가 있었다. 금련은 놀라 인사를 하고 자리에 앉았다. 왕파가 곧바로 말했다.

"자네는 빨리 짐을 챙기게! 방금 마나님께서 나에게 오늘 자네를 데리고 나가라 하셨네!"

"남편이 죽은 지 얼마나 됐다고, 내가 무슨 나쁜 짓을 저지르고 또 무슨 일을 했다고 그러시오? 왜 공연히 나를 내 쫓으려 하는 거요?"

"헛소리로 떠들거나 벙어리 인척 그만해! 자고로 뱀 구멍은 뱀이 잘 안다고, 자네가 한 일은 자신이 잘 아는 것이지! 금련이! 자네! 멍청한 척 농간을 부리거나 길다 짧다 떠들지 말고, 내 손안에서 아무리 거짓말을 해 봐야 허튼 소리일 뿐이지! 옛날부터 끝나지 않는 잔치 없고 튀어나온 서까래가 먼저 썩는다고 했어! 사람에 이름이 있고 나무에는 그림자가 있는 법이야! 파리도 터진 구멍이 없는 계란에는 달려들지 않지! 자네는 밥 먹듯 사내하고 놀아나는 짓 이제 그만 해. 내가 자네를 아주 멀리 쫓아 버릴 거야!"

금련은 판세가 자기한테 불리하여 버틸 수 없다는 것을 알면서도 오월랑에게 한마디를 해 댔다.

"사람을 때려도 뺨을 때리지 말고 욕을 해도 아픈 데를 찌르지 말라고 했지요! 아무리 힘 있어도 언젠 가는 끝이 있고 사람을 쫓아도 모질게 쫓을 수 없다 했는데! 내가 이 집에서 안식구로 산 것이 하루 이틀이 아닌데 어찌 종년들이 놀리는 주둥이만 믿고 이처럼 정과 의리를 버린단 말이요…."

왕파가 금련에게 해대는 말을 보면 처지가 어떻게 바뀌었는지를 알 수 있다. 그 옛날 금련과 서문경을 처음 다리 놓을 때하고는 어투가 달라도 180도 달랐다. 이처럼 안면을 싹 바꿀 수 있는 강심장을 가진 왕파였다. 왕파는 세상물정에 달통했으며 처세술의 달인이었다.

반금련이 왕파 집에 대기하는 동안 진경제가 금련을 만나겠다 했지만 왕파는 면회도 안 시키면서 은자 100냥을 갖고 오라고 큰 소리를 쳤다. 춘매가 주수비에게 간청을 하여 춘매를 사라고 했지만 주수비 측에서 왕파와 은자 10냥을 깎아 달라 못한다며 실랑이를 했다.

그러는 사이에 귀양에서 풀려 돌아와 청하현의 도두가 된 무송이 은자 100냥과 왕파의 구전 5냥을 먼저 내놓는다. 왕파는 오월랑에게 20냥만 주고 85냥은 자신이 꿀꺽한다. 그러나 이 욕심이 바로 왕파 자신을 죽음으로 내모는 줄은 몰랐던 왕파였다.

인신매매

사람이 자식을 낳고 귀여워하며 키운다는 것은 본능이기도 하지만 경제적 필요성에서 아들을 키우는 측면도 강했다. 특히 생산력이 낮았던 옛날의 농촌에서 노동력은 곧 재화의 생산수단이었다.

'가난하더라도 아들이 있다면 가난하지 않고(貧而有子非貧), 부자라도 아들이 없다면 부자가 아니다(富而無子非富)' 라는 속담은 농촌에서 아들의 존재가 얼마나 중요한가를 보여준다.

그러나 딸을 키우는 데도 아들처럼 한 사람이 매달려야 하고 먹이고 입히는 부담이 똑같이 들어가지만 조금 커서 가사 노동에 도움이 될 만하면 돈을 들여 시집을 보내야만 했다. 때문에 중국인들은 딸을 그저 '밑지는 물건(賠錢貨)' 정도로 생각했다. 그래서 가난한 집에서 원하지 않는 딸을 낳으면 그 자리에서 엎어 놓거나 또는 물에 넣어 죽여 버리는 경우가 많았다고 한다. 이는 결국 남녀 성비의 부조화를 초래했다.

곧 사내아이는 많이 자라나지만 여자 아이가 없기에 많은 사내들이 정상적인 관계로 아내를 맞이할 수가 없었다. 곧 여자의 공급보다 수요가 많은 상황에서 예상되는 결과는 뻔하다. 그리고 결혼을 하려 해도 여자가 없어 결혼할 수 없는 사내들이 어느 계층인지는 물어보지 않아도 그 답은 자명하다.

또한 중국인들에게 결혼은 일생의 큰 일(人生大事)이었고, 많은 돈이 들어가는 일이었다. 상류층에서는 손님들을 청해 잔치하는데 돈이 들어갔지만 하류층에서는 신부를 사오는데 들어가는 돈이 훨씬 많았다. 중국 하층민들에게 결혼은 곧 매매혼이었다.

'며느리가 마당에서 절할 때, 시어머니는 뒤로 빚낸 이자를 셈한다.' 라는 속담처럼 며느리를 사온 경우에는 빚 걱정을 하지 않을 수 없었다. 이런 매매혼인이 이루어지다 보니 '장가 못간 남자는 있어도 시집 못간 여자는 없다' 는 말이 나올 수밖에 없었다.

나이 어린 여자 아이들은 부잣집에 계집종(婢)으로 팔려 가는 경우가 많았다. 반금련이 서문경과 결합한 뒤 반금련의 시중을 드는 추국은 은자 6냥, 오월랑의 시중을 드는 소옥은 은자 5냥에 사왔다고 하였다. 요즈음 우리 돈으로 7~80만원이면 계집종을 하나 사서 평생을 부려먹을 수도 있고 나중에 다시 팔아버릴 수도 있었다. 곧 돈을 주고 사온 계집은 재산이었고 물건이었으니 그때나 지금이나 인신매매는 돈이 되는 장사였다.

춘매가 서문경 집에 처음 들어갈 때는 은자 열여섯 냥에 팔려온 몸이었다. 오월랑은 춘매가 진경제와 놀아난 것을 알고 설 노파에게 춘매를 열여섯 냥에 팔아버리라고 한다. 오월랑의 한 마디에 설 노파가 춘매를 데리고 나갈 때 금련은 그저 눈물만 흘렸다.

　　설 노파는 춘매를 대원보 1개(은 50냥)에 팔아버렸지만 오월랑에게
는 춘매가 처녀가 아니라서 13냥을 받았다고 말하면서 나머지를 챙
겼고 오히려 오월랑으로 부터 수고한 대가라며 5전을 더 받아 챙겼
다. 매파가 하는 일이란 게 열에 아홉은 다 이런 식이었다.

　　장대호가 자기가 사온 반금련을 품에 안고 즐기는 것은 주인으로
서 당연한 권리였다. 다만 그의 아내가 남편의 건강을 챙긴다며 심하
게 잔소리를 했을 것이다. 이에 장대호는 반금련을 무대에게 시집보
낸다. 사실 무대에게는 공짜였지만 자존심을 버려야 하는 공짜였다.

　　그때, 반금련은 도망가지 않았다. 전혀 마음에도 없는 못생기고
왜소한 무대에게서 그래도 성욕의 일부라도 충족되었기에 같이 살았
다고 보기도 어렵다.

　　서문경이 죽은 뒤 오월랑에 의해 팔아버리라고 왕파에게 맡겨졌
을 때도 반금련은 도망칠 생각을 하지 않았다. 또 서문경의 첩인 손
설아가 하인과 배가 맞아 재물을 훔쳐 도망갔다가 잡혀서 관가에 넘
겨졌고 이를 춘매가 사들였다. 춘매의 노비가 된 손설아는 도주할 생
각도 하지 않고 그냥 순응한다. 이는 그 당시 사회에서 인신매매는
당연한 것이었고 도주하려 해도 적절한 방법도 없고 또 살아갈 길이
없었기 때문일 것이다.

참고 도서

『金甁梅 上, 下』：劉本棟 校註. 三民書局. 2002.

『金甁梅方言俗語匯釋』：李申 著. 北京師範學院出版社. 1992.

『金甁梅詞典』：白維國 編. 中華書局出版. 1991.

『金甁梅小考』：陳詔 著. 上海書店出版社. 1999.

『金甁梅詩詞文化鑒析』：陳東有 著. 巴蜀書社. 1994.

『金甁梅 人物譜』：石昌渝 外 著. 江蘇古籍出版社. 1988.

『金甁梅全圖』1集：曹涵美 畵. 上海時代圖書公司. 1936.

『金甁梅 平凡人的宗敎劇』：孫述宇 著. 上海古籍出版社. 2011.

『搖落的風情』：卜鍵 著. 人民文學出版社. 2011.

『張竹坡與 金甁梅』：吳敢 著. 天津 百花文藝出版社. 1987.

『趣話 金甁梅』：馬瑞芳 著. 上海文藝出版社. 2011.

『中國小說史略』：루신(魯迅) 저. 조관희 역주. 살림. 1998.

『중국소설사』：서경호. 서울대학교 출판부. 2006.

『중국 고전소설사의 이해』：張國風 著. 이등연 외 편역. 전남대출판부.
    2011.

『중국 고대소설과 소설 평점』：David Rolston 지음. 조관희 옮김. 소명
    출판. 2009.

금병매 평설

초판 인쇄 ‖ 2012년 7월 2일
초판 발행 ‖ 2012년 7월 5일

지은이 ‖ 진기환
편   집 ‖ 이명숙·양철민
발행자 ‖ 김동구
발행처 ‖ 명문당(1923. 10. 1 창립)
주   소 ‖ 서울시 종로구 윤보선길 61(안국동)
           우체국 010579-01-000682
전   화 ‖ 02)733-3039, 734-4798(영), 733-4748(편)
팩   스 ‖ 02)734-9209
Homepage ‖ www.myungmundang.net
E—mail ‖ mmdbook1@hanmail.net
등   록 ‖ 1977. 11. 19. 제1~148호

ISBN 978-89-7270-454-6 (03820)
정가 ‖ 12,000원

중국인의 속담

"중국인과 중국문화 이해의 지름길"

진기환 編著 | 신국판 양장 | 870쪽 | 25,000원

이 책은 중국인들의 언어생활에 자주 쓰이는 속어, 곧 그들의 속담이나 관용어, 헐후어에 들어있는 생각이나 다양한 지혜의 보고를 열어 모두에게 알리는 데 목적이 있습니다.

중국문학을 전공하고자 하는 학도들에게, 또 중국어를 공부하고, 중국인들과 업무상 접촉이 있는 여러분들의 실용에 조그마한 도움이 되게 하고자 합니다.

-포켓용- 중국인의 속담

1,600개 중국 속담이 유형별로 수록되어 있으며, 중국의 속담을 익힘으로써 중국인과 중국의 문화에 한걸음 다가갈 수 있을 것이다.

진기환 編著 | 포켓판 | 382쪽 | 8,000원